家藏文库

庾信选集

〔南北朝〕庾信 著　　舒宝璋 选注

中州古籍出版社
·郑州·

图书在版编目(CIP)数据

庾信选集 /(南北朝)庾信著;舒宝璋选注. —郑州:中州古籍出版社,2021.8
(家藏文库)
ISBN 978-7-5348-9774-0

Ⅰ.①庾… Ⅱ.①庾… ②舒… Ⅲ.①古典诗歌–诗集–中国–南北朝时代 ②古典散文–散文集–中国–南北朝时代 Ⅳ.① I213.902

中国版本图书馆 CIP 数据核字(2021)第 171528 号

JIACANG WENKU：YUXIN XUANJI

家藏文库：庾信选集

选题策划	卢欣欣　赵发杰
约稿统筹	卢欣欣
责任编辑	吕　玲
责任校对	唐志辉
封面设计	王　歌
版式设计	曾晶晶

出 版 社	中州古籍出版社（地址：郑州市郑东新区祥盛街27号6层　邮编：450016　电话：0371-65723280）
发行单位	河南省新华书店发行集团有限公司
承印单位	河南新华印刷集团有限公司
开　　本	640 mm × 960 mm　1/16
印　　张	23.75
字　　数	292 千字
版　　次	2021 年 8 月第 1 版
印　　次	2021 年 8 月第 1 次印刷
定　　价	58.00 元

本书如有印装质量问题，请与出版社调换。

前　言

庾信是中国文学史上南北朝文学之集大成者，又是唐代格律诗的先驱者。他的作品，以清新、老成、纵横恣肆著称，在中国文学的发展上起了承先启后的作用。他和王褒、颜之推都是前期在南朝生活、后期在北朝定居的文人，他们对南北文化的交流和中华民族的融合，都起过积极的作用，其中以庾信的作用为最大。

一

庾信生于公元513年，卒于公元581年。他所处的时代，是南北朝时代的末期，他亲历了梁王朝由安定而动乱、而濒于覆亡的破败景象，也目睹了西魏为北周所取代、北周又为隋所代的全过程。动荡的生活、亡国的悲痛和背井离乡的愁绪，使他有可能比较全面而深刻地描绘梁朝的兴亡和南北生活的画面。诗、赋、文都是他得心应手的工具。

庾信出生于一个官居显要、世代书香的家庭。庾信，字子山，小字兰成，祖籍南阳新野（今河南新野）。公元4世纪初，庾信高祖的曾祖庾滔随晋元帝南渡，官至散骑常侍，领大著作，封遂昌侯，始迁居于南郡江陵

（今湖北江陵）。高祖庾玫，巴郡太守。曾祖庾道骥，安西参军。祖父庾易不愿做官，以文章自娱，在宋、齐两代都很有名气。大伯庾於陵富于才思，除鸿胪卿，领荆州大中正，有《庾於陵文集》十卷。二伯庾黔娄，亦有文名。父庾肩吾初为梁朝晋安王（萧纲）常侍；公元531年，萧纲立为皇太子，肩吾兼东宫通事舍人，累迁太子率更令、中庶子；公元550年，简文帝萧纲即位，肩吾任度支尚书；卒赠散骑常侍、中书令，有《庾肩吾文集》十卷。自庾信以上五代，都有文集。庾信在这个有着深厚文学传统的家庭里受到了很好的熏陶和训练。

庾信的一生，可分为前、中、后三个时期。

三十六岁以前为庾信一生的前期，也是他创作活动的准备和萌发时期。这时梁武帝在位，梁国境内平静无战事；北魏正处于分裂的过程中，已无力南侵。梁武帝父子儒雅能文，很欣赏缀文之士。庾信少而聪敏，强记博闻，"妙善文词，尤工诗赋"。十五岁，侍梁昭明太子（萧统）东宫讲读，与刘骢、刘孝绰皆为昭明太子所推重。公元531年，昭明太子死，晋安王萧纲立为皇太子，庾肩吾、庾信父子与徐摛、徐陵父子同为东宫抄撰学士，写了一些华美绮艳的宫体诗文，被称为"徐庾体"。"当时后进，竞相模范，每有一文，京都莫不传诵。""徐庾体"注重音调，讲究辞藻，铺陈典故，而思想贫乏，在文学史上并没有什么地位。但比较起来，庾信的作品比其他数人还是要高出一筹，其中尚不乏自出机杼、清新可喜之处。庾信三十三岁时，累迁至通直散骑常侍，与徐君房出使东魏，"文章辞令，盛为邺（今河北临漳县）下所称"；东魏负责接待他们的，多一时之秀。东魏尉瑾、魏肇师来聘于梁时，于席间谈论诗文，有所驳诘，庾信很自负地说："我江南才士，今日亦无举世所推。"这一时期，庾信走的是一条得天独厚、顺风扬帆的路。他在这期间的作品，共有十四卷之多，因遭遇侯景之乱，保存下来的很少。

自三十六岁至四十二岁为庾信人生的中期，也是他创作活动由玉宇琼楼走向小园枯树的一个转折。侯景之乱时，庾信任东宫学士，领建康令，奉命率宫中文武千余人守朱雀航（浮桥名），吃了败仗。显然这不是他所擅长的，虽然六年前他与湘东王（萧绎）论中流水战，曾为武帝所赏识。宫城陷后，庾信西奔江陵，途经郢州，去看望早年小友、当时的长沙王、郢州刺史萧韶。萧韶设宴款待他时，态度骄矜，自居正位，让庾信坐于别榻。庾信受不了这份冷遇，当场把肴馔践踏了，直视韶面，说："官今日形容大异近日！"萧韶是梁朝宗室，庾信敢于向他发脾气，这表现了庾信性格中恃才傲物、放达不驯的一面。庾信一路上看到战乱中"雷池栅浦，鹊陵焚戍，旅舍无烟，巢禽无树"的荒凉景象，把中兴的希望都寄托在梁元帝（萧绎）身上。抵江陵后，在梁元帝那里，庾信被任为御史中丞，转右卫将军；父死，袭爵武康县侯，加散骑常侍。因梁元帝刚愎自用，多疑善猜，臣下多不被信任，中兴的局面到底未能打开。公元554年，庾信奉命出使西魏，结束了他一生中的第二个时期。十分可惜的是，他这一时期在动乱中写就的仅有的三卷作品，由于江陵陷落，玉轴扬灰，梁元帝将皇家藏书十四万卷付之一炬，遂已一字无存，现在自然更无法见到了。

自四十二岁出使西魏至病卒为庾信人生的后期，也是他创作活动大放异彩、达到现实主义高峰的时期。当庾信尚在长安未归之际，西魏出兵攻陷了江陵，从此他被迫留在北方，欲归不能。不久，王褒等人也被掳入关。西魏、北周的鲜卑族统治集团推行汉化政策，接受汉族文明，任用汉人为官，对江南文人庾信、王褒等优礼备至。王褒被授予车骑大将军、开府仪同三司，迁少司空，参与朝议、负责起草诏册等，待遇优渥，从容上席，《周书》说他与殷不害等"并荷恩眄，忘羁旅焉"。庾信也被授予骠骑大将军、开府仪同三司、司宪中大夫,进爵义城县侯,王公碑志,多出其手,《周书》说他"虽位望通显",而"常有乡关之思"。这说明愈是受优待,庾信的内心反而愈痛苦,他认为"风云不感,羁旅无归,未能采葛,还成食薇",不仅仅是背井离乡,简直是一种严重的屈辱。加上这时的梁朝早已为陈所取代,"吴宫已火,归燕何巢"?他纵然能够南归,也已无处立身;何况在公元575年南北通好时陈氏要求王褒、庾信、王克、殷不害等回南,北周武帝却只肯放回王克、殷不害等,致使庾信从此永远失去了回乡的机会。因此在他后期的诗文中,多感伤于自己的不幸遭遇,慨叹于社会的动乱不安和人民的流离颠沛;技巧也更加成熟,他把南方文学的华美绮艳与北方文学的刚健清新结合起来,形成了自己独有的风格。杜甫说"庾信文章老更成,凌云健笔意纵横""庾信平生最萧瑟,暮年诗赋动江关";《四库全书总目提要》说他"北迁以后,阅历既久,学问弥深,所作皆华实相扶,情文兼至",都可谓不刊之论。他的一些名篇,如《寄徐陵》《寄王琳》《奉和永丰殿下言志十首》《拟咏怀二十七首》《小园赋》《枯树赋》《伤心赋》《哀江南赋》《思旧铭》《拟连珠》等,都作于这一时期。庾信入北以后的作品,在生前即由北周滕王宇文逌给编成文集二十卷,但世易时移,原书已佚,幸而其中的部分篇章,皆代有传抄或刊刻,有的则被收进了唐、宋类书,后经明朝学者的多方辑纂,才得以流传至今。

庾信身历梁朝、西魏、北周等朝,在文坛上一直享有盛名。先后与他齐名的徐陵、王褒,正如清人倪璠所说:"徐既未可齐驱,王亦安能并驾?"在作品的思想内容和艺术造诣上,皆有所不及。庾信的文学成就,无论同他以前的苏武、李陵、曹植、刘桢、颜延之、谢灵运、鲍照、谢朓相比,或同他以后的王勃、杨炯、卢照邻、骆宾王、沈佺期、宋之问相比,颉颃有致。他的作品反映了整整一个时代。

千百年来,庾信及其作品曾产生过一些较好的影响,在我国文学史上有一定地位。但力持异议的也颇不乏人。自隋代的王通、唐朝的令狐德棻、李延寿、崔涂以至清朝的全祖望,对庾信及其作品,都有不同程度的指责。其中以崔涂的《读庾信集》诗最为激烈,他说:"四朝十帝尽风流,建业长安两醉游。唯有一篇《杨柳曲》,江南江北为君愁。"全祖望甚至说:"甚矣,庾信之无耻也;失身宇文,而犹指鹌首赐秦为天醉,信则已先天而醉矣,何以怨天?"他们说的是不是合适,只要读一读庾信的作品,就不难作出判断。

二

庾信的诗现存三百二十首。前期所写的仅占其中的极小部分。

齐、梁时代的诗坛,主要是由形式主义统治着。那时的诗歌几乎成了歌功颂德、酬酢奉承和描绘奢靡生活的工具。梁武帝父子都"雅好题诗",简文帝萧纲从小就喜作艳诗,以雕琢轻靡的形式寓腐朽淫逸的内容,当时号为"宫体"。朝野后生,纷纷仿效。

作为梁朝宫廷的文学侍从之臣,庾信在前期也写过一些"宫体诗"。这些诗作同庾信后期的诗作相比,境界是比较低的,艺术上显得平板,题材也比较狭窄;但同萧纲等人的绮靡放荡之诗相比,仍有高下之别。《奉和山池》是和梁简文帝的《山池》诗的,结尾几句"荷风惊浴鸟,桥影聚行鱼。日落含山气,云归带雨余",颇能给人以清新之感。《杏花》诗只有六句,却刻画得精致入微:"好折待宾客,金盘衬红琼。"金色的盘曲有致的花枝映衬着红色的美玉般的花朵,正体现了主人好客的一番心意。小诗《咏羽扇》云："摇风碎朝翻，拂汗落毛衣。定似回谿路，将军垂翅归。"前两句说，为了给人们扇风吹汗，鸟儿付出了多大代价啊！后两句忽而一转，把鸟儿比作东汉时"始虽垂翅回谿，终能奋翼渑池"的大将军冯异，用巧妙的构思表达了作者对鸟儿的同情和希望。锤炼之功不可没。杜甫说的"清新庾开府"，盖就其整体而言，自应包括庾信前期某些抒情写景的小诗在内。

庾信后期的诗是他那个时代的一个投影，是他半生萧瑟的一幅画图，也是他百结愁肠的一曲悲歌。《伤王司徒褒》云："四海皆流寓，非为独播迁。"分明写出了一个纷纷扰扰、不遑宁处的时代。"静亭空系马，闲烽直起烟。"梁朝的覆亡是长期武备不修、戒惕松弛的结果。"世途旦复旦，人情玄又玄。"时局的倏忽变幻使人与人之间愈来愈难于相互理解。《忝在司水看治渭桥》《正旦上司宪府》《预麟趾阁校书和刘仪同》等诗篇如实留下了庾信在北朝生活的脚印："富平移铁锁，甘泉运石梁。""一知悬象法，谁思垂钓竿？""月落将军树，风惊御史乌。"繁忙的庶务、求实的意境似乎使庾信暂时摆脱了悲哀的侵袭，然而尊荣通显的爵禄却反而增加了他精神上的痛苦和屈辱之感。他仿佛"交让未全死，梧桐唯半生"（《慨然成咏》），虽生而了无生趣；想到"何必淮南馆，淹留攀桂枝"（《入道士馆》），极不愿依人篱下；只希望"留滞终南下，惟当一史臣"（《奉报寄洛州》），写一点东西留给后世，这是何等的悲哀啊！庾信的一些抒情短诗，如《寄徐陵》《寄王琳》《重别周尚书二首》等，着墨无多，而情真语挚，深刻表达了他的乡关之思，也反映了他处境的困难和内心的悲愤。《奉和永丰殿下言志十首》《拟咏怀二十七首》这两组抒情组诗，反复回环，苍凉沉郁，是他晚年的力作，既有对故园的怀念，也有对梁朝君臣失国的伤悼，更多的却是自责、自叹和淡泊自守之情的抒发。

此外，庾信也写过一些缺乏真情实感、文学价值不大的诗。如《郊庙歌辞》六十六首，是应北周武帝郊庙燕射之需而作的，具载于《隋书·乐志》，其遣词用语，皆"本诸经疏，未敢肆其笔端"。又如《和宇文内史入重阳阁》《奉和赵王春日》等诗篇，基本上属于应酬之作；在《将命至邺酬祖正员》《奉和平邺应诏》等诗中，不无歌功颂德之处。

在诗的形式方面，庾信上承"永嘉体""永明体"和"齐梁体"的流风余韵，强调声调和谐，讲求辞藻华美、用事繁富和对偶整齐，取得了较大成就，为唐诗的兴盛准备了条件。他的《咏羽扇》《望渭水》为唐五绝所本，《望月》《慨然成咏》为唐五律所本，《和李司录喜雨》《和张侍中述怀》为唐五排的雏形，《燕歌行》开唐初七古，《乌夜啼》（促柱繁弦非《子夜》）开唐七律，都是公认的事实。他自幼博览群书，聪敏绝伦，因此，在诗中运用典故能做到左右逢源，得心应手，从容调度，纯熟而自然。如《对酒歌》中的琴、酒、醉、舞、筝鸣、笛韵诸典故，都像是山泉喷涌，信手拈来；《预麟趾阁校书和刘仪同》诗，几乎每句都用典，不必外加描写，而当日麟趾阁校书盛况，便已跃然欲出。不过有时用典也是出于不得已。如《别周尚书弘正》诗中"黄鹄一反顾，徘徊应怆然"两句，乃写自己处境险恶而欲归不得的苦衷；《奉和永丰殿下言志十首》之七，通篇借典故以抒愤懑，都是不便于明言直说的。另外也有不少诗句是不用典故而直抒胸臆、明白如话的，如《蒙赐酒》云："仙人一遇饮，分得两三杯。"《重别周尚书二首》之一云："阳关万里道，不见一人归。惟有河边雁，秋来南向飞。"

庾信将南朝丰赡的写作技巧与北朝民歌的质朴风格相结合，以抒写自己在羁旅生活中的深切感受，上承齐、梁，下启唐初，在诗歌艺术发展上起了承先启后、南北交流的作用。

三

赋是介于诗与散文之间的一种文体，萌芽于战国，形成并盛行于汉代，至南北朝后期而渐趋没落，演变为唐代律赋而濒于灭绝。庾信的赋无论从反映生活的广度还是深度来说，都不能不是一个异军突起的高峰。

庾信赋今存十五篇，其中的《春赋》《七夕赋》《灯赋》《对烛赋》《镜赋》《鸳鸯赋》和《荡子赋》，都是前期的作品，即所谓"宫体之文"（南北朝时以有韵者为文，无韵者为笔），也叫"宫体赋"。一般说来，这些赋的思想是贫乏的，风格多柔弱绮靡。现在只选了两篇：《七夕赋》写富贵之家的佳人丽妾在七夕时盛装至庭中月下乞巧之事，于此可见古代风俗的一些细节；《鸳鸯赋》写虞姬嫁给魏平原王（曹叡）为妃后遭到遗弃的哀怨之情和寂寞之感，有一定揭露意义。

真正成为高峰的是庾信后期的八篇赋。

《小园赋》和《枯树赋》都是伤感自己身世的作品。寓抒情于写景，作者沉痛回忆了当年随父出入梁宫的盛况："门有通德，家承赐书。或陪玄武之观，时参凤凰之墟，观受厘于宣室，赋《长杨》于直庐。"不料如今却被留在山河异貌、天迥地远的北方。"关山则风月凄怆，陇水则肝肠断绝。""拔本垂泪，伤根沥血。火入空心，膏流断节。"尤为痛苦的是"风云不感，羁旅无归；未能采葛，还成食薇"，终于在北朝做了官。"沉沦穷巷，芜没荆扉。""觳区兮狭室，穿漏兮茅茨，檐直倚而妨帽，户平行而碍眉。"生活上再艰苦都可以忍受，所不堪忍受的是，如庭中老槐，枝叶婆娑，而生意已尽。"鸟多闲暇，花随四时；心则历陵枯木，发则睢阳乱丝。非夏日而可畏，异秋天而可悲。"所以常"忽忽不乐"，一想到

"草无忘忧之意,花无长乐之心,鸟何事而逐酒,鱼何情而听琴",便会严厉地谴责自己,既然"非有意于轮轩",为什么还要做违心的事,继续在北朝做官?

寓抒情于状物的《竹杖赋》和《邛竹杖赋》,主要抒发了作者尊崇贤者、鄙薄权势和不愿在北朝做官的孤高郁闷之情。他自念国破家亡,身存名辱,愈蒙受礼遇,便愈益感到悲戚。在《竹杖赋》中,他自比为"披裘带索""欲趋而不能进"的"楚丘先生",自比为"夙兴晏寝,匪遑底宁"的潘岳和喜"游山泽,观鱼鸟"的嵇康,自比为"非圣无法"、不遇于时的桓谭和"白发生鬓,所虑日深"的吴质,面对着"铜镶灵寿,银角桃枝",可"迎仙客于锦市,送游龙于葛陂"那样的名贵手杖,还是委婉地谢绝了"桓宣武侯"的馈赠,而认定竹制手杖终不如藜、藋之杖易于保持本性。在《邛竹杖赋》中,久经霜露的庾信以"嫭娟高节,寂历无心。霜风色古,露染斑深"的邛竹来比喻自己,说这邛竹"寄根江南,森森幽潭;传节大夏,悠悠广野",自南而北,大非所愿;因此只希望制成手杖,以献给"长者""贤者",而不稀罕编成竹席或制成竹简,以亲近于权势之臣。但这两篇赋最终也只能写在纸上、藏在家中而已,现实生活逼使他不得不"屈身仕周"。

《三月三日华林园马射赋》和《象戏赋》是"奉诏"而写的作品。两赋对北周王朝和北周武帝都作了一番歌颂,在当时的形势下,这是难于避免的。而更大的篇幅则是忠实详尽地描叙了帝王权贵举行马射的宏大规模与热烈场面,仔细介绍了古代象戏的体制、作用和过程,各有一定的史料价值。在遣词造句方面,也时出新意,很有特色。《马射赋》中"落花与芝盖同飞,杨柳共春旗一色"两句,为唐王勃《滕王阁诗序》"落霞与孤鹜齐飞,秋水共长天一色"所本。

《伤心赋》与《哀江南赋》是寓抒情于叙事的姐妹篇。《楚辞·招魂》："目极千里兮伤春心，魂兮归来哀江南！"说明了这两篇赋命意的由来。《伤心赋》序云：侯景之乱时，庾信有二男一女"相守亡没"，羁旅北方后，又有一女和一外孙"奄然玄壤"，"既伤即事，追悼前亡，唯觉伤心，遂以《伤心》为赋"。侯景之乱给人们带来的生离死别之苦，何止于一家一姓？"王室板荡，生民涂炭。"作者正是通过哀悼他一家的遭遇，反映了当时千家万户的种种不幸。《哀江南赋》是一篇伤悼梁朝灭亡和哀叹个人身世的大赋，以其独特的规模格局，对梁朝的成败兴亡、梁朝统治阶级的腐朽无能和自相残杀、侯景之乱和江陵之祸的前因后果、抗敌将士的英勇牺牲、人民生活的痛苦不堪和自己内心的忧伤愧怍，都有真实、凄惋而深刻的描写。梁武帝时，"朝野欢娱，池台钟鼓""五十年中，江表无事"，不过是一个假象，其内部早就"山岳暗然（燃），江湖潜沸"；加上文恬武嬉，"宰衡以干戈为儿戏，缙绅以清谈为庙略"，所以侯景乱起，竟使"百万义师，一朝卷甲，芟夷斩伐，如草木焉"。朝野上下，遂一溃而不可收。江陵之祸使无辜百姓遭受屠杀和掳掠，于时"无惧而栗，不寒而战"；几万青壮年被押赴长安，"十里五里，长亭短亭"，"莫不闻陇水而掩泣，向关山而长叹"。庾信被羁留北地，"提挈老幼，关河累年；死生契阔，不可问天"，境遇同俘虏一样悲苦；尽管北周贵族对庾信十分敬重，也无法解脱他的乡关之思和忍辱含垢之感，"岂知灞陵夜猎，犹是故时将军；咸阳布衣，非独思归王子"！他内心深处的隐衷，只能从笔端倾吐。这篇赋是他后期的代表作，笔力苍凉而雄健，格律严整而略带疏放，"不无危苦之辞，惟以悲哀为主"，情调有些低沉，但是如实地记录了历史的真实，所以历来有"赋史"之称，是文学史上不可多得的佳构。北齐颜之推的《观我生赋》，也是生动地反映梁末这一动乱时代的作品，但不及《哀江南赋》传诵之广。金代王若虚在《滹南遗老集·文辨》中说："庾信《哀江南赋》堆垛故实以寓时事，虽记闻为富，笔力亦壮，而荒芜不雅，了无足观。……至云'申包胥之顿地，碎之以首'，尤不成文也。"这未免有些求全责备了。须知庾信是生活在一个骈文风靡一时的时代，又是在异族统治下来写这篇念故怀旧之赋的，怎么可能不用典，怎么可能不对偶，怎么可能不格调沉郁而辞旨隐晦一些？

四

现在能够看到的庾信的文章，几乎全部是骈文。庾信的骈文，同比他大六岁的徐陵齐名，号为"徐庾体"，旧时被视为骈文的正宗。梁亡后，徐陵转而在陈朝做官，所作诗文终不脱轻靡绮艳之风；庾信则羁留北地，饱经沧桑，见闻益广，所作皆纵横恣肆，老成刚劲，"灏气舒卷，变化自如"，其成就已远在徐陵之上。

庾信在北朝声望极高。西魏大臣宇文泰对他礼遇有加；北周明帝宇文毓、武帝宇文邕都爱好文学，对他尤为优待；滕王宇文逌、赵王宇文招皆博学能文，复与他"周旋款至，有若布衣之交"。其时王侯贵族的神道碑、墓志铭，大多出于庾信、王褒之手，北方的文章体制为之大变。

骈文自东汉以来，其体制屡有变迁，总的趋向是要求从形式上给人以美的感受。庾信的骈文被认为是骈文的最高峰。清朝的纪昀说他"集六朝之大成""导四杰之先路""自古及今，屹然为四六宗臣"。这一评价是很确切的。

庾信现存骈文凡一百一十篇。其中神道碑、墓志铭占三十四篇，文艺性较强的铭、赞有三十八篇，其他表、启、书、碑、教、文、序、传等应用文共三十七篇。另有《拟连珠》一组（四十四首），大多骈偶而有韵，视为"组赋"，亦未尝不可，但一般都把它看成是抒情散文。此外，与赋连在一起的《哀江南赋·序》，其实是一篇骈文，且属历来公认的六朝骈文中的名篇。

20世纪50年代出版过一本《庾信诗赋选》，庾信的文章（除《哀江南赋》的序以外）好像还没有人选注过。现在选入的十篇，皆北朝时所作，除神道碑、墓志铭不予考虑外，尽量兼顾到各种不同的文体。是否恰当，姑且作一次尝试。

从庾信的作品中，我们可以看到他在北朝的一些生活剪影和思想脉络。

乡关之思是贯串于庾信后半生的主导思想，但其表现方式尚有一个从隐晦曲折到直抒胸臆的过程。如果说，《哀江南赋》《拟连珠》中的乡关之思是直抒胸臆的话，那么，《为梁上黄侯世子与妇书》便是庾信初到北方时寄托自己家国之思的一种隐晦曲折的表达形式。

在任弘农郡守时，庾信对当地的温泉寄予了很大的兴趣，他和王褒都写有《温汤碑》，刻石立于其处。庾信对温泉的色、味、形态和性质，作了细致的观察和准确的描述，特别欣赏它能够"洒胃湔肠，兴羸起瘵"的医疗功能。行文若空山流泉，清冽可喜；但也夹杂了一些穿凿附会之辞，这是作者的时代和阶级的局限。

庾信从小就"博览群书"，入北后多与琴、书为友。《拟咏怀》之十八云："琴声遍屋里，书卷满床头。"他在梁时曾侍东宫讲读，担任过抄撰学士；入北后曾参与麟趾阁刊校经史，与王褒同为麟趾学士，从而对人类智慧的结晶——各类书籍有着异样的深厚感情。他的《汉武帝聚书赞》，便是这种感情的集中体现。

在羁旅北地期间，庾信常与接触的，大致有两种人。一种是随例入关的梁朝宗室或名臣，如永丰侯萧㧑、观宁侯萧永、给事黄门郎裴政、尚书右仆射王褒等。庾信的《思旧铭》就是在公元558年为悼念观宁侯客死异乡而作的。他叙述同萧永的交谊："昔尝欢宴，风月留连，追忆生平，宛然心目。"他发出对天地的控诉："所谓天乎？乃曰苍苍之气；所谓地乎？其实抟抟之土。怨之徒也，何能感焉！"读了不禁令人想起杜甫在《新安吏》中的诗句："眼枯即见骨，天地终无情！"庾信常接触的另一种人，多属北周的贵族显宦，如滕王宇文逌、赵王宇文招、齐王宇文宪、徐国公若干凤、大将军阎庆等。阎庆六十八岁去职；《为阎大将军乞致仕表》代笔后六年，庾信六十七岁，自己也以疾去职，可惜未能留下他自己的《致仕表》。北周太祖宇文泰的第五子、车骑大将军、大都督、齐王宇文宪是一员战将，屡有战功，曾率师伐北齐，庾信与卢恺并随军出发，写有《同卢记室从军》诗。庾信为宇文宪代笔的文章有《移齐河阳执事文》《又移齐河阳执事文》《齐王进白兔表》《齐王进苍乌表》《齐王进赤雀表》等，于此可见二人交往的频繁，亦可见北周武帝时借故歌功颂德之风的兴盛。但这位齐王在武帝死后还不到一个月就被新即位的宣帝给诛杀了，庾信最后为他写了洋洋洒洒二千言的《周上柱国齐王宪神道碑》。

《拟连珠》二十九云："盖闻悬鹑百结，知命不忧，十日一炊，无时何耻？"这说明庾信入北后的物质生活至少并不富裕，有时还很困穷。从他的诗文中可以看到，滕王、赵王诸人经常会送他一些生活资料，如米、鱼、酒、鹅、雉、猪、马、伞、白罗袍裤、丝布、犀带、鹿子巾等。仅给滕王、赵王的谢诗、谢启，就不下十余件。《谢赵王赍米启》云："某陋巷箪瓢，栉风沐雨；剥榆皮于秋塞，掘蛰燕于寒山；仰费国租，遂开尘甑；非丹灶而流珠，异荆台而炊玉。"其贫困之状，于此可见一斑。

滕王、赵王同庾信的交谊，更多地体现在精神生活方面。赵王好属文，最喜欢学庾信体。庾信与赵王相应和的诗，现存约十余首。《〈赵国公集〉序》是现存庾信为他人所作的唯一的一篇序文。庾信入北后所作的诗文，自己并不很珍惜，常用来"补袍""覆酱"，幸而有滕王随时注意存录。滕王于公元579年被遣就国，趁在荆州新野郡（今河南新野县一带）较闲之时，念及"与子山夙期款密，情均缟纻，契比金兰"，因此特地将庾信的著述编成文集二十卷，并撰了详细序言。庾信的《谢滕王集序启》就是为感谢他的这一劳作而写的。次年，赵王、滕王"以谋执政"相继为隋国公杨坚所诛。此时庾信已去职在家养病，其心情的抑郁是可想而知的了。《拟连珠》四十二云："盖闻磨砺唇吻，脂膏齿牙，临风扇毒，向影吹沙。是以敬而远之，豺有五子；吁可畏也，鬼有一车。"这是庾信致仕前后的险恶处境和畏惧心情的真实写照。赵王、滕王被诛的第二年，隋文帝杨坚即位，庾信病卒于这年的秋冬之际。《普屯威神道碑》作于开皇元年（公元581年），可能是他的绝笔。

五

庾信生前就能见到别人为他编撰的文集，这在古代文人中是不多见的，也说明了他在北周时文学地位之高和社会影响之大。

据宇文逌原序所称，庾信在建康时"有集十四卷，值太清罹乱，百不一存"；在江陵时"又有三卷，即重遭军火，一字无遗"；他所编撰的只限于庾信在西魏和北周时的著述，"合二十卷，分成两帙"。

据清人倪璠考证，庾信的作品，北周时为二十卷；隋文帝平陈后，将"所得遗文，增多一卷，故《隋书·经籍志》称集二十一卷"。

这二十卷本和二十一卷本的《庾信集》，自唐至明，皆有著录，但实际上在宋、元之际即已不传。另有单独行世的《哀江南赋》一卷，自唐以来，始终流播；《略集》三卷，则仅见于宋郑樵《通志》和明焦竑《国史经籍志》。

如今能见到的较早的《庾开府集》或《庾子山集》，有一卷、二卷、四卷、十卷、十二卷、十六卷各种版本，皆刊于明、清人之手，其源盖出于唐、宋类书和庾信诗的宋人抄（刻）本。

这次对庾信作品进行选注，主要是以公元1923年沔阳卢氏《湖北先正遗书》影刻清倪璠（康熙举人）注本《庾子山集注》十六卷为工作底本，必要时以《四部丛刊》缩印明屠隆（万历进士）刊本《庾子山集》十六卷、明张溥（崇祯进士）《汉魏六朝百三名家集》本《庾开府集》二卷以及唐、宋类书《艺文类聚》《初学记》《文苑英华》等互为参校，择善而从，择要而记，庶免烦碎，而利阅读。

取舍作品时，尽量兼顾到思想性和艺术性两个方面。同时，注意到不同时期、不同题材和不同风格的作品都要有一点，以便使读者对庾信有一个比较全面的了解。

汉班固《两都赋·序》云："赋者，古诗之流也。"可见赋这种体裁，原属诗歌的一种衍变。因此，这本选集决定以诗、赋、文为次，虽则历来文集多以赋冠首。

入选的诗、赋、文的排列，尽可能各以写作时间的先后为序，其有不明者，则姑系于内容有关的篇章之后。这样做，或可与《庾信年谱》相表里，有利于我们对作者生平的了解。

注文力求简要，一般不作过多的考证，尽量避免牵强附会，不一定每条注文都写明出处。需要作注的词语，重见时分别酌情加注，不采取"参见"办法，以省读者前后翻检之劳。

本书所附的《庾信年谱》，是参照清人倪璠的《庾子山年谱》和有关史料编撰而成的，意在比倪璠《庾子山年谱》简明一些。

书后附有其他种附录。庾信的传记，倪璠注本《庾子山集注》及别的选本所附，皆采自《北史·文苑传》；现改用《周书·庾信传》，俾资比较。《〈庾信集〉著录考略》和《庾信诗文评辑要》，从标题上已说明了它们是不完备的，不过主要的东西都在里面了。

选注者学植谫陋，力不从心，书中疏失之处，定所难免。恳祈海内专家和广大读者随时不吝赐教，谨此预致谢忱！

舒宝璋

目 录

诗选

奉和泛江 3
奉和山池 4
和咏舞 4
咏羽扇 6
望月 6
杏花 7
狭客行 8
结客少年场行 9
乌夜啼 10
燕歌行 11
将命至邺酬祖正员 14
《昭君辞》应诏 15
岁晚出横门 16
和春日晚景宴昆明池 17
和宇文内史春日游山 18

至老子庙应诏	19
入道士馆	20
忝在司水看治渭桥	21
望渭水	23
对酒歌	24
徐报使来止得一见	25
寄徐陵	26
寄王琳	26
正旦上司宪府	27
预麟趾阁校书和刘仪同	29
和宇文内史入重阳阁	32
和庾四	33
集周公处连句	34
别周尚书弘正	35
重别周尚书二首	36
从驾观讲武	37
和从驾登云居寺塔	39
奉和永丰殿下言志十首	40
侍从徐国公殿下军行	51
对宴齐使	53
聘齐秋晚馆中饮酒	54
同卢记室从军	55
伏闻游猎	56
园庭	57

归田	59
幽居值春	61
望野	62
蒙赐酒	63
和王少保遥伤周处士	64
伤王司徒褒	66
慨然成咏	73
奉答赐酒鹅	74
奉和赵王	74
正旦蒙赵王赉酒	75
和赵王送峡中军	76
奉和赵王春日	77
和侃法师三绝	78
奉报寄洛州	80
仰和何仆射还宅怀故	82
奉和平邺应诏	83
同州还	84
同颜大夫初晴	85
和李司录喜雨	86
和裴仪同秋日	87
和张侍中述怀	89
拟咏怀二十七首	97
怨歌行	129

赋选

七夕赋	133
鸳鸯赋	134
小园赋	137
枯树赋	147
竹杖赋	153
邛竹杖赋	159
三月三日华林园马射赋并序	162
象戏赋	178
伤心赋并序	183
哀江南赋并序	193

文选

为梁上黄侯世子与妇书	247
温汤碑	249
思旧铭并序	252
汉武帝聚书赞	264
《赵国公集》序	265
移齐河阳执事文	270
为阎大将军乞致仕表	272
谢赵王赉米启	278
拟连珠	280
谢滕王集序启	319

附录

庾信传 331

《庾信集》著录考略 333

庾信诗文评辑要 336

庾信年谱 345

诗选

梁简文帝《明君词》,见《乐府诗集》卷二九。昭君,西汉秭归(今湖北秭归县)人,姓王,名嫱,字昭君。元帝时被选入宫。竟宁元年(公元前33年),嫁与匈奴呼韩邪单于。应诏:应帝王之命而作。

②光禄塞:在今内蒙古巴彦淖尔东。汉宣帝时,匈奴呼韩邪单于要求在这里待命。还望:《文苑英华》《乐府诗集》并作"遥望",近是。按,自光禄塞至夫人城,尚有一千余里,故云。夫人城:即范夫人城。在今蒙古南部达兰扎达嘎德之西。这两句写旅途劳顿,行程遥远。

③胡风:指北地的寒风。

④变入:一本作"变作"。胡笳:古代一种管乐器。汉时流行于塞北和西域一带。这两句写音乐随心情而变得悲凉起来。

岁晚出横门①

年华改岁阴,游客喜登临②。据鞍垂玉帖,横腰带锦心③。冰弱浮桥没,沙虚马迹深。倚弓依石岸,回床向柳阴④。智琼来劝酒,文君过听琴⑤。明朝云雨散,何处更相寻⑥?

[注释]

①横门:汉代长安城门名。本诗写岁暮游乐之情。

②年华:年岁。改:更改。岁阴:岁暮,年底。登临:登高临远。

③据鞍:骑马。玉帖:玉帛。

④柳阴:一本作"柳林",近是。

⑤智琼:神女名。见晋干宝《搜神记》卷一。文君:卓文君,汉富

（jì）：到，及。无堤：无限。

③兴文：兴修文教。盛礼乐：使礼乐昌盛起来。偃武：停止军战。息氓黎：使人民得以休息。

④承乏：因无适当人选，暂时由自己来充个数。这里指担任出使东魏的使节。骐骥：良马名。《庄子·秋水》："骐骥骅骝，一日而驰千里。"旌旗：旗帜。琬珪：上圆下方的玉制礼器，使者所持的瑞节。见《周礼·考工记·玉人》。

⑤荒城：疑当作"荒域"，指边远之地。

⑥被陇：被覆着地陇。交塍（chéng）：纵横交叉的田间土埂。

⑦投琼：投来美玉。疑指祖孝隐赠给庾信的诗篇。《诗·卫风·木瓜》："投我以木瓜，报之以琼琚。"有慰：《艺文类聚》作"有意"，近是。报李：用李作为回礼。这里指庾信作诗赠答。《诗·大雅·抑》："投我以桃，报之以李。"更无蹊（xī）：没有法子来报答。蹊，小路。

《昭君辞》 应诏①

敛眉光禄塞，还望夫人城②。片片红颜落，双双泪眼生。冰河牵马渡，雪路抱鞍行。胡风入骨冷，夜月照心明③。方调琴上曲，变入胡笳声④。

[注释]

①《昭君辞》：乐府歌辞名。咏昭君出塞之事，抒作者悲愤之情。《玉台新咏》《乐府诗集》并作《明君词》，《文苑英华》作《昭君怨》。

⑭蒲桃：葡萄，古书作"蒲桃"。这里指葡萄酒。传说刘玄石饮酒，一醉千日。见晋张华《博物志》。九转：道家烧炼金丹，将丹砂烧成水银，又将水银炼成丹砂，叫"转"。传说一转之丹，服之三年得仙；二转之丹，服之二年得仙；三转之丹，服之一年得仙……九转之丹，服之三日得仙；云云。见《抱朴子·金丹》。

⑮金丹：古代方士所炼，谓服之长生不老。见《抱朴子·金丹》。金，金液，用黄金炼成；丹，还丹，用丹砂炼成。华表：王者的象征。晋崔豹《古今注·问答释义》："程雅问曰：'尧设诽谤之木，何也？'答曰：'今之华表木也。以横木交柱头，状若花也，形似桔槔。大路交衢悉施焉。或谓之表木，以表王者纳谏也，亦以表识衢路也。'"

将命至邺酬祖正员①

我皇临九有，声教洎无堤②。兴文盛礼乐，偃武息氓黎③。承乏驱骐骥，旌旗事琬珪④。古碑文字尽，荒城年代迷⑤。被陇文瓜熟，交塍香穗低⑥。投琼实有慰，报李更无蹊⑦。

[注释]

①邺：北朝东魏都城，在今河北临漳西南。酬：答。祖正员：指祖孝隐，魏末为散骑常侍、迎梁使。正员，指正员郎。庾信时任梁通直散骑常侍，与散骑常侍徐君房，于大同十一年（公元545年）出使东魏，诗当作于此时。

②我皇：指梁武帝。九有：九州。声教：天子的声威、教化。洎

⑧甘泉：汉宫名。故址在今陕西淳化之甘泉山。烽火：古时边疆在高台上烧柴或烧狼粪以报警。汉文帝时，匈奴入代郡，烽火通于甘泉、长安。见《汉书·匈奴传上》。渔阳：郡名。秦汉时治所在渔阳县（今北京密云区）。少：《艺文类聚》作"多"。阵云：本指云层迭起如兵阵。这里指兵阵移动如层云。

⑨细柳：地名。一为细柳仓，在今陕西咸阳西南；一为细柳原，在今陕西西安西南。《史记·绛侯世家》："亚夫为将军，军细柳以备胡。"《汉书·匈奴传下》："又置三将军，军长安西细柳、渭北棘门、霸上以备胡。"荡子：游子，征夫。语本《古诗十九首》："昔为倡家女，今为荡子妇。荡子行不归，空床难独守。"

⑩饷：赠。秦嘉：东汉诗人。桓帝时，任黄门郎，与其妻徐淑互有赠答，托诗以寄意。其《赠妇诗》有句云："何用叙我心，遗思致款诚。宝钗好耀首，明镜可鉴形。"见《玉台新咏》卷一。寄：送。韩寿：晋南阳堵阳（今河南方城东）人。尚书令贾充召他为司空掾。寿与贾充女贾午有私。午以家藏西域奇香赠寿，其香经月不歇，遂被发觉。充秘而不宣，终以其女妻寿。见《晋书·贾充传》。

⑪春分：节气名。燕子于春分时来、秋分时去，只居留半年光景。蚕眠：家蚕成长过程中需蜕皮四次，每次蜕皮期间，不食不动，称"蚕眠"。蚕作茧后化为蚕蛹，继而变为蚕蛾，不久即死亡。

⑫游丝：飘荡着的蜘蛛丝。南朝梁沈约《三月三日率尔成篇》："游丝映空转，高杨拂地垂。"穿：碎裂。

⑬马：指桃花马（一种白毛红点的马）。钱：指汉代比较轻便的一种钱，名荚钱。《汉书·食货志下》："汉兴，以为秦钱重难用，更令民铸荚钱。"如淳注："如榆荚也。"

丕、晋陆机、南朝梁元帝、北周王褒等皆有此作。见《乐府诗集》卷三二。

②代北：代，古地区名，在今河北蔚县一带。燕地，在赵、代之北。昼：白天。飞蓬：蓬草，枯后根断，随风飞旋，故名。这里以"千里无根"比喻良人行踪的漂泊不定。

③邕邕：雁鸣声。《艺文类聚》作"———"。蓟门：古燕国蓟都（今北京西南隅）的城门。

④晋阳：春秋时晋邑。故城在今山西太原西南。箭竹：一种质地坚韧的竹子。战国初，晋知伯率韩、魏以攻赵。赵襄子惧，奔保于晋阳。有三神人给他两节竹子，剖开后，内有朱书，授以反灭知氏之计。后遂与韩、魏合谋，果灭知氏。见《史记·赵世家》。疏勒城：西域城名。在今新疆喀什东南。水源：指可供饮用的涧水或井水。汉明帝时，戊己校尉耿恭驻守西域疏勒城，遭北匈奴贵族围攻，涧水被壅绝，耿恭于城中穿井十五丈，不得水，经拜祷后，始有飞泉奔出。见《后汉书·耿恭传》。

⑤属国征戍：指出征守卫在少数民族地区。阳关：古关名。遗址在今甘肃敦煌西南。绝：最。

⑥"愿得"两句：希望有像鲁仲连那样的人，想办法让你们撤兵回来。鲁仲连，战国时齐人，善排难解纷。燕占齐聊城（今山东聊城西北）；齐将田单攻聊城岁余，不能下。鲁仲连作书，以箭射入城中，劝燕将撤兵回燕或投降齐国。燕将见书而泣，三日不能决，乃自杀，聊城乱，田单遂屠聊城。见《史记·鲁仲连列传》。

⑦"度辽"句：横渡辽水作战的，自有那度辽将军。汉昭帝时，以范明友为度辽将军；东汉时，吴棠、皇甫规、桥玄等皆先后获此名号。水纹：《艺文类聚》作"水滨"。

地区名。泛指今陕西秦岭以北地区。窦氏妻：前秦苻坚时秦州刺史窦滔之妻苏若兰，善为诗。传说窦滔携宠姬赵阳台往镇襄阳，若兰不肯同行，滔竟与断音问。若兰因织锦为回文诗以寄。滔感动，迎她往襄阳，而归赵阳台于关中。

⑤讵：怎。恒：常。这两句说，像卓文君、苏若兰那样曾被嫌弃的女子怎能不闻乌啼而心伤？而乌鸟夜啼永远也不会停止。

燕歌行①

代北云气昼昏昏，千里飞蓬无复根②。寒雁邕邕渡辽水，桑叶纷纷落蓟门③。晋阳山头无箭竹，疏勒城中乏水源④。属国征戍久离居，阳关音信绝能疏⑤。愿得鲁连飞一箭，持寄思归燕将书⑥。度辽本自有将军，寒风萧萧生水纹⑦。妾惊甘泉足烽火，君讶渔阳少阵云⑧。自从将军出细柳，荡子空床难独守⑨。盘龙明镜饷秦嘉，辟恶生香寄韩寿⑩。春分燕来能几日？二月蚕眠不复久⑪。洛阳游丝百丈连，黄河春冰千片穿⑫。桃花颜色好如马，榆荚新开巧似钱⑬。蒲桃一杯千日醉，无事九转学神仙⑭。定取金丹作几服，能令华表得千年⑮。

[注释]

①《燕歌行》：乐府诗题之一。燕，地名，在今河北北部和辽宁西部；也泛指北方。言良人从役于燕，妇人怨旷而为此曲。三国魏文帝曹

乌夜啼①

促柱繁弦非《子夜》,歌声舞态异《前溪》②。御史府中何处宿?洛阳城头那得栖③?弹琴蜀郡卓家女,织锦秦川窦氏妻④。讵不自惊长泪落?到头啼乌恒夜啼⑤。

[注释]

①乌夜啼:乐府诗题之一。所写多离愁别恨。南朝梁简文帝、刘孝绰等并有此作。按,庾信这首诗,已具备"七律"的雏形。

②促柱:柱,乐器上张弦之木。柱促则弦紧而音高。繁弦:多弦同时弹奏,其音急。《子夜》:乐府诗题之一。晋有女子名子夜,造此哀苦之声。历宋、齐、梁,代有所作。《前溪》:乐府诗题之一。晋车骑将军沈玩所制。亦舞曲名。这两句说《乌夜啼》有自己独特的内容,与《子夜》《前溪》都有不同。

③御史府:汉成帝时,何武为御史大夫,其府中柏树,常有野乌数千栖宿其上,晨去暮来,号"朝夕乌";继而乌去不来者数月,长老异之,认为当废御史大夫之职。见《汉书·朱博传》。洛阳城头:东汉时常有乌鸟栖于京都城头。桓帝时童谣云:"城上乌,尾毕逋,公为吏,子为徒。"见《后汉书·五行志一》。这两句点明乌鸟夜啼,正因为无处可住。

④蜀郡:秦汉郡名。在今四川成都地区。卓家女:汉富人卓王孙之女卓文君,好音律,司马相如曾以琴挑逗于她,文君乃于夜间投奔相如。后司马相如将另有所聘,卓文君作《白头吟》以劝,相如乃止。秦川:古

结客少年场行①

结客少年场，春风满路香。歌撩李都尉，果掷潘河阳②。隔花遥劝酒，就水更移床③。今年喜夫婿，新拜羽林郎④。定知刘碧玉，偷嫁汝南王⑤。

[注释]

①结客少年场行：乐府诗题之一。内容大抵言少年时结任侠之客，为游乐之场，轻生重义，慷慨以立功名之事。南朝宋鲍照、梁刘孝威皆有此作。

②李都尉：汉李延年善歌，能为司马相如等所作诗颂谱曲，任协律都尉。见《汉书·佞幸传》。潘河阳：西晋文学家潘岳（公元247—300年），曾任河阳（今河南孟州）令，故称。相传潘岳貌美，少年时，常挟弹至洛阳道，妇人多投之以果，遂满车而归。见《晋书·潘岳传》。

③床：指井架。古时以桔槔自井取水，故需有架。古乐府《淮南王篇》："淮南王，自言尊，百尺高楼与天连。后园凿井银作床，金瓶素绠汲寒浆。"见《乐府诗集》卷五四。

④拜：授予某种官职或称号。羽林郎：汉代官名。掌宿卫侍从。多以贵族子弟充任。见《后汉书·百官志》。

⑤刘碧玉：汝南王之妾。汝南王：不详。《乐府诗集》卷四五有《碧玉歌三首》，云是南朝宋汝南王所作。按，南朝宋无汝南王；晋有汝南王多人，未详所指。

[注释]

①全诗通过杏花来写春,写村人的热情好客,给人一种"红杏枝头春意闹"的感觉。

②翠英:鲜嫩之花。

③依稀:仿佛可辨貌。村坞:周围有矮墙的村庄。烂熳:色彩艳丽貌。

④红琼:红色的美玉。此指杏花。

狭客行①

狭客重连镳,金鞍被桂条②。细尘郭路起,惊花乱眼飘③。酒醺人半醉,汗湿马全骄④。归鞍畏日晚,争路上河桥⑤。

[注释]

①狭客:即"侠客"。行:古诗体裁的一种。这是一首描写侠客生活的小诗。

②连镳:并驾而驱。镳,马勒。被:通"披"。桂条:良马名。

③郭:同"障"。阻塞,遮拦。惊花:飞花。此谓狭客连镳而驱,使尘土扬起,花瓣飘飞。

④醺:熏染。骄:马壮健貌。

⑤归鞍:骑马归来。河桥:河上的浮桥。这两句写狭客们夺路而归,争相驰逐的豪兴。

新半壁上，桂满独轮斜④。乘舟聊可望，无假逐仙槎⑤。

[注释]

①全篇写舟中望月情状，有但爱月轮不羡仙之意。

②夜光：月光。屈原《天问》："夜光何德，死则又育？"金波：形容月光。《汉书·礼乐志》："月穆穆以金波，日华耀以宣明。"赊：长。

③七子：七子镜，装有七面镜子的镜台。南朝梁简文帝《望月》诗："形同七子镜，影类九秋霜。"九华：九华扇，汉宫扇名。三国魏曹植《九华扇赋》："因形致好，不常厥仪，方不应矩，圆不中规。随皓腕以徐转，发惠风之寒微。"

④蓂（míng）新：蓂荚未落之时，以月半为盛。传说唐尧时，有瑞草夹阶而生，每月初，日生一荚，至月半则生十五荚；自十六日起，日落一荚，若月小则余一荚，厌而不落，名曰蓂荚。见晋皇甫谧《帝王世纪》。半壁：疑当作"半璧"。桂满：即月满。传说月中有桂花树，吴刚持斧斫伐，随伐随长。

⑤无假：疑当作"无暇"。逐：追随。仙槎（chá）：传说指可以上天纵观日月星辰的木筏。见晋张华《博物志》卷三。

杏　花①

春色方盈野，枝枝绽翠英②。依稀映村坞，烂熳开山城③。好折待宾客，金盘衬红琼④。

吴市,杀生以送死。"《汉书·外戚传》:"北方有佳人,绝世而独立;一顾倾人城,再顾倾人国。宁不知倾城与倾国,佳人难再得。"

⑥讵:岂。世中:世间,人间。

咏羽扇①

摇风碎朝翮,拂汗落毛衣②。定似回谿路,将军垂翅归③。

[注释]

①羽扇:羽毛做的扇子。本篇以巧妙的构思,表达了作者对鸟儿的同情和祝愿;语句精练,为唐五绝的雏形。

②朝翮(hé):刚长成的羽梗。拂汗:吹汗。毛衣:鸟的羽毛。这两句说,为了给人们扇风吹汗,鸟儿付出了多大的代价!

③回谿:古代山沟名。在今河南洛宁东北。又名回谿阪。将军垂翅归:东汉建武三年(公元27年),征西大将军冯异与赤眉军战于洛宁,异败走回谿阪,与部下数人归营;后始用计将赤眉击败。光武帝以玺书慰劳冯异说:"赤眉破平,士吏劳苦,始虽垂翅回谿,终能奋翼渑池,可谓失之东隅,收之桑榆。"见《后汉书·冯异传》。

望　月①

夜光流未曙,金波影尚赊②。照人非七子,含风异九华③。冀转行初进,衫飘曲未成④。鸾回镜欲满,鹤顾市应倾⑤。已曾天上学,讵是世中生⑥?

[注释]

①这首诗是和梁简文帝的。简文帝有《咏舞二首》,见《玉台新咏》卷七。

②洞房:深邃的内室。花烛:饰有花纹的蜡烛。燕余:舞名。汉张衡《七辩》:"淮南清歌,燕余材舞,列乎前堂,递奏代叙。"梁简文帝《咏舞二首》其一:"戚里多妖丽,重聘蔑燕余。逐节工新舞,娇态似凌虚。"双舞轻:双双起舞,体态轻盈。

③顿履:顿足。汉杨恽《报孙会宗书》:"是日也,拂衣而喜,奋袖低昂,顿足起舞。"疏节:缓慢的节拍。低鬟:犹低头。上(shǎng)声:四声之一。这两句写舞者一低首、一顿足,无不合于音律。

④行(háng):行列。成:终了。梁简文帝《咏舞二首》其二:"腕动苕华玉,袖随如意风。上客何须起,啼乌曲未终。"

⑤鸾回镜欲满:像鸾鸟那样回身返顾,在镜中显得更为丰满。南朝宋刘敬叔《异苑》卷三:"罽(jì)宾国王买得一鸾,欲其鸣,不可致。饰金繁,飨珍羞,对之愈戚,三年不鸣。夫人曰:'尝闻鸾见类则鸣,何不悬镜照之?'王从其言。鸾睹影,悲鸣冲霄,一奋而绝。"又:"山鸡爱其毛羽,映水则舞。魏武时,南方献之。帝欲其鸣舞而无由。公子苍舒令置大镜其前。鸡鉴形而舞不知止,遂乏死。"鹤顾市应倾:像仙鹤那样顾盼而舞,全城的人都会为之倾倒。《韩非子·十过》:"(师旷)援琴而鼓,一奏之,有玄鹤二八道南方来,集于郎门之垝;再奏之而列;三奏之,延颈而鸣,舒翼而舞,音中宫商之声,声闻于天。"《越绝书》卷二:"阖庐子女冢,在阊门外道北。……遂出庙路以南,通姑胥门。并周六里。舞鹤

奉和泛江①

春江下白帝，画舸向黄牛②。锦缆回沙碛，兰桡避荻洲③。湿花随水泛，空巢逐树流。建平船柿下，荆门战舰浮④。岸社多乔木，山城足回楼⑤。日落江风静，龙吟迥上游⑥。

[注释]

①奉和（hè）：奉命作诗唱和。本篇是为和梁简文帝萧纲《泛舟横大江》诗而作的，于写景讴颂之中，略寓讽谏之意。简文帝诗见《乐府诗集》卷三八。

②白帝：古城名。在今重庆奉节县东。东汉公孙述自号"白帝"，筑城于此，故名。画舸（gě）：用于游宴的大船，装饰华丽，也称画舫。黄牛：峡名。在湖北宜昌西。南岸重岩叠起，最高处有石，如人负刀牵牛状，人黑牛黄。因江流纡曲，经数宿都能望见。民谣："朝发黄牛，暮宿黄牛；三朝三暮，黄牛如故。"

③锦缆：用丝锦制的缆绳。沙碛（qì）：沙滩。兰桡（ráo）：用木兰制的船桨。

④建平：郡名。三国吴置。在今重庆巫山县一带。船柿（fèi）：造船时削下的小木片。荆门：山名。在湖北宜都与宜昌交界处，长江南岸，与北岸虎牙山相对，上合下开，作门形。这两句说，晋武帝司马炎谋伐吴，令益州刺史王濬兴修舟舰。濬造船于蜀，木柿顺江流下。吴建平太守吾彦取流柿报告吴主孙皓："晋必有攻吴之计，宜增建平兵。"孙皓不听。太康元年（公元280年），濬自成都发战舰东征，遂灭吴。见《晋书·王濬

传》。

⑤岸社：高处的村落。山城：依山而筑的城。回楼：《初学记》作"迥楼"，近是。

⑥龙吟：琴曲名。迥：远。一本作"回"，近是。

奉和山池①

乐宫多暇豫，望苑暂回舆②。鸣笳陵绝浪，飞盖历通渠③。桂亭花未落，桐门叶半疏。荷风惊浴鸟，桥影聚行鱼。日落含山气，云归带雨余④。

[注释]

①梁简文帝萧纲有《山池》诗。见《艺文类聚》卷九。本篇为其奉和。

②乐宫：秦有兴乐宫，汉改名长乐宫。暇豫：悠闲逸乐。望苑：汉有博望苑，为卫太子交接宾客之所。

③陵：高出于。浪：《文苑英华》作"限"。飞盖：驱车。通渠：犹"通衢"，四通八达之路。

④山气：山间云气。晋陶渊明《饮酒》诗："山气日夕佳，飞鸟相与还。"雨余：此谓零星雨滴。

和咏舞①

洞房花烛明，燕余双舞轻②。顿履随疏节，低鬟逐上声③。步人卓王孙之女。此皆影射与之有过往的女子。

⑥云雨：男女合欢之意。

和春日晚景宴昆明池①

春余足光景，赵李旧经过②。上林柳腰细，新丰酒径多③。小船行钓鲤，新盘待摘荷④。兰皋徒税驾，何处有凌波⑤？

[注释]

①昆明池：汉武帝时，在长安近郊穿地筑昆明池，周围四十里。后秦时，池水即已干涸。北魏时加以疏浚。这是一首应酬诗，隐含有风物依旧，人事已非之意。

②春余：晚春。光景：风光，景色。赵李：指汉成帝所宠赵飞燕、汉武帝所宠李夫人。语本晋阮籍《咏怀》诗："平生少年时，轻薄好弦歌。西游咸阳中，赵李相经过。"

③上林：皇家苑囿名。西汉上林苑在长安，东汉上林苑在洛阳，南朝梁上林苑在金陵（今南京）。柳腰：柳树的柔条。喻美女的腰肢。新丰：古县名。故城在今陕西西安临潼区东北。汉高祖刘邦原籍沛郡丰县（在今江苏北端），因太上皇思乡，遂按丰县街里格局在骊邑筑新丰城，并迁来丰民，太上皇乃悦。见《汉书·地理志上》。酒径：通往酒店的路。

④摘荷：采莲。

⑤皋：岸边。徒：徒然。税（tuō）驾：停车休息。凌波：指女性轻盈的脚步。这两句本于三国魏曹植《洛神赋》："尔乃税驾乎蘅皋，秣驷

乎芝田。……体迅飞凫，飘忽若神，陵波微步，罗袜生尘。"

和宇文内史春日游山①

游客值春辉，金鞍上翠微②。风逆花迎面，山深云湿衣。雁持一足倚，猿将两臂飞。戍楼侵岭路，山村落猎围③。道士封君达，仙人丁令威④。煮丹于此地，居然未肯归⑤。

[注释]

①宇文：指北周宇文昶。内史：官名。负责管理政务。本诗寓情于景，深切抒发了作者身不由己，有家难归的苦衷。

②翠微：指山腰一带。亦指呈青缥（piǎo）色的山气。

③戍楼：供驻军、瞭望、防守的建筑。落猎围：落入围场（田猎之所）的范围之内。

④封君达：东汉时方士，陇西（今甘肃定西）人。常乘一青牛，人莫知其名，号"青牛师"。见《后汉书·方术传》。丁令威：汉辽东人，在灵虚山学道成仙，后化鹤仍归于辽。鹤飞鸣作人言："有鸟有鸟丁令威，去家千年今始归。城郭如故人民非，何不学仙冢累累？"见《搜神后记》卷一。

⑤煮丹：炼制丹药。居然：安然。南齐谢朓《敬亭山》诗："兹山亘百里，合沓与云齐。隐沦既已托，灵异居然栖。"

至老子庙应诏①

虚无推驭辩，寥廓本乘霓②。三门临苦县，九井对灵谿③。盛丹须竹节，量药用刀圭④。石似临邛芋，芝如封禅泥⑤。毳毛新鹄小，盘根古树低⑥。野戍孤烟起，春山百鸟啼⑦。路有三千别，途经七圣迷⑧。惟当别关吏，直向流沙西⑨。

[注释]

①老子：春秋时思想家。道家创始人。姓李，名耳，字伯阳。楚国苦县（今河南鹿邑县东）人。做过周朝的"守藏室之史"（管理藏书的史官）。相传著有《老子》（一名《道德经》）一书。本诗写老子出关西去之事，也寄托了作者的向往之心，曲折地表达了自己不愿仕周之意。

②虚无：道家概念。《史记·太史公自序》："道家无为，又曰无不为，其实易行，其辞难知。其术以虚无为本，以因循为用。"驭辩：犹驰辩。寥廓：空旷，深广。霓：副虹。《淮南子·原道训》："昔者冯夷大丙之御也，乘云车，入云霓，游云雾。"

③三门：寺院的大门。这里指老子庙的门。九井：老子庙中有九井。

④盛：装，容纳。竹节：带节的竹筒。刀圭：量取药物的小羹匙。晋葛洪《抱朴子·金丹》："第九之丹名寒丹。服一刀圭，百日仙也。"

⑤石：古代道家炼五石服食，谓可以延寿。《抱朴子·金丹》："五石者丹砂、雄黄、白礜（yù）、曾青、慈石也。"临邛：古县名。在今四川邛崃。芋：芋头。芝：芝草，道家以之和药。《抱朴子·金丹》："是以古

之道士，合作神药，必入名山，……上皆生芝草，可以避大兵大难，不但于中以合药也。"封禅：帝王祭天地的典礼，古代在泰山上下举行。这里即借指泰山。泥：古人书函用泥封口，上盖印记；尊上者用紫泥。

⑥毻（tuò）：鸟类换毛叫毻。鹄：天鹅。古称黄鹄。盘根：谓树木根株盘曲纠结。

⑦野戍：野舍。春山：春日的山。亦指春日山中。

⑧三千：三千里，极言老子西去路程之远。七圣：指黄帝、方明、昌㝢、张若、謵（chè）朋、昆阍（hūn）、滑（huá）稽。《庄子·徐无鬼》："黄帝将见大隗于具茨之山，方明为御，昌㝢骖（cān）乘，张若、謵朋前马，昆阍、滑稽后车，至于襄城之野，七圣皆迷，无所问途。"

⑨关吏：指函谷关令尹喜。传说老子西行，喜先见其气，谓真人当过；老子至，为著书五千言而去。见旧题汉刘向《列仙传》。流沙：古代指我国西北的沙漠地带。

入道士馆①

金华开八景，玉洞上三危②。云袍白鹤度，风管凤凰吹③。野衣缝蕙叶，山巾篸笋皮④。何必淮南馆，淹留攀桂枝⑤？

[注释]

①道士馆：道观，道士宫。本诗表明宁可过隐居生活，也不愿依附权贵。

②金华：金华洞，《道经》三十六洞天的所在，有朝真洞、冰壶洞、双龙洞等。八景：传说中道教胜地。南朝齐陶弘景《真灵位业图》有

"八景城"。玉洞：道教指天帝所居之处。三危：传说中的仙山。《山海经·西山经》："又西二百二十里曰三危之山，三青鸟居之。"

③云袍：道袍。凤管：觱篥，古代一种管乐器。凤凰：乐曲名。

④蕙：香草名。屈原《离骚》："余既滋兰之九畹兮，又树蕙之百亩。"山巾：便帽。篸（zān）：戴。笋皮：竹笋外面的皮，笋长成竹后，自行脱落的皮，也叫"箨（tuò）"。

⑤淮南馆：淮南王刘安所设之馆。《汉书·淮南王传》："淮南王安为人好书，鼓琴，不喜弋猎狗马驰骋，亦欲以行阴德拊循百姓，流名誉。招致宾客方术之士数千人，……"淹留：停留，久留。攀桂枝：依附权贵。按，汉刘安《招隐士》云："攀援桂枝兮聊淹留，虎豹斗兮熊黑咆，禽兽骇兮亡其曹；王孙兮归来！山中兮不可以久留。"这两句点出自己不愿继续过依附于人的生活。

忝在司水看治渭桥①

大夫参下位，司职渭之阳②。富平移铁锁，甘泉运石梁③。跨虹连绝岸，浮鼋续断航④。春洲鹦鹉色，流水桃花香⑤。星精逢汉帝，钓叟值周王⑥。平堤石岸直，高堰柳阴长⑦。羡言杜元凯，河桥独举觞⑧。

[注释]

①忝：辱。表示自谦。司水：官名，掌巡视川泽。北周孝闵帝（宇文觉）即位（公元557年）时，庾信封"临清县子"，任司水下大夫。渭

桥：横跨渭水的浮桥。北周王褒《和庾司水修渭桥》云："东流仰天汉，南渡似牵牛。长堤通甬道，飞梁跨造舟。"本诗记录了庾信负责监造渭桥的经过并抒发了渭桥建成的喜悦心情。

②大夫：有上大夫、中大夫、下大夫之分。参下位：即加入下大夫之列。司职：执行司水之职。渭之阳：渭水北岸。

③富平：富平津，即孟津（在今河南孟津东、孟州西南）。《晋阳秋》："（晋）杜预造河桥于富平津，所谓造舟为梁也。"铁锁：铁链。甘泉：甘泉山，在今陕西淳化县西北。一名石鼓原，俗称磨石岭，北有甘泉谷。秦始皇陵建于骊山北，至渭北运取大石，有民歌云："运石甘泉口，渭水为不流。千人唱，万人钩，金陵余石大如坯。"见晋张华《博物志》卷四。石梁：大石。建桥所用。这两句说，从外地运来铁链、大石等物件。

④跨虹：犹飞虹，指建成的桥。绝岸：远岸。浮鼋：比喻浮船。续断航：将若干只浮船用铁链连在一起，构成一段浮桥。这两句写渭桥的外观和结构。

⑤春洲：春季的洲渚。鹦鹉色：绿色。桃花香：农历二三月，桃花盛开，冰化雨积，河水上涨，称为"桃花汛"。桥既建成，不觉涨水之害，故云"流水桃花香"。

⑥星精：星宿的"精灵"。汉帝：指汉武帝。相传汉武帝至甘泉祭祀，行经渭桥，见一女子浴于水，甚以为异。侍中张宽答道："天星主祭祀者。斋戒不洁则女人见。"见晋干宝《搜神记》卷四。钓叟：指姜太公吕尚。传说姜太公曾在渭水边钓鱼，与周文王相遇，得到重用，后辅佐周武王灭殷，受封于齐。见《史记·齐太公世家》。值：遇。周王：周文王姬昌，周武王之父。这两句有慨叹自己怀才不遇之意。

⑦堤：堤岸。堰：堤坝。这两句写渭桥两侧的防洪堤坚固平直，柳荫成行，路人称便。

⑧羡：钦羡。言：语气助词。杜元凯：杜预（公元222—284年），字元凯，西晋时京兆杜陵（今陕西西安）人。以孟津渡（在今河南孟州与孟津之间）多险，有覆没之患，请建河桥于富平津。议者以为古来所无，必不可立。杜预引《诗·大雅·大明》以反驳，谓："'造舟为梁'，则河桥之谓也。"及桥成，晋武帝司马炎会百僚，举觞属预曰："非君，此桥不立也。"见《晋书》本传。举觞（shāng）：举杯敬酒。这两句表达了对晋朝杜预首次在河上建桥的倾慕。

望渭水①

树似新亭岸，沙如龙尾湾②。犹言吟溟浦，应有落帆还③。

[注释]

①渭水：在陕西中部。源出甘肃渭源县，东流经渭河平原，至潼关县入黄河。这是一首即景抒情的小诗，蕴蓄着滞留北地的哀怅。其形式为唐五绝所本。全诗望的是渭水，想的全是江南。

②新亭：亭名。故址在今江苏南京西南。东晋初，来自洛阳诸人每至春秋佳日，多饮宴于此。晋元帝时，丞相王导与客宴于新亭，尚书左仆射周𫖮（yǐ）叹曰："风景不殊，举目有江河之异！"龙尾：地名。在今南京与镇江之间。《越绝书》卷二："吴古故陆道，出胥明，……随北顾以西，度阳下溪，过历山阳、龙尾西大决，通安湖。"

③溟浦：海边。落帆：归来的船只。

对酒歌^①

春水望桃花，春洲藉芳杜②。琴从绿珠借，酒就文君取③。牵马向渭桥，日曝山头脯④。山简接䍦倒，王戎如意舞⑤。筝鸣金谷园，笛韵平阳坞⑥。人生一百年，欢笑惟三五⑦。何处觅钱刀，求为洛阳贾⑧？

[注释]

①这首诗的作者，《文苑英华》卷一九五说是"范荣"（范云），《乐府诗集》卷二七定为"庾信"。今从《乐府诗集》。本诗写对酒之乐，意在忘忧，实则连对酒的机会也极难得到。

②望桃花：冀幸于桃花盛开之时。其时冰雪融，雨水多，众流汇集，江河水涨，俗称"桃汛"或"桃花水"。藉芳杜：借助于香草丛生之地。藉，同"借"。屈原《离骚》："畦留夷与揭车兮，杂杜衡与芳芷。"

③绿珠：晋侍中石崇的爱妾，美而艳，善吹笛。见宋乐史《绿珠传》。文君：西汉富人卓王孙之女，与司马相如相恋，而偕之出走。卓王孙断其供给，文君乃在临邛卖酒，亲自当垆，相如打杂。见《史记·司马相如列传》。

④渭桥：本名横桥。始建于秦，横跨渭水，以连接渭南的长乐宫和渭北的咸阳宫。三国魏改建，北朝魏重建。曝（pù）：晒。脯：疑当作"晡"或"铺"。指申时（下午三时至五时），吃下午饭的时候。

⑤山简（公元253—312年）：字季伦，山涛子。西晋永嘉初，任尚书左仆射，领吏部。接䍦（lí）：古代的一种便帽。山简在荆州时，好饮酒，人有歌云："山公时一醉，径造高阳池。日莫（暮）倒载归，茗艼无所知。复能乘骏马，倒箸（著）白接䍦（䍦）。"见《世说新语·任诞》。王戎（公元234—305年）：西晋惠帝时，累官至尚书令、司徒。好清谈，为"竹林七贤"之一。如意：古代搔痒具。柄端作手指形，可如人意，故名。

⑥筝：古代一种弦乐器。金谷园：晋侍中石崇在金谷所营别墅，名金谷园。故址在今河南洛阳东北。笛韵：吹笛声。平阳坞：地名。在陕西郿县（今作眉县）。东汉经学家马融性好音乐，能鼓琴吹笛。尝独卧郿平阳坞中，闻客有吹笛者，甚悲而乐之，因作《长笛赋》。

⑦三五：此指十五年。

⑧钱刀：泛指钱。古代的一种钱，作刀形。洛阳贾（gǔ）：在洛阳经商的人。《史记·货殖列传》："洛阳东贾齐、鲁，南贾梁、楚。"

徐报使来止得一见①

一面还千里，相思那得论②。更寻终不见，无异桃花源③。

[注释]

①徐：指徐陵。那时他在南朝陈，曾派人来见庾信；信以未及畅谈为憾，所以写了这首诗。

②那得论：没法说。

③更:再。桃花源:传说中与世隔绝之处。参看晋陶潜《桃花源记》。

寄徐陵①

故人倘思我,及此平生时②。莫待山阳路,空闻吹笛悲③。

[注释]

①徐陵(公元507—583年):字孝穆。曾任梁东宫学士、通直散骑常侍。文章与庾信齐名,时号"徐庾体"。入陈,封建昌县侯,任尚书左仆射,位至左光禄大夫、太子少傅。这是一首久别怀友的小诗。

②故人:指徐陵。平生时:活着的时候。意谓生前已不可能再聚,能思念一番就不错了。知此诗当作于徐陵仕陈、庾信仕周之后。

③山阳路:魏晋时向秀悼念故友嵇康、吕安之处。空闻吹笛悲:向秀至吕安山阳旧居时,但闻邻人有吹笛者,发声嘹亮,追昔怀今,感音而叹,作《思旧赋》以去。见《晋书·向秀列传》。

寄王琳①

玉关道路远,金陵信使疏②。独下千行泪,开君万里书③。

[注释]

①王琳：南朝梁会稽山阴（今浙江绍兴）人。梁元帝时，任将帅，平侯景有功。西魏攻梁，梁元帝被杀，萧詧被立为梁王；王琳为元帝举哀，出兵讨詧。陈霸先篡梁，琳练兵与陈对抗，兵败被杀。此诗写对于王琳的怀念（其时王琳方在艰苦奋战之中）。

②玉关：玉门关，在今甘肃敦煌西。金陵：指梁都建康（今南京）。信使：使者。这两句说自己远留长安，与梁朝南北不通。

③独下千行泪：为王琳西伐萧詧、东拒陈霸先的事迹所感动。因身滞北周，无人可与言说，故只能独自下泪。君：指王琳。万里书：来自南方的信。

正旦上司宪府①

诘旦启门阑，繁辞涌笔端②。苍鹰下狱吏，獬豸饰刑官③。司朝引玉节，盟载捧珠盘④。穷纪星移次，归余律未殚⑤。雪高三尺厚，冰深一丈寒。短笋犹埋竹，香心未启兰。孟门久失路，扶摇忽上抟⑥。栖乌还得府，弃马复归栏⑦。荣华名义重，虚薄报恩难。枚乘还起疾，贡禹遂弹冠⑧。方垂莲叶剑，未用竹根丹⑨。一知悬象法，谁思垂钓竿⑩？

[注释]

①正旦：农历正月初一日。司宪：官署名，属秋官府，司弹劾之职。庾信曾任北周司宪中大夫。这首诗记录了他上任后的一些感受。

②诘旦：早晨。门阑：门遮。繁辞：千言万语。

③苍鹰：汉郅都用法严厉，尤不避贵戚。列侯宗室，侧目而视，称他为"苍鹰"。见《史记·酷吏列传》。獬（xiè）豸（zhì）：传说中兽名。能辨曲直，见有人争斗，即以角触不直者。《后汉书·舆服志》："法冠，执法者服之，……或谓之獬豸冠。"

④玉节：古代的一种符信。《周礼·地官·掌节》："守邦国者用玉节，守都鄙者用角节。"盟载：载有誓词的盟书。珠盘：饰有珠玉的盘子，古代盟誓时用以盛牛耳。《周礼·天官·玉府》："若合诸侯，则共（供）珠槃、玉敦。"

⑤穷纪：一年终了。星移次：移至另一星次。日、月运行一年有十二会，名"十二星次"。归余：古代历法，谓日、月运行有迟速，一年分为十二月，尚有余日，则归之于终，积为闰月。《左传·文公元年》："先王之正时也，履端于始，举正于中，归余于终。"律未殚：冬令的节候未尽。

⑥孟门：古隘道名。在太行山之东，河南辉县西。见《左传·襄公二十三年》："齐侯遂伐晋，取朝歌，为二队，入孟门……"扶摇忽上抟：盘旋而上。《庄子·逍遥游》："鹏之徙于南冥也，水击三千里，抟扶摇而上者九万里。"

⑦栖乌：栖宿的野乌。《汉书·朱博传》："又其（御史）府中列柏树，常有野乌数千栖宿其上，晨去暮来，号曰朝夕乌。"府：指御史府，北周名司宪府。复归：返回。

⑧枚乘（？—公元前140年）：西汉辞赋家。先后为吴王刘濞、梁孝王刘武文学侍从之臣。汉景帝时，为弘农都尉，以病去官；汉武帝时，以安车蒲轮征其入京，死于途中。贡禹：西汉琅邪（今山东诸城）人。同郡王吉，字子阳，与贡禹为友，二人取舍相同，世称"王阳在位，贡禹弹

冠"。见《汉书·王吉传》。弹冠：弹去冠上灰尘，准备出来做官。

⑨莲叶剑：疑即芙蓉剑。《越绝书·越绝外传·记宝剑》："王取纯钧（宝剑名），薛烛闻之，忽如败；有顷，惧如悟。下阶而深惟，简衣而坐望之，手振拂扬其华，掉如芙蓉始出。"竹根丹：以竹根汁煮丹。

⑩一知：只知道。悬象法：宣布法令。《周礼·地官·大司徒》："乃悬教象之法于象魏，使万民观教象，挟日而敛之。"垂钓竿：思念家乡。《诗·卫风·竹竿》："籊（tì）籊竹竿，以钓于淇；岂不尔思，远莫致之。"

预麟趾阁校书和刘仪同①

止戈兴礼乐，修文盛典谟②。壁开金石篆，河浮云雾图③。芸香上延阁，碑石向鸿都④。诵书称博士，明经拜大夫⑤。璧池寒水落，学市旧槐疏⑥。高谭变白马，雄辩塞飞狐⑦。月落将军树，风惊御史乌⑧。子云犹汗简，温舒正削蒲⑨。连云虽有阁，终欲想江湖⑩。

[注释]

①预：参与，参加。麟趾阁：北周官署名，掌校书。《周书·姚僧垣传》："次子最，字士会，幼而聪敏，及长，博通经史，尤好著述。年十九，随僧垣入关。世宗盛聚学徒，校书于麟趾殿，最亦预为学士。"刘仪同：指刘臻。刘臻原为南朝梁邵陵王东阁祭酒；梁元帝时，迁中书舍人；北周冢宰宇文护辟为中外府记室；隋文帝时，进位仪同三司。《隋书》《北史》皆有传。本诗反映了麟趾阁校书的盛况和诗人内心的微漠的悲哀。

②止戈：使干戈止息。《左传·宣公十二年》："夫文，止戈为武。武王克商，作颂曰：载戢（jí）干戈，载櫜（gāo）弓矢。"盛：盛大，光大。典谟：国家的重要文件。《尚书》有《尧典》《舜典》《大禹谟》《皋陶（yáo）谟》《益稷谟》等篇。汉孔安国《尚书序》："足以垂世立教，典谟训诰誓命之文，凡百篇；所以恢弘至道，示人主以轨范也。"

③壁开金石篆：汉景帝时，鲁共王扩建宫室，拆除孔子旧宅，发现壁中藏有古文虞夏商周之书及《论语》《孝经》等，皆科斗文字，后全部还给孔家。经孔安国整理，参照伏生口授的《尚书》，定其可知者，用隶书写在竹简上；其余错乱磨灭，不可复知者，悉以上交，藏之书府，以待能者。见汉孔安国《尚书序》。"壁开金石篆"当指此事。金石篆，泛指古代铜器、石刻上的字体，即所谓"古文"。河浮云雾图：《易·系辞上》："河出图，洛出书，圣人则之。"传说伏羲时，有龙马背负"河图"，浮现于河；神龟背负"洛书"，出于洛水。伏羲氏据以画成八卦，即后来《周易》的来源。河，指黄河。云雾图，疑指其图混沌不清。一说，龙图出河时，曾下雾三日三夜，大雨七日七夜。见《竹书纪年·上》。

④芸香：多年生草本植物，其叶夹于书间，可以避蠹（dù，书虫）。延阁：皇家藏书处。《汉书·艺文志》"于是建藏书之策"注引刘歆《七略》："外则有太常、太史、博士之藏，内则有延阁、广内、秘室之府。"碑石向鸿都：东汉熹平四年（公元175年），灵帝命诸儒正定《五经》，刊于石碑，为古文、篆、隶三体相参，树于太学门外，瓦屋覆之，四门栏障，开门于南，使四方有所遵循。光和元年（公元178年），始置鸿都门学生。见《后汉书·儒林传序》及《后汉书·灵帝纪》。

⑤诵书称博士：伏生治《尚书》，为秦博士。汉张生、欧阳高、林尊、殷崇、朱普、孔霸等皆以诵《尚书》称博士。见《汉书·儒林传》。

博士，古代学官名，始于战国。明经：通晓经术。大夫：古代官名。秦汉有御史大夫、谏大夫、光禄大夫、大中大夫等。汉宣帝时，韦玄成以明经擢为谏大夫，迁大河都尉。见《汉书·韦贤传》。

⑥璧池：学宫前面的水池，呈半月形，璧池有水，象征教化。寒水落：有教化不行之意。学市：即槐市。汉代市场名，在长安城东南，常满仓以北。《三辅黄图》：“仓之北，为槐市，列槐树数百行为队，无墙屋。诸生朔望会此市，各持其郡所出货物及经传书记、笙磬乐器，相与买卖，雍容揖让，或议论槐下。”旧槐疏：有萧条冷落之感。

⑦高谭：即高谈。犹言高谈阔论。变：指变换论点。白马：战国时公孙龙认为白马不是马，因为"白"是命"色"的，"马"是命"形"的，二者各不相干。"白马"就是"白马"，不能说"白马是马"，只能说"白马非马"。见《公孙龙子·白马论》。塞：堵塞。飞狐：即飞狐口，"飞"一作"蜚"，关口名，在今河北蔚县东南，地形险要。古代为河北平原与北方边郡间交通要路飞狐道的咽喉。汉初，郦食其向刘邦献计："愿足下急复进兵，收取荥阳，据敖仓之粟，塞成皋之险，杜大行之道，距蜚狐之口，守白马之津，以示诸侯效实形制之势，则天下知所归矣。"见《史记·郦生列传》。这句借指在麟趾殿校书诸人多像郦生那样雄辩。

⑧将军树：将军在下面坐过的树。东汉冯异佐汉光武帝争天下，诸将并坐论功，冯异常独处树下，军中号为"大树将军"。见《后汉书·冯异传》。御史乌：在御史府的树上栖宿的乌鸦。御史，古代官名。汉成帝时，御史府中列柏树，常有野乌数千栖宿其上，晨去暮来，号为"朝夕乌"；乌去不来者数月，长老异之。见《汉书·朱博传》。这两句写参加校书者的辛苦。

⑨子云：汉扬雄（公元前53年—公元18年），字子云，蜀郡成都

（今属四川）人。善于辞赋，汉成帝时为郎。王莽时为大夫，校书于天禄阁。犹：一本作"方"。汗简：即汗青。古人在竹简上书写，先以火炙竹简令汗，以便写字，避免虫蛀。温舒：路温舒，西汉巨鹿（今河北巨鹿）人。父为守门小吏，使温舒牧羊。温舒取泽中蒲草，编成小简，用以写字。见《汉书·路温舒传》。这两句言参加校书者忙于定稿誊录。

⑩连云：建筑高大幽深貌。江湖：喻指隐居之处。晋潘岳《秋兴赋·序》："高阁连云，阳景罕曜。……摄官承乏，猥厕朝列；夙兴晏寝，匪遑底宁。譬犹池鱼笼鸟，有江湖山薮之思。"这两句表明自己并不安于在麟趾殿校书。

和宇文内史入重阳阁①

北原风雨散，南宫容卫疏②。待诏还金马，儒林归石渠③。徒悬仁寿镜，空聚茂陵书④。竹泪垂秋笋，莲衣落夏蕖⑤。顾成始移庙，阳陵正徙居⑥。旧兰憔悴长，残花烂熳舒。别有昭阳殿，长悲故婕妤⑦。

[注释]

①宇文内史：宇文，指北周宇文昶。内史，官名，掌政务。重阳阁：建成于北周武成二年（公元560年）。北周明帝死于这年四月。本诗为悼周明帝而作。

②北原：犹北陵。实指昭陵。《周书·明帝纪》载，武成二年（公元560年）夏四月辛丑（二十日），宇文毓崩于延寿殿，"谥曰明皇帝，庙称

世宗。五月辛未（二十一日），葬于昭陵"。南宫：秦、汉宫名。容卫：仪仗，侍卫。

③待诏：候命。也指候命者。金马：汉宫名。以门旁有铜马，故称金马门。汉代应召之才能优异者，得待诏金马门（宦署门）。儒林：儒者之群。石渠：汉藏书阁名。以有石渠排水，故名。

④仁寿镜：宫中镜名。《初学记》卷二五晋陆机《与弟云书》："仁寿殿前有大方铜镜，高五尺余，广三尺二寸。"茂陵书：茂陵，汉武帝陵墓，在今陕西兴平东南。相传棺中有杂道书三十卷。

⑤竹泪：相传舜逝于苍梧，二妃追至，哀哭，泪染于竹，其痕斑斑。莲衣：莲叶编制之衣。蕖（qú）：芙蕖，荷花的别名。

⑥顾成：汉文帝生前所造的庙，名"顾成庙"。以形制卑狭，若顾望可成，故名。阳陵：汉景帝陵墓，在今陕西咸阳东北。

⑦昭阳殿：汉成帝时赵飞燕所住宫殿。故婕妤：当作"班婕妤"，汉成帝时入宫，后失宠。

和庾四①

离关一长望，别恨几重愁②。无妨对春日，怀抱只言秋③。

[注释]

①庾四：疑即庾季才。季才八世祖庾滔，随晋元帝过江，因家于江陵。祖诜，梁处士，与庾易（庾信之祖）齐名。季才幼颖悟。梁时任中书郎，领太史。入北周，颇受优礼，武成二年（公元560年），与王褒、

庚信同补麟趾学士。入隋，任通直散骑常侍。见《隋书·艺术列传》。本诗抒发了作者外温内凉的苦衷。

②长望：远望。别恨：离乡别井之恨。

③春日：春天的阳光。怀抱：心意，胸襟。秋：指乡国之愁。《礼记·乡饮酒义》："西方者秋，秋之为言愁也，愁之以时察，守义者也。"

集周公处连句①

市朝一朝变，兰艾本同焚②。故人相借问，平生如所闻③。

[注释]

①集：聚集，聚会。周公：指南朝陈都官尚书周弘正。梁元帝时，周弘正曾任左民尚书，故与庾信有旧。周弘正仕陈后，于天嘉元年（公元560年）自建业（今属南京）赴长安迎陈顼（即后来的陈宣帝）；天嘉三年（公元562年），自周还陈。知此诗作于公元560—562年。处：居处。连句：即联句。旧时作诗方式之一。由两人或多人共作一诗，相缀成篇。以下几句系庾信所联，言下多抚今思昔之慨。

②市朝：市集与朝廷。一朝：一旦。兰艾：比喻美和丑、善和恶。兰，香草；艾，臭草。晋傅玄《鹰兔赋》："秋霜一下，兰艾俱落。"

③平生：平时，平素。如所闻：就像听说的那样。

别周尚书弘正①

扶风石桥北，函谷故关前②。此中一分手，相逢知几年③？黄鹄一反顾，徘徊应怆然④。自知悲不已，徒劳减瑟弦⑤。

[注释]

①周弘正：梁元帝时，为左户尚书。江陵陷，遁归建业（今南京）。梁敬帝时，为都官尚书。陈武帝即位，授太子詹事。陈文帝天嘉元年（公元560年），迁侍中、国子祭酒，赴长安迎陈顼（即后来的陈宣帝）；天嘉三年（公元562年），自北周还。庾信作此诗为之赠别。

②扶风：郡名。在今陕西兴平一带。函谷故关：古函谷关。在今河南灵宝东北。这两句写送别地点在长安一带。

③相逢知几年：不知何年能再见？

④黄鹄：天鹅。怆然：悲伤的样子。这两句写自己处境不安。《战国策·楚策四》："夫雀其小者也，黄鹄因是以。游于江海，淹乎大沼，俯噣鳝鲤，仰啮陵衡，奋其六翮而凌清风，飘摇乎高翔，自以为无患，与人无争也。不知夫射者，方将修其碆卢，治其矰缴，将加己乎百仞之上，被礛磻，引微缴，折清风而抎（陨落）矣。故昼游乎江河，夕调乎鼎鼐。"一说，写自己欲归不得。《乐府诗集》卷五四《淮南王篇》："我欲渡河河无梁，愿化双黄鹄，还故乡。还故乡，入故里，徘徊故乡，苦身不已。繁舞寄声无不泰，徘徊桑梓游天外。"

⑤减瑟弦：减少瑟的弦数。《史记·孝武本纪》："泰帝使素女鼓五十

弦瑟，悲，帝禁不止，故破其瑟为二十五弦。"

重别周尚书二首①

一

阳关万里道，不见一人归②。惟有河边雁，秋来南向飞③。

[注释]

①重别：再一次送别。周尚书：指周弘正。弘正于天嘉元年（公元560年）自陈赴长安迎陈顼回南，于天嘉三年（公元562年）离开北周。庾信再一次作诗赠别。第一首叹自己久客不归，第二首表达内心向往之情。

②阳关：古关名。在今甘肃敦煌西南。这里借指长安。万里道：自江陵或建业至长安，极言其远。不见一人归：西魏陷江陵时，曾掳数万人至长安，至此尚无归者。

③南向：向南。这两句说，雁比人还自由一些，自己却久客长安，无法回南。

二

河桥两岸绝，横歧数路分①。山川遥不见，怀袖远相闻②。

[注释]

①河桥：浮桥。两岸绝：犹言无路可通。梁吴均《去妾赠前夫》诗："弃妾在河桥，相思复相辽。"庾信《拟连珠》："陆平原之意气，登河桥而路穷。"横：交错。歧：岔道。

②怀袖：怀抱。按，《文苑英华》卷二六六王褒《别王都官》诗："连翩悯流客，凄怆惜离群。东西御沟水，南北会稽云。河桥两堤绝，横岐数路分。山川遥不见，怀袖远相闻。"庾信《重别周尚书》仅"阳关万里道"四句。不知孰是，录以备考。这两句说，山川万里，彼此不能相见，只能从远处听到彼此的心声。

从驾观讲武①

校战出长杨，兵栏入斗场②。置阵横云起，开营雁翼张③。门嫌磁石碍，马畏铁菱伤④。龙渊触牛斗，繁弱骇天狼⑤。落星奔骥骤，浮云上骕骦⑥。急风吹战鼓，高尘拥贝装⑦。骇猿时落木，惊鸿屡断行⑧。树寒条更直，山枯菊转芳⑨。豹略推全胜，龙韬揖所长⑩。小臣欣寓目，还知奉会昌⑪。

[注释]

①驾：指北周武帝宇文邕。保定二年（公元562年）十月，讲武于少陵原。时庾信在长安，为司宪中大夫。讲武：讲习武事。本诗记录了武艺演习的一些实况，因有武帝在场，不得不歌颂两句。

②校战：较量胜负，考核优劣。长杨：秦汉宫名。故址在今陕西周至

县东南。宫中有垂杨数亩，故名。为秦汉游猎之所。这里是借用。兵栏：兵器架。斗场：赛场。

③置阵：摆开阵势。开营：打开营门。雁翼张：队伍展开，列成两行，如群雁飞翔之状。

④磁石：相传秦阿房宫北阙有磁石门，可止住持有兵器者。铁菱：铁蒺藜。古称"渠答"。以铁三角物连贯成串，布于要冲之地，使人马不得驰骋。

⑤龙渊：宝剑名。相传为春秋时欧冶子、干将所铸。触牛斗：极言宝剑光芒之高。牛斗，指牛宿和斗宿二星。繁弱：良弓名。相传为夏后氏所用。骇天狼：极言良弓射程之远。天狼，星名。《楚辞·九歌·东君》："青云衣兮白霓裳，举长矢兮射天狼。"

⑥落星：犹言流星。形容速度极快。骕騄（lù）：骏马名。周穆王"八骏"有赤骥、騄耳。浮云：犹言行云。形容一掠而过。一说，汉文帝有良马九匹，其一名浮云，见晋葛洪《西京杂记》卷二。骕骦：良马名。《左传·定公三年》作"肃爽"。

⑦贝装：当指锦装、丽装。《诗·小雅·巷伯》："萋兮斐兮，成是贝锦。"《尚书·禹贡》："厥篚织贝。"

⑧骇猿时落木：受惊的猿常会从树上落下。《淮南子·说山》："楚王有白猿，王自射之，则搏矢而熙；使养由基射之，始调弓矫矢，未发而猿拥柱号矣。"惊鸿屡断行（háng）：惊弓的鸿雁屡次从行阵中陨落。《战国策·楚四》："异日者，更羸与魏王处京台之下，仰见飞鸟。更羸谓魏王曰：'臣为王引弓虚发而下鸟。'魏王曰：'然则射可至此乎？'更羸曰：'可。'有间，雁从东方来，更羸以虚发而下之。魏王曰：'然则射可至此乎？'更羸曰：'此孽（受伤之鸟）也。'王曰：'先生何以知之？'对曰：

'其飞徐而鸣悲。飞徐者,故疮痛也;鸣悲者,久失群也;故疮未息而惊心未去也。闻弦音,引而高飞,故疮陨也。'"

⑨芳:一本作"香"。

⑩豹略:谓善于用兵。龙韬:泛指兵法、战略。古代兵书《六韬》,内分文韬、武韬、龙韬、虎韬、豹韬、犬韬等六卷。

⑪寓目:看到。会昌:会当兴盛隆昌。晋左思《蜀都赋》:"天帝运期而会昌,景福肸蠁而兴作。"刘渊林注:"昌,庆也。言天帝于此会庆建福也。"

和从驾登云居寺塔①

重峦千仞塔,危磴九层台②。石关恒逆上,山梁乍斗回③。阶下云峰出,窗前风洞开④。隔岭钟声度,中天梵响来⑤。平时欣侍从,于此暂徘徊⑥。

[注释]

①诗题一作《和赵王游云居寺》。这是一首写景诗,表现了作者超世绝俗的情怀。

②千仞:形容很高。古以八尺为仞。危磴:高峻的石级。

③石关:石崖。恒:常。逆上:弯路而上。山梁:山涧上石桥。乍:忽。斗回:似北斗迂回。

④"阶下"两句:极言其地势之高。

⑤度:《文苑英华》作"应",近是。梵响:诵经声。南朝梁武帝萧

衍《和太子忏悔》："缭绕闻天乐，周流扬梵声。"

⑥暂：《文苑英华》作"共"，近是。

奉和永丰殿下言志十首^①

一

立德齐今古，资仁一毁誉^②。无机抱瓮汲，有道带经锄^③。处下惟名惠，能言本姓蘧^④。未论惊宠辱，安知系惨舒^⑤！

[注释]

①永丰殿下：殿下，汉至隋对诸侯王的通称。南朝梁武帝的侄儿萧㧑（huī），封永丰侯，故称永丰殿下。侯景乱起，武陵王萧纪僭号于蜀，封萧㧑为秦郡王。西魏大将军尉迟迥率军入蜀，萧㧑遣使乞降，以益州城归西魏。北周孝闵帝即位，封萧㧑为黄台郡公。北周武帝时，历少保、少傅，改封蔡阳郡公。见《北史·萧㧑列传》。这是一组抒情诗，第一首表达了诗人淡泊自守的心境。

②立德：树立德业，创制垂法，博施济众。《左传·襄公二十四年》："太上有立德，其次有立功，其次有立言，虽久不废，此之谓不朽。"齐：同。资：资质。一毁誉：把毁誉看成是一样的。这两句写诗人的思想修养。

③无机：没有机诈之心。抱瓮汲：抱着水罐从井里汲水。《庄子·天地》："有机械者必有机事，有机事者必有机心。机心存于胸中，则纯白

不备。"这句比喻过着质朴而简陋的生活。有道:有高尚的道德。带经锄:携带着经典去锄地。史载汉倪宽、三国魏常林、晋皇甫谧皆家贫好学,田间耕作,常带经书,抽空诵读。这句写诗人勤奋读书。

④处下:正确对待自己的卑下地位。《淮南子·原道训》:"土处下,不在高,故安而不危。"惟名惠:只有那名惠的人。春秋时鲁大夫展禽,因食邑柳下,死后谥惠,故称柳下惠。柳下惠不羞污君,不辞小官,任士师(典狱官)时,曾三次被黜,遗佚而不怨,厄穷而不悯。见《论语·微子》《孟子·万章下》。能言:善于言辞。本姓蘧(qú):本是那姓蘧的人。春秋时卫大夫蘧瑗,字伯玉,相传他"行年五十而知四十九年之非"。

⑤未论惊宠辱:犹宠辱不惊,不计较受宠或受辱。《老子》第十三章:"何谓宠辱若惊? 宠为下,得之若惊,失之若惊,是谓宠辱若惊。"安知:哪里知道。系惨舒:受客观条件的牵连,时而忧郁,时而舒畅。汉张衡《西京赋》:"夫人在阳时则舒,在阴时则惨,此牵乎天者也。"这两句总结上文,表示对避世者的向往。

二

王子从边服,临邛惜第如①。星桥拥冠盖,锦水照簪裾②。论文报潘岳,咏史答应璩③。帐幕参三顾,风流盛七舆④。

[注释]

①王子:指萧㧑。萧㧑为梁武帝弟安成王萧秀之子。边服:犹边地。惜:珍视,爱惜。第如:且往。《史记·司马相如列传》载卓文君对司马

相如说:"长卿,第俱如临邛,从昆弟假贷犹足为生,何至自苦如此!"这两句写萧㧑曾在蜀任巴西、梓潼二郡守,领益州刺史军防事,颇受蜀民爱戴。全诗表达了作者对萧㧑的敬意。

②星桥:冲星桥。在今四川成都。冠盖:借指官吏。冠,礼帽;盖,车盖。锦水:即锦江。在四川成都平原。传说古时织锦,濯于其中,较浣于他水者鲜明,故名。簪裾(jū):借指官吏。簪,官吏的冠饰;裾,衣服的前襟。这两句写萧㧑所交多达官贵人。

③潘岳(公元247—300年):西晋文学家。与陆机齐名,文辞华靡。应璩(qú)(公元190—252年):三国魏文学家。博学工文,善为书奏,其诗语言通俗。《周书》本传说萧㧑"所著诗赋杂文数万言,颇行于世"。这两句写萧㧑博观经史,兼善诗文,所交多文学之士。

④参:近似,近于。三顾:汉末刘备曾三次亲往隆中访聘诸葛亮。诸葛亮《出师表》云:"先帝不以臣卑鄙,猥自枉屈,三顾臣于草庐之中。"七舆:七辆副车。春秋时,侯伯出有副车七乘,每车有一大夫主管。这两句写萧㧑在蜀时声名之盛。

三

茫茫实宇宙,与善定冯虚①。大夫伤鲁道,君子念殷墟②。程乡既开国,安平遂徙居③。讵能从小隐?终然游太初④。

[注释]

①茫茫实宇宙:宇宙实茫茫。与善:帮助善人。《老子》第七十九章:"天道无亲,常与善人。"冯(píng)虚:凭空。这两句说天助善人

的说法不可靠。全诗流露出一种亡国后的幻灭之感。

②大夫伤鲁道：孔子为鲁国道衰而忧伤。《史记·鲁周公世家》："太史公曰：余闻孔子称曰'甚矣鲁道之衰也！洙泗之间龂（yín）龂如也'。"这句喻指梁元帝萧绎与武陵王萧纪之间的殊死斗争，令人感到痛心。君子念殷墟：箕子（商纣王的庶兄）因路过殷墟（商朝首都遗址）而悲痛。《史记·宋微子世家》："其后箕子朝周，过故殷虚，感宫室毁坏，生禾黍，箕子伤之。"这句喻指作者与萧㧑皆有亡国之痛。

③程乡既开国：周朝时，休甫封为程国伯，称程伯休甫；其地程邑，在今陕西咸阳东。见《史记·太史公自序》。这句喻指萧㧑被北周封为蔡阳郡公。安平遂徙居：安平，春秋时纪国鄑邑，在齐国东安平县（今山东淄博临淄区）。鲁庄公三年（公元前691年），齐国欲灭掉纪国，纪季（纪侯之弟）以鄑邑入于齐为附庸。见《左传·庄公三年》。这句喻指西魏欲灭掉武陵王萧纪，萧㧑以盖州城归于西魏，并迁居长安。

④讵能：怎能。从小隐：归隐于山林。晋王康琚《反招隐诗》："小隐隐陵薮，大隐隐朝市。伯夷窜首阳，老聃伏柱史。……推分得天和，矫性失至理。归来安所期，与物齐终始。"太初：指天地未分以前的元气。这两句说，你我都在北周做官，只能隐于朝市了，不过最后终归要游于太初。

四

直城风日美，平陵云雾除①。来往金张馆，弦歌许史间②。凤台迎弄玉，河阳送婕妤③。五马遥相问，双童来夹车④。

[注释]

①直城：汉代长安城门名。平陵：汉县名。在今陕西咸阳西北。这首诗写萧㧑仕北周后的显赫地位。

②金张馆：贵族府第。西汉金日䃅（dī）、张安世皆宣帝时权贵，氏族甚盛，世称"金张"。许史间：外戚之家。汉宣帝许皇后，生汉元帝，汉元帝封其外祖父许广汉为平恩侯，封许广汉两弟为博望侯、乐成侯；史良娣是汉宣帝的祖母，汉宣帝封史良娣的侄儿史高为乐陵侯，史曾为将陵侯，史玄为平台侯，史高的儿子史丹为武阳侯。见《汉书·外戚传上》。这两句本于晋左思《咏史》："朝集金张馆，暮宿许史庐。"

③凤台：秦穆公所筑之台。凤台故址，在今陕西宝鸡东南。弄玉：秦穆公之女。《水经注·渭水》："又有凤台、凤女祠。秦穆公时，有萧史者，善吹箫，能致白鹄、孔雀。穆公女弄玉好之。公为作凤台以居之。积数十年，一旦随风去。"河阳：地名，按，河阳，《汉书·赵皇后传》作"阳阿"，系汉县名，在今山西阳城县北。婕妤：宫中女官名。汉成帝微行，过河阳，见赵飞燕而悦之，召入宫，为婕妤。见汉刘向《列女传》卷八。

④五马：指太守。《玉台新咏》卷一《日出东南隅行》："使君从南来，五马立踟蹰。"按，萧㧑于北周武帝保定三年（公元563年），曾任上州刺史。双童：两少年。夹车：车辆拥挤貌。语本《玉台新咏》卷一《相逢狭路间》："相逢狭路间，道隘不容车。如何两少年，夹毂问君家。"这句写萧㧑在北周，地位显赫，车辆盈门。

五

托情欣六学，游目爱三余①。覆局能悬记，看碑解暗疏②。讵尝游魏冉，那时说范雎③。池水朝含墨，流萤夜聚书④。

[注释]

①托情：寄托情意。六学：即六经。《庄子·天运》："丘治《诗》《书》《礼》《乐》《易》《春秋》六经，自以为久矣。"这首诗写萧㧑有深厚的文化修养。游目：犹言博览。三余：泛指空闲时间。《三国志·魏书·王肃传》注引《魏略》："冬者岁之余，夜者日之余，阴雨者时之余也。"

②覆局能悬记：谓记忆力强。《三国志·魏书·王粲传》："观人围棋，局坏，粲为覆之。棋者不信，以帊（pà）盖局，使更以他局为之。用相比校，不误一道。其强记默识如此。"看碑解暗疏：谓理解力强。疏，注释。汉末曹操与杨修经曹娥碑下，碑背有"黄绢幼妇外孙齑臼"八字，杨修已解，曹操行三十里后亦解。修别记所知云："黄绢，色丝也，于字为绝；幼妇，少女也，于字为妙；外孙，女子也，于字为好；齑臼，受辛也，于字为辞：所谓绝妙好辞也。"曹操亦记之，与修同。见《世说新语·捷悟》。

③讵尝游魏冉：何尝像魏冉那样游宦过。魏冉，战国时秦国大臣。原为楚人，事秦昭王有功，曾四登相位。见《史记·穰侯列传》。那时说范雎：何时像范雎那样游说过。范雎（《史记》作"范睢"），战国时魏人，化名张禄，自魏入秦，游说秦昭王，免去魏冉之相，而任他为相。后以攻

赵不胜，乃接受燕人蔡泽的劝说，辞去相位，而由蔡泽任秦相。见《史记·范雎蔡泽列传》。

④池水朝含墨：东汉张芝善草书。相传他临池学书，池水尽黑。流萤夜聚书：晋车胤幼时家贫，不常得油，夏月用练囊盛数十萤火以照书，夜以继日。见《晋书·车胤传》。这两句写萧㧑善为草书，博览群籍，为北周所重。

六

兴云榆荚晚，烧薙杏花初①。滮池侵黍稷，谷水播菑畬②。六月蝉鸣稻，千金龙骨渠③。含风摇古度，防露动林于④。

[注释]

①兴云：起云。榆荚晚：榆树结荚后不久，有雨，名榆荚雨。这首诗写萧㧑对农业的关注。烧薙（tì）：焚烧所除的野草，用来积肥。杏花初：指春分至清明，杏花初放时。

②滮（biāo）池：水名。在陕西西安西。侵黍稷：浸润庄稼。侵，疑当作"浸"。《诗·小雅·白华》："滮池北流，浸彼稻田。"谷水：山谷之水。菑（zī）畬（yú）：田地。菑，初垦的田；畬，已垦两年的田。

③六月：农历六月。蝉鸣稻：谓蝉鸣稻熟。千金：千金堰，古代水利工程名。在今河南洛阳西。北魏杨衒之《洛阳伽蓝记·城西》："长分桥西有千金堰，计其水利，日益千金，因以为名。"龙骨渠：井渠名，即龙首渠。汉武帝时发卒万人穿渠，自征城引洛水至商颜山下，凿深井多口，于井下相通行水，穿渠得龙骨，故名龙首渠。见《汉书·沟洫志》。这句

写秋收后兴修水利。

④古度：树名。林于：竹的一种。这两句写农闲景象。全章写萧㧑对农业颇为注重。

七

自怜循短绠，方欲问长沮①。茂陵体犹瘠，淮阳疾未祛②。翻疑承毒水，忽似遇昌歜③。汉阳嗟欲尽，咎繇惧忽诸④。

[注释]

①循：抚摩。短绠（gěng）：短的井绳。《庄子·至乐》："褚小者不可以怀大，绠短者不可以汲深。"这句是庾信说自己能力小，难以担当重任。全章对自己的流落和梁朝的灭亡，不胜感慨系之。长沮（jǔ）：春秋时隐士。相传他在耕作时，孔子让子路问他渡口在哪儿，他不肯说。见《论语·微子》。

②茂陵：汉司马相如曾在茂陵（今陕西兴平东南）养病。瘠：瘦弱。淮阳：汉汲黯多病，出任淮阳（今属河南）太守，在任十年卒。祛：除去。这两句说自己体弱多病。

③翻：翻胃，食欲不振。承毒水：喝了有毒的水。《左传·襄公十四年》："夏，诸侯之大夫从晋侯伐秦，……秦人毒泾上流，师人多死。"忽：悠忽，惆怅。遇昌歜（chù）：受到高级的接待。昌歜，即昌歜，用菖蒲根制成的盐菜。《左传·僖公三十年》："冬，王使周公阅来聘，飨有昌歜、白、黑、形盐。"这两句说自己形神俱疲。

④汉阳嗟欲尽：叹汉水以北诸国，已被楚国灭尽了！《左传·僖公二

十八年》："汉阳诸姬，楚实尽之。"咎繇惧忽诸：怕像皋陶的后代那样，忽然灭亡。咎繇，即皋陶，古代东夷族的首领。春秋时，其后代之国六与蓼相继被灭，鲁国的执政臧文仲说："皋陶、庭坚，不祀忽诸；德之不建，民之无援，哀哉！"见《左传·文公五年》。这两句感叹梁朝灭亡，萧氏的后代也将站不住脚。

八

弱龄参顾问，畴昔滥吹嘘①。绿槐垂学市，长杨映直庐②。连盟翻灭郑，仁义反亡徐③。还思建业水，终忆武昌鱼④。

[注释]

①弱龄：少年。参顾问：陪从应对。庾信曾任湘东国常侍。《后汉书·百官志三》："侍中……掌侍左右，赞导众事，顾问应对。法驾出，则多识者一人参乘，余皆骑在乘舆车后。"这首诗是作者对自己身世的回顾。畴昔：从前。滥吹嘘：疑为"滥吹竽"，即"滥竽充数"之意。这是作者的谦辞。

②绿槐垂学市：汉长安城东南，常满仓以北，有槐树数百行。每月朔望，诸生于其下买卖书物，并相与议论。见《三辅黄图》。长杨：秦、汉有长杨宫，宫中垂杨荫数亩。见《三辅黄图》。直庐：轮流值宿之舍。庾信曾任梁度支尚书郎，昼夜更值于宫。

③连盟翻灭郑：郑缥公十六年（公元前407年），郑败韩于负黍（在今河南登封）；郑康公二年（公元前394年），郑负黍反复归韩；十一年（公元前385年），韩伐郑，取阳城（今河南登封东南）；二十一年（公元前375

年),韩哀侯灭郑,并其国。见《史记·六国年表》。这句喻指侯景自东魏归附于梁,不久即举兵反,终于导致梁朝的灭亡。仁义反亡徐:徐,周代国名。其王为徐偃王,行仁义,陆地而朝者三十有六国。后为楚文王所灭。"偃王仁而无权,不忍斗其人,故致于败。"见《后汉书·东夷传》。这句喻指梁武帝笃信佛教,不修武备,遂为侯景所败。

④建业:南朝梁的旧都。在今江苏南京。武昌:郡县名。在今湖北鄂州。梁大宝二年(公元551年),庾信自建业奔江陵,曾路过此地。语本三国吴童谣:"宁饮建业水,不食武昌鱼;宁还建业死,不止武昌居。"见《三国志·吴书·陆凯传》。这两句写对梁朝故土的怀念。

九

崩堤压故柳,衰社卧寒樗①。野鹤能自猎,江鸥解独渔②。汉阴逢荷蓧,缁林见杖挈③。阮籍尝思酒,嵇康懒著书④。

[注释]

①崩堤:比喻梁朝的灭亡。故柳:比喻梁朝的旧臣。衰社:衰亡了的梁朝。寒樗(chū):被遗弃的臭椿树。《庄子·逍遥游》:"吾有大树,人谓之樗,其大本拥肿而不中绳墨,其小枝卷曲而不中规矩。立之涂,匠者不顾。"这首诗反映了梁朝旧臣无所归依的情状。

②野鹤:鹤性孤高,喜居林野。此以野鹤喻隐士。江鸥:鸥在江中,游泳自适。因以江鸥喻隐士。

③汉阴:汉水之南。泛指楚地。荷蓧:扛着农具的老人。指隐士。《论语·微子》:"子路从而后,遇丈人以杖荷蓧。子路问曰:'子见夫子

乎?'丈人曰:'四体不勤,五谷不分,孰为夫子?'植其杖而芸。"缁(zī)林:缁帷之林。指林荫地带。杖拏(rú):拿着船篙的渔父。指隐者。《庄子·渔父》:"孔子游乎缁帷之林,休坐乎杏坛之上。弟子读书,孔子弦歌鼓琴。奏曲未半,有渔父者下船而来,须眉交白,被发揄袂,行原以上,距陆而止,左手据膝,右手持颐以听。曲终而招子贡、子路,二人俱对。……子贡还报孔子,孔子推琴而起曰:'其圣人与!'乃下求之,至于泽畔;方将杖拏而引其船,顾见孔子,还向而立;孔子反走,再拜而进。"

④阮籍(公元210—263年):三国魏文学家。与嵇康齐名,为"竹林七贤"之一。与司马氏有一定矛盾。后期常用醉酒的办法,企图在复杂的政治斗争中保全自己。尝:一本作"常",是。嵇康(公元224—263年):三国魏文学家。其《幽愤诗》云:"托好《庄》《老》,贱物贵身,志在守朴,养素全真。"《与山巨源绝交书》云:"今但欲守陋巷,教养子孙,时时与亲旧叙离阔,陈说平生,浊酒一杯,弹琴一曲,志意毕矣!"这两句说自己别无所求,只想做嵇、阮那样的人。

十

披林求木实,拂雪就园蔬①。浊胶非鹤髓,兰肴异蟹胥②。野情风月旷,山心人事疏③。徒知守瓴甓,空欲报璠玙④。

[注释]

①披林:疑当作"披枝"。披折树枝。木实:树木的果实。《战国策·秦策三》:"臣闻之,木实繁者枝必披,枝之披者伤其心。"就:求

取。园蔬：园中蔬菜。全章谓自己已退居山野，无以报萧㧑的盛情。

②浊胶：一本作"浊醪"，是。浊醪，混浊的酒。鹤髓：王莽时兴神仙事，种五粱禾于殿中，先煮鹤髓、玳瑁、犀玉等二十余物以浸谷种。见《汉书·郊祀志下》。兰肴：以兰香调味的菜肴。蟹胥：蟹酱。《周礼·天官·庖人》："共祭祀之好羞。"汉郑玄注："谓四时所为膳食，若荆州之鳙鱼，青州之蟹胥。"

③野情、山心：犹山野之性。风月：清风明月。旷：开阔。按，梁朝吏部尚书徐勉常与门人夜集，客有求詹事五官者，勉正色答云："今夕止可谈风月，不宜及公事。"见《梁书》本传。这两句说，只想寄情风月，不欲过问世事。

④瓴（líng）甓（pì）：一种狭长的砖。《尔雅·释宫》："瓴甋（dì）谓之甓。"晋郭璞注："甋（lù），砖也，今江东呼瓴甓。"璠（fán）玙（yú）：两种美玉名。《太平御览》卷八〇四引《论语》："璠玙，鲁之宝玉也。孔子曰：美哉璠玙，远而望之，焕若也；近而视之，瑟若也。"这两句以瓴甓喻自己，以璠玙喻萧㧑，表示谦恭之意，为全诗作结。

侍从徐国公殿下军行①

八风占阵气，六甲候兵韬②。置府仍开幕，麾军即秉旄③。长旗临广武，烽火对成皋④。巡寒重挟纩，酌水胜单醪⑤。阵后云逾直，兵深星转高⑥。电焰驱龙马，山精镂宝刀⑦。塞迥翻榆叶，关寒落雁毛⑧。既得从神武，何须念久劳⑨。

[注释]

①徐国公：指北周司空若干惠之子若干凤。若干凤于保定四年（公元564年），封为徐国公。见《周书·若干惠列传》。殿下：对诸侯王的尊称。这首诗记下了作者随若干凤行军时的观感。

②八风：八方之风。占：测候。《后汉书·郎𫖮传》："能望气，占候吉凶。"阵气：兵阵的气运。六甲：五行方术的一种。兵韬：用兵的谋略。

③置府：设置府署。古代将军出征，就帐幕为府署，称"幕府"。仍：乃。开幕：一本作"张幕"。麾军：指挥军队。秉旄：拿着饰有牦牛尾的旗子。《尚书·牧誓》："王左杖黄钺，右秉白旄以麾。"

④广武：古城名。在今河南荥阳东北广武山上。分东西二城，中隔广武涧。楚汉相争时，刘邦、项羽曾对峙于此。对：一本作"照"，近是。成皋：古邑名。在今河南荥阳汜水镇。春秋时属郑，名虎牢，后改成皋，为军事重地。

⑤巡寒重挟纩（kuàng）：在寒天巡视军队，比之让军士穿上绵衣，其意义更为重大。《左传·宣公十二年》："申公巫臣曰：'师人多寒。'王巡三军，拊而勉之，三军之士，皆如挟纩。"纩，绵絮。酌水胜单醪：让大家都喝口水，比之让少数人喝酒，其情意更为深厚。传说越王勾践有一坛酒，没法子让将士喝遍，于是倒酒入河，请大家饮点带酒的河水。

⑥云逾（yú）直：云更直。《史记·天官书》："阵云如立垣。"星：指太白星（即金星）。古代以太白星主杀伐，多以喻兵戎之事。

⑦电焰：形容迅捷。龙马：骏马。山精：指好铁。《吴越春秋·阖闾内传》："干将作剑，采五山之铁精，六合之金英。"

⑧迥：远。榆叶：榆树之叶。《汉书·韩安国传》："累石为城，树榆为塞。"雁毛：雁的羽毛。古有雁门山，又名雁门塞。在山西代县西北。

两山对峙，雁经其间，故谓"关寒落雁毛"。

⑨神武：指有道之君。《易·系辞上》："其孰能与于此哉？古之聪明睿知、神武而不杀者夫！"久劳：劳师日久。汉王粲《从军诗》："从军有苦乐，但问所从谁。所从神且武，焉得久劳师？"

对宴齐使①

归轩下宾馆，送盖出河堤②。酒正离杯促，歌工别曲凄③。林寒木皮厚，沙回雁飞低④。故人倘相访，知余已执珪⑤。

[注释]

①齐使：北齐的使者。《周书·武帝纪下》："（天和四年）夏四月己巳，齐遣使来聘。"知本诗写于公元569年。诗人为齐使饯别，颇多自伤、自惭之辞。

②轩：古代一种前顶较高、带有帷幕的车子。盖：车篷。代指车。

③酒正：古代官名。掌酒之政令及宴礼宾客等。离杯：临别所举之杯。促：催促，急促。歌工：宫廷乐工。别曲：临别所奏之曲。凄：悲伤。

④木皮：树皮。这两句慨叹自己颜厚，不能高飞。

⑤故人：旧时相识者。庾信在梁朝时，曾出使于东魏，文章辞令，甚为邺下所称。邺县（在今河北临漳）为东魏首都，亦北齐首都，很多人与庾信有旧。执珪：战国时楚国爵位名。这里借指庾信虽在北周为骠骑大将军、开府仪同三司、司宪中大夫，享有很高地位，但是内心却很痛苦。

《汉书·曹参传》:"西击秦将杨熊军于曲遇,破之,虏秦司马及御史各一人。迁为执珪。"

聘齐秋晚馆中饮酒①

欣兹河朔饮,对此洛阳才②。残秋欲屏扇,余菊尚浮杯③。漳流鸣二水,日色下三台④。无因侍清夜,同此月徘徊⑤。

[注释]

①聘齐:出使北齐。这是庾信奉命聘齐时所作,其意境是悲凉的。

②河朔:北齐首都邺县在黄河以北,故称河朔。洛阳才:指北齐在座诸臣。北齐的前身东魏,自洛阳迁都于邺,故称诸臣为洛阳才。

③残秋:秋末。屏扇:把扇子弃置不用。浮杯:满杯。一说,古人聚会于曲水两旁,投觞于水之上游,任其随波而下,止于某处,则其人取而饮之。晋潘岳《闲居赋》:"寿觞举,慈颜和,浮杯乐饮,丝竹骈罗。"

④二水:指清漳、浊漳。三台:指曹操在邺都时所筑的铜雀台、金虎台和冰井台。

⑤无因:没有条件。《史记·邹阳列传》:"臣闻明月之珠,夜光之璧,以暗投人于道路,人无不按剑相眄者。何则?无因而至前也。"清夜:指清夜之游。三国魏曹植《公宴诗》:"公子敬爱客,终宴不知疲。清夜游西园,飞盖相追随。"徘徊:往返犹疑貌。

同卢记室从军①

河图论阵气,金匮辨星文②。地中鸣鼓角,天上下将军③。函犀恒七属,络铁本千群④。飞梯聊度绛,合弩暂凌汾⑤。寇阵先中断,妖营即两分⑥。连烽对岭度,嘶马隔河闻⑦。箭飞如疾雨,城崩似坏云。英王于此战,何用武安君⑧?

[注释]

①卢记室:北周卢恺,字长仁,任齐王宇文宪记室(官名)。天和六年(公元571年),从宇文宪伐齐,庾信亦在其列。本诗即记其事。

②河图:指八卦,即《周易》中的八种符号。传说伏羲氏时,有龙马从黄河出现,背负"河图";有神龟从洛水出现,背负"洛书"。伏羲氏据此画成八卦,文王演为《周易》。阵气:古代作战时的队形和部署。《三国志·蜀书·诸葛亮传》:"推演兵法,作八阵图。"金匮:金属的藏书柜,也指金匮中所藏的书。《史记·太史公自序》:"迁为太史令,䌷(chōu)史记石室金匮之书。"星文:星象。古代天文术数家根据星体明、暗、薄、蚀等现象以占验人事的吉凶。

③地中鸣鼓角:战鼓和号角在地中齐鸣。《后汉书·公孙瓒传》:"袁氏之攻,状若鬼神,梯冲舞吾楼上,鼓角鸣于地中,日穷月急,不遑启处。"天上下将军:将军出其不意地到达某处,譬如自天而下。汉景帝时,吴、楚反。太尉周亚夫发兵至霸上,准备东征。赵涉献计:"且兵事上神密,将军何不从此右去,走蓝田,出武关,抵洛阳,间不过差一二日,直

入武库,击鸣鼓。诸侯闻之,以为将军从天而下也。"见《汉书·周勃列传》。

④函犀:犀牛皮制的铠甲。《周礼·考工记·函人》:"函人为甲,犀甲七属,兕甲六属,合甲五属。"七属:有七片用皮革或金属制成的叶片附着于身。属,附着。络:马笼头。铁:铁马,壮马。千群:约数,极言其多。

⑤飞梯:攻城的战车。绛:地名。在今山西绛县一带。北周时为绛郡,与北齐交界。合弩:疑即连弩,用机械触击可数矢并发的强弓。凌:迫近。汾:地名。在今山西吉县境。北齐时为南汾州,与北周邻接。

⑥寇阵、妖营:指北齐军。

⑦连烽对岭度:接连不断的火把从绛岭这边越到那边。谓北周乘胜进军。嘶马隔河闻:战马的嘶鸣,隔着黄河(或云汾水)都能听见。

⑧英王:英才盖世的王。这里指北周的齐王宪,他是这次伐齐之战的统帅。武安君:秦将白起善用兵,凡攻占七十余城,被封为武安君。

伏闻游猎①

虞旗喜旦晴,猎马向山横②。石关鱼贯上,山梁雁翅行③。雪平寻兔迹,林丛听雉声④。马嘶山谷响,弓寒桑柘鸣⑤。闻弦鸟自落,望火兽空惊⑥。无风树即正,不冻水还平。谁知茂陵下,愿入睢阳城⑦。

[注释]

①伏闻：恭敬地听到。游猎：遨游，射猎。庾信听到周武帝游猎之事，想到自己的不平遭遇，颇有感触，因而写了这首诗。

②虞旗：虞，古代掌山泽的官。遇帝王行猎时，在田野插上虞旗，以便于集中猎获鸟兽。《周礼·地官·山虞》："若大田猎，则莱山田之野，及弊田，植虞旗于中，致禽而珥焉。"旦：早晨。横：纵横驰骋。

③石关：山门。山梁：犹山脊。雁翅行：谓沿着山梁相次而行，如雁飞有序。

④丛：聚。雉：野鸡。

⑤弓寒：指拉弓射箭。寒，震颤。桑柘（zhè）：用桑木柘材制的良弓。柘亦桑属。《太平御览》卷九五八汉应劭《风俗通》："柘材为弓，弹而放快。"

⑥空惊：尽皆受惊。

⑦茂陵：古县名。在今陕西兴平东北。汉武帝葬于此。汉司马相如曾上疏谏猎，后以病免，家居茂陵。睢阳城：古县名。治所在今河南商丘南。汉梁孝王刘武曾大建睢阳城，治宫室，为复道，东西驰猎，招延四方豪杰。司马相如曾客游于此。庾信言下之意，也希望因病免职，回居南方。

园　庭

杖乡从物外，养学事闲郊①。穷愁方汗简，无遇始观爻②。谷寒已吹律，檐空更剪茅③。樵隐恒同路，人禽或对巢④。水蒲开晚结,风竹解寒苞⑤。古槐时变火,枯枫乍落胶⑥。倒屣迎悬榻,停琴听解嘲⑦。香螺酌美酒,枯蚌藉兰殽⑧。飞鱼时触钓,翳雉屡悬庖⑨。但使相知厚,当能来结交⑩。

[注释]

①杖乡:在乡间扶杖。《礼记·王制》:"五十杖于家,六十杖于乡,七十杖于国,八十杖于朝。"知此诗当作于六十岁后。物外:世事之外。庾信在这首诗中抒发了自己住在郊外的一些感受和对于友情的渴慕。

②汗简:著书。古时以火炙竹简令汗,取其青易书,复免虫蛀。无遇:未遇合好的时机。观爻:观察爻象的构成和变化,据以分析卦象的吉凶和含义。爻,卦象由阳爻(━)和阴爻(╍)组成。《周易》有三百八十四爻。

③谷寒已吹律:相传黍谷(在今北京密云区)地寒,五谷不生,战国时邹衍吹律(定音管)而地温,于是生黍。剪茅:修剪茅草盖的屋顶。

④樵:砍柴的人。隐:隐士。恒同路:樵者入山砍柴,隐者入山隐居,往往同路,而目的不同。人禽或对巢:人,指上古隐士巢父(因巢居树上,故名)。有时人禽相并而居,但性质绝不相同。禽,指鸟类。

⑤水蒲:水菖蒲。结:果实。苞:竹笋。这两句写初夏时节。

⑥古槐时变火:古代随季节不同,用以烧火的木质也不同。《周礼·夏官·司爟》的注说:"冬取槐檀之火。"枯枫乍落胶:枫树的脂名"枫胶",可以制香。《太平御览》卷九八二引汉曹操令:"房屋不洁,听得烧枫胶及蕙草。"这两句写初冬时节。

⑦倒屣(xǐ):倒穿着鞋子(热情迎客的表现)。悬榻:指代贤士。《后汉书·徐穉传》:"(南昌太守陈蕃)在郡不接宾客,惟穉来,特设一

榻,去则悬之。"解嘲:因受人嘲笑而作些辩解。汉扬雄作《太玄经》,以淡泊自守,被人嘲笑,作《解嘲》以解之。

⑧香螺:螺壳制的酒杯。兰殽:兰肴,芳香的菜肴。

⑨飞鱼:游鱼。翳(yì)雉:隐蔽的山鸡。悬庖:悬于庖厨。这两句比喻或出或隐,都相当危险。

⑩但使:只要。

归 田①

务农勤九谷,归来嘉一廛②。穿渠移水碓,烧棘起山田③。树阴逢歇马,鱼潭见酒船④。苦李无人摘,秋瓜不直钱⑤。社鸡新欲伏,原蚕始更眠⑥。今日张平子,翻为人所怜⑦。

[注释]

①归田:辞官回乡。汉张衡有《归田赋》,表示"游都邑以永久,无明略以佐时,徒临川以羡鱼,俟河清乎未期",不如"超尘埃以遐逝,与世事乎长辞","苟纵心于物外,安知荣辱之所如"!庾信作此诗,以明其归田之志。

②九谷:九种谷物,指黍、稷、秫(shú)、稻、麻、大豆、小豆、大麦、小麦。其他说法不一。嘉一廛(chán):以一廛为幸福。一廛,一户所居之地。《孟子·滕文公上》:"愿受一廛而为氓。"

③水碓(duì):一种将谷舂成米的设备。以水力冲动转轮,带动转轴,轴上安有横木,轮流压动碓梢,使碓锤一起一落,以舂击臼中谷物。

烧棘：焚烧野草乱木，以开荒积肥。山田：山区的田。

④树阴：即树荫。逢：遇见。歇马：中途休息的人。鱼潭：有鱼的湖。酒船：载酒的船。

⑤苦李：味苦的李子。西晋王戎，幼而颖悟，尝与群儿嬉于道侧，见李树多果实，群儿竞相摘取，戎独不动。或问其故，答云："树在道边而多子，必苦李也。"取之，果然。见《晋书》本传。秋瓜：秋后的西瓜。春秋时，越伐吴。吴王率群臣远遁，行步猖狂，腹馁口饥，得生稻而食，伏地水而饮。至胥山，得生瓜已熟，问左右："何冬而生？瓜近道，人不食，何也？"左右言："盛夏之时，人食生瓜，起居道傍，子复生，秋霜恶之，故不食。"见《吴越春秋》卷五。直：通"值"。

⑥社鸡：秋社时的鸡。古时以立秋后第五个戊日为秋社，酬祭土神，以毕农事。伏：通"孵"。原蚕：指夏秋第二次孵化的蚕。《淮南子·泰族》："原蚕一岁再收，非不利也；然而王法禁之者，为其残桑也。"更眠：二眠。这两句写农事既毕，仍忙于孵鸡饲蚕。

⑦张平子：张衡（公元78—139年），字平子，东汉南阳西鄂（今河南南阳石桥镇）人。虽才高于世，而无骄尚之情；常从容淡静，不好交接俗人。因不慕当世，所居之官，辄积年不徙。永和初，出为河间相。视事三年，上书辞官，征拜尚书。永和四年（公元139年）卒。见《后汉书》本传。翻：更。怜：哀怜。这两句写作者欲归田里，作《归田》诗，与张衡作《归田赋》有近似之处。

幽居值春①

山人久陆沉，幽径忽春临②。决渠移水碓，开园扫竹林③。攲桥久半断，崩岸始邪侵④。短歌吹细笛，低声泛古琴⑤。钱刀不相及，耕种且须深⑥。长门一纸赋，何处觅黄金⑦？

[注释]

①幽居：隐居。晋陶渊明《答庞参军》诗："我实幽居士，无复东西缘。"值：逢。这是一首自述隐居生活的小诗，因经济困难，调子比较低。

②山人：山居者，隐士。这里是作者自称。陆沉：陆地无水而沉。比喻隐居。《庄子·则阳》："方且与世违，而心不屑与之俱，是陆沉者也。"

③决渠：使水渠畅通。水碓：利用水力冲动的舂米装置。竹林：名士聚会的地方。魏晋间，嵇康、阮籍等七人，相与友善，游于竹林，号"竹林七贤"。

④攲（qī）桥：倾斜的桥。崩岸：坍坏的岸。邪侵：逐渐地被侵蚀。

⑤泛：弹琴时以指轻点弦徽所发之音，叫泛声。

⑥钱刀：泛指钱。刀是古代一种刀形的钱。《乐府诗集》卷四一《白头吟》古辞："男儿重意气，何用钱刀为！"

⑦长门：汉宫名。一纸赋：指汉司马相如《长门赋》。汉武帝时，陈皇后得幸，继而被废弃于长门宫。陈皇后以黄金百斤送与蜀郡司马相如和卓文君取酒。司马相如作《长门赋》，达于武帝，使陈皇后复得亲宠。何处觅黄金：犹言我今作赋，处境与司马相如不同。

望　野

试策千金马,来登五丈原①。有城仍旧县,无树即新村②。水向兰池泊,日斜细柳园③。涸渚通沙路,寒渠塞水门④。但得风云赏,何须人事论⑤?

[注释]

①千金马:盖即千里马。《战国策·燕策》:"古之君人,有以千金求千里马者,三年不能得。"五丈原:地名。在今陕西岐山境,渭河南岸。三国时蜀诸葛亮曾率军驻扎于此,在此处病逝。这首诗抒发了作者游目古迹时触发的生不逢时之感。

②城:城墙。仍:乃。旧县:昔时郡县。新村:现时乡村。

③兰池泊:兰池陂。在今陕西咸阳东。相传秦始皇时,引渭河为长池,东西二百里,南北二十里。细柳园:细柳营。在今陕西咸阳西南。西汉将军周亚夫曾扎营于此。

④涸渚:干涸的小洲。寒渠:寒冷的水渠。水门:水闸。《汉书·召信臣传》:"开通沟渎,起水门提阏凡数十处,以广灌溉。"

⑤风云赏:犹言遭逢明主,受到重用。《易·乾》:"云从龙,风从虎,圣人作而万物睹。"《后汉书·朱祐等传论》:"咸能感会风云,奋其智力。"人事论:议论人事的兴衰得失。《史记·太史公自序》:"夫《春秋》,上明三王之道,下辨人事之纪。"

蒙赐酒

金膏下帝台，玉历在蓬莱①。仙人一遇饮，分得两三杯。忽闻桑叶落，正值菊花开②。阮籍披衣进，王戎含笑来③。从今觅仙药，不假向瑶台④。

[注释]

①金膏：金色的浓酒。帝台：指仙家。《山海经·中山经》："高前之山，其上有水焉，甚寒而清，帝台之浆也。"玉历：疑当为"玉沥"。指玉酒，以玉液酿造之酒。《汉武内传》："西王母当下，帝设葡萄，王母谓帝曰：仙家上药有玉酒，琼瑶酒。"蓬莱：传说东海中的神山名，其形如壶。《史记·秦始皇本纪》："海中有三神山，名曰蓬莱、方丈、瀛洲。"这是一首感谢诗，喜悦之情，溢于言表。

②桑叶落：指桑落酒。《水经注·河水》："民有姓刘名堕者，宿擅工酿，采挹河流，酝成芳酎。悬食同枯枝之年，排于桑落之辰，故酒得其名矣。"菊花开：犹言饮菊花酒之时。《西京杂记》："菊花舒时，并采茎叶，杂黍米酿之。至来年九月九日始熟，就饮焉。故谓之菊花酒。"

③阮籍（公元210—263年）：三国魏文学家，陈留尉氏（今河南尉氏县）人。好饮酒，常以酒醉为自全之计。王戎（公元234—305年）：西晋临沂（今山东临沂）人，与阮籍同为"竹林七贤"之一。年青时往见阮籍，阮籍与他开怀畅饮，而早已在座的刘公荣却不得一杯。

④假：凭借。瑶台：传说为神仙所居之处。

和王少保遥伤周处士①

冥漠尔游岱，凄凉余向秦②。虽言异生死，同是不归人③。昔余仕冠盖，值子避风尘④。望气求真隐，伺关待逸民⑤。忽闻泉石友，芝桂不防身⑥。怅然张仲蔚，悲哉郑子真⑦。三山犹有鹤，五柳更应春⑧。遂令从渭水，投吊往江滨⑨。

[注释]

①王少保：指王褒，琅邪临沂（今山东临沂）人，梁元帝时任侍中，累迁吏部尚书、左仆射；江陵陷后，入仕北朝，北周武帝时，授太子少保，迁小司空。王褒与梁处士周弘让友善，常有诗、书相赠答。见《周书·王褒传》。遥伤：遥致悼念之意。周处士：指南朝周弘让。初隐于句容茅山，频征不出，故有"处士"之称。晚仕侯景，为中书侍郎；梁天正间，任世子府咨议参军；承圣初，为国子祭酒；陈天嘉初，以白衣领太常卿、光禄大夫，加金章紫绶。见《南史》本传。庾信在这首诗中，既是悼念故人，也是忧叹自己。

②冥漠：幽暗冷清。游岱：指去世。旧以泰岱为鬼魂所归之地。三国魏刘桢《赠五官中郎将》诗："常恐游岱宗，不复见故人。"向秦：流落北朝。这两句写与故人生死异路，备感凄凉。

③同是不归人：你我都无法再回金陵。

④仕：做官。冠盖：礼帽和车盖。官吏特有的服饰和车乘。避风尘：隐居不仕。

⑤望气：古人认为，望云气可据以测吉凶征兆。汉刘向《列仙传》卷上："关令尹喜者，周大夫也。……老子西游，喜先见其气，知有真人当过，物色而遮之，果得老子。"伺关：守候在函谷关。相传尹喜曾为函谷关尹。逸民：循世逸居的人。《史记·老子列传》："老子修道德，其学以自隐无名为务。居周久之，见周之衰，乃遂去。至关，关令尹喜曰：'子将隐矣，强为我著书。'于是老子乃著书上下篇，言道德之意五千余言而去，莫知其所终。"这两句说，我也在函谷关等着你呢。

⑥泉石友：隐于山林的友人（指周弘让）。芝桂不防身：像芝焚桂折那样，终于未能保全自己。这两句哀悼弘让之死。

⑦张仲蔚：东汉扶风平陵（今陕西咸阳西）人。少与同郡魏景卿隐居不仕。学问弘博，好为诗赋，所居蓬蒿没人。郑子真：西汉褒中（今陕西勉县东南）人。修道守默。成帝时，大将军王凤礼聘于他，不应。家于谷口，号"谷口子真"。这两句以张、郑二人比周弘让，以"怅然""悲哉"表示伤悼之情。

⑧三山：古代指仙人所居之地。《史记·秦始皇本纪》："齐人徐市（fú）等上书，言海中有三神山，名曰蓬莱、方丈、瀛洲，仙人居之。"这里借指茅山。五柳：晋陶渊明宅旁有五株柳树，作《五柳先生传》以自况："先生不知何许人也，亦不详其姓字，宅边有五柳树，因以为号焉。"更应春：柳树应春而发，农人应春而作。陶渊明《归去来兮辞》："悦亲戚之情话，乐琴书以消忧。农人告余以春及，将有事于西畴。"这两句遥想周弘让死后，茅山的鹤、柳依旧，使人格外伤怀。

⑨渭水：借代长安，作者所居之处。江滨：借代金陵一带，周弘让所居之处。

伤王司徒褒①

昔闻王子晋，轻举逐神仙②。谓言君积善，还得嗣前贤③。四海皆流寓，非为独播迁④。岂意中台坼，君当风烛前⑤。自君钟鼎族，江东三百年⑥。宝刀仍世载，雕戈本旧传⑦。绿绂纡槐绶，黄金饰侍蝉⑧。地建忠臣国，家开孝子泉⑨。自能枯木润，足得流水圆⑩。以君承祖武，诸侯无间然⑪。青衿已对日，童子即论天⑫。颍阴珠玉丽，河阳脂粉妍⑬。名高六国共，价重十城连⑭。辩足观秋水，文堪题马鞭⑮。回鸾抱书字，别鹤绕琴弦⑯。拥旄裁甸服，垂帷非被边⑰。静亭空系马，闲烽直起烟⑱。不废披书案，无妨坐钓船⑲。茂陵忽多病，淮阳实未痊⑳。侍医逾默默，神理遂绵绵㉑。永别张平子，长埋王仲宣㉒。柏谷移松树，阳陵买墓田㉓。陕路秋风起，寒堂已飒焉㉔。丘杨一摇落，山火即时然㉕。昔为人所羡，今为人所怜㉖。世途旦复旦，人情玄又玄㉗。故人伤此别，留恨满秦川㉘。定名于此定，全德以斯全㉙。惟有山阳笛，凄余《思旧》篇㉚。

[注释]

①伤：悼念。王褒：北周明帝笃好文学，以王褒、庾信才名最高，特加亲待。每游宴，辄命褒等赋诗谈论。北周武帝作《象经》，命褒作注，多所称赏。建德元年（公元572年）以后，凡大诏册，皆令褒起草。不

久，褒出为宜州（今陕西富平县一带）刺史，卒于官，年六十四。司徒：官名。三公之一。按，王褒曾任北周小司空，《周书》《北史》皆未记载他任过司徒。本诗以愤懑的笔触，比较全面地回顾了梁朝的灭亡和王褒的身世。

②王子晋：即仙人王子乔，原系周灵王太子，名晋。轻举逐神仙：轻飘地升向高处与神仙一起遨游。传说王子晋善吹笙，作凤凰鸣，游伊洛之间，为道士浮丘公引赴嵩山修炼；三十余年后，在缑氏山顶上乘白鹤与世人告别，升天而去。见汉刘向《列仙传》。

③言：语气助词。君：指王褒。积善：多做好事。嗣：接续，继承。前贤：古代有品德的人。这两句说，王褒为王子晋的后代，一定能继承和发扬好的家风。

④四海：天下，到处。流寓：在异乡定居。非为：不是。独播迁：个别人流离迁徙。《北史·庾信传》："时陈氏与周通好，南北流寓之士，各许还其旧国。陈氏乃请王褒及信等十数人。武帝唯放王克、殷不害等，信及褒并惜而不遣。"这两句说，当时南北通好，但北朝的西魏已为北周所代替，南朝的梁已为陈所代替，所以不论去留，都无非是流寓，且流寓之人并不仅仅只有你我而已。

⑤岂意：哪里料到。中台：星名。有上台、中台、下台，共六颗星，两两相并，称为三台。汉晋以来，多以三台象征三公，中台象征司徒或司空。坼（chè）：裂开。风烛：风中的烛焰。比喻人事无常，生命短促。《乐府诗集》卷四一《怨诗行》："天德悠且长，人命一何促！百年未几时，奄若风吹烛。"这两句说，没有想到王褒你去得这样早。

⑥自君：一本作"王君"。钟鼎族：世家大族。因排场豪奢，每击钟列鼎而食。汉张衡《西京赋》："击钟鼎食，连骑相过。"江东：指长江下

游苏南一带地区。这里指南朝。三百年：自东晋、宋、齐、梁至王褒所处时代，约二百六十年，三百取其成数。这两句说，王褒的祖先，自晋以来皆为望族，世代为官。

⑦宝刀仍世载：三国魏时，徐州刺史吕虔以王祥为别驾（州刺史的佐官）。吕虔有佩刀一把，刀工认为，佩之必登三公。吕虔对王祥说："苟非其人，刀或为害。卿有公辅之量，故以相与。"王祥固辞，强之，乃受。晋武帝即位，以王祥为太保，进爵为公。王祥临终，以佩刀授弟王览，谓："汝后必兴，足称此刀。"王览为晋光禄大夫，其后代皆晋、宋、齐、梁大官。王褒乃王览十一代孙，故云"宝刀仍世载"。见《晋书·王祥传》。仍，同"乃"。雕戈：刻有花纹的戈。引申为名贵的兵器。东晋明帝时，王导讨王敦有功，进位太保；明帝死，王导与庾亮等共辅晋成帝，加羽葆鼓吹，班剑二十人；及石勒割据，"诏加导大司马，假黄钺，出讨之"。见《晋书·王导传》。按，王褒乃王导九代孙，故云"雕戈本旧传"。

⑧绿绂（fú）：绿色丝绳。《后汉书·舆服志下》："诸国贵人、相国皆绿绶。"纡（yū）：系结。槐绶：三公的印绶。《周礼·秋官·朝士》："面三槐，三公位焉。"这句说王导曾做过东晋的丞相。黄金饰侍蝉：侍中的帽子上饰有黄金的蝉文。《后汉书·舆服志下》："武冠，一曰武弁大冠，诸武官冠之。侍中、中常侍加黄金珰，附蝉为文，貂尾为饰，谓之赵惠文冠。"这句说王褒的曾祖王俭为齐侍中，祖父王骞、父王规，皆为梁侍中。

⑨地建忠臣国：王褒的六代祖王昙首，为宋光禄大夫，封豫宁文侯；曾祖王俭，为齐侍中，封南昌文宪公；祖父王骞，为梁侍中、金紫光禄大夫，封南昌安侯；父王规，为梁侍中、左民尚书，封南昌章侯。国，指封

地，食邑。家开孝子泉：王褒的十一代祖王览之兄王祥，性至孝，父母有疾，衣不解带。其继母欲吃活鱼，时天寒冰冻，王祥即解衣，将卧冰以求。冰忽自解，有双鲤跳出，遂持之而归。见晋干宝《搜神记》卷十一。这两句赞颂王褒家族，累代以忠、孝相传。

⑩"自能"两句：有很好的客观条件，枯木也会滋荣，流水也会生珠，何况是像你这样的高才呢。《荀子·劝学》："玉在山而草木润，渊生珠而崖不枯。为善不积邪，安有不闻者乎？"三国魏曹植《七启》："夫辩言之艳，能使穷泽生流，枯木发荣。"

⑪君：指王褒。承祖武：继承先人的业绩（袭封为南昌县侯）。《诗·大雅·下武》："昭兹来许，绳其祖武。"诸侯：泛指其他王侯。无间然：没有什么非议的话。

⑫青衿：青色的衣领。借指学生。《诗·郑风·子衿》："青青子衿，悠悠我心。"对日：正确地回答关于日蚀的问题。东汉建和元年（公元147年）正月，魏郡（今河北南部）日食，京师不见。魏郡太守黄琼向朝廷报告。太后问所食多少。琼思其对而未知所况。其孙黄琬，年七岁，从旁提示："何不言日食之余，如月之初？"见《后汉书·黄琼传》。童子：未成年以前。论天：议论天上的事。相传孔子东游，见两小儿辩论。一儿认为日出时离人近，一儿认为日中时离人近。一个说："日初出大如车盖，及日中则如盘盂，此不为远者小而近者大乎？"一个说："日初出沧沧凉凉，及其日中如探汤，此不为近者热而远者凉乎？"孔子不能决。见《列子·汤问》。这两句说王褒从小聪颖过人。

⑬颍阴珠玉：指汉桓帝女坚。延熹七年（公元164年）封颍阴长公主。河阳脂粉：指汉成帝之后赵飞燕。曾于阳阿主家学歌舞。阳阿，或作"阳河"，又作"河阳"，故云。这两句写王褒娶梁武帝的侄女为妻。

⑭名高六国共：犹言誉满天下。战国时苏秦曾任六国之相。价重十城连：犹言声望极重。战国时，秦王欲以十五城换取赵国的和氏璧。

⑮辩足观秋水：辩才完全可以同庄子相比。《庄子》有《秋水》篇，共讲了七个善于辩论的故事。文堪题马鞍：文才可以同驻马书鞍的曹丕相比。题马鞍，以马鞍作书，形容文思敏捷。三国魏曹丕《临涡赋》："建安八年至谯，余兄弟从上拜坟墓，遂乘马游观，经东园，遵涡水，相伴乎高树之下，驻马书鞍，作临涡之赋曰：荫高树兮临曲涡，微风起兮水增波，鱼颁颁兮鸟逶迤，雌雄鸣兮声相和，萍藻生兮散茎柯，春水繁兮发丹华。"

⑯回鸾：古代舞名。用来形容书法之美。晋索靖《草书状》："盖草书之为状也，婉若银钩，漂若惊鸾，舒翼未发，若举复安。"见《晋书·索靖传》。别鹤：乐府琴曲名。比喻夫妻分离。晋崔豹《古今注·音乐》："《别鹤操》，商陵牧子所作也。娶妻五年而无子，父兄将为之改娶。妻闻之，中夜起，倚户而悲啸。牧子闻之，怆然而悲，乃歌曰：'将乖比翼隔天端，山川悠远路漫漫，揽衣不寝食忘餐！'后人因为乐章焉。"

⑰拥旄：拥有旌旗。旌旗以牦牛尾作竿饰，故云"拥旄"。裁：才，仅仅。甸服：五百里。《尚书·禹贡》："五百里甸服。"这句说梁朝国土日蹙。垂帷：代指官车。《后汉书·贾琮传》："旧典，传车骖驾，垂赤帷裳，迎于州界。"被边：谓功绩加于边地。《尚书·禹贡》："东渐于海，西被于流沙。"这句说王褒曾任梁朝的吏部尚书、左仆射，但因不被信任，未能发挥更大的作用。

⑱静亭：平静的岗亭。《汉书·西域传》："稍筑列亭，连城而西。"空系马：徒然拴着些马匹。闲烽：闲了多时的烽火设备。直起烟：一个劲儿冒烟，说明敌情紧急。这句说西魏在与梁朝和平相处多年后，于梁承圣

三年（公元554年）九月发起攻梁。

⑲不废披书案：不停止凭案读书。《后汉书·孔融传》："在郡六年，刘备表领青州刺史。建安元年，为袁谭所攻，自春至夏，战士所余裁数百人，流矢雨集，戈矛内接。融隐几读书，谈笑自若。"坐钓船：比喻准备在北周做官。《史记·齐太公世家》："吕尚盖尝穷困，年老矣，以渔钓奸周西伯。"这句写江陵陷后，王褒被俘至长安，旋被北周封为石泉县子，寻加开府仪同三司。

⑳茂陵忽多病：汉司马相如口吃而善著书，常有消渴疾。病免后家居茂陵。见《史记》本传。淮阳实未瘳：汉汲黯多病，经久不愈。后带病任淮阳太守，居淮阳十岁而卒。见《汉书》本传。这两句借指王褒经常有病。王褒致周弘让书云："弟昔因多疾，亟览九仙之方；……顷年事道尽，容发衰谢，芸其黄矣，零落无时。"见《周书》本传。

㉑侍医：宫廷医生。逾默默：越来越不得手。《汉书·贾谊传》："于嗟默默，生之无故兮。"神理遂绵绵：精神乃长留于世。婉言王褒病故。《世说新语·伤逝》："戴公见林法师墓，曰：德音未远，而拱木已积；冀神理绵绵，不与气运俱尽耳。"

㉒张平子：东汉文学家张衡，字平子。王仲宣：汉末文学家王粲，字仲宣。二人皆善诗赋，故以为比。这两句表示与王褒从此永别。

㉓柏谷：山名。在今河南灵宝西南。《晋书·王濬传》："太康六年卒，……葬柏谷山，大营茔域，葬垣周四十五里，面别开一门，松柏茂盛。"阳陵：古县名。在今陕西高陵西南。汉景帝埋葬于此。《汉书·李广传》："广死明年，李蔡以丞相坐诏赐冢地当得二十亩……"这两句写王褒葬礼之隆重。

㉔陕路：同"狭路"。寒堂：犹"寒舍"。飒：风声。这两句写时届

秋冬，令人备觉凄凉。

㉕丘杨：墓地的杨树。山火：山间的磷火。俗称"鬼火"。然：同"燃"。

㉖美：美慕。怜：同情。这两句本于《汉书·五行志中之上》："成帝时歌谣又曰：邪径败良田，谗口乱善人。桂树华不实，黄爵巢其颠。故为人所美，今为人所怜。"

㉗世途：犹世道。旦复旦：旦而复昏，夜而复明。《尚书大传·卿云歌》："日月光华，旦复旦兮。"玄又玄：极其奥妙。《老子》第一章："玄之又玄，众妙之门。"

㉘故人：老友。秦川：相当今陕西、甘肃一带。《乐府诗集》卷二五《陇头歌辞》："陇头流水，鸣声幽咽。遥望秦川，心肝断绝。"

㉙定名：正定名实。《荀子·正名》："名无固实，约之以命实，约定俗成谓之实名。"全德：保全至德。《庄子·天地》："天下之非誉，无益损焉，是谓全德之人哉！"这两句谓现在可以对王褒作出正确的评价了。

㉚山阳笛：令人遐思感叹的笛声。魏、晋时，向子期与嵇康、吕安相友善。嵇、吕被杀后，向子期经其山阳旧庐，闻邻人吹笛，发声嘹亮，追想昔日友情，感音而叹，因作《思旧赋》。见《晋书·向秀传》。《思旧》篇：庾信有《思旧铭》，为悼念梁观宁侯萧永而作。萧永去世时，王褒有送葬之诗。萧、王、庾三人，同羁旅北朝，今仅剩庾一人，故有凄然悲戚之感。

慨然成咏①

新春光景丽，游子离别情②。交让未全死，梧桐唯半生③。值热花无气，逢风水不平④。宝鸡虽有祀，何时能更鸣⑤？

[注释]

①慨然：激奋貌。《后汉书·范滂传》："滂登车揽辔，慨然有澄清天下之志。"本诗写春光愈丽而思乡愈切，官阶愈高而痛苦愈甚。形式整齐，音调和谐，为唐五律所本。

②光景：风光，景物。游子：离家远游的人。这两句说愈是春光明丽，愈是思念家乡。

③交让：楠木的别名。晋左思《蜀都赋》："交让所植，蹲鸱所伏。"刘渊林注："两树对生，一树枯则一树生，如是岁更，终不俱生俱枯也。"梧桐：树名。汉枚乘《七发》："客曰：龙门之桐，高百尺而无枝；……其根半死半生，冬则烈风漂霰飞雪之所激也，夏则雷霆霹雳之所感也。"这两句说自己虽生而了无生趣。

④值热：遇热。逢风：遭风。这两句说种种遭遇使自己无法正常生活。

⑤宝鸡：神名。相传秦文公在陈仓县（今陕西宝鸡）北阪城祀有此神，状若雄鸡。这两句比喻自己在北周做官毕竟不能得志。

奉答赐酒鹅

云光偏乱眼,风声特噤心①。冷猿披雪啸,寒鱼抱冻沉②。今朝一壶酒,实是胜千金③。负恩无以谢,惟知就竹林④。

[注释]

①噤心:惊心,忧心。这两句说冬云朔风,使人窒息。全诗于表示谢意之中,寓志不可易之概。

②"冷猿"两句:极言气候严寒。

③"今朝"两句:极言所赠之物的贵重。因鹅可下酒,酒可压惊、解忧和御寒。

④负恩:承恩,受恩。竹林:指"竹林七贤"。魏晋时,嵇康与阮籍、阮咸、山涛、向秀、王戎、刘伶相友善,七人皆文人名士,常游于竹林,号为七贤。见《三国志·魏书·嵇康传》注引《魏氏春秋》。这两句说,我只有坚持向竹林七贤学习,以报答您的恩德。言下于表示谢意之中,寓志不可易之概。

奉和赵王①

花径日相携,花林鸟未栖②。比看中郎醉,堪闻乌夜啼③?

[注释]

①赵王：北周文帝宇文泰之子、明帝宇文毓之弟，名招。明帝武成初，进封赵国公；武帝建德三年（公元574年）进爵为王，宣政中，拜太师；静帝大象二年（公元580年）七月，"以谋执政被诛"。见《周书·赵王传》及《静帝纪》。这首诗给人一种惴惴不安的感觉。

②花径：有花的小路。花林：花丛。栖：栖息，停留。

③比：近来。中郎：官职名。乌夜啼：《乐府》清商曲辞名。旧传乌啼于夜，则次日官当有赦云。见《乐府诗集》卷四七。

正旦蒙赵王赉酒①

正旦辟恶酒，新年长命杯②。柏叶随铭至，椒花逐颂来③。流星向椀落，浮蚁对春开④。成都已救火，蜀使何时回⑤？

[注释]

①正旦：农历正月初一。赵王：北周宇文招于建德三年（公元574年）进爵为赵王。赉（lài）：赐给。这首诗于感谢之中隐含思乡之意。

②辟恶酒：辟邪的酒。长命杯：祝寿的酒。

③柏叶：酒名。以其后凋，故以浸酒，元旦共饮，以祝长寿。南朝梁宗懔《荆楚岁时记》："（正月一日）长幼悉正衣冠，以次拜贺，进椒、柏酒，饮桃汤。"椒花：酒名。古俗，元旦子孙向长辈进此酒，称觞举寿。《椒花颂》：晋刘臻妻陈氏曾于正月初一日献《椒花颂》。见《晋书·列女传》。

④流星：酒名。椀：同"碗"。浮蚁：酒名。汉张衡《南都赋》："酒则九酝甘醴，十旬兼清，醪敷径寸，浮蚁若萍，其甘不爽，醉而不酲。"

⑤"成都"两句：传说蜀郡人栾巴，少而学道，不务俗事。所在有绩，征拜尚书。元旦朝会，巴独后到，饮酒时喷向西南。有司奏巴不敬。巴言："臣本县成都市失火，臣故因酒为雨以灭火。臣不敢不敬。"经了解，成都于元旦大火，有雨从东北来，火乃息，雨带酒味。后一日大风，忽失巴所在。寻问之，谓其日还成都以别亲故。见《后汉书·栾巴传》注引晋葛洪《神仙传》。

和赵王送峡中军①

楼船聊习战，白羽试扔军②。山城对却月，岸阵抵平云③。赤蛇悬弩影，流星抱剑文④。胡笳遥警夜，塞马暗嘶群⑤。客行明月峡，猿声不可闻⑥。

[注释]

①赵王：宇文招于建德三年（公元574年）进爵为赵王。本诗题一作《和赵王送从军》。全诗宛然一幅月夜行军图。

②楼船：战船。《史记·平准书》："越欲与汉用船战逐。乃大修昆明池，列观环之，治楼船，高十余丈，旗帜加其上，甚壮。"白羽：白羽扇。晋裴启《语林》："诸葛武侯持白羽扇指麾三军。"扔：通"挥"。

③却月：疑当作"郤（xì）月"。指半月形。梁元帝《金楼子·说蕃》："东西两岸为郤月城。"阵：兵阵。抵：相当。

④赤蛇悬弩影：汉汲令应彬请主簿杜宣饮酒。宣见杯中似有蛇，酒后胸腹痛，多方治不愈。后知系壁上所悬赤弩照于杯，乃愈。见汉应劭《风俗通·怪神》。流星抱剑文：闪如流星的，是怀中宝剑的花纹。这两句写武备齐全。

⑤胡笳：管乐器名。汉时流行于塞北与西域一带。塞马：边塞之马。这两句写戒备之状。

⑥明月峡：峡名。在今重庆东。猿声：猿的啼号。其声多悲，故不忍闻。《水经注·江水》："每至晴初霜旦，林寒涧肃，常有高猿长啸，属引凄异，空谷传响，哀转久绝。故渔者歌曰：巴东三峡巫峡长，猿鸣三声泪沾裳。"

奉和赵王春日①

城傍金谷苑，园里凤凰池②。细管调歌曲，长衫教舞儿③。向人长曼睑，由来薄面皮④。梅花绝解作，树叶本能吹⑤。香烟龙口出，莲子帐心垂⑥。莫畏无春酒，须花但见随⑦。

[注释]

①赵王：指北周宇文招。从这首诗可见北周贵族生活的一斑。

②傍：旁。金谷苑：园名。晋荆州刺史石崇所筑。在今河南洛阳市东北。凤凰池：禁苑中池名。

③细管：笙箫一类乐器。调：配合，伴奏。长衫：长衣。所谓"长袖善舞"。舞儿：舞伴。

④长曼睑：美丽的眼皮。《楚辞·招魂》："娥眉曼睩，目腾光些。"

⑤梅花：指《梅花落》，汉横吹曲名。用笛演奏。树叶本能吹：指胡笳之乐。汉李陵《答苏武书》："胡笳互动，牧马悲鸣。"注引晋傅玄《笳赋·序》曰："吹叶为声。"

⑥香烟：焚香时所生的烟。龙口出：香炉作龙口形，故云"香烟龙口出"。莲子：莲花形的图案，上有莲子形花纹。帐心垂：从帐顶上垂下来。

⑦春酒：冬季酿制、及春而成的酒。汉张衡《东京赋》："因休以力息勤，致欢忻于春酒。"

和侃法师三绝①

一

秦关望楚路，灞岸想江潭②。几人应泪落，看君马向南③。

[注释]

①法师：精通佛典、善讲佛法的僧人。绝：绝句。每首四句，每句五字或七字。本诗题一作《和侃法师别诗》。第一首，送别侃法师南行。

②秦关：指关中地区。秦，秦川；关，关中。楚路：通往荆楚（江陵一带）之路。灞岸：指长安。灞河流经于此，故云灞岸。江潭：江边，借指江陵一带。

③君：指侃法师。马向南：谓侃法师骑马南归。

二

客游经岁月,羁旅故情多①。近学衡阳雁,秋分俱渡河②。

[注释]

①客游:旅居异乡。经岁月:历有经年。羁旅:作客他乡。故情:思念故乡之情。这首诗说明侃法师也是滞居北方的南朝人。

②衡阳雁:飞往衡阳的雁。衡阳,泛指南方地区。衡阳衡山有回雁峰,相传雁至此而止,遇春即回。秋分:雁群于每年秋分,自北向南飞行。河:指黄河。这两句似指侃法师等一行,像雁群一样南归。

三

回首河堤望,眷眷嗟离绝①。谁言旧国人②,到在他乡别!

[注释]

①眷眷:依依不舍貌。这首诗嗟叹他乡送别的感受。

②旧国人:指梁朝人。到:倒。他乡:指长安。

奉报寄洛州①

舟师会孟津，甲子陈东邻②。雷辕惊战鼓，剑室动金神③。幕府风云气，军门关塞人④。长箝析鸟羽，合甲抱犀鳞⑤。星芒一丈焰，月晕七重轮⑥。黎阳水稍渌，官渡柳应春⑦。无庸奉天眷，驱传牧南秦⑧。繁辞劳简牍，杂俗弊风尘⑨。上洛逢都尉，商山见逸民⑩。留滞终南下，惟当一史臣⑪。

[注释]

①洛州：北朝时有二，一在今陕西商洛一带，一在今河南洛阳东北。北周武帝建德六年（公元577年），平定北齐。七月，武帝宇文邕至洛州，召集有才望者讨论时政得失。庾信此时任（陕西）洛州刺史，因作此诗以明志。

②孟津：黄河渡口名，自古为兵家要地。在今河南孟津县东北，孟州西南。周武王伐纣，曾盟会诸侯于此。这里指北周对北齐的用兵。甲子：周武王克纣之日。《尚书·牧誓》："时甲子昧爽，王朝至于商郊牧野乃誓。"这里借指北周武帝克北齐之日。陈：同"阵"。东邻：指北齐。

③雷辕：即雷门，古以车辕相向为门，称辕门。古代会稽城（今浙江绍兴）有雷门，上有大鼓，声闻百里。剑室：相传汉高祖刘邦斩过蛇的剑，在室内放着，光芒可射到室外。金神：西方之神。

④幕府：军旅出征，居处不定，以帐幕为府署，称幕府。风云气：变化莫测的气氛。军门：营门。关塞人：把关守塞的人。

⑤长旍(jīng)：用牦牛尾和彩色鸟羽作竿饰的大旗。旍，同"旌"。析鸟羽：旗竿上彩色的鸟羽散开着。《周礼·春官·司常》："全羽为旞(suì)，析羽为旌。"合甲：坚固的铠甲。比兕甲、犀甲都耐用。见《周礼·考工记·函人》。抱犀鳞：用犀牛皮制的甲片保护着全身。

⑥星芒：彗星的长尾。古人认为，彗星出现主有兵事。月晕：月亮周围的光气。《史记·天官书》："平城之围，月晕参、毕七重。"古人认为，汉高祖七年（公元前200年），刘邦自率军击匈奴，于平城（今山西大同东北）被冒顿单于所围，七日乃解，与"月晕七重"有关，见《汉书·天文志》。

⑦黎阳：黎阳津，古渡口名，在今河南浚县东南。渌（lù）：清澈。官渡柳：袁曹官渡之战时，曹操子曹丕种柳于此，十五年后，作《柳赋》以寄物伤情。官渡，古地名，在今河南中牟东北。东汉末年，曹操破袁绍军于此。

⑧天眷（juàn）：皇帝的眷顾。传：驿车。牧南秦：乘车赴洛州（今陕西商洛商州区）任刺史。

⑨繁辞劳简牍：繁琐的文辞徒然增加撰写文书的劳顿。杂俗弊风尘：庸俗的吏治会使世风更加扰攘而凋弊。

⑩上洛：上洛州，在今陕西商洛。都尉：官名。商山：在今陕西商洛东。逸民：遁世隐居的人。秦时有东园公、绮里季、夏黄公、甪（lù）里先生因避难隐入商洛山中，汉兴，被称为"商山四皓"。

⑪终南：秦岭主峰之一，在今陕西西安南。古又名周南山。《史记·太史公自序》："是岁天子始建汉家之封，而太史公留滞周南，不得与从事。"史臣：史官。这两句说，北齐已平，自己愿留在洛州，只想当一名史臣。

仰和何仆射还宅怀故①

紫阁旦朝罢，中台夕奏稀②。无复千金笑，徒劳五日归③。步檐朝未扫，兰房昼掩扉④。苔生理曲处，网积回文机⑤。故瑟余弦断，歌梁秋雁飞⑥。朝云虽可望，夜帐定难依⑦。愿凭甘露入，方假慧灯辉⑧。宁知洛城晚，还泪独沾衣⑨。

[注释]

①仆射（yè）：官名。相当于宰相。这首诗通篇写何仆射第宅的荒凉，尾联归结为对于故国的思念。

②紫阁、中台：并指宰相官署。

③千金笑：指美人的笑。《艺文类聚》卷五七汉崔骃《七依》："回顾百万，一笑千金。"五日归：每五天回家休息一次。《初学记》二十："汉律，吏五日得一下沐，言休息以洗沐也。"

④步檐：走廊。兰房：兰香薰染之室。扉：门。

⑤苔：青苔。理曲处：演奏乐曲之处。网：蜘蛛网。回文机：回文诗，璇玑图。十六国时前秦女诗人苏蕙有《回文旋图诗》，织于锦上，五色相宣，纵横八寸，题诗二百余首，计八百余言，纵横反复，皆成章句。见唐武则天《璇玑图序》。这两句本于晋张协《杂诗》："青苔依空墙，蜘蛛网四屋。感物多所怀，沉忧结心曲。"

⑥故瑟：旧时调过的瑟。余弦：剩下的弦。歌梁：歌声萦绕过的梁。《列子·汤问》："昔韩娥东之齐，匮粮，过雍门，鬻歌假食。既去而余音

绕梁栖，三日不绝。"秋雁飞：疑指秋雁已南飞。

⑦朝云：传说巫山之女在巫山之阳，高丘之阻，旦为朝云，暮为行雨。楚襄王为之立庙，号曰朝云。见战国楚宋玉《高唐赋》。夜帐：汉武帝所幸李夫人卒，武帝思念不已。方士齐人少翁能致神，乃夜张灯烛，设帷帐，令武帝居他帐，可遥见李夫人之貌，但不得近。见《汉书·李夫人传》。

⑧甘露：佛教有所谓甘露门，可济度众生。后秦鸠摩罗什译《大智度论》："一切众生，甘露门开，如何不出？"慧灯：佛教指智慧之灯。

⑨宁知：哪里知道。洛城：庾信其时任洛州刺史，故以"洛城"自称。这两句慨叹自己独不能回到南朝。

奉和平邺应诏①

天策引神兵，风飞扫邺城②。阵云千里散，黄河一代清③。

[注释]

①平邺：邺，北齐的都城。即今河北临漳。北周建德六年（公元577年）正月，武帝宇文邕率军破齐平邺。应诏：奉北周武帝之命而作。短短四句，体现了诗人驾驭语言的功力。

②天策：周武帝的马鞭。神兵：指北周部队。扫邺：与"扫叶"谐音。扫，平定。谓平定邺城如风扫落叶。

③阵云：叠起如兵阵的云。黄河一代清：传说黄河千年一清，为难得遇见的升平之"兆"。这是对周武帝的歌颂之辞。

同州还①

赤岸绕新村,青城临绮门②。范雎新入相,穰侯始出蕃③。上林催猎响,河桥争渡喧④。窜雉飞横涧,藏狐入断原⑤。将军高宴晚,来过青竹园⑥。

[注释]

①同州:地名。在今陕西大荔一带。大象二年(公元580年)三月,北周静帝到过同州。此诗当作于静帝还京之时。这首诗反映了当时政治形势的险恶,此时庾信已因病去职。

②赤岸:同州有赤岸泽(水名)。青城临绮门:汉代长安城东南门,其色青,名青城门,又名青绮门。这两句写静帝自同州回抵长安。

③范雎(公元前?—前255年):据清钱大昕说,当作范雎。战国时魏人。因受迫害,化名张禄,潜入秦国。他游说秦昭王驱逐秦相魏冉,由他任秦相。穰侯:魏冉,为秦相,封于穰(今河南邓州),号穰侯。秦昭王四十一年(公元前266年),用范雎为相,他被免职,出关就国。出蕃:自京都前往自己的封地。这两句指大象元年(公元579年)五月,赵王宇文招、滕王宇文逌等被遣出蕃,由隋国公杨坚任丞相。

④上林:上林苑。秦、汉时皇家苑囿。中养禽兽,供皇帝春秋打猎。在今陕西西安、周至一带。河桥:旧注以为即蒲津桥(在今陕西大荔东)。但无论是在上林苑行猎,或自同州至长安,皆与此桥无涉。疑此处乃指离上林苑不远的渭水桥而言,因"催猎响"而至于"争渡喧",以见

其场面之大，声势之盛。

⑤"窜雉"两句：写禽兽纷纷逃匿。

⑥青竹园：园中有竹，可用来制弓箭。

同颜大夫初晴①

夕阳含水气，反景照河堤②。湿花飞未远，阴云敛向低③。燕燥还为石，龙残更是泥④。香泉酌冷涧，小艇钓莲溪⑤。但使心齐物，何愁物不齐⑥。

[注释]

①颜大夫：指颜之仪（公元523—591年），梁琅邪临沂（今山东临沂）人，颜之推之弟，博涉群书，好为词赋。江陵陷后，例迁长安。北周明帝时，为麟趾学士；宣帝时，迁上仪同大将军、御正中大夫，进爵为公。这首诗表面写的是天气，实则谈的是人事。

②反景：夕阳的回光。

③湿花：被雨打湿的花。向低：《艺文类聚》作"尚低"，近是。

④燕燥还为石：传说石燕遇雨则飞，雨止，仍复为石。《水经注·湘水》："（石燕山）有石，绀而状燕，因以名山。其石或大或小，若母子焉。及其雷风相薄，则石燕群飞，颉颃如真燕矣。"龙残更是泥：泥塑的龙，经雨淋后，形象残破，露出泥胎。古代多以土龙祈雨，庾信并不相信。《淮南子·说林》："譬若旱岁之土龙，疾疫之刍狗，是时为帝者也。"更是，《艺文类聚》作"便是"，较胜。

⑤冷涧：犹清涧。这句说清香的泉水简直可以当酒喝。小艇：轻便的小船。

⑥齐物：《庄子》有《齐物论》，认为"道"并无界限差别；认为是与非、彼与此、物与我、寿与夭，都是齐等的。庾信的意思是说，雨后初晴，空气清新，恬然自适，心旷神怡，体会到只要用齐等的眼光去看待事物，那么一切事物就会是平等的。

和李司录喜雨①

纯阳实久亢，云汉乃昭回②。临河沉璧玉，夹道画龙媒③。离光初绕电，震气始乘雷④。海童还碣石，神女向阳台⑤。云逐鱼鳞起，渠从龙骨开⑥。崩沙杂水去，卧树拥槎来⑦。嘉苗双合颖，熟稻再含胎⑧。属此欣膏露，逢君摘揽才⑨。愧乏琼将玖，无酬美且偲⑩。

[注释]

①司录：官名。这首诗记述了从干旱、求雨到下雨的全过程，喜悦之情，跃然纸上。

②纯阳：古人认为水为纯阴，火属纯阳。亢：极。《易·乾》："上九，亢龙有悔。"唐孔颖达疏："上九，亢阳之至，大而极盛。"云汉：天河。昭回：光照于天。意谓夜空晴朗，不会下雨。

③沉璧玉：沉玉于水以起誓。《宋书·符瑞志》："成王少，周公旦摄政，与成王观于河洛，沉璧。"画龙媒：制作土龙以求雨。《淮南子·说

林》:"旱则修土龙。"

④离光:明光。指闪电。震气:八卦中震卦之气。象征雷。

⑤海童:传说谓西海神童,出现时必有大水。见《神异经》。碣石:山名。在今河北昌黎西北。神女:相传战国楚襄王曾梦见神女。战国楚宋玉有《神女赋》。阳台:山名。在今湖北汉川南。宋玉《高唐赋》:"(神女)去而辞曰:妾在巫山之阳,高丘之阻,旦为朝云,暮为行雨,朝朝暮暮,阳台之下。"

⑥鱼鳞:形容云的形状。《吕氏春秋·应同》:"山云草莽,水云鱼鳞。"龙骨:汉武帝时,引洛水入地下井渠,开凿时掘到龙骨,故名龙首渠。见《史记·河渠书》及《汉书·沟洫志》。这两句喻指下雨。

⑦崩沙:崩塌的沙岸。卧树:冲倒的树木。拥槎:拥聚成木筏似的。这两句写雨后大水。

⑧嘉苗:嘉禾,一茎多穗的禾。双合颖:重颖。意谓能增产一倍。再含胎:两次扬花授粉。

⑨膏露:甘露。指及时雨。《礼记·礼运》:"故天降膏露。"君:指李司录。摛(chī)掞(shàn):用辞藻抒发感情。这两句指李司录为喜雨而作诗。

⑩琼、玖:美玉名。《诗·卫风·木瓜》:"投之以木李,报之以琼玖。"将:或。无酬:无以奉报。美且偲(cāi):美而有才。这里指李司录。《诗·齐风·卢令》:"其人美且偲。"

和裴仪同秋日①

萧条依白社,寂寞似东皋②。学异南宫敬,贫同北郭骚③。蒙吏观秋水，莱妻纺落毛④。旅人嗟岁暮，田家厌作劳⑤。霜天林木燥，秋气风云高。栖遑终不定，方欲涕沾袍⑥。

[注释]

①裴仪同：指裴政，梁河东闻喜（今山西闻喜）人，以军功，封夷陵侯，征授给事黄门侍郎。江陵陷后，例迁长安，北周时，授员外散骑侍郎、刑部下大夫，转少司宪。入隋，转率更令，加位上仪同三司。见《隋书》本传。秋日：裴政诗以《秋日》为题，庾信和他一首，借以抒发自己的乡关之思。

②白社：地名。在今河南洛阳东。晋代董京，与陇西计吏俱至洛阳，披发而行，逍遥吟咏，常宿于白社中。时于市行乞，得残碎缯絮，结以自覆；全帛佳绵，则不肯受。或被推排骂辱，亦无怒色。见《晋书·隐逸传》。东皋：泛指田野或高地。三国魏阮籍《奏记诣蒋公》："方将耕于东皋之阳，输黍稷之税，以避当涂者之路。"晋陶潜《归去来兮辞》："登东皋以舒啸，临清流而赋诗。"这两句写作者的心情，与董京、阮籍、陶潜等人相近。

③南宫敬：南宫敬叔，春秋时鲁人，孟僖子之子，居南宫，因以为姓，谥敬，字叔，又字括（《论语》作"南宫适"）。僖子死，敬叔曾师事孔子，孔子称赞他："君子哉若人！上德哉若人！""国有道，不废；国无道，免于刑戮。"见《史记·仲尼弟子列传》。北郭骚：春秋时齐人，姓北郭，名骚。家贫，依靠"结罘（fú）罔，捆蒲苇，织萉屦"以养其母，犹感不足，乃登门请求晏婴给予帮助。晏婴给了他"仓粟"和"府金"。北郭骚退回"府金"，只接受了"仓粟"。这两句写庾信自父死之后，学无所进；携母入关，家境愈贫。

④蒙吏：指庄子（约公元前369—前286年），战国时宋国蒙（今河南商丘东北）人，曾任蒙地漆园吏。观秋水：《庄子》有《秋水》篇，其中写到河伯平素欣然自喜，及至北海，东面而视，不见水端，才认识到自己的闭塞；还写到庄子在濮水边钓鱼，楚王派人请他去做官，庄子表示他情愿像活龟那样曳尾于涂中，也不愿像死龟那样藏之庙堂之上。莱妻：老莱子之妻。纺落毛：捡拾鸟兽之毛，纺绩而为衣。传说老莱子系古代楚人，因避乱逃世，耕于蒙山之阳，过着清寒的隐士生活。后楚王来请他出去做官，老莱子表示同意。老莱子之妻砍柴回来，知道后坚决反对，"投其畚而去"。老莱子随妻出走，至于江南，认为："鸟兽之毛，可绩而衣；其遗粒足食也。"遂隐居于此。见晋皇甫谧《高士传》卷上。这两句写庾信夫妻皆有隐居之志。

⑤旅人：羁旅在外的人。嗟：叹。田家：农家。厌：饱足。汉杨恽《报孙会宗书》："臣之得罪，已三年矣。田家作苦，岁时伏腊，烹羊炮羔，斗酒自劳。"这两句写每逢过年，乡愁愈重。

⑥栖遑：忙碌不安，到处奔波。涕：眼泪。

和张侍中述怀①

阳穷乃悔吝，世季诚屯剥②。奔河绝地维，折柱倾天角③。成群海水飞，如雨天星落④。负锸遂移山，藏舟终去壑⑤。生民忽已鱼，君子徒为鹤⑥。畴昔逢知己，生平荷恩渥⑦。故组竟无闻，程婴空寂寞⑧。永嘉独流寓，中原惟鼎镬⑨。道险卧樝梬，身危累素壳⑩。漂流从木梗，风卷随秋箨⑪。张翰不归吴，陆机犹在洛⑫。汉阳钱遂尽，长安米空索⑬。时占季主龟，乍贩韩康药⑭。伏辕终入绊，垂翅犹离缴⑮。徒怀琬琰心，空守黄金诺⑯。虢郐终无寄，齐秦竟何托⑰。大夫唯闵周，君子常思亳⑱。寂寥共羁旅，萧条同负郭⑲。农谈只谷稼，野膳惟藜藿⑳。操乐楚琴悲，忘忧鲁酒薄㉑。渭滨观坐钓，谷口看秋获㉒。惟有丘明耻，无复荣期乐㉓。夷则火星流，天根秋水涸㉔。冬严日不暖，岁晚风多朔㉕。扬浮有怪云，细凌闻灾雹㉖。木皮三寸厚，泾泥五斗浊㉗。虽忻曲辕树，犹惧雕陵鹊㉘。生涯实有始，天道终虚橐㉙。且悦善人交，无疑朋友数㉚。何时得云雨？复见翔寥廓㉛。

[注释]

①张侍中：张绾（wǎn），字孝卿。梁御史中丞。太清三年（公元549年），宫城陷，绾奔江陵。湘东王萧绎承制，授侍中。承圣二年（公元553年），征为尚书右仆射，寻加侍中。三年，江陵陷，朝臣皆被俘入关，绾以病免，后死于江陵。见《梁书·张缅传》。庾信此诗抒发了自己的羁旅情怀，表达了对梁朝覆亡的慨叹以及对江陵张侍中的敬意。

②阳穷：阳为奇数，阳九为阳数之穷。古以四百五十六年为一"阳九"，当厄运之会。意谓梁朝的"气数"已尽。悔吝：犹悔恨。世季：犹季世，末世。屯剥：指时势动乱，很不安定。屯，屯卦，意为艰难；剥，剥卦，意为剥落。

③"奔河"两句：犹言天崩地陷。《淮南子·天文训》："昔者共工与颛顼争为帝，怒而触不周之山，天柱折，地维绝。天倾西北，故日月星辰移焉；地不满东南，故水潦尘埃归焉。"

④"成群"两句：比喻天下大乱。汉扬雄《剧秦美新》："神歇灵绎，

海水群飞,二世而亡,何其剧与?"《左传·庄公七年》:"夏,四月辛卯,夜,恒星不见;夜中,星陨如雨。"

⑤负锸(chā):扛着锹前去挖土。移山:愚公及其子孙挖山不止,感动了上帝,帝感其诚,命夸娥氏之二子负二山,一厝朔东,一厝雍南。见《列子·汤问》。这里借指江山易主。藏舟终去壑:把船藏在山沟里,结果还是丢失了。比喻江陵终于未能守住。《庄子·大宗师》:"夫藏舟于壑,藏山于泽,谓之固矣。然而夜半有力者,负之而走,昧者不知也。"

⑥生民忽已鱼:百姓突然遭到了灭顶之灾。《左传·昭公元年》:"刘子曰:美哉禹功,明德远矣。微禹,吾其鱼乎?"君子徒为鹤:官员们或战死,或纷纷作鸟兽散,或被俘虏。《太平御览》卷九一六引晋葛洪《抱朴子》:"周穆王南征,一军尽化,君子为猿为鹤,小人为虫为沙。"

⑦畴昔:从前,早些时候。知己:这里指梁朝的君主。荷:承受。恩渥:犹恩惠。

⑧故组:疑当作"胡组"。汉武帝时,大兴巫蛊之狱。其曾孙刘询才生数月,亦被系。故廷尉内监丙吉哀其无辜,委托别人带他到民间抚养,渭城人胡组、淮阳人郭征卿等最为劳苦。刘询,即后来的汉宣帝。见《汉书·丙吉传》。竟无闻:竟没有听说。这句说梁简文帝诸子及梁元帝诸子流落在外,相继被杀,竟没有谁来抚养。程婴:春秋时晋人,晋正卿赵朔之友。晋司寇屠岸贾诛杀赵氏全家,朔妻遗腹产一儿,被搜甚急。朔门客公孙杵臼与程婴合计,由公孙负一假孤儿匿于山中,由程婴出首告发。结果公孙与假孤儿皆被害,而程婴则负责将真孤儿抚养成人,即后来的晋正卿赵武。见《史记·赵世家》。空寂寞:只有他孤单一人。这句说梁朝君臣死难时,也没有像程婴这样的人来保护他们的后代。

⑨永嘉:晋怀帝年号(公元307—313年)。其时前赵刘渊、刘聪,后

赵石勒等相继为乱,中原一带很不安定。独流寓:西晋末、东晋初,大批士大夫自中原迁至南方。这里是说作者自己在梁朝灭亡后,却只能独自继续流寓于北方。中原:泛指内地一带。鼎镬:古代的一种酷刑,以鼎镬烹人。这里指百姓备受煎熬。

⑩卧榰栌:人卧于榰栌(井上汲水用的圆转木)之上,木转则人将坠井,极言其险。累素壳:累卵,叠起来的许多蛋,很容易倒下摔破,极言其境遇之危。

⑪木梗:桃梗。《战国策·齐策三》:"今子东国之桃梗也,刻削子以为人,降雨下,淄水至,流子而去,则子漂漂者将何如耳!"秋箨(tuò):秋后的笋皮,其时笋已长成竹,皮则枯萎脱落,随风而卷失。这两句比喻身居异地,漂泊无定。

⑫张翰:晋吴郡吴(今江苏苏州)人。齐王司马冏召为大司马东曹掾。时政事混乱,翰为避祸,乃借口思念故乡,自洛阳辞官归吴。陆机:晋吴郡吴县华亭(今上海松江区)人。少时任吴牙门将,吴亡,家居勤学。太康末,与弟陆云同至洛阳做官。后被成都王司马颖所杀。这两句说,自己未能像张翰那样借机回到南方,而只能像陆机那样滞留于北方。

⑬汉阳钱遂尽:东汉赵壹,汉阳西县(今甘肃天水南)人。曾作《刺世疾邪赋》云:"文籍虽满腹,不如一囊钱。伊优北堂上,抗脏倚门边。"见《后汉书·文苑传下》。长安米空索:汉东方朔曾对汉武帝说:"臣朔生亦言,死亦言。朱儒长三尺余,奉一囊粟,钱二百四十;臣朔长九尺余,亦奉一囊粟,钱二百四十。朱儒饱欲死,臣朔饥欲死,臣言可用,幸异其礼;不可用,罢之,无令但索长安米。"见《汉书》本传。这两句言生活清苦,钱粮两缺。

⑭时占季主龟:经常像司马季主那样用龟甲来占卜。司马季主,汉初

楚地人，曾游学长安，卖卜于东市。中大夫宋忠、博士贾谊说他居卑而行污，司马季主系统地予以反驳。宋忠、贾谊茫然自失，噤口无言，再拜而辞，不能出气。见《史记·日者列传》。乍贩韩康药：刚刚像韩康那样借卖药来避世。韩康，字伯休，汉京兆霸陵（今陕西西安东北）人。常采药名山，卖于长安市，口不二价，三十余年。后被一女子识破，康叹曰："我本欲避名，今小女子皆知有我，何用药为？"乃遁入霸陵山中。见《后汉书·逸民列传》。这两句说只想隐遁，不求见用于世。

⑮伏辕终入绊：驾上了车辕，到底纳入了羁绊。伏，同"服"。垂翅犹离缴：下垂着翅膀，还是遭遇了箭上的丝绳。离，通"罹"。这两句谓尽量退让，仍然无法自由。

⑯琬琰心：犹仁义之心。琬，琬圭，上端浑圆的圭，"诸侯有德，王命赐之，使者执琬圭以致命焉"。琰，琰圭，上端呈尖形的圭，"诸侯有为不义，使者征之，执以为瑞节也"。见《周礼·考工记·玉人》。黄金诺：汉初人季布，任侠有名。楚人谚曰："得黄金百，不如得季布一诺。"见《汉书·季布传》。这两句言作者奉命出使西魏，西魏却不讲信义。

⑰虢郐终无寄：梁元帝终于没有合适的地方可寄放妻、子、财货。江陵陷时，元帝和他的儿子愍怀太子方矩、始安王方略同时遇害。虢郐，周代的两个国名。西周末，王室多故，郑桓公为司徒，惧及于祸。周太史史伯建议他把妻、子、财货寄放在虢、郐两国。后三年，幽王败，平王东迁；桓公死，武公立，卒定虢、郐之地。见《国语·郑语》。齐秦竟何托：齐指东魏、北齐，秦指西魏。西魏攻陷江陵时，北齐坐视不救，梁朝陷于孤立，终至一败涂地。齐、秦，战国时国名，齐在今山东一带，秦在今陕西一带。楚怀王十六年（公元前313年），秦欲伐齐，因楚与齐为盟国，不便下手，乃使张仪南见楚王，用计拆散齐楚联盟。楚怀王中计，结

果是北绝齐交而西起秦患，使自己陷于孤立。见《史记·楚世家》。

⑱闵周：哀叹周朝的灭亡。《诗·王风·黍离·序》："《黍离》，闵宗周也。周大夫行役至于宗周（镐京），过故宗庙宫室，尽为禾黍。闵周之颠覆，彷徨不忍去而作是诗也。"这里借以哀叹梁朝的灭亡。思亳：思念殷朝的旧都。《尚书大传》卷二："微子将往朝周，过殷之故墟，见麦秀之渐（jiān）渐，曰：'此父母之国，宗庙社稷之所立也。'志动心悲欲哭。"这里借指思念梁朝的旧都。

⑲羁旅：作客他乡。春秋时陈公子完避难于齐，自称为"羁旅之臣"。见《左传·庄公二十二年》。负郭：靠近城郭的地区。汉丞相陈平，少时家贫，居于负郭穷巷，以弊席为门。见《史记·陈丞相世家》。这两句说作者久居北方，远离家乡，生活清苦，与陈完、陈平相类。

⑳谷稼：种植稻谷之事。藜藿：粗劣的饭菜。《史记·太史公自序》："粝粱之食，藜藿之羹。"

㉑操乐楚琴悲：操琴时，为思念南国而悲。春秋时，楚国的钟仪在楚郑之战中被俘，郑人把他送往晋国。晋侯命他奏琴，皆操南音。范文子称赞他："乐操土风，不忘旧也。"见《左传·成公九年》。忘忧鲁酒薄：饮酒时，因味薄而无法解忧。曹操《短歌行》："何以解忧？唯有杜康。"（杜康指酒）《庄子·胠箧》："鲁酒薄而邯郸围。"传说楚宣王大会诸侯，鲁恭公后至，所献之酒味薄。楚宣王怒，乃发兵与齐攻鲁。梁惠王常欲击赵而畏楚救，至此乃乘机围赵邯郸。庾信在《哀江南赋·序》中说："楚歌非取乐之方，鲁酒无忘忧之用。"可参照。

㉒渭滨观坐钓：姜太公吕尚，年老穷困，垂钓于渭河之滨。周文王出猎时遇见他，说："吾先君太公望子久矣！"故号太公望，载与俱归，立为师。见《史记·齐太公世家》。谷口看秋获：汉时，谷口（今陕西泾阳

境）有郑子真、蜀有严君平，皆修身自保，非其服不服，非其食不食。汉成帝时，曾礼聘子真。子真不肯屈其志，独耕于岩石之下，名震于京师。见《汉书·王贡两龚鲍传·序》。这两句寄托了作者对太公望和郑子真的怀念和敬意。

㉓丘明耻：使左丘明感到耻辱，让左丘明认为是可耻的事情。左丘明，春秋时鲁太史，曾受《春秋》于孔子，并为《春秋》作传，即《左传》。《论语·公冶长》云："巧言令色，足恭，左丘明耻之，丘亦耻之；匿怨而友其人，左丘明耻之，丘亦耻之。"这句言作者在北朝做官，内心感到痛苦。荣期乐：像荣启期那样自得其乐。荣启期，春秋时隐士。传说曾行于郕（在今山东宁阳东北）之野，鹿裘带索，鼓琴而歌。孔子问他："先生所以乐，何也？"他说："吾乐甚多：天生万物，唯人为贵；而吾得为人，是一乐也。男女之别，男尊女卑，故以男为贵；吾既得为男矣，是二乐也。人生有不见日月、不免襁褓者；吾既已行年九十矣，是三乐也。贫者，士之常也；死者，人之终也。处常得终，当何忧哉？"见《列子·天瑞》。

㉔夷则：指农历七月。火星：指心宿（二十八宿之一），其主星也叫鹑火、大火。流：运行。天根：指氐宿（二十八宿之一）。《史记·天官书》："氐为天根，主疫。"秋水涸：涸，水干。《国语·周语中》："天根见而水涸。"这两句写北方秋后气候干旱。

㉕冬严：冬日严寒。岁晚：一年将尽之时。风多朔：多北风。

㉖扬浮：即浮扬，指翱翔。细凌：小的冰块。灾雹：雹灾。《左传·昭公四年》："圣人在上，无雹；虽有，不为灾。"这两句写岁暮阴寒，冰雹成灾。

㉗木皮：树皮。汉晁错论守边备塞时说："夫胡貉之地，积阴之处也，

木皮三寸，冰厚六尺。"见《汉书》本传。泾泥五斗浊：古代引泾水开成的渠，有郑国渠、白渠等，其水混浊，利于农业。汉代民歌云："田于何所？池阳、谷口。郑国在前，白渠起后。举锸为云，决渠为雨。泾水一石，其泥数斗。且溉且粪，长我禾黍。衣食京师，亿万之口。"见《汉书·沟洫志》。

㉘忻：欣喜。曲辕树：比喻无用之材。《庄子·人间世》："匠石之齐，至于曲辕，见栎社树，其大蔽数千牛，絜之百围，……观者如市，匠伯不顾，遂行不辍。"弟子不解其故，匠石曰："散木也。以为舟则沉，以为棺椁则速腐，以为器则速毁，以为门户则液樠，以为柱则蠹，是不材之木也。无所可用，故能若是之寿。"雕陵鹊：比喻盗栗之嫌，传说庄周游于雕陵之樊，睹一异鹊，翼广七尺，目圆一寸，突触庄周之额，仍栖栗林之中。庄周怪其如此，乃举步疾行，执弹弓而伺候。既而见螳螂正欲捕蝉，而蝉不知；异鹊正欲捕螳螂，而螳螂亦不知；异鹊亦不知庄周持弓在其后。于是庄周弃弹弓而返走，守栗园的人以为庄周盗栗，追问不已。庄周归家，三月不敢出门。见《庄子·山木》。这两句说，自己以无用为幸，仍恐避不开嫌疑。

㉙生涯实有始：人的一生是有他的起点和终点的。《庄子·养生主》："吾生也有涯，而知也无涯。以有涯随无涯，殆已！"天道终虚橐：天命毕竟是虚的。春秋时，郑国的子产曾说："天道远，人道迩，非所及也。"见《左传·昭公十八年》。橐，盛物的袋子。《汉书·刑法志》："为之橐橐。"唐颜师古注："有底曰囊，无底曰橐。"

㉚悦：乐于。善人：这里指张侍中。朋友数：与朋友来往频繁。《论语·里仁》："事君数，斯辱矣；朋友数，斯疏矣。"这两句说，与张侍中还要加强交往。

㉛云雨：比喻恩泽。《后汉书·邓骘传》："托日月之末光，被云雨之渥泽。"翔：飞翔。寥廓：广阔的空间。这两句说，何时梁朝再兴，咱们就可以再展翅齐飞，以遂凌云之志。

拟咏怀二十七首①

一

步兵未饮酒，中散未弹琴②。索索无真气，昏昏有俗心③。涸鲋常思水，惊飞每失林④。风云能变色，松竹且悲吟⑤。由来不得意，何必往长岑⑥。

[注释]

①拟：模仿。咏怀：用诗来抒写怀抱。晋阮籍有《咏怀》诗八十二首。庾信的《拟咏怀》是一组羁留北周、思念故国的抒情诗。余冠英先生认为：阮诗寄易代之感，庾诗述丧乱之哀，各有千秋，并非"拟"作。

②步兵：指阮籍。籍嗜酒能啸，闻步兵厨营人善酿，有贮酒三百斛，乃求为步兵校尉，世称阮步兵。当时政治斗争复杂，籍常以醉酒的方式以图保全自己。中散：指嵇康。康与魏宗室通婚，官中散大夫，世称嵇中散。讲求养生服食之道，弹琴咏诗，自足于怀，与阮籍齐名。

③"索索"两句：索索，心中不安的样子。《易·震》："上六，震索索，视矍矍。"这两句说，自己拘于俗务，精神昏瞀，远远比不上阮籍、嵇康的旷达。

④涸鲋（fù）：困在干涸了的车辙中的鲫鱼。《庄子·外物》："周昨来，有中道而呼者。周顾视车辙中，有鲋鱼焉。周问之曰：'鲋鱼来，子何为者邪？'对曰：'我东海之波臣也，君岂有斗升之水而活我哉？'"惊飞：因被箭射伤而受过惊的飞鸟。战国时，更羸曾当着魏王的面，用空弓射下一只大雁。魏王问他，这是怎么回事？他说："其飞徐而鸣悲。飞徐者，故疮痛也；鸣悲者，久失群也；故疮未息而惊心未去也。闻弦音，引而高飞，故疮陨也。"见《战国策·楚策四》。失林策：即失群。以上六句，自叙了作此诗的悲切之情。

⑤风云能变色：比喻江陵失陷。松竹：比喻节操坚贞的人。

⑥"由来"两句：东汉车骑将军窦宪，擅权骄恣，辟崔骃为掾。骃多次劝谏，指切长短。宪不能容，出骃为长岑长。骃自以远去，不得意，遂不赴任而归。见《后汉书·崔骃传》。这首诗主要慨叹于自己居官不愿、求隐未能的境遇。长岑，古县名，汉属乐浪郡。在今朝鲜境内。

二

赭衣居傅岩，垂纶在渭川①。乘舟能上月，飞轩欲扪天②。谁知志不就，空有直如弦③。洛阳苏季子，连衡遂不连④。既无六国印，翻思二顷田⑤。

[注释]

①赭衣：古代罪人所穿的赤褐色衣服。傅岩：古地名。在今山西平陆东。相传傅说在出任殷相以前，曾经在这里做过苦工。《尚书·说命上》："说筑于傅岩之野。"垂纶：垂丝线钓鱼。渭川：渭水，在陕西中部。相

传吕尚（姜太公）在被周文王尊为"师尚父"以前，曾经在这里垂钓。这首诗说自己怀才待用而壮志难酬。

②幰：幰车，有帷幔的车。扪：触，摸。这两句抒发自己远大的志向。

③就：成。直如弦：直道而行，有如弓弦。《后汉书·五行志一》："顺帝之末，京都童谣曰：直如弦，死道边；曲如钩，反封侯。"

④"洛阳"两句：战国时，洛阳苏秦至秦国游说，劝秦惠王"称帝而治"，秦惠王不用。于是苏秦陆续说服了燕文侯、赵肃侯、韩宣王、魏襄王、齐宣王和楚威王不再事秦，六国实行合纵以与秦对抗。这里比喻庾信出使西魏，西魏却派兵攻打梁朝，故连横合纵已不可能。苏季子，战国时苏秦，字季子。连衡，即连横，指楚、燕、齐、韩、赵、魏六国皆事秦国。

⑤"既无"两句：苏秦至六国游说成功，六国皆封他为相。回到洛阳时，苏秦对他嫂子说："且使我有洛阳负郭田二顷，吾岂能佩六国相印乎？"见《史记·苏秦列传》。庾信的意思是说，自己既不能连横，又不能合纵，得不到六国相印，转而思念家中如有二顷田，该有多好。

三

俎豆非所习，帷幄复无谋①。不言班定远，应为万里侯②。燕客思辽水，秦人望陇头③。倡家遭强聘，质子值仍留④。自怜才智尽，空伤年鬓秋⑤。

[注释]

①俎豆：古代宴客、朝聘、祭祀所用。俎，置肉的几；豆，盛食物的器皿。《论语·卫灵公》："俎豆之事，则尝闻之矣；军旅之事，未之学也。"帷幄：军中的帐幕。借指军事。《史记·太史公自序》："运筹帷幄之中，制胜于无形。"这首诗说自己不幸而滞留北地，竟无可奈何。

②班定远：东汉名将班超（公元32—102年），字仲升，少有大志，后有一个相命的人对他说："祭酒，布衣诸生耳，而当封侯万里之外。"超在西域活动达三十余年，受封为"定远侯"，史称班定远。万里侯：受封于万里之外的侯。《后汉书·班超传》："相者指曰：生燕颔虎颈，飞而食肉，此万里侯相也。"

③燕客：指战国荆轲。轲本卫人，游于燕，为燕太子丹门客。自愿赴秦行刺，丹送他至易水。高渐离击筑，荆轲和而歌："风萧萧兮易水寒，壮士一去兮不复还！"见《史记·刺客列传》。辽水：疑为易水。秦人：这里指来自内地的人。陇头：指六盘山南段，古又称陇坂，山势陡峻。乐府北朝民歌有《陇头歌》《陇头流水歌》，写征人行经陇坂，征途辛苦，发为悲歌。

④倡家：古代以歌舞为业的女艺人。强聘：强行聘礼，欲娶为妻。质子：古时派往别国以为抵押的人。值仍留：遭逢继续被留下。

⑤"自怜"两句：慨叹自己自梁承圣三年（公元554年）出使西魏以来，思归不得，才智都尽，而年事将老，鬓发已衰。鬓，颊旁近耳的头发。

四

楚材称晋用，秦臣即赵冠①。离宫延子产，羁旅接陈完②。寓卫非所寓，安齐独未安③。雪泣悲去鲁，凄然忆相韩④。惟彼穷途恸，知余行路难⑤。

[注释]

①楚材称晋用：南国的人才正好为北国所用。语本《左传·襄公二十六年》："如杞、梓、皮革，自楚往也。虽楚有材，晋实用之。"秦臣即赵冠：赵王的帽子被赐给秦国的近臣。《后汉书·舆服志下》："武冠，一曰武弁大冠，诸武官冠之。侍中、中常侍加黄金珰，附蝉为文，貂尾为饰，谓之赵惠文冠。胡广说曰：赵武灵王效胡服，以金珰饰首，前插貂尾，为贵职。秦灭赵，以其君冠赐近臣。"这首诗说自己在北朝任职，并不心安。

②离宫延子产：子产到晋国访问，晋侯以鲁襄公新丧，未见。子产叫人把客舍的墙垣给毁了，让车马闯进去。晋侯派人责问子产；子产说，你们的客舍门不容车，你们的国家盗贼公行，还拒绝接见宾客，你说该怎么办？后来晋侯很好地接待了他，还特别兴建了诸侯之馆。见《左传·襄公三十一年》。离宫，晋离宫（行宫）在铜鞮（今山西沁县南），有数里之广。延，接待。子产（？—前522年），春秋时郑国人，著名政治家。羁旅接陈完：春秋时陈太子御寇被杀，陈公子完与颛孙奔齐。齐侯使陈完为卿，陈完辞以"羁旅之臣"，不堪高位；使为工正（掌百工之官），饮桓公酒而乐。见《左传·庄公二十二年》。羁旅，旅居在外。接，接纳。陈完，春秋时陈厉公的儿子，后入齐国，世为齐卿。

③寓卫非所寓：在卫国寄寓并不是理想的地方。《诗·邶风·旄丘·序》："旄丘，责卫伯也。狄人迫逐黎侯，黎侯寓于卫；卫不能修方伯连率之职。黎之臣子以责于卫也。"安齐独未安：为整个齐国的安定作考虑的人，自身却未能安定。汉初，韩信已破齐，派人对汉王说："齐边楚，

权轻,不为假王,恐不能安齐。"汉王遣张良操印绶立韩信为齐王。次年,徙为楚王;又次年,封为淮阴侯,分其地为二国;又五年,夷其三族。见《史记·高祖本纪》。

④雪泣悲去鲁:孔子是拭着眼泪离开鲁国的。晋潘岳《西征赋》:"丘去鲁而顾叹,季过沛而涕零;伊故乡之可怀,疲圣达之幽情。"凄然忆相韩:凄然地想起自己的祖先好几代都在韩国做过官。《史记·留侯世家》:"韩破,(张)良家僮三百人,弟死不葬,悉以家财求客刺秦王,为韩报仇,以大父、父五世相韩故。"按,庾信和他父亲都曾做过梁朝的官。

⑤穷途恸:无路可走的悲恸。《晋书·阮籍传》:"时率意独驾,不由径路,车迹所穷,辄痛哭而反(返)。"

五

惟忠且惟孝,为子复为臣①。一朝人事尽,身名不足亲②。吴起尝辞魏,韩非遂入秦③。壮情已消歇,雄图不复申④。移住华阴下,终为关外人⑤。

[注释]

①惟忠且惟孝:谓庾氏以忠孝传家。为子复为臣:指庾信是庾氏之子、梁朝之臣。这首诗表示作为梁朝的臣下,虽身居北地,而心却始终向着梁朝。

②人事:人情事理。尽:结束。身名:生命,名声。西晋石崇对王敦说:"士当身名俱泰,何至瓮牖哉!"见《晋书·石苞传》。不足亲:不值得留恋。

③吴起（？—前381年）：战国时兵家。初任鲁将，继任魏将，屡立战功。魏文侯死后，魏相公叔设计欲害吴起。吴起果辞魏武侯，转至楚国为相。见《史记·吴起列传》。韩非（约公元前280—前233年）：战国时哲学家。非见韩国被削弱，屡上书谏韩王，韩王不能用。故作《孤愤》《五蠹》《内外储》《说林》《说难》，凡十余万言。秦王见其书，欲见韩非，因急攻韩。韩王始不用非，及急，乃遣非使秦。见《史记·韩非列传》。

④雄图：指恢复梁朝的雄图。

⑤华阴：在陕西东部，渭河下游，华山以北。终为关外人：表示人虽住在关内，心却属于关外。关外人，古代以函谷关以西陕西、甘肃、宁夏一带为关内，函谷关以东广大地区为关外。

六

畴昔国士遇，生平知己恩①。直言珠可吐，宁知炭欲吞②？一顾重尺璧，千金轻一言③。悲伤刘孺子，凄怆史皇孙④。无因同武骑，归守灞陵园⑤。

[注释]

①畴昔：从前在梁时。国士遇：梁以"国士"的规格待我。国士，一国中才能出众的人。知己：了解自己的人。战国时，晋国的豫让遁入山中，立志为知伯报仇，曾说："嗟乎！士为知己者死，女为悦己者容。吾其报知氏之仇矣。"见《战国策·赵策一》。这首诗写庾信在梁朝的地位及对梁武帝后裔的怜念。

②直言：但说，只说。珠：喻华美的诗文。宁知：岂知，哪里知道。炭欲吞：一作"炭可吞"。战国时，豫让为了替智伯报仇，乃变姓名为刑人，入宫涂厕，欲以刺赵襄子。失败后，又漆身内厉（癞疮），灭须去眉，自刑以变其容，吞炭以变其音，伏于桥下以待襄子。第二次失败后，赵襄子问他，为什么一定要为知伯报仇。豫让说："臣事范、中行氏，范、中行氏以众人遇臣，臣故众人报之；知伯以国士遇臣，臣故国士报之。"见《战国策·赵策一》。

③一顾重尺璧：战国时，秦昭王愿以十五城换取赵国的和氏璧。蔺相如持璧入秦，见秦王无意偿赵城，乃设计复取璧，持以睨柱，欲以击柱，声言："大王必欲急臣，臣头今与璧俱碎于柱矣！"秦王恐其破璧，乃辞谢固请，召有司案图，指从此以往十五都予赵。见《史记·蔺相如列传》。千金轻一言：以千金为重，以一言为轻。谓自己的话未受到重视。这是反用"千金一诺"的典故。《史记·季布列传》："楚人谚曰：得黄金百斤，不如得季布一诺。"季布，曾在项羽处为将，多次使汉王受窘。项羽灭后，刘邦以千金购求季布，欲加杀害，未能成功。

④刘孺子：指汉宣帝的玄孙刘婴。元始五年（公元5年），王莽鸩杀汉平帝，选年仅两岁的刘婴为帝，号孺子。王莽统摄朝政，三年后建立新朝，废刘婴为安定公。见《汉书·王莽传》。这里借指梁敬帝萧方智。太平二年（公元557年），梁敬帝逊位给陈武帝陈霸先，霸先奉敬帝为江阴王。史皇孙：指汉武帝的孙子，汉宣帝的父亲。宣帝生才数月，史皇孙等皆死于巫蛊之狱。《汉书·宣帝纪》："孝宣皇帝，武帝曾孙，戾太子孙也。太子纳史良娣，生史皇孙。皇孙纳王夫人，生宣帝，号曰皇曾孙。生数月，遭巫蛊事，太子、良娣、皇孙、王夫人皆遇害。"这里借指梁简文帝萧纲、梁元帝萧绎的儿子们（亦即梁武帝萧衍的孙子们）多被杀致死。

⑤"无因"两句：汉司马相如在景帝时为武骑常侍，武帝时任孝文园令。汉文帝葬于霸陵，"灞陵园"即孝文园。作者意谓，自己无法同司马相如一样，得以归守"先帝"的陵墓。

七

榆关断音信，汉使绝经过①。胡笳落泪曲，羌笛断肠歌②。纤腰减束素，别泪损横波③。恨心终不歇，红颜无复多④。枯木期填海，青山望断河⑤。

[注释]

①榆关：战国时地名。在今河南开封西。这里泛指边塞。汉使：汉朝的使节。这里借指梁朝派出的使者。绝经过：已经断绝，无法见到。这首诗写思念故国，欲归无望之痛。

②胡笳：古代一种管乐器，汉时流行于塞北和西域一带。羌笛：古代一种管乐器，因出于羌中，故名。这两句说，所闻皆异地乐声，令人断肠、落泪。

③纤：细。减束素：比一束白绢还细。战国楚宋玉《登徒子好色赋》："腰如束素，齿如含贝。"别泪：离别之泪。损横波：把眼睛都哭坏了。汉傅毅《舞赋》："眉连娟以增绕兮，目流睇而横波。"

④红颜无复多：年青时的红润脸色剩下不多了。意思是说，哀伤催人老。

⑤枯木期填海：想回到梁朝去吗？那就同指望以枯木填平东海一样，根本不可能。《山海经·北山经》："（发鸠之山）有鸟焉……名曰精卫，

其鸣自詨（xiāo）……常衔西山之木石，以堙于东海。"青山望断河：希望用青山遮断河流，这是不可能的事。比喻回乡无望。

八

白马向清波，乘冰始渡河①。置兵须近水，移营喜灶多②。长坂初垂翼，鸿沟遂倒戈③。的卢于此去，虞兮奈若何④。空营卫青冢，徒听田横歌⑤。

[注释]

①乘冰：汉光武帝刘秀行军至呼沱河，无船，适遇冰合，得过。见《后汉书·光武纪上》。这两句以"光武中兴"比喻梁元帝萧绎承制江陵。全诗对梁元帝的中兴之业未克厥成，深致惋惜；对自己无力救国又不能死节，徒自慨叹。

②置兵须近水：汉初，韩信背水为阵，大破赵军。诸将问信："兵法右倍山陵，前左水泽，今者将军令臣等反背水阵，曰破赵会食，臣等不服。然竟以胜，此何术也？"见《史记·淮阴侯列传》。置兵，犹布阵。移营喜灶多：东汉武都太守虞诩被羌人遮击于陈仓、崤谷。诩即停军不进，宣言上书请兵。羌人分抄旁县。诩见羌人兵散，乃日夜进道，兼行百余里，一面令吏士各作两灶，日倍增之。羌不敢逼。见《后汉书》本传。这里指梁元帝一度在军事上颇为得手，促使了侯景的失败。移营，指行军。喜灶多，以增加行军造饭的灶数来迷惑敌方。

③长坂：地名。在今湖北当阳东北。垂翼：犹展翅。《庄子·逍遥游》："鹏之背不知其几千里也，怒而飞，其翼若垂天之云。"这里比喻梁

元帝的"中兴大业"才刚刚开始。鸿沟：楚汉相争时，划鸿沟为界（在今黄淮平原上），西为汉，东为楚。这里比喻当时梁朝与西魏，南北对峙，犹如有鸿沟。倒戈：倒转武器，向己方攻击。这里指梁元帝的侄儿萧詧，因与梁有隙，遂附于西魏，自襄阳配合西魏以伐江陵，被封为梁王。

④的卢：额部有白色斑点的马。《世说新语·德行》："庾公乘马有的卢。"梁刘孝标注引伯乐《相马经》："马白额入口至齿者，名曰榆雁，一名的卢。奴乘客死，主乘弃市，凶马也。"这里以"的卢于此去"哀悼梁元帝之死。虞兮奈若何：楚汉相争时，项羽在垓下（今安徽灵璧东南）被围。晚间，与美人虞姬饮于帐中，悲歌慷慨："力拔山兮气盖世，时不利兮骓不逝。骓不逝兮可奈何，虞兮虞兮奈若何！"见《史记·项羽本纪》。这里是比喻作者自己国破主亡，不知道怎么办才好。

⑤空营卫青冢：白白建造了卫大将军之墓。意思是慨叹自己不能像卫青那样征战立功。卫青（？—前106年），西汉名将。曾七次率军出击，解除了匈奴对汉朝的威胁。其冢在陕西兴平茂陵（汉武帝墓）东北，上有竖石，前有石人石马。徒听田横歌：徒然听人唱那哀伤田横的歌。意思是慨叹自己不能像田横那样死节。田横歌，指田横门人为他唱的悲歌。田横（？—前202年），秦末人。楚汉战争中自立为齐王。汉朝建立时，率五百人入海岛。刘邦命他到洛阳，他因不愿称臣，于途中自杀。

九

北临玄菟郡，南戍朱鸢城①。共此无期别，俱知万里情②。昔尝游令尹，今时事客卿③。不特贫谢富，安知死羡生④？怀秋独悲此，平生何谓平⑤！

[注释]

①玄菟郡：汉元封三年（公元前108年）置，治所在沃沮城（今朝鲜咸镜南道咸兴）。戍：卫戍，防守。朱鸢城：东汉交趾郡有朱鸢城。地在今越南红河三角洲一带。这首诗叹自己远居异乡，觍颜作客，虽生犹死，意未能平。

②"共此"两句：言自己出使北朝，与前往玄菟、朱鸢极远之地一样，不知何时能归。

③令尹：春秋时楚国最高的官职。《论语·公冶长》："令尹子文三仕为令尹，无喜色；三已之，无愠色。"这句说庾信曾在梁朝做官，经常行走于宰府之门。客卿：战国时秦国曾以别国的人为卿，待以客礼，故名客卿。《史记·范雎列传》："（秦昭王）乃拜范雎为客卿，谋兵事。"这句指庾信自己在西魏和北周做官。

④不特贫谢富：不但像贫者那样会谢绝富人。意谓自己并不羡慕富贵。安知死羡生：从哪里知道死人会羡慕生者？意谓自己并不以生为乐。

⑤平生何谓平：这辈子何时才能平静！

十

悲歌度辽水，弭节出阳关①。李陵从此去，荆卿不复还②。故人形影灭，音书两俱绝③。遥看塞北云，悬想关山雪④。游子河梁上，应将苏武别⑤。

[注释]

①辽水：疑当作"易水"，即荆轲自燕赴秦时所渡，在今河北定兴。弭节：驻车，停车。阳关：古关名。故址在今甘肃敦煌西南。西汉李陵曾行军过此。这首诗谓自己出使西魏永不得归的惆怅，不下于荆轲、李陵。

②李陵（？—前74年）：汉名将李广之孙。武帝时任骑都尉。天汉二年（公元前99年），率步兵五千人击匈奴，战败而降，因留匈奴。荆卿：即荆轲。轲为燕太子丹入秦行刺，丹饯之易水，荆轲慷慨悲歌："风萧萧兮易水寒，壮士一去兮不复还！"后刺秦王未中，被杀于秦。

③故人：旧友，故交。

④塞北云：北边地区的浮云。南朝梁江淹《侍始安王头石》："何如塞北阴，云鸿尽来翔。"关山雪：关隘山川间的积雪。当时南北阻隔，中有关山迢递，故云。

⑤游子：离家在外的人。河梁：河上的桥。传统文化中，河梁为送别之处。汉李陵在苏武行将归国时，作《与苏武三首》，为他送别，其中说："携手上河梁，游子暮何之？徘徊蹊路侧，悢悢不得辞。"苏武（？—前60年）：西汉时出使匈奴，被扣留十九年，终被遣回。这句当是喻指北周建德四年（公元575年），因南北通好，流寓之士，各许还其旧国，原梁朝官员王克、殷不害等皆还陈；而庾信、王褒仍被留于周，故有无限惆怅。

十一

摇落秋为气，凄凉多怨情①。啼枯湘水竹，哭坏杞梁城②。天亡遭愤战，日蹙值愁兵③。直虹朝映垒，长星夜落营④。楚歌饶恨曲，南风多死声⑤。眼前一杯酒，谁论身后名⑥！

[注释]

①摇落秋为气：秋气萧瑟，草木凋零。语本战国楚宋玉《九辩》："悲哉秋之为气也，萧瑟兮草木摇落而变衰。"这首诗写梁之覆灭，乃"天意"所归；而江陵君臣的麻木不仁，亦难辞其咎。

②啼枯湘水竹：泪水滴湿了湘水竹。晋张华《博物志》卷十："尧之二女，舜之二妃，曰湘夫人。舜崩，二妃啼，以涕挥竹，竹尽斑。"哭坏杞梁城：哭声震坍了杞梁城。汉蔡邕《琴操下·芑梁妻歌》："芑梁妻叹者，齐邑芑梁殖之妻所作也。庄公袭莒，殖战而死。妻叹曰：'上则无父，中则无夫，下则无子；外无所依，内无所倚，将何以立？吾节岂能更二哉？亦死而已矣！'于是乃援琴而鼓之，曰：'乐莫乐兮新相知，悲莫悲兮生别离。'哀感皇天，城为之坠。"

③天亡：上天要梁朝倾亡。愤战：令人愤慨之战。日蹙：国土一天天缩小。愁兵：忧思重重之军。

④直虹：自上贯下的虹。《晋书·天文志下》："光熙元年十二月甲申，有白气若虹，中天北下至地，夜见五日乃灭。占曰：大兵起。"垒：营帐。长星：彗星。古人认为是凶兆。《史记·武帝纪》："一元曰建元，二元以长星曰元光，三元以郊得一角兽曰元狩云。"这里指梁元帝江陵之败。

⑤楚歌：楚人之歌，失败者之歌。《史记·项羽本纪》："项王军壁垓下，兵少食尽。汉军及诸侯兵围之数重。夜闻汉军四面皆楚歌，项王乃大惊曰：汉皆已得楚乎？是何楚人之多也！"饶：多。南风多死声：南边的歌萎靡不振，象征着失败和死亡。《左传·襄公十八年》："晋人闻有楚师，师旷曰：不害，吾骤歌北风，又歌南风，南风不竞，多死声，楚必无

功。"这里指梁朝军队的溃败。

⑥"眼前"两句：叹梁朝君臣眼光短浅，贪图逸乐，终至败亡。《世说新语·任诞》："张季鹰纵任不拘，时人号为江东步兵。或谓之曰：'卿乃可纵适一时，独不为身后名邪？'答曰：'使我有身后名，不如即时一杯酒。'"

十二

周王逢郑忿，楚后值秦冤①。梯冲已鹤列，冀马忽云屯②。武安檐瓦振，昆阳猛兽奔③。流星夕照镜，烽火夜烧原④。古狱饶冤气，空亭多柱魂⑤。天道或可问，微兮不忍言⑥。

[注释]

①周王逢郑忿：春秋时，周平王以郑武公、郑庄公为卿士，同时欲分政于虢，因此得罪了郑伯。以后发展为周郑交质（交换人质），甚至周郑交恶（郑人把成周的庄稼给毁了）。见《左传·隐公三年》。这里借指梁元帝得罪了侄儿萧詧，致使詧附于西魏，配合西魏来攻江陵。楚后值秦冤：战国时，秦欲伐齐，因齐楚相亲，不便下手。于是张仪至楚，说服了楚怀王与齐绝交；又伴称可给楚"商於之地六百里"，而实不与，以故意激怒楚王。楚王大怒，发兵而攻秦。结果是秦、齐联合攻楚，斩首八万，杀楚将屈丐，取丹阳、汉中之地。楚又割两城，始与秦平。见《史记·张仪列传》。这里借指梁元帝对魏使宇文仁恕接待不周，招致西魏发兵来攻。全诗写西魏攻陷江陵的前前后后，言下不胜唏嘘叹息之情。

②梯冲：云梯与冲车。鹤列：排列成阵。冀马：冀州（今河北、山西

二省）北部所产的良马。《左传·昭公四年》："冀之北土，马之所生。"云屯：犹云集。《后汉书·刘表传赞》："鱼俪汉轴，云屯冀马。"这两句写西魏军容之盛。

③武安檐瓦振：赵惠文王时，秦军军武安西，鼓噪勒兵，武安屋瓦尽振。武安，战国时赵地（今属河北）。昆阳猛兽奔：公元23年，绿林军不断胜利，王莽派王寻、王邑率四十二万军包围昆阳，旌旗辎重，千里不绝，又驱诸猛兽虎豹犀象之属，以助威武。见《后汉书·光武纪上》。昆阳，古县名（在今河南叶县）。这两句写西魏军攻城势头之猛。

④流星夕照镜：发出强光的流星像镜子在夜间照耀。镜，一本作"境"。烽火夜烧原：报警的烽火像野火在夜里燃烧。

⑤古狱：指秦狱。梁任昉《述异记上》："汉武帝幸甘泉长平坂。道中有虫，赤如肝，头目口齿悉具，人莫知也。时东方朔曰：'此古秦狱地也，积忧所致。'上使按图，果秦狱地。"空亭：指藂（tái）亭，在今陕西中部。东汉王忳举茂才，除郿令。到官，至藂亭投宿。亭长曰："亭有鬼，数杀过客，不可宿也。"忳不听，即入亭止宿。夜有女子称冤之声。知其家十余口，皆被亭长所杀，埋于楼下；因无由申冤，而过客辄眠不见应，故恚而杀之。忳即曰："当为汝理此冤，勿复杀良善也。"见《后汉书·独行列传》。这两句言江陵城陷，百姓多无辜被杀。

⑥天道或可问：典出《楚辞·天问》注："屈原放逐，忧心愁悴，彷徨山泽，经历陵陆，嗟号昊旻，仰天叹息，见楚有先王之庙，……休息其下，仰见图画，因书其壁，呵而问之，以泄愤懑，舒泻愁思。"天道，犹天神、天命。微兮不忍言：梁朝已灭亡了啊，我还忍心说什么！

十三

横流遘屯氲,上埏结重氛①。哭市闻妖兽,颓山起怪云②。绿林多散卒,清波有败军③。智士今安用?忠臣且未闻。惜无万金产,东求沧海君④。

[注释]

①遘(gòu):遭遇。屯氲:困苦,灾难。上埏(chén):上面混浊不清的样子。晋陆机《汉高祖功臣颂》:"茫茫宇宙,上埏下黩,波振四海,尘飞五岳。"重氛:预示大祸的凶气(不祥之气)。当指后两句诗所述之事。这首诗写江陵失陷,无人能救,自己亦苦无机会为梁复仇。

②哭市闻妖兽:闻有妖兽哭于市。《左传·庄公八年》:"(齐侯)见大豕。从者曰:'公子彭生也。'公怒曰:'彭生敢见?'射之。豕人立而啼;公惧,坠于车,伤足,丧屦。"颓山:倾坏的山。《礼记·檀弓上》:"孔子蚤作,负手曳杖,消摇于门,歌曰:泰山其颓乎?梁木其坏乎?哲人其萎乎?"这里以"颓山起怪云"为江陵城败亡之兆。

③绿林:绿林山,在今湖北当阳东北。新莽末年,王匡、王凤等在此起义,号"绿林军"。这里指侯景部将任约、谢答仁等。多散卒:任约、谢答仁等所率多乌合之众,终不为梁元帝所用。清波:犹江上。败军:指领军将军胡僧祐、武昌太守朱买臣等所率之军。梁承圣三年(公元554年)十一月,西魏军来攻,胡僧祐、朱买臣等率兵出战。买臣败绩,僧祐中流矢死。见《梁书·元帝纪》。

④沧海君:沧海地区的君长。汉有苍海郡,地在今朝鲜境内。《史记

·留侯世家》言张良年少时，韩国被秦国所灭。良父、祖世代事韩。良有家僮三百人，弟死不葬，以家财求客刺秦王，为韩报仇。良东见仓海君，得力士，为铁椎重一百二十斤。秦皇帝东游，良与客狙击秦皇帝于博浪沙，未中。良乃更名姓，亡匿下邳。这两句作者叹自己无万金之财，缺乏为梁报仇的机会。

十四

吉士长为吉，善人终日善①。大道忽云乖，生民随事蹇②。有情何可豁？忘怀固难遣③。麟穷季氏罝，虎振周王圈④。平生几种意，一旦冲风卷⑤。

[注释]

①吉士：古代对男子的美称。善人：有道德的人。《孔子家语·六本》："与善人居，如入芝兰之室，久而不闻其香。"这首诗说，正常的秩序被打乱了，震荡的心意无法平息，种种设想都已付之东流。

②大道：指常理、正道。云：语气助词。乖：背离。生民：民众。蹇：蹇滞，艰难，不顺利。

③有情何可豁：有情感的人又怎能心胸豁达？《世说新语·言语》："见此芒芒，不觉百端交集。苟未免有情，亦复谁能遣此！"豁，开阔，开朗。忘怀固难遣：无芥蒂的心也终于难以排遣。忘怀，不放在心上。晋陶渊明《五柳先生传》："尝著文章自娱，颇示己志，忘怀得失，以此自终。"

④麟穷季氏罝（jū）：麒麟被困于季孙氏的兽网之中。季氏，春秋时

鲁国的季孙氏，自鲁文公以后，季氏掌鲁国之政。罝，捕兽的网。按，季氏，实指叔孙氏。《左传·哀公十四年》："春，西狩于大野，叔孙氏之车子钼商获麟。"振：振作，奋起。周王：指周穆王。圈：关住禽兽的栅栏。《穆天子传》卷五："天子将至，七萃之士高奔戎请生捕虎，必全之；乃生捕虎而献之。天子命之为柙而畜之东虞，是为虎牢。"这是说作者欲有所作为而不得自由。

⑤意：志愿，志向。冲风：烈风。这两句说，一切抱负都成了泡影。

十五

六国始咆哮，纵横未定交①。欲竞连城玉，翻征缩酒茅②。析骸犹换子，登爨已悬巢③。壮冰初开地，盲风正折胶④。轻云飘马足，明月动弓弰⑤。楚师正围巩，秦兵未下崤⑥。始知千载内，无复有申包⑦。

[注释]

①六国：指战国时除秦以外的六国（楚、燕、齐、韩、赵、魏）。纵横未定交：比喻梁元帝萧绎与其侄岳阳王萧詧未能和睦相处，一致抗魏。纵，合纵，苏秦主张六国纵亲以抗秦。横，连横，张仪主张六国西向以事秦。这首诗反映了梁朝内部不和、粮尽援绝，犹不事戒备，终于导致城破国亡的惨景。

②欲竞连城玉：喻指襄阳为当时形胜之地，为岳阳王萧詧、梁元帝萧绎及西魏所争夺。连城玉，价值连城的璧。《史记·廉颇蔺相如列传》："赵惠文王时，得楚和氏璧，秦昭王闻之，使人遗（wèi）赵王书，愿以

十五城请易璧。"翻征缩酒茅：喻指岳阳王萧詧不但不联合梁元帝以抗西魏，反而找借口配合西魏来打江陵。缩酒茅，滤酒的白茅。春秋时，齐伐楚，楚子不服，齐管仲说："尔贡包茅不入，王祭不共，无以缩酒，寡人是征！"见《左传·僖公四年》。

③析骸：析骨头为柴。犹：还。换子：换儿子而食。春秋时，楚围宋，宋使华元夜入楚师以告："敝邑易子而食，析骸以爨（cuàn）。"见《左传·宣公十五年》。这句写江陵被围，陷入了粮尽援绝的困境。登爨：做熟了饭。悬巢：升起巢车（车上的望台）以瞭望远处。《左传·成公十六年》："楚子登巢车以望晋军。"这里指江陵城十分危急。

④壮冰初开地：冰结得更厚，大地都冻裂了。《礼记·月令·仲冬之月》："冰益壮，地始坼。"江陵之陷在承圣三年（公元554年）农历十一月，正是天寒地冻之时。盲风：疾风。折胶：胶为制弓材料，秋后则劲而可折，弓弩可用，利于作战。这里指西魏大举来攻。《汉书·晁错传》："陛下绝匈奴不与和亲，臣窃意其冬来南也，壹大治，则终身创矣。欲立威者，始于折胶。"

⑤轻云飘马足：形容战马驰骋。明月动弓弰（shāo）：形容弯弓射箭。弰，弓的末端。

⑥楚师正围巩：《左传·昭公二十六年》："十一月，辛酉，晋师克巩。召伯盈逐王子朝。王子朝及召氏之族，……奉周之典籍以奔楚。"楚师，疑当为"晋师"。巩，县名，在河南中部。这里指江陵被西魏所破。秦兵未下崤：春秋时，秦国派军队去袭击郑国，蹇叔猜测秦军可能会在殽山一带遭到晋人的截击，因此不赞成秦穆公的用兵计划。事见《左传·僖公三十二年》。这里借指梁朝君臣的麻痹大意，在江陵城破前一个月还以为西魏不会来攻，如领军胡僧祐、太府卿黄罗汉说："二国通好，未有嫌

隙，必应不尔。"侍中王琛说："臣揣宇文容色，必无此理。"梁元帝因此继续在龙光殿讲诵《老子》，"百官戎服以听"。参见《资治通鉴》卷一六五。崤，崤山，在河南西部。

⑦无复有申包：指梁朝在危急时，竟无人可使求救。申包，申包胥，春秋时楚国贵族。楚昭王十年（公元前506年）吴破楚。他到秦求救，哭于秦廷七昼夜，终使秦发兵救楚。

十六

横石三五片，长松一两株①。对君俗人眼，真兴理当无②。野老披荷叶，家童扫栗跗③。竹林千户封，甘橘万头奴④。君见愚公谷，真言此谷愚⑤。

[注释]

①这首诗主要写庾信的居处，可与《小园赋》对照着读。

②俗人：平庸的人。《荀子·儒效》："不学问，无正义，以富利为隆，是俗人者也。"真兴：真正的意趣，真实的情致。

③野老：民间老人。这里系作者自称。家童：疑即家僮，指家中僮仆。栗跗：板栗外层带刺的壳斗。

④竹林千户封：大片的竹林，其收益相当于受封为千户侯。《史记·货殖列传》："陈、夏千亩漆，齐、鲁千亩桑麻，渭川千亩竹，……此其人皆与千户侯等。"甘橘万头奴：成万株橘子树，其价值抵得上一万名奴仆。三国吴丹阳太守李衡于宅边种橘千株，临死谓其子："汝母恶我治家，故穷如是。然吾州里有千头木奴，不责汝衣食，岁上一匹绢，亦可足用

耳。"见《三国志·吴书·吴三嗣主传》注引《襄阳记》。

⑤愚公谷：地名，在山东临淄西。汉刘向《说苑·政理》："齐桓公出猎逐鹿而走入山谷之中，见一老公而问之曰：是为何谷？对曰：为愚公之谷。"这里借喻为隐居之地。

十七

日晚荒城上，苍茫余落晖①。都护楼兰返，将军疏勒归②。马有风尘气，人多关塞衣③。阵云平不动，秋蓬卷欲飞④。闻道楼船战，今年不解围⑤。

[注释]

①日晚：太阳西下时。落晖：落日残照。这首诗写北朝积极备战，引起了诗人的缕缕忧思。

②都护楼兰返：汉昭帝时，傅介子为平乐监，奉命出使楼兰，斩其王而还。见《汉书·傅介子传》。都护，官名。楼兰，汉西域国名。将军疏勒归：东汉明帝时，耿恭为戊己校尉，引兵据疏勒城，匈奴来攻，虽食尽援绝，恭坚守不降。后由汉遣军迎归。见《后汉书·耿恭传》。疏勒，汉西域国名。

③风尘气：旅途劳顿之气。关塞衣：征战所着之衣。

④阵云：重叠如兵阵的云层。秋蓬：秋风吹拂中的蓬草。

⑤闻道：听说。楼船：高大的战船。今年不解围：江陵被围时，庾信已在北方。此诗当作于承圣三年（公元554年）秋。其时南北隔绝，作者目睹北地秋城之景及军事调动之状，对江南故国倍增系念之情。

十八

寻思万户侯,中夜忽然愁①。琴声遍屋里,书卷满床头②。虽言梦蝴蝶,定自非庄周③。残月如初月,新秋似旧秋④。露泣连珠下,萤飘碎火流⑤。乐天乃知命,何时能不忧⑥?

[注释]

①寻思:考虑,寻求。万户侯:食邑一万户的侯。中夜:半夜。这句叹自己羁留异地,未能建功立业。这首诗叹自己滞居异国,功业无望,而年事已老,唯有抱恨终天而已!

②"琴声"两句:说自己只能把精神寄托在弹琴、读书之中。

③"虽言"两句:虽然有庄周梦蝴蝶、蝴蝶梦庄周的说法,自己肯定不能像庄子那样豁达大度。《庄子·齐物论》:"昔者庄周梦蝴蝶,栩栩然蝴蝶也,自喻适志与,不知周也;俄然觉,则蘧蘧然周也。不知周之梦为蝴蝶与,蝴蝶之梦为周与?"

④"残月"两句:月底的月亮就同月初的月亮一样,都是残缺不全的。今年的秋天也同旧年的秋天一般,都是萧条冷落的。

⑤露泣连珠下:露珠涟涟,似游子的眼泪。萤飘碎火流:萤光点点,像异客在漂泊。

⑥乐天乃知命:安于天命,才能自得其乐。《易·系辞上》:"乐天知命,故不忧。"何时能不忧:言自己国亡家败,没法不忧!

十九

愦愦天公晓，精神殊乏少①。一郡催曙鸡，数处惊眠鸟②。其觉乃于于，其忧惟悄悄③。张仪称行薄，管仲称器小④。天下有情人，居然性灵夭⑤。

[注释]

①愦愦天公晓：这句意谓天公并不懂得什么。《晋书·天文志二》："建元元年，岁星犯天关。安西将军庾翼与兄冰书曰：岁星犯天关，占云'关梁当涩'。比来江东无他故，江道亦不艰难；而石虎频年再闭关不通信使，此复是天公愦愦无皂白之征也。"愦愦，昏乱，不明。天公，上苍，苍天。晓，知道。精神：神志，心神。诗人因自己有志难伸，在这首诗中对天道进行了指责。

②一郡：全地区。催曙鸡：鸡催曙（天亮）。惊眠鸟：早上鸟叫，扰人睡眠。

③觉：醒来时。于于：悠然自得貌。《庄子·盗跖》："神农之世，卧则居居，起则于于。"悄悄：忧愁貌。《诗·邶风·杨舟》："忧心悄悄，愠于群小。"

④张仪称行薄：张仪曾被人认为品行不端。《史记·张仪列传》："张仪已学而游说诸侯。尝从楚相饮，已而楚相亡璧，门下意张仪，曰：'仪贫无行，必此盗相君之璧。'共执张仪，掠笞数百，不服，醳之。"管仲（？—公元前645年）：春秋时政治家。齐桓公尊他为"仲父"。称器小：孔子认为管仲器量不大。《论语·八佾》："管仲之器小哉！"

⑤居然：安然。性灵夭：性情遭到摧折。末两句对天道提出控诉。

二十

在死犹可忍，为辱岂不宽①？古人持此性，遂有不能安②。其面虽可热，其心长自寒③。匣中取明镜，披图自照看④。幸无侵饿理，差有犯兵栏⑤。拥节时驱传，乘亭不据鞍⑥。代郡蓬初转，辽阳桑欲干⑦。秋云粉絮结，白露水银团⑧。一思探禹穴，无用鏖皋兰⑨。

[注释]

①"在死"两句：谓死都可以忍受，辱又算得了什么？全诗谓自己本不及古人，且内心悲苦，但求当一名史臣而已。参看《奉报寄洛州》："留滞终南下，惟当一史臣。"

②性：指人的本性。《荀子·正名》："生之所以然者谓之性。性之和所生，精合感应，不事而自然谓之性。"这两句说古人执着于人的本性，不安于忍辱含垢。

③"其面"两句：言自己面上虽然有点热情，而内心却寒气长存，犹如冰结。

④披图：打开有关"相面"的图籍。

⑤侵饿理：面相上有注定要饿死的某种纹理。汉河内守周亚夫有纵理入口，许妇给他看相，说："有纵理入口，此饿死法也。"后封为条侯，而果饿死。见《史记·周勃世家》。差有：略有。犯兵栏：面相上有注定将死于兵器的某种纹路。晋干宝《搜神记》卷九说：魏舒尝诣野王，主

人妻夜产一男，魏舒说："书之，十五以兵死。"魏舒后十五年复诣主人，问所生儿何在，答云："因条桑，为斧伤而死。"

⑥拥节：拿着符节（外交凭证）。庾信在梁时，曾出使过东魏和西魏。传：驿车。乘亭：车辆停歇于驿站。亭，为供行人停留宿食之所。秦汉时，十里一亭，十亭为乡。不据鞍：未能像古人那样，年老而壮志不减。汉马援年六十二，请出征，光武帝不许。援即披甲上马，据鞍顾眄，以示可用。见《后汉书》本传。

⑦代郡：北魏时郡名（在今山西北部一带）。后属东魏。蓬初转：比喻第一次出使北国。蓬转，亦秋天景物。辽阳：北魏有辽阳城（在今山西左权）。后属东魏。桑欲干：言北地气候干旱。

⑧粉絮：白絮。白露水银团：形容露珠如水银。语本《诗·郑风·野有蔓草》："野有蔓草，零露团兮。"

⑨一思：犹专思。探禹穴：像司马迁那样周游南北，探访古迹，笔之于书。《史记·太史公自序》："迁生龙门，……二十而南游江、淮，上会稽，探禹穴，窥九疑，浮于沅、湘；北涉汶、泗，讲业齐、鲁之都，观孔子之遗风，乡射邹、峄；厄困鄱、薛、彭城，过梁、楚以归。"鏖：鏖兵，鏖战，指激烈的战斗。皋兰：山名（在今甘肃临夏）。西汉骠骑将军霍去病战陇西，有功；过焉支山千余里，合短兵，鏖皋兰下。见《汉书》本传。这句说自己年已衰老，不可能作战立功。

二十一

倏忽市朝变，苍茫人事非①。避谗犹采葛，忘情遂食薇②。怀愁正摇落，中心怆有违③。独怜生意尽，空惊槐树衰④。

[注释]

①倏忽：形容极快。市朝变：江陵陷落。市，交易买卖之所；朝，官府治事之处。这首诗写自己违心仕周，年命已衰，徒唤奈何；可与《枯树赋》合看。

②避谗犹采葛：江陵陷时，庾信尚在西魏，不免为人所谗。《采葛》：《诗·王风》篇名。《诗序》云："采葛，惧谗也。"《传》曰："桓王之时，政事不明；臣无大小，使出者则为谗人所毁，故惧之。"忘情：于喜怒哀乐之情，淡然若忘。《世说新语·伤逝》："圣人忘情。"遂食薇：于是在北朝做了官。传说古时候伯夷、叔齐反对武王伐纣，义不食周粟，隐于首阳山，采薇而食。有人指出，薇亦周之草木。二人遂饿死于首阳山。

③摇落：凋谢，零落。战国楚宋玉《九辩》："悲哉秋之为气也，萧瑟兮草木摇落而变衰。"这句叹自己年近衰老。中心：内心。怆：悲伤，失意。战国楚宋玉《九辩》："怆恍懭恨兮，去故而就新。"

④生意：生机，生命力。空惊：徒然惊诧。《晋书·殷仲文传》："大司马府中有老槐树，顾之良久而叹曰：'此树婆娑，无复生意。'"这里作者以老槐树自比，慨叹生意已尽。

二十二

日色临平乐，风光满上兰①。南国美人去，东家枣树完②。抱松伤别鹤，向镜绝孤鸾③。不言登陇首，惟得望长安④。

[注释]

①平乐：平乐观，汉代宫观名。在上林苑中未央宫北，周围十五里。上兰：上兰观，汉代宫观名。在上林苑中。汉代诸帝多在此打猎。这首诗极言思念故国之切，几至伤痛欲绝。

②南国：古指江汉一带的诸侯国。这里指都于江陵的梁朝。《诗·小雅·四月》："滔滔江汉，南国之纪。"美人：古诗文中或以喻君王。这里指梁元帝。东家枣树完：叹自己出使西魏后，至今尚不能南归。《汉书·王吉传》称王吉居长安时，东邻有枣树垂于吉庭。吉妇取枣以啖吉。吉后知枣非己有，乃驱妇出。东邻闻而欲伐其树，邻里共为制止，并请王吉召还其妇。里中云："东家有树，王阳妇去；东家枣完，去妇复还。"完，完整。

③抱松伤别鹤：言自己身居北国，远离亲人，感到悲伤。别鹤，乐府琴曲有《别鹤操》。相传商陵牧子娶妻五年无子，父兄命其休妻改娶。牧子援琴而鼓，悲伤作歌："将乖比翼隔天端，山川悠远路漫漫，揽衣不寝食忘餐！"向镜绝孤鸾：叹自己身在异地，远离乡国，备感孤单。孤鸾，孤单的鸾鸟。传说罽宾国王买得一鸾，三年不鸣。其夫人说，听人讲鸾见同类则鸣，何不悬镜照之？王从其言。鸾睹镜中之影，悲鸣冲霄，一奋而绝。见南朝宋刘敬叔《异苑》卷三。

④陇首：指《陇头流水歌》，写征人行登曲折高峻的陇坂，遥望旷野，发为悲歌。长安：借指江陵。这句说自己只希望能望见江陵，但是怎么能够呢！

二十三

斗麟能食日，战水定惊龙①。鼓鞞喧七萃，风尘乱九重②。鼎湖去无返,苍梧悲不从③。徒劳铜雀妓,遥望西陵松④。

[注释]

①麟:麒麟。食日:日食。晋张华《博物志》卷二:"麒麟斗而日蚀。"这首诗是对梁元帝的思念。不忘忠于梁元帝,这是作者的局限性。战水:二水相激。惊龙:惊动君王的居处。《国语·周语下》:"灵王二十二年,谷、洛斗,将毁王宫。"按,洛水在王城(今河南洛阳)之南,谷水在王城之北。周灵王时,谷水盛,出于王城之西,而南流合于洛水,毁王城西南,将及于王宫,故云"战水定惊龙"。这里是比喻梁朝与西魏的战争,使梁元帝受到惊吓。

②鞞(pí):一种小战鼓。七萃:七支精干的队伍。《穆天子传》卷一:"赐七萃之士战。"风尘:比喻战争。九重:指天,谓天有九层;也指王宫,天子所居有九门。这句说战争给梁元帝带来极大灾难。

③鼎湖:传说为黄帝乘龙升天之处。《史记·封禅书》:"黄帝采首山铜,铸鼎于荆山下。鼎既成,有龙垂胡髯下迎黄帝。黄帝上骑,群臣后宫从上者七十余人,龙乃上去。……故后世因名其处曰鼎湖。"这句写梁元帝之死。苍梧:山名,即九嶷山,在湖南。相传舜死葬于此。《礼记·檀弓上》:"舜葬于苍梧之野,盖二妃未之从也。"这句说,其时作者已身在西魏,不能跟从梁元帝一同去死,但有悲伤而已。

④铜雀妓:曹操临终时,要求把自己葬在邺城(今河北临漳西南)的西岗,让他的妾伎住在邺城的铜雀台上,早晚供食,每月初一、十五在灵帐前奏乐唱歌,并时时瞻望西陵墓田。西陵松:即西陵墓。这两句喻指梁元帝葬在南方,作者远处北朝,连遥望亦颇困难。

二十四

无闷无不闷,有待何可待①?昏昏如坐雾,漫漫疑行海②。千年水未清,一代人先改③。昔日东陵侯,惟有瓜园在④。

[注释]

①无闷无不闷:无一事值得烦闷,却无一事不烦闷。《易·大过》:"君子以独立不惧,遁世无闷。"有待何可待:有待于客观条件,条件何时才会有?《庄子·逍遥游》:"夫列子御风而行,泠然善也。……此虽免乎行,犹有所待者也。"这首诗写自己年老而无归宿的痛苦,情真语切,慨乎言之。

②漫漫:漫无涯际貌。梁沈约《早发定山一首》:"归海流漫漫,出浦水浅浅。"这句写自己漫无所归。

③千年水未清:谓盛世难逢。旧题晋王嘉《拾遗记·高辛》:"又有丹丘,千年一烧;黄河,千年一清:至圣之君,以为大瑞。"一代人先改:叹梁朝业已覆亡。

④东陵侯:秦时广陵人召平,封东陵侯。秦亡后,种瓜于长安城东。瓜味美,号东陵瓜。三国魏阮籍《咏怀诗》之九:"昔闻东陵瓜,近在青门外。"瓜园:在长安城东,南头第一门(青门)之外。这两句写自己在梁亡后的境遇,与东陵侯差不多。

二十五

怀抱独昏昏,平生何所论①?由来千种意,并是桃花源②。榖皮两书帙，壶卢一酒樽③。自知费天下，也复何足言④？

[注释]

①昏昏：清净无为貌。《庄子·在宥》："至道之精，窈窈冥冥；至道之极，昏昏默默。"何所论：有什么值得说的？作者在诗中表示，言多何益，但寄情于书酒而已。

②意：愿望，意向。桃花源：晋陶潜《桃花源记》中虚构的与世隔绝的乐土，言其地人人丰衣足食，怡然自乐，不知世间有祸患之事。这两句说，种种愿望，统统都是空想。第十四首云："平生几种意，一旦冲风卷。"可参看。

③榖：树名。皮可以制纸。帙：包书的套子。壶卢：也作"葫芦"。可用来盛酒。樽：古代用来喝酒的器皿。以上两句，谓以书酒自宽。

④费：辞费，话多而无用。何足言：有什么值得说的？

二十六

萧条亭障远，凄惨风尘多①。关门临白狄，城影入黄河②。秋风苏武别，寒水送荆轲③。谁言气盖世？晨起帐中歌④。

[注释]

①萧条：冷落貌。亭障：古代边塞的堡垒。风尘：比喻战乱。这首诗写北地景象引起的羁旅之恨，可与第十首合看。

②关门：关口。白狄：古族名。春秋时狄族的一支。这里泛指古代北方的少数民族。

③苏武别：苏武于汉武帝天汉元年（公元前100年）出使匈奴，至汉昭帝始元六年（公元前81年）才被遣回朝。其时李陵仍不得南归，作《与苏武三首》，表示惜别之情。庾信在北朝也有送别人南归而自己无法脱身的情况。寒水送荆轲：战国时荆轲自燕赴秦，燕太子丹送至易水，高渐离击筑，荆轲和而歌："风萧萧兮易水寒，壮士一去兮不复还！"庾信入北朝后，欲还不得，预料可能同荆轲一样，永远也回不去了。

④"谁言"两句：项羽垓下被围，四面楚歌，情势危急，起而饮于帐中，慷慨悲歌云："力拔山兮气盖世，时不利兮骓不逝。骓不逝兮可奈何，虞兮虞兮奈若何！"这两句说，谁说他气盖当世？也只好帐中作歌，终于免不了失败。此借指梁朝曾比较强大，亦终不免于覆亡；自己有满怀抱负，至今亦无法伸展。

二十七

被甲阳云台，重云久未开①。鸡鸣楚地尽，鹤唳秦军来②。罗梁犹下碣，扬排久飞灰③。出门车轴折，吾王不复回④。

[注释]

①被（pī）甲：同"披甲"。喻军事行动。阳云台：地名。这里喻指江陵一带。汉司马相如《子虚赋》："于是楚王乃登云阳之台。"注引孟康曰："云梦中高唐之台，宋玉所赋者，言其高出云之阳。"重云：比喻战云密布。这首诗写江陵之陷的一些细节。

②鸡鸣：指《鸡鸣歌》，即项羽被围时听到的楚歌。《史记·项羽本纪》："夜闻汉军四面皆楚歌。"《集解》引应劭曰："楚歌者，谓《鸡鸣

歌》也。"楚地尽：楚地沦陷以尽，江陵也保不住。鹤唳：鹤鸣。东晋时，前秦苻坚率军百万南下，列阵淝水。谢玄等率精兵八千渡水迎击。秦兵大败而逃，闻风声鹤唳，皆恐是追兵。见《晋书·谢玄传》。秦军来：这里借指西魏军队入侵。

③罗梁：罗列着发射礧石的大木。礧：礧石，古代守城时用以坠击敌人的大石。扬排久飞灰：以排囊盛石灰于车上，系布索于马尾，以火烧布，布燃马惊，奔突敌阵，顺风扬灰，反复进行以御敌。见《后汉书·杨璇传》。

④出门车轴折：汉临江王刘荣，因侵占庙地，为汉景帝所征召。江陵父老送他至北门。既上车，轴折车废。江陵父老流涕云："吾王不返矣！"刘荣至都后，被责，自杀。见《汉书·景十三王传》。吾王不复回：这里借指梁元帝萧绎。承圣三年（公元554年）十一月辛亥，魏军大攻，元帝出枇杷门，临阵督战，六军败绩，元帝被俘；十二月辛未，被杀。见《梁书·元帝纪》。

庾信咏怀诗二十七首，细味内容，知非一时所作，排列亦不尽合理。今仍其旧，姑置之于此。

怨歌行①

家住金陵县前，嫁得长安少年②。回头望乡泪落，不知何处天边③？胡尘几日应尽？汉月何时更圆④？为君能歌此曲，不觉心随断弦⑤。

[注释]

①《怨歌行》：乐府诗题之一。内容以哀怨为主。汉班婕妤、三国魏曹植、晋傅玄及南朝梁简文帝等皆有此作。庾信在这首诗中，以女子比喻自己，以抒其思念乡国之情。

②金陵：指南朝梁都城建业（今江苏南京）。长安：为西魏和北周的都城。

③不知何处天边：不知天边何处是家乡所在。

④胡尘：北方少数民族骑马扬起的沙尘。喻战争。汉月：喻梁朝。

⑤心随断弦：犹言心碎。

赋选

七夕赋①

兔月先上，羊灯次安②。睹牛星之曜景，视织女之阑干③。于是秦娥丽妾，赵艳佳人，窈窕名燕，逶迤姓秦④。嫌朝妆之半故，怜晚饰之全新⑤。此时并舍房栊，共往庭中⑥。缕条紧而贯矩，针鼻细而穿空⑦。

[注释]

①七夕：农历七月初七夜。传说牛郎、织女于此夕相会于天河。古代有妇女穿针乞巧、祈祷福寿等习俗。本赋反映了这一习俗的若干细节。

②兔月：月亮。传说月中有白兔捣药，故云。羊灯：古代照明器具，用金属制成。上有盘，盛油；中有柱，下有底。像羊形的为羊灯，另有雁灯、朱雀灯等。

③牛星：牛郎星。曜景：光耀。织女：织女星。阑干：横斜貌。

④秦娥：秦国的美女。丽妾：美丽的妇人。赵艳：赵国的美女。佳人：美女。窈窕：（女子）文静而美好。名燕：名赵飞燕，这里泛指美人。逶迤：从容自得貌。古作"委蛇"。《诗·召南·羔羊》："退食自公，委蛇委蛇。"汉郑玄笺："委蛇，委曲自得之貌。"姓秦：指秦罗敷。《乐府诗集·陌上桑》："日出东南隅，照我秦氏楼。秦氏有好女，自名为罗敷。"这里泛指美人。

⑤半故：半旧。言早晨装束，至夕已嫌其旧。怜：爱。晚饰：晚间的服饰。

⑥并舍：一齐都离开。房栊：室内。庭：堂前之地。

⑦缕条：丝线。针鼻：针孔。按，古代习俗，妇女每于七夕时，就月下结彩缕，穿七孔针，陈瓜果于庭，以乞巧。见南朝梁宗懔《荆楚岁时记》。

鸳鸯赋①

虞姬小来事魏王，自有歌声足绕梁②。何曾织锦，未肯挑桑，终归薄命，著罢空床③。见鸳鸯之相学，还欹眼而泪落④。南阳渍粉不复看，京兆新眉遂懒约⑤。况复双心并翼，驯狎池笼，浮波弄影，刷羽乘风⑥。共飞詹瓦，全开魏宫⑦；俱栖梓树，堪是韩冯⑧。若乃韩寿欲婚，温峤愿妇，玉台不送，胡香未有⑨。必见此之双飞，觉空床之难守⑩。

[注释]

①鸳鸯：雌雄常相偶不离，古称"匹鸟"，多用来比喻夫妇。梁简文帝萧纲、梁元帝萧绎，皆有《鸳鸯赋》。疑庾信此赋亦当作于梁时。赋中写虞姬的被弃，有一定揭露意义。

②虞姬：三国魏河内（今河南黄河以北地区）人，于黄初三年（公元222年）后嫁与魏平原王曹叡（曹丕之子）为妃。魏王：三国魏平原王曹叡。黄初七年（公元226年）即帝位，是为魏明帝。即位后以毛氏为贵嫔，次年立为皇后；虞姬遂被黜。见《三国志·魏书·后妃传》。自有歌声足绕梁：形容其歌声优美动人，历久难忘。《列子·汤问》："昔韩娥

东之齐,匮粮,过雍门,鬻歌假食,既去而余音绕楹,三日不绝。"

③挑桑:以肩担桑。著:命令之辞。这几句说,虞氏初尚见宠,而终被废黜。

④学:疑当作"与",亲附之意。"学""与"繁体字字形相近。欹:倾斜。眼:《艺文类聚》作"眠",近是。

⑤南阳渍粉:传说房陵(今湖北房县)永清谷之水,可取以渍粉,其鲜洁有异于常,故谓之粉水。一说,汉萧何死后,高后封萧何夫人为酂侯。(见《汉书·萧何传》)酂,古县名(在今湖北老河口西北),属南阳郡。萧何夫人曾渍粉于此。南阳,秦、汉郡名(在今河南西南部、湖北西北部一带)。渍粉,用粉水浸制的脂粉。京兆新眉:汉京兆尹张敞曾为妇画眉,时长安有"张京兆眉怃"之说。见《汉书·张敞传》。京兆,汉代三辅之一,在今陕西西安以东、秦岭以北、渭河以南一带。新眉,新画眉毛。约:邀请,要求。

⑥并翼:比翼。驯狎:温存,亲近。刷羽:清理羽毛。乘风:乘着风势前进。

⑦詹瓦:疑当作"檐瓦"。《三国志·魏书·周宣传》:"文帝问宣曰:'吾梦殿屋两瓦堕地,化为双鸳鸯,此何谓也?'宣对曰:'后宫当有暴死者。'帝曰:'吾诈卿耳!'宣对曰:'夫梦者意耳,苟以形言,便占吉凶。'言未毕,而黄门令奏宫人相杀。"

⑧韩冯:传说宋康王舍人韩冯,娶妻何氏,貌美,被康王所夺。韩冯乃自杀。其妻亦投台死,遗书要求与冯合葬。王弗听,遂分而埋之,并谓:"尔夫妇相爱不已,若能使冢合,则吾弗阻也。"宿昔之间,便有大梓树生于二冢之端,屈体相就,根枝交错;又有鸳鸯双栖树上,晨夕不去,交颈悲鸣,音声感人。南人谓此禽即韩冯夫妇所化。见晋干宝《搜神

记》卷十一。

⑨韩寿：晋韩寿，美姿容。尚书令贾充辟以为掾。贾女悦之，发于吟咏；其婢为通款曲于寿；寿闻之心动，遂约期往会。继而贾充会诸吏，闻寿有奇香之气，计此香为西域所献，晋武帝唯赐己及陈骞两家，因疑寿与女关系密切，其香或系女所赠。经证实，乃以女妻寿。见《世说新语·惑溺》。温峤（公元288—329年）：东晋祁（今山西祁县）人，字太真。建武元年（公元317年）南下，颇受朝士推重。从姑刘氏家有一女，甚有姿慧，姑以嘱峤觅婚。峤新丧妇，因云："佳婿难得，但如峤比如何？"姑云："丧败之余，乞粗存活，便足慰吾余年，何敢希汝比？"数日，公报姑云："已觅得婚处，门第粗可，婿身名宦，尽不减峤。"因送玉镜台一枚。姑大喜。既婚，女以手披纱扇，抚掌大笑曰："我固疑是老奴，果如所卜！"见《世说新语·假谲》。玉台：玉镜台（玉制的镜台）。温峤随刘琨北征时得一玉镜台，后用为聘礼。胡香：汉武帝时，西域月氏国遣使献香四两，大如雀卵，黑如桑葚，烧之，芳气经三月不歇。贾女以赠韩寿者，盖即此香。这几句说薄命女既无胡香，亦无人送来玉台，徒自想望而已。

⑩必：假如。双飞：指鸳鸯同飞，佳偶相偕。空床之难守：寂寞孤单之意。《古诗十九首》："昔为倡家女，今为荡子妇。荡子行不归，空床难独守。"

小园赋①

若夫一枝之上,巢父得安巢之所;一壶之中,壶公有容身之地②。况乎管宁藜床,虽穿而可坐;嵇康锻灶,既暖而堪眠③。岂必连闼洞房,南阳樊重之第;绿墀青琐,西汉王根之宅④?余有数亩敝庐,寂寞人外,聊以拟伏腊,聊以避风霜⑤。虽复晏婴近市,不求朝夕之利;潘岳面城,且适闲居之乐⑥。况乃黄鹤戒露,非有意于轮轩,爰居避风,本无情于钟鼓⑦;陆机则兄弟同居,韩康则舅甥不别,蜗角蚊睫,又足相容者也⑧?

尔乃窟室徘徊,聊同凿坯,桐间露落,柳下风来⑨。琴号珠柱,书名《玉杯》,有棠梨而无馆,足酸枣而非台⑩。犹得敧侧八九丈,纵横数十步,榆柳两三行,梨桃百余树⑪。拨蒙密兮见窗,行欹斜兮得路,蝉有翳兮不惊,雉无罗兮何惧⑫?草树混淆,枝格相交,山为篑覆,地有堂坳⑬。藏狸并窟,乳鹊重巢,连珠细菌,长柄寒匏⑭。可以疗饥,可以栖迟⑮。敧区兮狭室,穿漏兮茅茨,檐直倚而妨帽,户平行而碍眉⑯。坐帐无鹤,支床有龟⑰。鸟多闲暇,花随四时;心则历陵枯木,发则睢阳乱丝⑱。非夏日而可畏,异秋天而可悲⑲。

一寸二寸之鱼,三竿两竿之竹,云气荫于丛蓍,金精养于秋菊⑳。枣酸梨酢,桃榹李薁,落叶半床,狂花满屋㉑。名为野人之家,是谓愚公之谷㉒。试偃息于茂林,乃久羡于抽簪,虽有门而长闭，实无水而恒沉㉓。三春负锄相识，五月披裘见寻㉔。问葛洪之药性，访京房之卜林㉕。草无忘忧之意，花无长乐之心，鸟何事而逐酒，鱼何情而听琴㉖？

加以寒暑异令，乖违德性㉗，崔骃以不乐损年，吴质以长愁养病㉘。镇宅神以薶石，厌山精而照镜㉙。屡动庄舄之吟，几行魏颗之命㉚。薄晚闲闺，老幼相携，蓬头王霸之子，椎髻梁鸿之妻㉛。燋麦两瓮，寒菜一畦㉜。树骚骚而风急，天惨惨而云低，聚空仓而雀噪，惊懒妇而蝉啼㉝。

昔草滥于吹嘘，藉《文言》之庆余㉞。门有通德，家承赐书㉟。或陪玄武之观，时参凤凰之墟，观受釐于宣室，赋《长杨》于直庐㊱。

遂乃山崩川竭，冰碎瓦裂，大盗潜移，长离永灭㊲。摧直辔于三危，碎平途于九折㊳。荆轲有寒水之悲，苏武有秋风之别㊴。关山则风月凄怆，陇水则肝肠断绝㊵。龟言此地之寒，鹤讶今年之雪㊶。百灵兮倏忽，光华兮已晚㊷。不雪雁门之踦，先念鸿陆之远㊸。非淮海兮可变，非金丹兮能转㊹。不暴骨于龙门，终低头于马坂㊺。谅天造兮昧昧，嗟生民兮浑浑㊻。

[注释]

①南北朝时，庾信原在南朝梁做官，于承圣三年（公元554年）出使西魏，被留不返。西魏恭帝三年（公元556年），西魏为北周所代；梁太平二年（公元557年），梁为陈所代。庾信身居北地，欲隐居不仕，却无合适之所，因作此赋，以寄其哀怨之思。

②一枝：丛林中的一个枝丫。《庄子·逍遥游》："鹪鹩巢于深林，不过一枝。"巢父：上古隐士。晋皇甫谧《高士传》上："巢父者，尧时隐人也，山居不营世利，年老以树为巢而寝其上，故时人号曰巢父。"一壶：一个盛药的葫芦。壶公：传说中仙人。东汉方士费长房，见市中一老翁卖药，为人治病，市罢归屋，即跳入所悬壶中，知其为非常人，因向其学道。见《后汉书·费长房传》。这两句说，一枝一壶既可安身，今羁旅在外，夫复何求？

③管宁（公元158—241年）：汉末魏初人。辞官归家后，常跪坐于木榻上，历时五十五年，未尝箕踞而坐，榻上当膝处皆穿。见晋皇甫谧《高士传》下。嵇康（公元224—263年）：三国魏文学家。性喜打铁，门前有大柳树，即就地开渠引水，打铁、休憩于树下。见《晋书·嵇康传》。

④连闼：门楼上的建筑群。洞房：深邃的内室。樊重：东汉湖阳（今河南唐河）人。善经商，多财利，所居庐舍，皆重堂高阁，陂渠灌注。见《后汉书·樊宏传》。绿：疑当作"赤"。墀：台阶。天子宫殿台阶涂丹漆，名丹墀，又名赤墀。青琐：宫门上的青色连锁花纹。王根：汉成帝的舅父。封曲阳侯。骄奢无度，所居赤墀青琐，园中土山渐台，有类白虎殿。见《汉书·元后传》。

⑤敝庐：旧屋。人外：犹世外。拟伏腊：抵御酷暑严寒。

⑥晏婴：春秋齐大夫。所居近市，低湿嘈杂。齐景公欲其迁至高爽清静之处。晏婴认为居室近市，朝夕得所求，无须迁徙。见《左传·昭公三年》。潘岳（公元247—300年）：西晋文学家。因仕宦不达，作《闲居赋》云："于是退而闲居于洛之涘，身齐逸民，名缀下士；背京溯伊，面郊后市。"见《晋书》本传。

⑦黄鹤戒露：春秋时，卫懿公爱鹤，让鹤乘轩车，以防露水沾湿。见

《左传·闵公二年》。但乘轩车，并非鹤的本意。爰居避风：爰居，一种海鸟名。春秋时，有爰居因避风停栖于鲁东门外多日，鲁卿臧文仲祀之以为神。见《国语·鲁语上》。但受祭祀，亦非爰居本意。这两句喻西魏、北周强欲授给官职，但自己并不乐意。

⑧陆机（公元261—303年）：西晋文学家，字士衡。其弟陆云，字士龙。兄弟两人自吴入洛，住参佐廨中，三间瓦屋，士龙居东头，士衡居西头。见《世说新语·赏誉》。韩康：即韩伯，字康伯。东晋长社（今河南长葛）人。其舅殷浩被黜后，韩康与其同至"徙所"居住经年。见《晋书·韩伯传》《晋书·殷浩传》。蜗角蚊睫：喻极窄小之地。《庄子·则阳》："有国于蜗之左角者，曰触氏；有国于蜗之右角者，曰蛮氏。"《晏子春秋·不合经术者》："东海有虫，巢于蚊睫。"

本段言自己只欲一宁静小园，不稀罕高官厚禄。

⑨窟室：地室。《左传·襄公三十年》："郑伯有耆酒，为窟室，而夜饮酒击钟焉。"凿坯：打穿后墙逃遁。春秋时，鲁君欲以颜阖为相，阖凿坯而逃。见《淮南子·齐俗训》。"桐间"两句：比喻洒脱的风度。《世说新语·赏誉》："（王）恭尝行散至京口射堂，于是清露晨流，新桐初引。恭目之曰：王大故自濯濯。"《晋书·王恭传》："恭美姿仪，人多爱悦，或目之云：濯濯如春月柳。"《孟子·万章下》："柳下惠不羞污君，不辞小官，进不隐贤，必以其道，……故闻柳下惠之风者，鄙夫宽，薄夫敦。"

⑩珠柱：琴名。琴、瑟等乐器皆有柱，以玉为之，故云。《玉杯》：汉董仲舒《春秋繁露》凡八十二篇，其中一篇为《玉杯》。棠梨：树名。汉甘泉宫有棠梨馆。酸枣：植物名。汉陈留郡酸枣县（今河南延津）酸枣寺门外有两故台，相传为韩王听政之所。见晋孙楚《韩王台赋·序》。这几句说，园中只有琴、书、梨、枣，别无馆、台之类。

⑪欹侧：倾斜不正。步：古代一步，指迈步两次，相当于现代两步。

⑫蒙密：犹茂密。欹斜：歪斜。翳：树荫。雉：野鸡。罗：捕鸟的网。

⑬枝格：突出的枝丫。山为篑覆：山是一筐土一筐土堆积而成。篑，盛土的筐子。《论语·子罕》："譬如平地，虽覆一篑，进，吾往也。"堂坳：小坑。《庄子·逍遥游》："覆杯水于坳堂之上，则芥为之舟；置杯焉则胶，水浅而舟大也。"

⑭藏狸并窟：龟、鳖潜藏于相连的窟穴。《周礼·天官·鳖人》注："狸物，龟、鳖之属，自狸藏伏于泥中者。"乳鹊重巢：幼鹊居住在旁枝的巢中。《淮南子·人间训》："夫鹊先识岁之多风也，去高木而巢扶枝。"连珠细菌：草实历历，像地毯的细绒。长柄寒匏：长柄葫芦，是南方的品种。晋陆机初到洛阳，拜访刘道真。刘无他言，唯问："东吴有长柄葫芦，卿得种来不？"见《世说新语·简傲》。

⑮疗饥：充饥。栖迟：休息。《诗·陈风·衡门》："衡门之下，可以栖迟；泌之洋洋，可以乐饥。"

⑯敧（qī）区：崎岖。穿漏：透风漏雨。茅茨（cí）：茅草屋顶。"檐直"两句：直着站起来，屋檐会碰着帽子；正身走过去，门框会撞着眉毛。

⑰坐帐无鹤：身边没有仙鹤，无法回到建业（梁的都城）。相传有仙人介象，中午死于武昌，下午四时便回到建业，时人立庙祭祀，见有白鹤常集于座。见晋葛洪《神仙传》。支床有龟：床下垫有神龟，喻自己无法离开长安。相传南方老人以龟支床，历二十余年，老人死后，其龟犹生。见《史记·龟策列传》。

⑱历陵：地名，汉属豫章郡（今江西南昌）。史称其地有樟树，久

枯，至晋永嘉中，始更荣茂。见《宋书·五行志三》。睢阳：春秋时宋地（今河南商丘）。相传宋人墨翟，见素丝被染色，曾不胜感叹。见《吕氏春秋·当染》。这几句说，纵有鸟鸣花开，自己已身如槁木，发白如丝，无心观赏了。

⑲"非夏"两句：不是夏天的日头，也会感到可怕；不是秋天的气候，也会感到悲凉。《左传·文公七年》注："冬日可爱，夏日可畏。"战国楚宋玉《九辩》："悲哉秋之为气也，萧瑟兮草木摇落而变衰。"

本段写小园之宁静、简朴和任性天然，惜自己年已老而心已灰。

⑳丛蓍（shī）：相传蓍草丛生满百茎，下必有神龟相守，上必有祥云覆荫。见《史记·龟策列传》。金精：相传于夏历九月上寅日采的甘菊，名金精。见晋葛洪《玉函煎方》。

㉑酢（cù）：酸。桃榹（sī）：即山桃，实如桃而小，不解核。李蓂（yù）：即郁李，实大如李子，可食。狂花：犹落花。

㉒野人：山野之民。《列子·杨朱》："故野人之所安，野人之所美，谓天下无过者。"愚公之谷：春秋时齐国一老者自号愚公，名所居为愚公之谷。齐桓公出猎，见而问之。老者云："臣故畜牸牛，生子而大，卖之而买驹。少年曰：'牛不生马。'遂持驹去。傍邻闻之，以臣为愚，故名此谷为愚公之谷。"见汉刘向《说苑·政理》。

㉓偃息：休息。茂林：茂密的园林。抽簪：抽除簪子，比喻不做官。簪，别帽于发的饰物。虽有门而长闭：谓不与外界交往。晋陶渊明《归去来兮辞》："园日涉以成趣，门虽设而常关。"实无水而恒沉：谓隐居尘世之中。《庄子·则阳》："其口虽言，其心未尝言，方且与世违，而心不屑与之俱，是陆沉者也。"晋郭象注："人中隐者譬无水而沉也。"

㉔三春：农历春季三月。负锄相识：孔子的学生子路，遇丈人以杖荷

莱，初受到一番奚落，复受到热情款待，后方知其为隐者。详《论语·微子》。五月披裘见寻：春秋时，魏国有高士名林类者，年且百岁，底春披裘，拾遗穗于故畦，并歌并进。孔子的学生子贡奉命前往寻之，果受教非浅。详晋皇甫谧《高士传》。

㉕葛洪（公元284—364年）：东晋句容（今江苏句容）人，善制炼丹药，著有《金匮药方》一百卷。京房（公元前77—前37年）：西汉顿丘（今河南清丰）人，创今文《易》学"京氏学"，著有《京氏易传》等。卜林：指京房所著《周氏占事》《周易守林》《周易集林》诸书，今已佚。

㉖忘忧：萱草的别名。见《神农本草经》。长乐：紫花的别名。见晋傅咸《紫华赋·序》。鸟何事而逐酒：传说有一海鸟，为鲁侯所供奉，给以酒、肉，优待备至。鸟不饮不食，三日而死。见《庄子·至乐》。鱼何情而听琴：传说古代乐师瓠（hù）巴善鼓瑟，鼓瑟时，能使沉鱼出听。见《荀子·劝学》。这四句说，草无忧，花长乐，鸟饮酒，鱼听琴，皆违背天性之事；自己在北朝做官，正与此相类。

本段写小园景物宜人，往来皆无俗士，奈自己仕于北朝，大有背于本心！

㉗寒暑异令：谓南北气候不同。乖违德性：谓表里不能一致。

㉘崔骃：东汉文学家。因直言进谏，得罪了车骑将军窦宪，被贬官，不就，卒于家。吴质：三国魏文学家。建安二十二年（公元217年），魏大疫，多人死亡。次年，吴质《答魏太子笺》云："今质已四十二矣，白发生鬓，所虑日深，实不复若平日之时也。但欲保身敕行，不蹈有过之地，以为知己之累耳。"

㉙薙石：立石。汉刘安《淮南万毕术》："埋石四隅，家无鬼。"厌：

镇压。山精：山中怪兽。照镜：传说精怪能假托人形以害人，唯在镜中会显露原形。故佩镜于身，则精怪不敢近。见《抱朴子·登涉》。

㉚庄舄（xì）：战国越人，在楚为官，病中犹吟越声，以寄思乡之情。见《史记·张仪列传》。魏颗：春秋魏人。其父魏武子有嬖妾，武子有疾，命颗曰："必嫁是妾。"武子病重，又命颗："必以是妾为殉。"武子卒，颗嫁之。谓从其治命，不从其乱命。见《左传·宣公十五年》。

㉛薄晚：傍晚。老幼：老母，妻子。蓬头王霸之子：东汉太原王霸，屡征不仕。其子蓬发历齿，耕作于野。一日，迎来贵客令狐子伯两父子，见其车马随从，雍容华贵，不觉面有惭色。霸以告妻，妻云当以志气为重。详《后汉书·列女传》。椎髻梁鸿之妻：东汉梁鸿，娶妻孟氏，见其装束华丽，不相礼答者七日。孟氏更为椎髻，着布衣，操作而前。鸿始大喜。见《后汉书·逸民传》。

㉜燋麦：疑即荞麦。寒菜：以备过冬的菜。畦：园中的长方形菜地。

㉝骚骚：风摇动树叶声。急：疾速。惨惨：昏暗貌。聚空仓而雀噪：汉苏伯玉妻《盘中诗》："空仓雀，常苦饥。"噪，饿声。蝉啼：指促织（蟋蟀）长鸣。汉民谚云："趋〔促〕织鸣，懒妇惊。"

本段写自己有志难酬，体弱多病，穷愁潦倒，愈加思念家乡。

㉞昔草滥于吹嘘：从前在梁朝做官。吹嘘，即吹竽。《韩非子·内储说上》："齐宣王使人吹竽，必三百人。南郭处士请为王吹竽，宣王说（悦）之，廪食以数百人。宣王死，湣王立，好一一听之，处士逃。"藉《文言》之庆余：托我祖先的福佑。《易·坤·文言》："积善之家，必有余庆。"

㉟门有通德：庾信的祖父庾易为南齐征士，德盛而名高。史称东汉郑玄积学有盛德，北海相孔融令高密县为玄特立一乡，名"郑公乡"；为玄

扩建大门，号"通德门"，俾可行高车驷马。见《后汉书·郑玄传》。家承赐书：庾信的父亲庾肩吾与伯父庾于陵自幼多才，同为东宫学士。东汉班固之父班彪，幼与从兄共游学，家有皇室赐书，好古之士自远方至，扬子云以下莫不造门。见《汉书·叙传上》。

㊱玄武之观：玄武阙，汉宫殿名，在未央宫北。凤凰之墟：凤凰殿，汉宫殿名。受厘：接受神的福佑。宣室：汉未央宫前的正室。《长杨》：汉扬雄有《长杨赋》。直庐：三国魏明帝（曹叡）在建始殿朝会，由承明门入，门侧有直（值）庐，供值夜者憩息。这四句写庾家父子当年在梁朝任职东宫，出入禁闼之盛事。

本段忆自己自幼随父出入梁宫，备极优渥之状。

㊲山崩川竭，冰碎瓦裂：谓国家覆亡，山河破碎。大盗潜移：指梁太清二年（公元548年）侯景之乱。长离永灭：指梁元帝（萧绎）都于江陵，不数年而梁永灭。

㊳缰：马缰绳。三危：山名，在今甘肃敦煌东南。三峰耸峙欲堕，故名。九折：九折坂，亦名邛崃坂。在今四川荥经县西南，大相岭山南坡山道七十四盘。道路艰险回曲，故名。这两句写旅途的艰辛。

㊴荆轲有寒水之悲：战国时，荆轲自燕入秦，燕太子送至易水，轲慷慨悲歌曰："风萧萧兮易水寒，壮士一去兮不复还！"苏武有秋风之别：汉苏武出使匈奴被留，历十九年始归。李陵仍在匈奴，其《答苏武书》云："远托异国，昔人所悲，望风怀想，能不依依！"这两句写自己留居异地的惆怅之情。

㊵关山：关隘，山川。梁元帝（萧绎）《关山月》："朝望清波道，夜上白登台。月中含桂树，流影自徘徊。寒沙逐风起，春花犯雪开。夜长无与晤，衣单谁为裁！"陇水：在今陕西陇县一带。汉代民歌："陇头流水，

鸣声幽咽；遥望秦川，肝肠断绝。"这两句写山川异貌，状别离之苦。

㊶龟言此地之寒：东晋时，前秦苻坚有大龟一头，死后托梦于太卜佐高虏云："我将归江南，不遇，死于秦。"不数年而前秦亡。见《水经注·渭水》引车频《秦书》。鹤讶今年之雪：晋太康二年（公元281年）冬大雪，南洲人见二白鹤语于桥下曰："今之寒，不减尧崩年也。"于是飞去。见南朝宋刘敬叔《异苑》。这两句写江陵之陷与梁元帝之死。

㊷百灵：犹百龄，谓人的一生。倏（shū）忽：形容极快。光华：光阴。这两句叹自己年岁已老。

㊸雁门之踦（jī）：喻仕途挫折。汉段会宗自西域都护任为沛郡太守，以单于当朝，徙为雁门太守。数年，被免职。后复为西域都护。其友谷永悯其老复远出，作书戒曰："愿吾子因循旧贯，毋求奇功，终更亟还，亦足以复雁门之踦。"见《汉书·段会宗传》。鸿陆：鸿雁降于陆地，象征久而不返。《易·渐》："九三，鸿渐于陆，夫征不复。"按，鸿陆，《艺文类聚》作"房陵"。房陵，战国楚地，今湖北房县一带。这两句说，仕途挫折在所不计，唯念离家太远，何时可归？

㊹淮海：水名。《国语·晋语九》："雀入于海为蛤（gé），雉入于淮为蜃。鼋（yuán）鼍（tuó）鱼鳖，莫不能化，唯人不能。哀夫！"金丹：古代方士用黄金、丹砂炼成的药物。晋葛洪《抱朴子·金丹》："一转之丹，服之三年得仙。二转之丹，服之二年得仙。……九转之丹，服之三日得仙。"这两句说，自己流落在外，无法转变。

㊺龙门：即禹门口，相传为大禹所凿（在今山西河津西北和陕西韩城东北，跨黄河两岸），鱼游至此，登者化为龙，不登者点额暴腮而返。见《水经注·河水》。马坂：可行马车的山坡。《战国策·楚策四》："君亦闻骥乎？夫骥之齿至矣，服盐车而上太行。蹄申膝折，尾湛胕溃，漉汁洒

地，白汗交流，中坂迁延，负辕不能上。"

㊻谅：看来。天造：犹"天意"。昧昧：昏暗不明。浑浑：纷乱貌。

本段总叙自己国破家亡，备受波折之苦。

枯树赋①

殷仲文风流儒雅，海内知名②：世异时移，出为东阳太守③；常忽忽不乐，顾庭槐而叹曰：此树婆娑，生意尽矣④。

至如白鹿贞松，青牛文梓⑤；根柢盘魄，山崖表里⑥。桂何事而销亡，桐何为而半死⑦？

昔之三河徙植，九畹移根⑧；开花建始之殿，落实睢阳之园⑨。声含嶰谷，曲抱《云门》⑩；将雏集凤，比翼巢鸳⑪。临风亭而唳鹤，对月峡而吟猿⑫。

乃有拳曲拥肿，盘坳反覆⑬；熊彪顾盼，鱼龙起伏⑭；节竖山连，文横水蹙⑮。匠石惊视，公输眩目⑯。雕镌始就，剞劂仍加；平鳞铲甲，落角摧牙⑰：重重碎锦，片片真花；纷披草树，散乱烟霞⑱。

若夫松子、古度、平仲、君迁⑲，森梢百顷，槎枿千年⑳。秦则大夫受职，汉则将军坐焉㉑。莫不苔埋菌压，鸟剥虫穿；或低垂于霜露，或撼顿于风烟㉒。东海有白木之庙，西河有枯桑之社，北陆以杨叶为关，南陵以梅根作冶㉓。小山则丛桂留人，扶风则长松系马㉔。岂独城临细柳之上，塞落桃林之下㉕。

若乃山河阻绝，飘零离别；拔本垂泪，伤根沥血㉖。火入空心，膏流断节㉗。横洞口而欹卧，顿山腰而半折，文斜者百围冰碎，理正者千寻瓦裂㉘。载瘿衔瘤，藏穿抱穴，木魅睒睗，山精妖孽㉙。

况复风云不感，羁旅无归㉚；未能采葛，还成食薇㉛；沉沦穷巷，芜没荆扉，既伤摇落，弥嗟变衰㉜。《淮南子》云"木叶落，长年悲"，斯之谓矣㉝。

乃歌曰：建章三月火，黄河万里槎㉞；若非金谷满园树，即是河阳一县花㉟。

桓大司马闻而叹曰㊱：昔年种柳，依依汉南；今看摇落，凄怆江潭；树犹如此，人何以堪㊲！

[注释]

①本篇以乡关之思为主题，乃庾信在北朝文坛的奠基之作。唐张鷟《朝野佥载》："梁庾信初至北方，文士多轻之。信将《枯树赋》以示之，于后无敢言者。"

②殷仲文：东晋殷觊（jì）之弟，少有才藻，美容貌。曾任骠骑参军、咨议参军、征虏长史等。

③世异时移：指桓玄（殷仲文的内弟）于晋安帝元兴二年（公元403年）称帝，以仲文为咨议参军、侍中、领左卫将军；后玄为刘裕所败，安帝复位，仲文乃上表请罪一事。东阳：郡名，在今浙江金华一带。

④生意：生机。《世说新语·黜免》："桓玄败后，殷仲文还为大司马咨议，意似二三，非复往日。大司马府厅前有一老槐，甚扶疏。殷因月朔，与众在厅，视槐良久，叹曰：槐树婆娑，无复生意。"

⑤白鹿贞松：相传甘肃敦煌有白鹿塞，多古松，白鹿栖息于下。见晋

黄义仲《十三州记》。青牛文梓：春秋时，秦文公伐雍州南山文梓树（一种名贵木材），树断，有一青牛出，走入沣水中。见《初学记》八引《录异传》。

⑥柢：根的上部。盘魄：广大貌。山崖表里：形容牢固。

⑦"桂何事"两句：桂树为什么死去？桐树为什么半死不活？汉武帝《李夫人赋》云："秋气潜以凄泪兮，桂枝落而销亡。"汉枚乘《七发》云："龙门之桐，高百尺而无枝，……其根半死半生。"

⑧三河：汉以河东、河南、河内为"三河"。九畹：十二亩为畹，"九畹"极言其广。这两句说，将树木进行远距离、大面积的移植。喻南朝梁大批男女被掳入关。

⑨建始：洛阳宫殿名，建于东汉建安二十五年（公元220年）。落实：指果实成熟。睢阳：秦睢阳县（今河南商丘），汉为梁国，有梁孝王东苑，方三百里。

⑩嶰谷：在昆仑之北，相传黄帝曾命乐官伶伦取竹于此以为箫笛等乐器。《云门》：黄帝时乐舞名。这两句说，树木中含有古代雅乐。

⑪将雏集凤：凤凰携幼鸟聚集于树。比翼巢鸳：鸟筑巢于树，似鸳鸯比翼双飞。

⑫临风亭而唳鹤：鹤临风亭而唳。风亭，即华亭，晋陆机故乡，今上海松江西。陆机遇害时叹曰："华亭鹤唳，岂可复闻乎！"见《晋书》本传。唳，鸣。对月峡而吟猿：猿对月峡而吟。月峡，即明月峡，在今四川重庆东北长江明月沱。《水经注·江水》："巴东三峡巫峡长，猿鸣三声泪沾裳。"此二句是作者泛言之。

以上以各种树木为喻，言自己显贵于梁，而今流落北朝，不觉生意已尽。

⑬拳曲拥肿：弯曲臃肿貌。《庄子·逍遥游》："吾有大树，人谓之樗（chū），其大本拥肿而不中绳墨，其小枝拳曲而不中规矩，立之涂，匠者不顾。"盘坳反覆：盘旋扭结貌。

⑭"熊彪"两句：形容树干、树枝臃肿不平貌。

⑮节：柱上承梁的斗拱，刻作山形，又名山节。文：绘于梁上短柱的水草状花纹。㦸：紧凑貌。这两句说，这树的某些部分带有天然的花纹。

⑯匠石：古代有名的木匠，名石，字伯说。见《庄子·人间世》。公输：古代著名的建筑工匠，即鲁班，也作公输般、公输盘。这两句说，古代名匠见了都感到惊奇。

⑰镌：刻。就：成。剞劂（jī jué）：雕刻用的曲刀。"平鳞"两句：指把臃肿之木上的多余部分铲除。

⑱"重重"四句：谓巧匠在木材上镂出种种绚烂逼真的花纹。

本段写不材之木经名匠加工后可为大用。

⑲松子：松树，其子可食。古度：树名，不华而实，大如石榴。平仲：树名，实如白银。君迁：树名，子如瓠形。以上皆南方之木。晋左思《吴都赋》云："木则枫柙豫章，栟榈枸椰，……平仲君迁，松梓古度，楠榴之木，相思之树。"

⑳森梢：树枝峻峭貌。槎枿（niè）：斜斫叫槎，斫而复生叫枿。

㉑大夫受职：秦始皇东封泰山，风雨骤至，避于松下，因封此树为"五大夫"。将军坐焉：东汉冯异，谦虚明礼，诸将争功，异独坐于大树之下，军中称之为"大树将军"。

㉒"莫不"四句：谓大树常会被苔、菌、鸟、虫、霜露、风烟等所坏。

㉓东海：东部近海地区。白木之庙：相传河南新密东三里轩辕故里，

为轩辕黄帝葬三女之处，其地植有白皮松。西河：黄河上游地区。枯桑之社：传说汉南顿（今河南项城）张助于空桑中种李，有患目疾者息于荫下，其目自愈。见汉应劭《风俗通·怪神》。社，古代祭土神之所。北陆：北方地区。杨叶为关：杨，疑当作"榆"。榆关，指榆豁塞（在今内蒙古）。南陵：南方丘陵地区。梅根作冶：用梅树根为燃料以冶炼金属。梅根冶，镇名，在安徽贵池，六朝时于此炼铜铸币。以上谓四方各地，多有以树为名者。

㉔小山则丛桂留人：西汉淮南王刘安及一部分门客，合称"淮南小山"。其《招隐士》云："桂树丛生兮山之幽，……攀援桂枝兮聊淹留。"扶风则长松系马：扶风，郡名，故治在今陕西泾阳。晋刘琨《扶风歌》云："据鞍长叹息，泪下如流泉。系马长松下，发鞍高岳头。……去家日已远，安知存与亡！"

㉕细柳：细柳营，汉周亚夫屯军处，在今陕西咸阳西南。桃林：春秋时晋文公命詹嘉常驻瑕地，以守桃林之塞，其地在今河南灵宝西。

本段言具体的树木都会受到摧残，唯各种树木的概念将永世不灭。

㉖拔本：拔动树根。伤根沥血：传说曹操命园工苏越将梨树移植，掘之，根伤，出血。见《三国志·魏书·武帝纪》注引《曹瞒传》。

㉗"火入"两句：火起于空心老干，树脂从断节处流出。

㉘欹：斜。顿：颠仆。百围：形容树干粗大。《庄子·人间世》："见栎社树，其大蔽数千牛，絜之百围。"理正：纹理整齐。千寻：形容树木高大。寻，古八尺为寻。

㉙瘿（yǐng）：树疙瘩。藏穿：被虫咬穿。抱穴：被鸟做窝。木魅：指树妖。睒（shǎn）睗（shì）：目光闪烁。山精：山中怪兽。妖孽：引申为扰乱、为害。《国语·吴语》："挠乱百姓以妖孽吴国。"

本段写自己飘零北地，犹树木拔本伤根，已了无生气。

㉚风云不感：未遇上好的机缘。羁旅：长期旅居在外。

㉛采葛：喻完成使命。《诗·王风·采葛》汉郑玄笺："以采葛喻臣以小事使出。"食薇：喻在异朝生活。相传周武王伐纣，有伯夷、叔齐不食周粟，乃入山，采薇而食，后以薇亦周之所有，遂饿死于首阳山。

㉜穷巷：平民所居之处。芜没荆扉：杂草将柴门遮没。摇落：衰老之象。战国楚宋玉《九辩》："悲哉秋之为气也，萧瑟兮草木摇落而变衰。"弥嗟：更叹。

㉝《淮南子》：西汉淮南王刘安及其门客合著的一部杂家著作，现存二十一篇。木叶落，长年悲：《淮南子·说山训》作"桑叶落而长年悲也"。

㉞建章：汉宫名，在未央宫西，汉武帝时建。三月火：谓建章宫于东汉建武二年（公元26年）被焚于火。《史记·项羽本纪》："烧秦宫室，火三月不灭。"黄河万里槎：指建章等宫殿的灰烬，连片成筏，漂流于万里黄河。

㉟金谷：晋石崇河阳别业，名金谷园，内有柏树万株。见《晋书》本传。河阳：相传晋潘岳任河阳（今河南孟州）令，满县皆栽桃花。这两句说，黄河所漂灰烬中，尚有昔日的繁花密树。

㊱桓大司马：指东晋桓温（公元312—373年）。按，桓温乃桓玄之父，当桓玄事败、殷仲文顾槐而叹时，桓温早已去世。

㊲汉南：汉水之南。江潭：指江汉一带。"树犹"两句：树都老成这样了，人可怎么忍受呢！参见《晋书·桓温传》。

以上引《淮南子》及桓温等语作结，言自己穷困冷落，仕于异国，犹树木摇落，至足悲凉。

竹杖赋①

桓宣武平荆州②，外白，有称楚丘先生来诣门下③。桓帝曰④："名父之子，流离江汉，孤之责矣⑤。"及命引进，乃曰："噫，子老矣！鹤发鸡皮，蓬头历齿⑥；乃是江汉英灵，衡荆杞梓⑦。虽有闻于十室，幸无求于千里⑧。寡人有铜镮灵寿，银角桃枝⑨。开木瓜而未落，养莲花而不萎⑩。迎仙客于锦市，送游龙于葛陂⑪。先生将以养老，将以扶危⑫。"

先生笑而言曰："中国明于礼义，暗于知人⑬；心之忧矣，惟我生民⑭。虽复疏条劲柘，促节贞筠，杖端刻鸟，角首图麟⑮；岂能相予此疾，将予此身⑯？若乃世变市朝，年移陵谷⑰；猿吟鹰厉，风霜惨黳⑱；楚汉争衡，袁曹竞逐⑲；兽食无草，禽巢无木⑳。于时无惧而栗，不寒而战㉑。胡马哀吟，羌笛凄啭㉒；亲友离绝，妻孥流转㉓；玉关寄书，章台留钏㉔。寒关凄怆，羁旅悲凉㉕；疏毛抵于矰缴，脆骨被于风霜㉖。发种种而愈落，眉彭彭而竞长㉗。是以忧干扶疏，悲条郁结㉘：宿昔傲丑，俄然耄耋㉙。变田凤于承宫，改阳文于飘篾㉚。潘岳秋兴，嵇生倦游，桓谭不乐，吴质长愁㉛。并皆年华未暮，容貌先秋㉜。予此衰矣，虽然有以，非鬼非蜮，乃心忧矣㉝。未见从心，先求顺耳，伯玉何嗟，丘明惟耻㉞。拉虎捭熊，予犹稚童；观形察貌，子实悲翁㉟！别有九棘庞眉，三槐暮齿㊱。孔光谢病，袁逢致仕㊲，吴濞不朝，杨彪丧子㊳。明公此赠，或非乖礼㊴。"

先生乃歌曰："秋藜促节，白藋同心，终堪荷荼，自足驱禽㊵。一传大夏，空成邓林㊶。"

[注释]

①庾信出使西魏，被留长安，国破家亡，身存名辱，虽蒙礼遇，而含悲愈甚，因以竹杖为喻，发为此赋。

②桓宣武平荆州：喻西魏攻陷江陵。桓宣武，东晋桓温，曾任荆州刺史，卒谥"宣武侯"。荆州，东晋时，治所在江陵，梁元帝（萧绎）曾都于此。

③外白：门外禀报。楚丘先生：喻庾信自己。汉刘向《新序·杂事》五："昔者楚丘先生，行年七十，披裘带索，往见孟尝君，欲趋不能进。"诣：到，求见。门下：高门之下。

④桓帝：东晋桓温死后，曾被其子桓玄追封为"宣武皇帝"。西魏大臣宇文泰死后，曾被其子宇文觉（北周孝闵帝）追封为"文帝"。这里似以"桓帝"喻指宇文泰。

⑤名父：指庾信之父庾肩吾。流离江汉：侯景之乱后，庾信自建业（今江苏南京）西奔江陵。孤：帝王自称。

⑥鹤发：白发。鸡皮：皱皮。蓬头历齿：头发蓬松，牙齿稀疏。

⑦英灵：禀有英华灵秀之气者。衡荆：泛指古荆州之地（自湖南衡阳至湖北南漳一带）。杞梓：两种优质木材。喻优秀人才。

⑧十室：指小邑。《论语·公冶长》："十室之邑，必有忠信如丘者焉。"千里：谓远行。

⑨铜镮灵寿：带有金属环的灵寿木做的手杖。银角桃枝：包有银角的

桃枝竹做的手杖。

⑩开木瓜：使木瓜开花结实。晋干宝《搜神记》卷一："吴时有徐光者，尝行术于市里。从人乞瓜，其主勿与。便从索瓣，杖地种之。俄而瓜生蔓延，生花成实。乃取食之，因赐观者。"养莲花：使莲花生于手杖。《宋书·五行志一》："王敦在武昌，铃下仪仗生华如莲花状，五六日而萎落。"这两句是对手杖的夸赞。

⑪仙客：道士。锦市：指四川成都。游龙：传说东汉费长房乘一竹杖外出，用毕投于葛陂，俄而杖化为龙。详《后汉书》本传。葛陂：在今河南新蔡西北。

⑫扶危：扶持于危难之时。

首段以赐杖为喻，写北朝对自己的敬重。

⑬中国：中原之国。暗于知人：不了解人的内心。《庄子·田子方》："温伯雪子适齐，舍于鲁。鲁人有请见之者，温伯雪子曰：不可。吾闻中国之君子，明乎礼义而陋于知人心，吾不欲见也。"

⑭"心之"两句：我忧虑的是我国的百姓。

⑮柘（zhè）：木名，可制杖。筠（yún）：竹名，可作杖。杖端刻鸟：杖上以鸠鸟为刻饰。见《后汉书·礼仪志中》。角首图麟：杖端作麒麟角形。汉刘向《别录》有《麒麟角杖赋》。

⑯相：看，治。将：养，息。

⑰市朝：集市，朝堂。《战国策·秦策一》："臣闻争名者于朝，争利者于市，今三川、周室，天下之市朝也。"陵谷：山陵，深谷。《诗·小雅·十月之交》："高岸为谷，深谷为陵。"这两句说时移世易，变化极大。

⑱猿吟：猿猴哀鸣。《水经注·江水》："巴东三峡巫峡长，猿鸣三声

泪沾裳。"鹰厉：鹰隼猛烈。风霜：冒风履霜，颠沛艰苦。惨黩：凄惨频仍。这两句写战争使人民历尽磨难。

⑲楚汉争衡：指秦末汉初，楚霸王项羽与汉王刘邦之间的战争。袁曹竞逐：指东汉末年，袁绍与曹操之间的战争。这两句暗写西魏攻陷江陵，人民死伤之众。

⑳"兽食"两句：写战后赤地千里，鸟兽亦难安生。

㉑于时：于是。

㉒胡马：西北地区的马。羌笛：西羌的一种乐器，也叫胡笳。汉李陵《答苏武书》："夜不能寐，侧耳远听，胡笳互动，牧马悲鸣；吟啸成群，边声四起，晨坐听之，不觉泪下。"这两句写梁朝男女数万口被俘至北方，夜闻胡马、羌笛，感到格外悲凉。

㉓孥（nú）：子女。

㉔玉关寄书：玉关，玉门关，在今甘肃敦煌西。东汉班超自西域上疏："臣不敢望到酒泉郡，但愿生入玉门关。"章台留钏：章台，秦、汉宫殿名。晋惠帝时，王达妻卫氏为鲜卑所掠，路过章武台，留一书并钗钏，使人访其家。

㉕寒关：指函谷关。羁旅：滞居外地。

㉖疏毛：稀疏的羽毛。抵：触，击。矰（zēng）缴：带绳的箭。脆骨：脆弱的骨骼。被：遭受。

㉗种种：头发短少貌。《左传·昭公三年》："齐侯田于莒。卢蒲嫳（piè）见，泣且请曰：余发如此种种，余奚能为！"愈落：《文苑英华》作"愈少"。髟（biāo）髟：毛长貌。这两句写自己已衰老。

㉘是以：因此。干：树干。扶疏：四散貌。条：树枝。郁结：臃肿隆起貌。

㉙宿昔：往昔。傲（qī）丑：丑陋。俄然：忽然。耄耋：老年。

㉚田凤：汉京兆（今陕西西安）人，貌美。汉赵岐《三辅决录》："汉灵帝殿柱题：堂堂乎张，京兆田郎。"承宫：汉姑幕（今山东诸城）人，貌丑。见《后汉书·承宫传》。阳文：美女名。《淮南子·修务训》："曼颊皓齿，形夸骨佳，不待脂粉芳泽而性可说（悦）者，西施、阳文也。"鬷（zōng）蔑：春秋郑人，其貌丑。

㉛潘岳秋兴：晋潘岳有《秋兴赋》，其自序云："晋十有四年，余春秋三十有二，始见二毛。……于时秋也，故以《秋兴》命篇。"嵇生倦游：三国魏嵇康不愿为官，其《与山巨源绝交书》云："游山泽，观鱼鸟，心甚乐之；一行作吏，此事便废，安能舍其所乐而从其所惧哉！"桓谭不乐：东汉桓谭因反对谶纬神学，被光武帝目为"非圣无法"，后出为六安郡丞，意忽忽不乐，病卒于道。吴质长愁：三国魏吴质以文才为曹丕所重，其《答魏太子笺》云："今质已四十二矣，白发生鬓，所虑日深，实不复若平日之时也。但欲保身敕行，不蹈有过之地，以为知己之累耳。"

㉜年华：年岁。秋：喻衰老。

㉝虽然有以：虽然如此，但是有其原因。"非鬼"两句：非由鬼蜮之所惑，乃为故国而心忧。

㉞未见从心：未能达到"从心所欲，不逾矩"的境界。先求顺耳：先求做到听话能明辨是非。伯玉何嗟：春秋卫大夫蘧（qú）伯玉，"行年五十而知四十九年之非"，有何可嗟？丘明惟耻：像我这样表里不一，只会让左丘明感到可耻。《论语·公冶长》："巧言令色足恭，左丘明耻之，丘亦耻之；匿怨而友其人，左丘明耻之，丘亦耻之。"按，《论语·为政》："吾十有五而志于学，三十而立，四十而不惑，五十而知天命，六十而耳顺，七十而从心所欲，不逾矩。"知庾信此赋，当作于五十以后。

㉟拉虎捭熊：击败虎熊等猛兽。稚童：此犹言棒小伙。"观形"两句：观察人的外貌，你是可怜我这个老头。

㊱九棘、三槐：指朝中高级官员。《周礼·秋官·朝士》："左九棘，孤卿大夫位焉，群士在其后；右九棘，公侯伯子男位焉，群吏在其后；面三槐，三公位焉，州长众庶在其后。"庞眉、暮齿：代指老者。

㊲孔光：汉太师，以病辞官，皇太后赐以灵寿杖。见《汉书》本传。袁逢：汉司空，朝廷以他曾为三老，特赐以上等棺材及珠玉含殓之物。见《后汉书·袁安传》。

㊳吴濞（bì）：汉吴王刘濞以子丧，称病不朝，汉文帝赐以几杖。见《史记》本传。杨彪：东汉太尉，其子杨修为曹操所杀。魏文帝（曹丕）赐彪延年杖，待以宾客之礼。见《后汉书·杨震传》。

㊴明公：称"桓帝"，含一定贬义。或非乖礼：谓赠以竹杖，可能合于古礼，但何必让我做官？

本段言自己不稀罕高官厚禄，只为梁朝之亡而心忧。

㊵秋藋促节：秋后之藋，茎节促密，可制扶杖。白藋（diào）同心：灰藋，茎叶皆似藋，叶面有白粉，亦名白藋。其茎用以制杖，可与己同心。"终堪"两句：既可用来扛农具，自然足以赶禽兽。

㊶大夏：中亚古国名。在今阿富汗以北，古希腊人称为巴克特里亚，主要指今中亚阿姆河以南，兴都库什山以北地区。《汉书·张骞传》："骞曰：臣在大夏时，见邛竹杖、蜀布……"邓林：桃林。《山海经·海外北经》："夸父与日逐走，入日，渴欲得饮。饮于河渭，河渭不足，北饮大泽。未至，道渴而死；弃其杖，化为邓林。"这两句说，竹制手杖尚不如藜藋之杖可以保持本性。

末段以歌作结，比自己为藜藋，以明不愿为官之志。

邛竹杖赋①

沉冥子游于巴山之岑，取竹于北阴②。嫋娟高节，寂历无心③。霜风色古，露染斑深④。每与龙钟之族，幽翳沉沉⑤。文不自殊，质而见赏⑥，蕴诸鸣凤之律，制以成龙之杖⑦。拔条劲直，璘斌色滋⑧，和轮人之不重，待羽客以相贻⑨。青春欲暮，白云来迟⑩。谋于长者，操以从之⑪。执末而献，无因自持⑫。

诸蔗虽甘，不可以倚⑬；彼藜虽实，不可以美⑭。未若处不材之间，当有用之始⑮。鲁分以爵，汉锡以年⑯。昔尚尔齿，今优我贤⑰。书横几，玉尘筵，则函之以后，拂之以前⑱。尔其摘芳林沼，行乐轩除，间尊卑之垂悦，随上下之游纡⑲。夫寄根江南，森森幽潭⑳；传节大夏，悠悠广野㉑。岂比夫接君堂上之履，为君座右之铭㉒？而得与绮绅瑶佩，出芳房于蕙庭㉓。

[注释]

①邛竹：也作"筇竹"。中实而高节，可制手杖。见《史记·大宛列传》《汉书·张骞传》。按，《邛竹杖赋》寓意与《竹杖赋》略异。在《竹杖赋》中，作者自比为楚丘先生；在《邛竹杖赋》中，则以邛竹来比喻自己，希望能制成手杖，献给贤者。

②沉冥子：虚构人物名。巴山：即大巴山。在四川、陕西、湖北一带，为邛竹产地。岑：小而高的山。北阴：山北。按，山南为阳，山北为

阴。

③娉（pián）娟：苗条貌。南齐谢朓《秋竹曲》："娉娟绮窗北，结根未参差。"高节：竹节间距离大。寂历：寂静，沉实。无心：竹中没有空隙。

④"霜风"两句：言邛竹经霜露感染，色古而斑深。

⑤龙钟：竹名。幽翳：幽暗，遮蔽。沉沉：茂盛貌。

⑥文不自殊：自己不以为纹理突出。质而见赏：因生性质朴而受到赏识。

⑦蕴：蕴蓄。鸣凤之律：犹言标准乐音。相传黄帝使伶伦自大夏之西、昆仑之阴取竹之佳者，制十二筒以听凤之鸣，是为律本。见《汉书·律历志上》。成龙之杖：东汉费长房从壶公学仙。壶公授费一竹杖，云："但骑此，得到家耳。"长房乘杖，须臾归，以杖弃葛陂中，顾视则龙也。见《太平广记》卷十二晋葛洪《神仙传》。

⑧拔条：《文苑英华》作"枝条"，近是。璘斌：光色缤纷貌。色滋：润泽貌。

⑨轮人：古代制车轮的官。这句说，竹杖与轮人所制车轮相仿，有助于行而不及其重。羽客：羽化登仙之客。指道士。贻：赠。

⑩青春：指春季。白云：指仙人。

⑪操以从之：持竹杖以就长者。

⑫执末而献：拿着竹杖拄地的一头以献给长者。因：原由。自持：侍奉自己。

本段叙沉冥子取竹巴山、制以成杖及谋献于长者的全过程。

⑬"诸蔗"两句：谓甘蔗虽甜，而不可倚以为杖。汉刘向《杖铭》："都蔗虽甘，殆不可杖；佞人悦己，亦不可相。"

⑭"彼藜"两句：言藜茎虽实，也能制杖，但不及邛竹杖之美。

⑮未若：不若，不如。处不材之间：处于材与不材之间。《庄子·山木》："庄子行于山中，见大木，枝叶盛茂，伐木者止其旁而不取也。问其故，曰：'无所可用。'庄子曰：'此木以不材得终其天年。'夫子出于山，舍于故人之家。故人喜，命竖子杀鹅而烹之。竖子请曰：'其一能鸣，其一不能鸣，请奚杀？'主人曰：'杀不能鸣者。'明日，弟子问于庄子曰：'昨日山中之木，以不材得终其天年；今主人之鹅，以不材死；先生将何处？'庄子笑曰：'周将处乎材与不材之间。'"当有用之始：自居于无用，才是有用的开始。《庄子·外物》："惠子谓庄子曰：'子言无用。'庄子曰：'知无用而始可与言用矣。天地非不广且大也，人之所用容足耳。然则厕足而垫之致黄泉（让人站在某处，而把他前后左右的大片地面都挖掉），人尚有用乎（则人所站之处及其他地面，还能有用吗）？'惠子曰：'无用。'庄子曰：'然则无用之为用也亦明矣。'"

⑯鲁分以爵：《周礼》规定，居官至七十而未致仕者，可杖于朝；已致仕者，七十杖于国，八十杖于朝。汉锡以年：汉代规定，民年七十，授之以玉杖。

⑰"昔尚"两句：从前以你们年长者为贵，今当优待以我为杖的贤者。

⑱"书横"四句：谓书置于几案之上，玉置于筵席之间，唯邛竹杖总不离人的前后。尘，同"陈"。函、拂，皆扶持之意。

⑲摘芳林沼：求取美名于丛林池沼之间。轩除：指小室、长廊、台阶等处。间（jiàn）：间隔，区分。垂帨（shuì）：鞠躬时则佩巾垂直，谓之"垂帨"。帨，佩巾。游紆（yū）：缓步优游。

⑳寄根：寄生。森森：水势辽远貌。幽潭：深水坑。

㉑传节大夏：流传其节于西域大夏。晋左思《蜀都赋》："邛杖传节于大夏之邑，蒟（jǔ）酱流味于番禺之乡。"悠悠广野：遥遥无际的旷野。《诗·王风·黍离》："悠悠苍天！此何人〔仁〕哉？"作者这里以邛竹杖为喻，感叹自己之流落北地。知此赋当作于西魏、北周之时。

㉒接君堂上之履：编而为席，受春申君所施之履，侍奉上等宾客。《史记·春申君列传》："春申君客三千余人，其上客皆蹑珠履。"为君座右之铭：削而为简，作崔瑗的座右铭，以尽劝诫之用。东汉崔瑗《座右铭》："无道人之短，无说己之长。施人慎勿念，受施慎勿忘。……慎言节饮食，知足胜不祥。行之苟有恒，久久自芬芳。"凡一百字。见《文选》卷五六。这两句说自己不欣羡那些上等宾客，也不想接近那些亲信之臣。

㉓绮绅：丝织的腰带。瑶佩：光洁美好的佩玉。芳房：犹言芝兰之室。蕙庭：植有蕙草的庭院。这两句说自己只能像邛竹杖那样，同老者一道，出入于房庭之间。

本段以邛竹杖为喻，抒发自己崇尚贤者、鄙薄权势和自居无用的思想感情。

三月三日华林园马射赋并序①

臣闻尧以仲春之月，刻玉而游河②；舜以甲子之朝，披图而巡洛③。夏后瑶台之上，或御二龙④；周王玄圃之前，犹骖八骏⑤。我大周之创业也，南正司天，北正司地，平九黎之乱，定三危之罪⑥。云纪御官，鸟司从职⑦。皇王有秉历之符，玄珪有成功之瑞⑧。岂直天地合德，日月光华而已哉⑨！

皇帝以上圣之姿，膺下武之运，通乾象之灵，启神明之德⑩。夷典秩宗，见之三礼；夔为乐正，闻之九成⑪。克己备于礼容，威风总于戎政⑫。加以卑躬菲食，皂帐绨衣，百姓为心，四海为念⑬。西郊不雨，即动皇情；东作未登，弥回天眷⑭。兵革无会，非有待于丹乌⑮；宫观不移，故无劳于白燕⑯。银瓮金船，山车泽马⑰。岂止竹苇两草，共垂甘露；青赤三气，同为景星⑱。雕题凿齿，识海水而来王⑲；乌弋黄支，验东风而受吏⑳。

于时玄鸟司历，苍龙御行㉑；羔献冰开，桐华萍生㉒。皇帝幸于华林之园，玉衡正而泰阶平，阊阖开而勾陈转㉓。千乘雷动，万骑云屯㉔。落花与芝盖同飞，杨柳共春旗一色㉕。乃命群臣，陈大射之礼㉖。虽行祓禊之饮，即同春蒐之仪㉗。止立行宫，裁舒帐殿㉘。阶无玉璧，既异河间之碑；户不金铺，殊非许昌之赋㉙。洞庭既张，《承云》乃奏㉚。《驺虞》九节，《貍首》七章㉛。正绘五采之云，壶宁百福之酒㉜。

唐弓九合，冬干春胶㉝。夏箭三成，青茎赤羽㉞。于是选朱汗之马，校黄金之埒㉟。红阳、飞鹊、紫燕、晨风，唐成公之肃爽，海西侯之千里㊱。莫不饮羽衔竿，吟猿落雁㊲。钟鼓震地，尘埃涨天㊳。酒以罍行，肴由鼎进㊴。采则锦市俱移，钱则铜山合徙㊵。太史听鼓而论功，司马张旆而赏获㊶。上则云布雨施，下则山藏海纳㊷。实天下之至乐，景福之欢欣者也㊸。

既若木将低，金波欲上㊹；天顾惟穆，宾歌惟醉㊺。虽复暂离北阙，聊宴西城㊻，即同酆水之朝，更是岐山之会㊼。小臣不举，奉诏为文[48]。以管窥天，以蠡酌海，盛德形容，岂陈梗概[49]？

岁次昭阳，月在大梁[50]。其日上巳，其时少阳[51]。春史司职，青祇效祥[52]。征万骑于平乐，开千门于建章[53]。属车醹酒，复道焚香[54]。皇帝翙四校于仙园，回六龙于天苑[55]。对宣曲之平林，望甘泉之长坂[56]。华盖平飞，风乌细转[57]。路直城遥，林长骑远。帷宫宿设，帐殿开筵，旁临细柳，斜界宜年[58]。开鹳列之阵，麾鱼须之旇[59]。行漏抱刻，前旌载鸢[60]。河湄薙草，渭口浇泉[61]。埘云五色，的晕重圆[62]。阳管既调，春弦实抚[63]。总章协律，成均树羽[64]。翔凤为林，灵芝为圃[65]。草御长带，桐垂细乳[66]。鸟啭歌来，花浓雪聚[67]。

玉律调钟，金錞节鼓[68]。于是咀衔拉铁，逐日追风[69]，并试长楸之垺，俱下兰池之宫[70]。鸣鞭则汗赭，入垺则尘红[71]。既观贤于大射，乃颁政于司弓[72]。变三驱而画鹿，登百尺而悬熊[73]。繁弱振地，铁骊蹋空[74]。礼正六耦，诗歌九节[75]。七札俱穿，五豝同穴[76]。弓如明月对埘，马似浮云向垺[77]。雁失群而行断，猿求林而路绝[78]。控玉勒而摇星，跨金鞍而动月[79]。

乃有六郡良家，五陵豪选[80]，新回马邑之兵，始罢龙城之战[81]。将军戎服，来参武宴，尚带流星，犹乘奔电[82]。始听鼓而唱筹，即移竿而标箭[83]。马喷沾衣，尘惊洒面[84]。石堰水而浇园，花乘风而绕殿[85]。熊耳刻杯，飞云画罍[86]。水衡之钱山积，织室之锦霞开[87]。司筵赏至，酒正杯来[88]。至乐则贤乎秋水，欢笑则胜上春台[89]。

既而日下泽宫，筵阑相圃[90]，怅徙跸之留欢，眷回銮之余舞[91]。欲使石梁衔箭，铜山饮羽[92]。横弧于楚水之蛟，飞镞于吴亭之虎[93]。

况复恭己无为,《南风》在斯㉞,非有心于蜓翼,岂留情于戟枝㉟?惟观揖让之礼,盖取威雄之仪㊱。

[注释]

①华林园:三国魏始建,在今河南故洛阳城中,本名芳林园,后避齐王曹芳讳,改名华林园。北周承其名,以长安城西别苑为华林园。马射:骑马射箭。这篇赋描述了北周武帝举行马射比赛的宏大规模和热烈场面。

②仲春:农历二月。刻玉:刻有文字的龟甲、玉石等。游河:浮于黄河之上。

③甲子:古代以干支纪日,此指甲子这一天。朝:早晨。披图而巡洛:相传虞舜时,有黄龙负图在洛水出现以诣舜。

④夏后:夏朝的王。这里指夏后启。瑶台:精巧华丽的楼台。御二龙:乘两龙。《山海经·海外西经》:"大乐之野,夏后启于此儛(舞)九代,乘两龙,云盖三层。"

⑤周王:这里指周穆王。在位时间约在公元前九世纪。玄圃:即"悬圃"。传说中仙境。《楚辞》汉严忌《哀时命》:"愿至昆仑之悬圃兮,采钟山之玉英。"八骏:指周穆王的八匹良马,其名不一。《穆天子传》卷一作:赤骥、盗骊、白义、逾轮、山子、渠黄、骅骝、绿耳。

⑥大周:即"北周(公元557—581年)"。宇文觉所创,都于长安。此赋当作于此时。南正:颛顼时官名。阳位之长。北正:颛顼时官名。阴位之长。九黎:黎氏九人。传说为蚩尤之徒。《国语·楚语下》:"及少皞之衰也,九黎乱德,民神杂糅,不可方物。"三危:山名。借指三苗(我国古代部族名)。按,三苗原在江淮荆州一带,后逐渐向西迁徙。《尚书·禹贡》:"三危既宅,三苗丕叙。"

⑦云纪御官：黄帝时以云纪事，以云名官。《左传·昭公十七年》："昔者黄帝氏以云纪，故为云师而云名。"鸟司从职：少皞时以鸟名官，各司所事。《左传·昭公十七年》："我高祖少皞挚之立也，凤鸟适至，故纪于鸟，为鸟师而鸟名。凤鸟氏，历正也；玄鸟氏，司分者也；伯赵氏，司至者也。"

⑧皇王：君主。秉历：执掌历法。符：符信，凭证。玄珪：帝王举行隆重仪式时所用的黑玉制的礼器，上尖下方。《尚书·禹贡》："禹锡玄圭，告厥成功。"孔传："玄，天色。禹功尽加于四海，故尧锡玄圭以彰显之，言天功成。"

⑨直：只，但。光华：光辉。《尚书大传·虞夏传》："日月光华，旦复旦兮。"

本段写北周创业，上承尧舜禹周，下启百代之功。

⑩皇帝：指北周武帝宇文邕。上圣：德才高超。姿：姿质。膺：受。下武：谓继文为武。《诗·大雅·下武》："下武维周，世有哲王。"运：气运，国运。乾象：天象。《后汉书·郭太传》："吾夜观乾象，昼察人事。"启：启发。神明：人的精神。《楚辞》屈原《远游》："保神明之清澄兮，精气入而粗秽除。"

⑪夷：伯夷。典：掌管。秩宗：宗庙祭祀之官。三礼：天、地、人之礼。见《尚书·尧典》。夔：尧舜时乐官。乐正：乐官名。《荀子·成相》："得后稷，五谷殖；夔为乐正，鸟兽服。"九成：九曲而终。《尚书·益稷》："《箫韶》九成。"

⑫克己：约束自己。《左传·昭公十二年》："古也有志，克己复礼，仁也。"礼容：礼制仪容。《史记·孔子世家》："孔子为儿嬉戏，常陈俎豆，设礼容。"戎政：军政。

⑬卑躬菲食：起居饮食都很简陋。《论语·泰伯》："禹，吾无间然矣。菲饮食而致孝乎鬼神，恶衣服而致美乎黻冕，卑宫室而尽力乎沟洫。禹，吾无间然矣。"皂：黑。绨：一种厚实而粗糙的织品。汉贾谊《治安策》："且帝之身自衣皂绨，而富民墙屋被文绣。"百姓为心：心中想着百姓。四海为念：心里念着天下。

⑭皇情：君主之情。东作：农业生产。登：成熟，收获。弥：更。回：引起。天眷：君主的顾念。

⑮兵革：征战之事。丹乌：一种祥瑞。旧题晋王嘉《拾遗记》卷三："初，越王入国，有丹乌夹王而飞，故勾践入国，起望乌台，言丹乌之异也。"

⑯宫观不移：言政权稳定。白燕：一种祥瑞。相传魏晋之际，北阙下有白光，如鸟雀之状。后捕得一白燕，置金笼中。旬日，不知所在。

⑰银瓮：一种祥瑞。《瑞应图》："王者宴不及醉，刑罚中，则银瓮出焉。"金船：一种祥瑞。古人认为，王者德盛，则金人下乘金船，游王后池。山车：一种祥瑞。古人认为，天下太平，则山车（自然之车）出现。泽马：一种祥瑞。《宋书·符瑞志》："泽马者，王者劳来百姓则至。"

⑱竹苇两草，共垂甘露：古人认为，这是人君尊贤容众的一种瑞应。见《晋中兴书》。"青赤"两句：古人认为，赤方气有两黄星，青方气有一黄星，三星共为景星，常出于有道之国。见《史记·天官书》。

⑲雕题：古代少数民族名，因刻纹于额，故称"雕题"。《山海经·海内南经》："伯虑国、离耳国、雕题国、北朐（qú）国，皆在郁水南。"凿齿：古代少数民族名，因齿如凿，故称"凿齿"。《山海经·海外南经》："羿与凿齿战于寿华之野，羿射杀之。"来王：来朝见王。《尚书·大禹谟》："四夷来王。"

⑳乌弋：西域城名。黄支：南亚国名。《汉书·平帝纪》："黄支国献犀牛。"注引应劭："黄支在日南之南，去京师三万里。"受吏：接受郡县的教化。

本段是对北周武帝的歌颂。

㉑玄鸟：燕子。司历：掌管历法。燕子春分来，秋分去，故以名官。《左传·昭公十七年》："凤鸟氏，历正也。玄鸟氏，司分者也。"苍龙：青色大马。御行：驾车以行。

㉒羔献冰开：指农历二月。《礼·月令·仲春之月》："天子乃鲜〔献〕羔开冰，先荐寝庙。"桐华萍生：指农历三月。此时桐花始开，浮萍始生。

㉓皇帝：指北周武帝宇文邕。幸：驾临。玉衡：璇玑玉衡。古代测量天体坐标的仪器。一说，指北斗七星。泰阶：星名。有上台、中台、下台共六星，两两相比。又称三台或三阶。《晋书·天文志上》："在人曰三公，在天曰三台。"古人认为三阶平则阴阳和，风雨时；不平则稼穑不成，甲兵兴起。阊阖（chāng hé）：皇宫的正门。勾陈：属紫微垣，共六星。

㉔乘：车辆。雷动：雷鸣。骑：一人一马为骑。云屯：云聚。

㉕芝盖：带有龙饰的车帷。春旗：绿旗。古时酒店高挑在外的绿色招帘。

㉖大射之礼：为祭祀而举行的射礼。

㉗祓禊（fú xì）之饮：古代春秋两季在水边举行祭祀，君臣共饮，以除灾求福。春蒐（sōu）之仪：古代帝王春季射猎，搜索未孕之兽以射之。《左传·隐公五年》："故春蒐，夏苗，秋狝（xiǎn），冬狩，皆于农隙以讲事也。"

㉘行宫：帝王出行时所住的宫室。帐殿：帝王出行，休息时以帐幕为

行宫，称帐殿。

㉙河间之碑：河间，郡、国名，地在今河北献县一带。后汉张超有《灵帝河间旧庐碑》，言汉灵帝旧居之盛，"通楼间道，丹阶紫房，金葱郁律，玉璧内珰"。许昌之赋：许昌，三国魏五都之一，地在今河南许昌东。魏明帝时，在许昌建景福殿。三国魏何晏有《景福殿赋》，言其构造之丽，"金楹齐列，玉舃（xì）承跋，青琐银铺，是为闺闼"。

㉚洞庭：广庭，大庭。相传黄帝曾张《咸池》之乐于洞庭。三国魏曹植《七启》："尔乃御文轩，临洞庭，琴瑟交挥，左篪（chí）右笙，钟鼓俱振，箫管齐鸣。"《承云》：古乐名。《楚辞》屈原《远游》："张《咸池》奏《承云》兮，二女御《九韶》歌。"

㉛《驺虞》《貍首》：古乐名。《礼·射义》："其节，天子以《驺虞》为节，诸侯以《貍首》为节。"

㉜正：箭靶子。壶：盛酒器。宁：安，置。百福：多福。《诗·大雅·假乐》："千禄百福，子孙千亿。"

本段写北周武帝春游华林园之盛。

㉝唐弓：弓力强弱适中的弓。合：成。冬干：冬季的竹子。春胶：春季以某些动物的皮或角煮制成胶以粘弓。

㉞夏箭：良箭。夏后羿，古之善射者。三成：多次加工始制成。青茎赤羽：青色的箭杆，赤色的羽饰。

㉟朱汗之马：即大宛汗血马，又名天马。见《史记·大宛列传》。校（jiào）：校正。黄金之埒（liè）：《世说新语·汰侈》："王武子被责，移第北邙下。于时人多地贵，济好马射，买地作埒，编钱匝地竟埒，时人号曰金沟（一本作'金埒'）。"埒，界墙，界沟。

㊱红阳、飞鹊、紫燕、晨风、肃爽、千里：皆良马名。唐成公：春秋

唐惠侯之后。《左传·定公三年》："唐成公如楚，有两肃爽马，子常欲之，弗与。"海西侯：西汉李广利，武帝时，为贰师将军，封海西侯。率军攻大宛，得良马三千余匹，称天马，号一日千里。

㊲饮羽：箭头深中目标，箭尾的羽毛随之隐没。《吕氏春秋·精通》："养由基射兕中石，矢乃饮羽。"衔竿：箭头深中目标，箭杆随之陷入。吟猿：传说楚之善射者养由基，对猿调弓矫矢而未发，猿即抱树而号。落雁：战国时，更赢能引弓虚发而使飞雁坠落。见《战国策·楚策四》。

㊳"钟鼓"两句：形容驰射场面之热烈。

㊴罍（léi）：盛酒器。《尔雅·释器》晋郭璞注："罍形似壶，大者受一斛。"肴：鱼、肉等菜。鼎：古代炊器。圆形或方形，两侧有耳，下有三足或四足。

㊵锦市：古代有锦城（在今四川成都南），以织锦著称，以锦为市。铜山：产铜之山，今四川、安徽等省皆有之。古代多就铜山以铸钱。这两句形容马射场上锦之多与钱财之富。

㊶太史：古代官名。为史官及历官之长。听鼓：听到鼓声（报捷之声）。司马：古代官名，掌兵事。张旃（zhān）：展开赤色曲柄的大旗。《汉书·田蚡传》："前堂罗钟鼓，立曲旃。"赏获：古代射礼，凡射中者谓之"获"；以旌旗奖之，谓之"赏获"。

㊷云布雨施：谓赏赐之多。山藏海纳：言领赏者之众与受赐之厚。

㊸至乐：最大乐事。景福：大福。《诗·小雅·小明》："神之听之，介尔景福。"

本段写华林园骑马射箭，鸣钟击鼓，行酒进肴，论功行赏之乐。

㊹既：不久之后。若木：《山海经·大荒北经》谓系树名，相传为日所入处。借指太阳。屈原《离骚》："折若木以拂日兮，聊逍遥以相羊。"

金波：借指月亮。《汉书·礼乐志》："月穆穆以金波。"

㊺天顾：皇帝对臣下的恩宠和信赖。穆：威仪貌。《礼记·曲礼下》："天子穆穆。"宾歌：宾礼所奏之歌。醉：指《诗·大雅·既醉》。内容为对于"士君子"的赞美和祝颂。

㊻北阙：古代皇宫北面的门楼，为宫殿的正门。这里借指宫庭。西城：即城西。华林园在长安城西。

㊼酆水之朝：酆水，今陕西西安西南有沣河。沣河以西，为西周都城丰京遗址。丰京灵台，为西周康王朝诸侯之所。《左传·昭公四年》："康有酆宫之朝，穆有涂山之会。"岐山之会：西周成王曾会猎于此。《左传·昭公四年》："周武有孟津之誓，成有岐阳之搜。"晋杜预注："周成王归自奄，大搜于岐山之阳。"岐山，山名，在陕西岐山东北。

㊽小臣：庾信自称。不举：不才。

㊾"以管"两句：从竹管里看天，用瓢酌量海水。比喻观察很狭窄短浅，语出《汉书·东方朔传·答客难》。梗概：大概，大略。《后汉书·杜笃传·论都赋》："臣所欲言，陛下已知，故略其梗概，不敢具陈。"

本段写盛会既毕，乃奉命作此赋以陈梗概。

以上为本赋的序。以下为本赋正文。

㊿昭阳："癸"年的别称。《尔雅·释天》："（太岁）在癸日昭阳。"按，北周武帝保定三年（公元 563 年）为"癸未"，建德二年（公元 573 年）为"癸巳"。知此赋作于公元 563 年或 573 年之时。月在大梁：指三月。

(51)上巳：上旬的巳日。三月上巳，为古代节日。汉以前，上巳必取巳日；魏以后，多固定为三月初三日。少阳：指春天。

㊵春史:《艺文类聚》《初学记》作"春吏",近是。春吏,即春官。《周礼·春官·宗伯》:"乃立春官宗伯,使帅其属而掌邦礼,以佐王和邦国。"青祇:春之神。《尚书纬》:"春为东帝,又为青帝。"效祥:显现出吉祥之兆。

㊶平乐:平乐观,汉代宫观名,为阅兵之所。建章:汉宫名。故址在今陕西西安西。

㊷属车:皇帝的侍从车。酾(shī)酒:滤酒。复道:架空的通道。焚香:燃点檀香等香料。

㊸翊:飞驰。四校:校,古代军队编制单位,一校约有千人。汉司马相如《上林赋》:"孙叔奉辔,卫公参乘,扈从横行,出乎四校之中。"仙园:皇家园囿。六龙:皇帝以六马驾车,马八尺为龙,因以"六龙"指皇帝的车驾。天苑:皇帝养禽兽之处。

㊹宣曲:汉武帝在宣曲(今陕西西安西南)所建离宫,名宣曲宫。平林:平地的林木。甘泉:汉武帝将秦林光宫扩建为甘泉宫。故址在今陕西淳化西北甘泉山。长坂:坂,山坡。甘泉山有长平坂。汉扬雄《甘泉赋》:"登长平兮雷鼓磕,天声起兮勇士厉。"

㊺华盖:皇帝的车盖。风乌:古代一种候风的装置。旧题汉刘歆《西京杂记》:"长安灵台相风铜乌,有千里风则动。"

㊻帷宫:用帷幔张设而成的宫殿。《周礼·天官·掌舍》:"为帷宫,设旌门。"宿设:早已设置。帐殿:即帷宫。开筵:铺设座席。细柳:细柳观,汉时在上林苑中。故址在今陕西西安西南。宜年:疑当作"蕲年"。蕲年宫,为秦之故宫,在今陕西凤翔南。也作祁(祈)年宫。

㊼鹤列:一本作"鹤列",近是。鹤列,阵名。《庄子·徐无鬼》:"君亦必无盛鹤列于丽谯之间,……无以战胜人。"靡:散开。鱼须:鲛

鱼之须。旃：赤色曲柄的旗。

⑥⓪行漏：以铜壶滴漏计时。抱刻：抱箭指刻。汉张衡《漏水转浑天仪制》："铸金铜人为胥徒，居壶之左右，以左手抱箭，右手指刻，以别天时之早晚也。"前旌：走在仪仗前面的旗帜。载鹰：绘老鹰为饰。

⑥①河湄：河岸。薙（tì）草：除去野草。渭口浇泉：取渭水以涤荡。

⑥②堋（péng）云五色：堋上绘着五采祥云。堋，挂箭靶的矮墙。的晕重圆：箭靶中心一层层圆圈像月晕一样。的，箭靶的中心。

⑥③阳管：嘹亮的管乐器。春弦：欢悦的弦乐器。

⑥④总章：乐官名。《后汉书·献帝纪》："总章始复备八佾舞。"协律：协调律吕，使音声和谐。成均：古之大学。《礼记·文王世子》注引汉董仲舒："五帝名大学曰成均。"一说，成均指调谐乐音。《周礼·春官·宗伯》："大司乐掌成均之法，以治建国之学政，而合国之子弟焉。"树羽：在乐器架上饰以五采之羽。《诗·周颂·有瞽》："设业设虡（jù），崇牙树羽。"

⑥⑤翔凤：凤鸟飞翔。三国魏何晏《景福殿赋》："故能翔岐阳之鸣凤，纳虞氏之白环。"灵芝：瑞草名。圃：园地。

⑥⑥草御长带：疑当作"草衔长带"。谓草中含有一种名"书带"的长草。相传汉郑玄在不期山授徒，山下有草长尺余，坚韧异常，门人取以束书，因名书带草，又名康成书带。桐垂细乳：桐子垂生，形如乳头。《太平御览》九五六引《庄子》："空门来风，桐乳致巢。"

⑥⑦鸟啭歌来：鸟啼如歌。花浓雪聚：繁花似雪。

本段铺叙游园的时间、起点、人物及随行仪仗、沿途风物等。

⑥⑧"玉律"两句：以玉律琯（guǎn）、金錞（chún）于调节钟鼓乐音。玉律琯、金錞于，皆乐器名。

⑲咀（jǔ）衔：马口里含着马嚼子。咀，咬。拉铁：拉紧马嚼子。逐日追风：形容马跑之快。

⑳长楸（qiū）之坪：两旁种有楸树的驰道。三国魏曹植《名都篇》："斗鸡东郊道，走马长楸间。"兰池之宫：秦始皇时引渭水为长池，东西二百里，南北二十里，名兰池（在今陕西咸阳东）；附近有兰池宫。

㉑汗赭（zhě）：马出汗呈红色。因所骑为汗血马。入埒：进入场界。尘红：形容热闹。

㉒观贤：观察和选拔贤者。大射：为祭祀而举行的射礼。颁政：分权。司弓：周代官名。掌六弓、四弩、八矢之法。

㉓三驱：三面驱禽，让开一路。画鹿：在箭靶上画着鹿的形象。古代叫"麋侯"，为卿大夫专设的箭靶。百尺：疑指百尺楼。悬熊：挂着"熊侯"（王和诸侯大射时所设的箭靶）。

㉔繁弱：古代良弓名。铁骊：纯黑色的马。蹋空：腾空。

㉕六耦（ǒu）：二人一组为耦，十二人分为六组，为六耦。《周礼·射人》："王以六耦射三侯，三获三容。"九节：指《驺虞》之歌。《驺虞》为《诗·召南》篇名，写田猎以时，可使庶类蕃殖。《周礼·射人》："乐以《驺虞》，九节五正。"

㉖七札：七层铁甲。《左传·成公十六年》："潘尪（wāng）之党与养由基蹲甲而射之，彻七札焉。"五豝（bā）：五头公猪。《诗·召南·驺虞》："彼茁者葭，一发五豝。"同穴：同被射中。

㉗弓如明月：拉满弓时，其形如圆月。对坍：对准箭靶。马似浮云：马跑之快，飘若浮云。浮云，亦汉文帝良马名。向埒：向着界道。

㉘雁失群而行（háng）断：战国时更羸在魏王面前，引弓虚发，使一失群之雁掉落地上。魏王问其所以。更羸曰："其飞徐而鸣悲。飞徐者，

故疮痛也；鸣悲者，久失群也，故疮未息而惊心未去也。闻弦音，引而高飞，故疮裂而陨也。"见《战国策·楚策四》。猿求林而路绝：战国时，楚王射一白猿，猿搏矢而顾；养由基欲射，调弓矫矢而未发，白猿惊恐，抱树而号。见《淮南子》。

⑲控玉勒：拉住玉制的马嚼子。摇星：拿着箭。跨金鞍：骑在有金饰的马鞍上。动月：拉着弓。

本段写马射前的准备工作和临场演习。

⑳六郡良家：六郡，指陇西、天水、安定、北地、上郡、西河六郡（今陕西、甘肃、宁夏一带）。良家，富贵之家的子弟。《汉书·地理志下》："汉兴，六郡良家子，送给羽林、期门；以材力为官，名将多出焉。"五陵：汉朝五个皇帝（高帝、惠帝、景帝、武帝、昭帝）的陵墓（长陵、安陵、阳陵、茂陵、平陵）。地在今陕西咸阳附近。豪选：建陵时应选迁至陵墓附近居住的富豪和外戚。

㉑马邑之兵：马邑，今山西朔州一带。汉武帝元光二年（公元前133年），汉伏兵于马邑旁，欲诱击匈奴之兵。单于既入塞，发觉有异，乃引兵还。见《汉书·武帝纪》。龙城之战：龙城，匈奴祭天处，在今蒙古人民共和国和硕柴达木湖附近。元光六年（公元前129年），汉遣车骑将军卫青出上谷，骑将军公孙敖出代，轻车将军公孙贺出云中，骁骑将军李广出雁门。青至龙城，获首虏七百级。广、敖失师而还。见《汉书·武帝纪》。

㉒将军：武官名。戎服：军服。武宴：马射之宴。流星：剑名。晋崔豹《古今注》："吴有宝剑六：……四曰流星。"奔电：马名。秦始皇有名马七，其四为奔电。见晋崔豹《古今注》。

㉓听鼓而唱筹：听到鼓声和高声报时之声。移竿而标箭：古代以漏壶

计时，随着滴水的增长和标竿的移动，箭头标示出不同的时刻。

㉘马喷：从马口喷出。《穆天子传》："天子东游于黄泽，使宫乐谣云：黄之池，其马喷沙，皇人威仪；黄之泽，其马喷玉，皇人受福。"

㉝石堰水：石坝挡住了水。花乘风：花儿乘着风势。

㉞熊耳刻杯：杯上刻有熊耳。飞云画罍：罍（盛酒的器具）上画着飞云。

㉟水衡：汉有水衡都尉、水衡丞，掌上林苑，兼主税务。汉之少府、水衡，皆天子之私藏。织室：汉代官署名。掌皇室丝帛的织造和染色。《三辅黄图·未央宫》："织室，在未央宫；又有东、西织室，织作文绣、郊庙之服。"

㊱司筵：周代官名。《周礼·春官·宗伯》："司几筵，下士二人。"酒正：周代官名。为酒官之长。见《周礼·天官·冢宰》。

㊲至乐：最大之乐。《庄子》有《至乐》篇。贤乎：胜于。秋水：亦《庄子》篇名。意谓"万物一齐，孰短孰长，道无终始，物有死生"，一切之大小、贵贱、是非、有无，皆相对言之。春台：可登临远眺的胜地。《老子》二十章："众人熙熙，如享太牢，如春登台。"

本段写参加马射者的身份以及自听鼓唱筹至获胜领赏的全过程。

㊳日下：太阳西下。泽宫：天子习射之所。古礼，先于泽宫习射以择士；已射于泽宫，而后射之于射宫；射中者得参加天子之祭礼。见《礼记·射义》。筵阑：筵宴将近结束。相圃：矍（jué）相圃，地名，在今山东曲阜城内。《礼记·射义》："孔子射于矍相之圃，盖观者如堵墙。"这里借指为骑射之地。

㊴徙跸（bì）：移动帝王的车驾。意谓命驾回宫。留欢：欢乐之情中止。眷：念。回銮：皇帝车驾回宫。銮，铃铛。余舞：《艺文类聚》《初

学记》并作"余武",是。余武,留下的足迹。

㊉㊁石梁衔箭:石桥被箭射中,陷入很深。相传春秋时,宋景公援良弓而射,其矢逾于西霜之山,集于彭城之东(今为江苏徐州铜山区),其余力犹饮羽于石梁。铜山饮羽:铜山被箭射入很深。铜山,产铜之山,在彭城东。

㊉㊂横弧:犹弯弓。楚水之蛟:相传战国时楚王曾射蛟于云梦(今湖北南部一带),汉武帝南巡时曾射蛟于寻阳(今江西九江一带)。楚水,古楚地(今长江中游一带)的水域。蛟,传说中的动物,也称蛟龙。飞镞:犹射箭。镞,箭头。吴亭之虎:吴亭,指庱(chěng)亭(在今江苏丹阳东)。三国时,孙权曾射虎于此。见《三国志·吴书·吴主传》。

㊉㊃恭己无为:指皇帝严以律己,任官得人,无为而治。《论语·卫灵公》:"无为而治者,其舜也与?夫何为哉?恭己正南面而已矣。"《南风》:相传舜作五弦之琴,以歌《南风》。其辞曰:"南风之薰兮,可以解吾民之愠兮;南风之时兮,可以阜吾民之财兮。"见《史记·乐书》南朝宋裴骃《集解》及《孔子家语·辩乐》。斯:此。

㊉㊄蜓翼:蜻蜓的翅膀。春秋时,楚庄王命养由基射蜻蛉(古人认为即蜻蜓),欲生得之;养由基援弓以射,中其左翼。留情:留心,注意。戟枝:戟(古代一种兵器)上的分支。汉末时,吕布曾率千余骑抗击袁术,令军候植戟于营门,布弯弓顾曰:"诸君观布射戟小支,中者当各解兵,不中可留决斗。"布发矢,正中戟支。袁部将纪灵等惊曰:"将军天威也!"见《后汉书·吕布传》。

㊉㊅揖让之礼:拱手谦让,宾主相见之礼。比喻文德(对武功而言)。《荀子·乐论》:"故乐者,出所以征诛也,入所以揖让也。……出所以征诛,则莫不听从;入所以揖让,则莫不从服。"威雄之仪:庄严宏大的法

庾信选集 | 177

度。

本段总结马射者技艺之精，而尤可称颂者，乃在其威仪之盛。

象戏赋①

观夫造作权舆，皇王厥初②，法凝阴于厚德，仰冲气于清虚③。于是绿简既开，丹局直正④；理洞研几，原穷作圣⑤；若扣洪钟，如县明镜⑥。白凤遥临，黄云高映⑦，可以变俗移风，可以莅官行政⑧。是以局取诸乾，仍图上玄，月轮新满，日晕重圆⑨，摸羽林之华盖，写明堂之璧泉⑩。坤以为舆，刚柔卷舒，若方镜而无影，似空城而未居⑪。促成文之画，亡灵龟之图，马丽千金之马，符明六甲之符⑫。

于是搢笏当次，依辰就席⑬。回地理于方珪，转天文于圆璧⑭；分荆山之美玉，数蓝田之珉石⑮。南行赤水之符，北使玄山之策；居东道而龙青，出西关而马白⑯。既舒玄象，聊定金枰⑰。昭日月之光景，乘风云之性灵；取四方之正色，用五德之相生⑱。从月建而左转，起黄钟而顺行⑲；阴翻则顾兔先出，阳变则灵乌独明⑳。

况乃豫游仁寿，行乐徽音；水影摇日，花光照林㉑。乍披图而久玩，或开经而熟寻。虽复成之以手，终须得之于心㉒。乃有龙烛衔花，金炉浮气；月落桂垂，星斜柳坠㉓。犹豫枢机，嫌疑泾渭，顾望回惑，心情怖畏㉔。应对坎而冲离，或当申而取未㉕。

[注释]

①象戏：一种古代象棋之戏。《楚辞·招魂》："菎蔽象棋，有六博些。分曹并进，道相迫些。成枭而牟，呼五白些。"意谓玉制的筹码每人三支，象牙做的棋子（六个白子，六个黑子）每人六个；二人坐在长方形棋盘的两端，掷骰成彩，将棋子向前推进；当双方棋子对峙于界河边时，骰子须掷成"五白"（五颗骰子朝上的一面俱为空白），方可杀去对方的"枭棋"（河边的棋子）；界河中有鱼三条，亦须掷骰成彩，始能牵走一鱼，并赢得筹码。北周武帝宇文邕著有《象经》一卷，王褒作注，其法今已失传。庾信另有《进〈象经赋〉表》一篇云："臣伏读圣制《象经》，并观象戏，私心踊跃，不胜抃舞。"这篇赋对古代象戏的体制、作用和过程都作了详细介绍。

②造作：制作。权舆：萌芽之初。皇王：指远古时代。《庄子·在宥》："得吾道者，上为皇而下为王；失吾道者，上见光而下为土。"厥初：其初。

③法：仿效。凝阴：背阴处呈凝结状态（古代以山之北、水之南为阴）。《易·坤》："履霜坚冰，阴始凝也。"厚德：坚厚之德。《易·坤》："地势坤，君子以厚德载物。"仰：仰望。冲气：冲虚之气，肉眼看不见的气；矛盾对立着的气。《老子》四十二章："万物负阴而抱阳，冲气以为和。"清虚：清净，虚无。

④于是："是"字照清人倪璠说补。绿简：指"河图"。因河图字作绿色，故又称"绿图"。《吕氏春秋·观表》："圣人上知千岁，下知千岁，非意之也，盖有自云也。绿图幡薄，从此生矣。"丹局：红色线条的棋盘。这两句写周武帝始著《象经》，类乎圣人之作。

⑤理洞研几：钻研深奥而微细之理。《易·系辞上》："夫《易》，圣

人之所以极深而研几也。"原穷作圣：穷源竟委，无所不通。《易·系辞下》："《易》之为书也，原始要终，以为质也。"《尚书·洪范》："恭作肃，从作乂，明作哲，聪作谋，睿作圣。"

⑥扣：敲击。洪钟：大钟。《世说新语·言语》："（庞）士元曰：仆生出边垂，寡见大义，若不一叩洪钟，伐雷鼓，则不识其音响也。"县：同"悬"。明镜：明亮的铜镜。《淮南子·俶真》："莫窥形于生铁，而窥于明镜者，以睹其易也。"

⑦白凤、黄云：白帝（少皞氏）时之凤，黄帝时之云。皆祥瑞。《左传·昭公十七年》："昔者黄帝氏以云纪，故为云师而云名。……我高祖少皞挚之立也，凤鸟适至，故纪于鸟，为鸟师而鸟名。"

⑧变俗移风：移风易俗。莅官行政：到职掌权。《礼·曲礼上》："莅官行法。"这两句说象戏之用。

⑨局：棋盘。乾：象天。上玄：天。《汉书·扬雄传·甘泉赋》："惟汉十世，将郊上玄。"日晕：太阳周围的光圈。重圆：《艺文类聚》作"初圆"，近是。

⑩摸：描摹。羽林：禁卫军。华盖：彩色的车帷，车盖。明堂：皇帝宣明政教之所。璧泉：太学周围的水渠。取其四面环水，圆如璧，故名。见汉蔡邕《明堂月令论》。

⑪坤：象地。《易·系辞上》："天尊地卑，乾坤定矣。"舆：大地（似车载物）。《易·说卦》："坤……为大舆。""若方"两句：言棋盘似方镜，但不能照人；未行棋之时，与未住人之空城相类。

⑫促：充实。成文之画：指棋盘上的线条与骰子上的笔画（一画、二画、三画等）。亡：无。灵龟之图：指"洛书"。相传伏羲时，有神龟从洛水出现，背负"洛书"；有龙马从黄河出现，背负"河图"。伏羲据以

画卦,即后之《周易》诸卦云。丽:并驾。千金之马:千里马。《战国策·燕策一》:"臣闻古之君人,有以千金求千里马者,三年不能得。"符:术数之学。六甲:古代术数的一种。晋葛洪《神仙传·左慈》:"乃学道,尤明六甲。"

首段介绍象戏的概况与作用。

⑬搢笏(hù):将上朝所用的手版插在腰带上,以腾出手来下棋。《宋书·礼志五》:"古者贵贱皆执笏,有事则搢之于腰带。"当次:犹对峙。依辰:按时。就席:入座。

⑭回:旋。方珪:玉制礼器。上尖下方。圆璧:玉制礼器。平圆形,中有圆孔。

⑮荆山:在湖北西部。有抱玉岩,相传春秋时楚国卞和曾得玉于此。蓝田:县名。在陕西秦岭北麓。以产玉石著称。珉(mín)石:似玉的美石。

⑯赤水:即丹水。符:朝廷下令的凭证。玄山:犹黑山。策:朝廷任免官吏的简策。东道:东方之道。龙青:神话中的东方之神为青龙。《礼记·曲礼上》:"行前朱鸟而后玄武,左青龙而右白虎。"西关:西方之关。马白:疑当作"虎白",即白虎。这四句写棋盘的四边,以青、白、赤、玄,配东、西、南、北;故东道、西关、赤水、玄山,皆非实指。

⑰舒:展开。玄象:天象。谓棋子布局,与天象相应。金枰:即棋盘。金,言其贵重。

⑱昭:彰明,显示。光景:光辉。性灵:灵性。正色:纯正之色。指上文赤、黑、青、白四色。五德:指金、木、水、火、土五行。秦汉方士以五行相生相克之说来解释王朝的兴亡,称为"五德"。

⑲月建:北斗星斗柄旋转所指的十二辰叫十二月建,如农历正月建

寅、二月建卯等。黄钟：十二律（古乐的十二调）之首，依次为大吕、太簇、夹钟、姑洗、仲吕、蕤宾、林钟、夷则、南吕、无射、应钟。这两句形容十二枚棋子的运行。

⑳顾菟：月亮。屈原《天问》："厥利维何，而顾菟在腹？"汉王逸注："言月中有菟，何所贪利，居月之腹而顾望乎？"灵乌：指太阳。相传太阳中有三足乌，故云。这两句写棋戏的"阴阳变化"。

中段写下象戏的过程。

㉑豫游：乐游，优游。《孟子·梁惠王下》："吾王不游，吾何以休？吾王不豫，吾何以助？"仁寿：晋宫殿名。《初学记》卷二五晋陆机《与弟云书》："仁寿殿前有大方铜镜，高五尺余，广三尺二寸。"徽音：宫殿名。见《洛阳宫殿记》。"水影"两句：写景色晴明幽美。

㉒乍：刚。披图：翻阅图籍。汉班固《两都赋·白雉诗》："启灵篇兮披瑞图。"玩：研习。开经：打开《象经》。寻：探求。"虽复"两句：言得心始能应手。

㉓龙烛：龙形火炬。衔花：燃烧貌。金炉：金色薰炉。浮气：烟气缭绕貌。"月落"两句：写自夜达旦。

㉔犹豫枢机：关键处迟疑不决。《国语·周语下》："夫耳目，心之枢机也。"嫌疑泾渭：清与浊疑虑难分。《诗·邶风·谷风》："泾以渭浊，湜湜其沚。"回惑：迂回惶惑。这四句写棋戏时的紧张气氛。

㉕"应对"两句：谓临阵张皇，不免举措失当。坎，八卦之一，作☵，象征水；离，八卦之一，作☲，象征火。申、未，皆十二支名。

末段谓披阅《象经》，方能在象戏时得心应手，稳操胜算。

伤心赋并序①

予五福无征，三灵有谴②。至于继体，多从夭折③。二男一女，并得胜衣，金陵丧乱，相守亡没④。羁旅关河，倏然白首⑤；苗而不秀，频有所悲⑥。一女成人，一长孙孩稚，奄然玄壤，何痛如之⑦！既伤即事，追悼前亡，唯觉伤心，遂以《伤心》为赋⑧。若夫入室生光，非复企及；夹河为郡，前途逾远⑨。婕妤有自伤之赋，扬雄有哀祭之文⑩，王正长有北郭之悲，谢安石有东山之恨：斯既然矣⑪。至若曹子建、王仲宣⑫、傅长虞、应德琏⑬、刘韬之母、任延之亲⑭，书翰伤切，文辞哀痛，千悲万恨，何可胜言⑮！龙门之桐，其枝已折；卷施之草，其心实伤：呜呼哀哉⑯！

赋曰：悲哉秋风，摇落变衰⑰；魂兮远矣，何去何依⑱；望思无望，归来不归⑲。未达东门之意，空惧西河之讥⑳。在昔金陵，天下丧乱，王室板荡，生民涂炭㉑。兄弟则五郡分张，父子则三州离散㉒。地鼎沸于袁曹，人豺狼于楚汉㉓。或有拥树罹灾，藏衣遭难㉔；未设桑弧，先空柘馆㉕。人惟一丘，亭遂千秋㉖；边韶永恨，孙楚长愁㉗。张壮武之心疾，羊南城之泪流㉘。痛斯传体，寻兹世载；天道斯慈，人伦此爱；膝下龙摧，掌中珠碎㉙。芝在室而先枯，兰生庭而早刈㉚。命之修短，哀哉已满㉛。鹤声孤绝，猿吟肠断㉜。嬴、博之间，路似新安㉝。藤缄辒輬，柅掩虞棺；不封不树，惟棘惟栾㉞。天惨惨而无色，云苍苍而正寒㉟。况乃流寓秦川，飘飖播迁㊱；从官非官，归田不田㊲。对玉关而羁旅，坐长河而暮年㊳；已触目于万恨，更伤心于九泉㊴。至如三虎二龙，三珠两凤㊵，并有山泽之灵，各入熊罴之梦㊶。望陇首而不归，出都门而长送㊷；对宝碗而痛心，抚《玄经》而流恸㊸。石华空服，犀角虚簪㊹。风无少女，草不宜男㊺。乌毛徒覆，兽乳空含㊻。震为长男之宫，巽为长女之位，在我生年，先凋此地㊼。人生几何，百忧俱至！二王奉佛，二郗奉道，必至有期，何能相保㊽！凄其零零，飒焉秋草㊾。去矣黎民，哀哉仲仁㊿！冀羊祜之前识，期张衡之后身[51]。一朝风烛，万古埃尘[52]。丘陵兮何忍，能留兮几人[53]！

[注释]

①梁太清二年（公元548年）侯景之乱，庾信有二子一女相继亡没。公元557年，陈武帝即位，梁亡。时庾信已在北周，作此赋以表伤悼。《楚辞·招魂》云："目极千里兮伤春心，魂兮归来哀江南！"赋题本此。

②五福：五种"福气"。《尚书·洪范》："五福，一曰寿，二曰富，三曰康宁，四曰攸好德，五曰考终命。"征：迹象。三灵：天、地、人。

③继体：指亲生子女。从：跟着。

④胜衣：指少年渐长，将近成年。金陵丧乱：金陵，建康（今南京）的古称。梁太清二年（公元548年），河南王侯景举兵叛乱，攻陷都城建康（今江苏南京）。次年入据台城，梁武帝被饿死。侯景烧杀抢掠，对建康的破坏极大。相守：犹滞留。

⑤关河：指西安一带。《史记·苏秦列传》："秦四塞之国，被山带渭，东有关河（函谷关、黄河），西有汉中，南有巴蜀，北有代马，此天府也。"白首：白了头发。

⑥苗而不秀：生而未能长成。《论语·子罕》："苗而不秀者有矣夫，秀而不实者有矣夫！"

⑦长孙：一本作"外孙"，近是。奄然：忽然。玄壤：土坟。

⑧即事：指羁留北方之后，一女一长孙（应为外孙）忽然亡故。前亡：指二男一女，没于金陵。

⑨入室生光：东汉应妪，生有四子，见神光照社，掘而得金，后诸子宦学，并有才名，子孙七代，皆为显宦。见《后汉书·应奉传》。夹河为郡：汉朝杜周为廷尉史，仅有一马，后位列三公，家资巨万，其两子夹河为郡守。见《汉书》本传。

⑩婕妤：宫中女官名，本作"倢伃"。汉成帝时有班倢伃，大受宠幸，后为赵飞燕所谮，退处东宫，曾作赋自悼。见《汉书·孝成班倢伃传》。扬雄（公元前53—18年）：西汉文学家。其子童乌，自幼颖悟，不幸早亡。《扬子法言·问神》哀之云："育而不苗者，吾家之童乌乎！九龄而与我玄文。"

⑪王正长：晋王赞，字正长，博学有俊才，历散骑侍郎。曾为石勒所俘，其《杂诗一首》云："朔风动秋草，边马有归心。胡宁久分析，靡靡忽至今。……人情怀旧乡，客鸟思故林。师涓久不奏，谁能宣我心！"谢安石（公元320—385年）：东晋谢安，字安石，隐居东山（今浙江上虞境），年四十余始出仕。孝武帝时，位至宰相。然东山之志，始终不渝，每形于言色。见《晋书》本传。斯既然矣：他本并作"岂期然矣"。

⑫曹子建：三国魏曹植（公元192—232年），字子建，曹操之子。原拟立为太子，后曹丕、曹叡相继为帝，植备受猜忌、排挤，常郁郁寡欢。其《释愁文》云："吾所病者，愁也。"《金瓠哀辞》云："金瓠，予之首女，……生十九旬而夭折。"《行女哀辞》云："行女生于季秋，而终于首

夏。"《仲雍哀辞》云："曹喈，字仲雍，魏太子之仲子也，三月而生，五月而亡。"王仲宣：汉末王粲（公元177—217年），字仲宣，"建安七子"之一。著有《伤夭赋》。《三国志·魏书·王粲传》："粲二子，为魏讽所引，诛，后绝。"

⑬傅长虞：晋傅咸（公元239—294年），字长虞。其《赠何劭王济一首》云："橘叶待风飘，逝将与君违。违君能无恋？尸素当言归。"见《文选》卷二五。应德琏：汉末应玚（？—217年），字德琏，"建安七子"之一。其《愁霖赋》云："还空床而寝息，梦白日之余晖。惕中寤而不效兮，意凄悷而增悲。"《别诗》云："行役怀旧土，悲思不能言。悠悠涉千里，未知何时旋？"

⑭刘韬之母：刘韬又称刘滔。晋刘滔（一作"钮滔"）之母孙氏有《悼艰赋》，末云："顾南枝以永哀，向北风以饮泣。情无触而不悲，思无感而不集。"见《艺文类聚》卷三四。任延之亲：延，疑当作"咸"。晋任护，字子咸，弱冠而终。潘岳为作《寡妇赋》，序云："良友既没，何痛如之！其妻又吾姨也，少丧父母，适人，而所天又殒；孤女藐然始孩。"既而其女又亡，潘岳《为任子咸妻作孤女泽兰哀辞》云："泽兰者，任子咸之女也，涉三龄，未没衰而殒，余闻而悲之，遂为其母辞。"

⑮书翰：指写作。胜言：尽言。

⑯龙门之桐：相传龙门之桐，高百尺而无枝。见汉枚乘《七发》。卷施之草：相传卷施草，拔心不死。见《尔雅·释草》。

以上为本赋的序，叙自己种种不幸，述古人悼亡之意，阐发以《伤心》名赋之由。

⑰秋风：《艺文类聚》《文苑英华》并作"秋气"，近是。《楚辞》宋玉《九辩》云："悲哉秋之为气也，萧瑟兮草木摇落而变衰。"

⑱何去何依：犹何去何从。《楚辞·招魂》："魂兮归来，去君之恒干，何为四方些？""魂兮归来，反（返）故居些。"

⑲望思、归来：皆台名。汉武帝念戾太子惨死于外，特建思子宫，又筑望思、归来之台于湖县（今河南灵宝一带），以表示望而思之，盼其魂早日归来之意。见《汉书·武五子传》。

⑳东门之意：子死而不忧之意。《战国策·秦策三》："梁人有东门吴者，其子死而不忧，其相室曰：'公之爱子也，天下无有，今子死不忧，何也？'东门吴曰：'吾尝无子，无子之时不忧；今子死，乃与向无子时同也。吾奚忧焉？'"西河之讥：因哭子而受责备。《礼记·檀弓上》："子夏丧其子而丧其明。曾子吊之，……曾子哭，子夏亦哭，曰：'天乎！予之无罪也。'曾子怒曰：'商，女（汝）何无罪也？吾与女事夫子于洙、泗之间，退而老于西河之上，使西河之民疑女于夫子，尔罪一也；丧尔亲，使民未有闻焉，尔罪二也；丧尔子，丧尔明，尔罪三也。而曰，女何无罪与（欤）？'"

㉑"在昔"两句：指侯景之乱。王室板荡：国家动乱不安。《诗·大雅》有《板》《荡》两篇，刺周厉王无道，败坏国家。生民涂炭：人民坠于烂泥或炭火之中。

㉒兄弟则五郡分张：梁武帝之子——萧绎、萧纶、萧纪、萧续、萧绩五兄弟分散在湘东郡（今湖南衡阳）、邵陵郡（今湖南邵阳）、武陵郡（今湖南常德）、庐陵郡（今江西吉安）、南康郡（今江西赣州）等处。按，侯景之乱时，续、绩已死，各由其子嗣位。父子则三州离散：侯景之乱时，梁武帝被困建康，其子萧绎任荆州刺史，萧纪任益州刺史，萧纶于台城陷后奔赴郢州，父子各不相聚。

㉓"地鼎沸"两句：局势混乱超过了袁（绍）曹（操）官渡之战，

豺狼（喻侯景）害人有甚于楚（项羽）汉（刘邦）鸿沟之争。

㉔拥树：抱持小儿，小儿抱大人颈，似悬于树，名"拥树"。见《史记·樊郦滕灌列传》。藏衣：西周鲁孝公幼时号公子称。伯御杀鲁懿公自立，复求公子称，欲杀之。公子称的保母让自己的儿子穿上公子称的衣服，卧于公子称之室，遂被杀。公子称因而得救。见汉刘向《列女传·鲁孝义保》。

㉕桑弧：桑木制的弓。《礼记·内则》："国君世子生，……射人（官名）以桑弧蓬矢六，射天地四方。"柘（zhè）馆：汉上林苑中馆名。泛指后宫。这两句写皇室仓皇撤退。

㉖丘：坟墓。千秋：亭名。晋潘岳的幼子，生于三月，死于五月，葬千秋亭畔。潘岳《西征赋》："夭赤子于新安（在河南省），坎路侧而瘗（yì）之；亭有千秋之号，子无七旬之期。"这两句说人们在战乱中极易丧生。

㉗边韶：东汉顺帝时任尚书侍郎，桓帝时出为临颍侯相，后为陈相。其《塞赋·序》云："予离群索居，无讲诵之事，欲学无友，欲农无耒，欲弈无局，欲博无楮……"孙楚：晋太原中都（今山西平遥）人，才藻卓绝，爽迈不群，年四十余，始参镇东军事。有三子，潘众、潘洵、潘纂。众、洵俱早死。两外孙，一半岁即夭，一旬月而亡。见《晋书》本传。

㉘张壮武：晋张华（公元232—300年），字茂先，任司空，封壮武郡（今山东青岛即墨区）公。时壮武有桑化为柏，张华第舍及监省数有妖怪，象征司空的中台星发生崩坏，皆"不祥"之兆。后张华果被赵王伦等所害。见《晋书》本传。羊南城：晋羊祜（公元221—278年），字叔子，泰山南城（今山东平邑）人，封南城侯。位至公，而无子。见《晋

㉙传体:《艺文类聚》作"继体",近是。世载:犹世代相传。天道:指天神的意志。人伦:指父子、夫妇、长幼等关系。"膝下"两句:谓子女死亡。

㉚芝:菌类植物,寄生于枯树上。古人以为瑞草,又名灵芝。兰:香草名。香气清远,古人刈(yì)而佩于身,名都梁香。东晋谢安尝戒约子侄云:"子弟亦何豫人事,而正欲使其佳!"其侄谢玄答:"譬如芝兰玉树,欲使其生于庭阶耳。"见《晋书·谢玄传》。这两句以芝兰枯刈,喻子女夭殇。

㉛修短:长短。晋潘岳《西征赋》:"生有修短之命,位有通塞之遇,鬼神莫能要,圣智弗能豫。"

㉜鹤声孤绝:喻夫妻离别。相传商朝陵牧子娶妻五年无子,父兄命其休妻改娶,牧子悲伤作歌云:"将乖比翼兮隔天端,山川悠远兮路漫漫,揽衣不寐兮食忘餐!"见《乐府诗集·琴曲歌辞·别鹤操》。猿吟肠断:状丧子之痛。《世说新语·黜免》:"桓公入蜀,至三峡中。部伍中有得猿子者,其母缘岸哀号,行百余里不去,遂跳上船,至便即绝。破视其腹中,肠皆寸寸断。"

㉝嬴、博:春秋齐邑,在今山东泰安东。吴延陵季子访齐,其子死于嬴、博之间,即敛以时服,就地落葬。见《汉书·刘向传》。新安:地名,在今河南渑池东。晋潘岳自荥阳赴长安,次于新安千秋亭,其幼子夭,即葬于千秋亭畔。岳有《伤弱子辞》云:"叶落永离,覆水不收,赤子何辜,罪我之由!"见《潘黄门集》。

㉞藤缄輀(wèi)椟:蔓草缠着小棺材。栵(niè)掩虞棺:树枝掩着小瓦棺。不封不树:埋葬后不起坟、不种树。惟棘惟棶:只有棘刺和顽

荆。

㉟惨惨：昏暗貌。三国魏王粲《登楼赋》："风萧瑟而并兴兮，天惨惨而无色。"苍苍：集聚貌。《诗·秦风·蒹葭》："蒹葭苍苍，白露为霜。"

以上为赋的第一层，叙侯景之乱给人们带来的骨肉分离之苦。

㊱流寓秦川，飘飖播迁：谓寄居陕西长安一带，漂荡不定，流离迁徙。

㊲"从官"两句：谓做官不像做官，归田不像归田。

㊳玉关：玉门关，在今甘肃敦煌西。长河：黄河。梁江淹《别赋》："值秋雁兮飞日，当白露兮下时，怨复怨兮远山曲，去复去兮长河湄。"

㊴万恨：指时势大乱，梁朝覆亡，生灵涂炭，颠沛流离之恨。九泉：指地下深处，死后葬身之所。三国魏阮瑀《七哀》："冥冥九泉室，漫漫长夜台。"

㊵三虎：东汉贾彪三兄弟，并有高名，时称"贾氏三虎"。见《后汉书·党锢传》。二龙：东汉许虔、许邵兄弟皆知名，时人称为"二龙"。见《后汉书·许邵传》。三珠：疑为"三株"。指兄弟和睦相处。西汉田真三兄弟，于父母死后，共议分家。庭前三株紫荆忽然枯萎，田真等受到启发，乃改变伐树之议。树应声青翠如故，三兄弟合家如初。见《琱玉集》卷十二引《前汉书》。两凤：北齐崔悛、崔仲文兄弟，并有才名。天保初（公元550年顷），悛为侍中，仲文为银青光禄大夫，同日授官，时称"两凤连飞"。见《北史·崔逞传》。

㊶山泽之灵：山林、川泽的灵气。《易·说卦》："天地定位，山泽通气。"熊罴之梦：祝人生子谓"熊罴入梦"。《诗·小雅·斯干》："大人占之，维熊维罴，男子之祥。"

㊷陇首：陇山，在陕西陇县。梁元帝（萧绎）《陇头水》云："衔悲别陇头，关路漫悠悠。故乡迷远近，征人分去留。"都门：这里指江陵（梁元帝所都）。长送：犹永别。《汉书·临江王荣传》："上征荣。荣行，祖于江陵北门，既上车，轴折车废。江陵父老流涕窃言曰：吾王不反（返）矣！"

㊸宝碗：当指金碗。相传东汉卢充于冬至前一日入一府舍，见崔少府。少府以小女嫁充。三日毕，崔谓充曰："君可归矣。女有娠相，若生男，当以相还，无相疑；生女，当留自养。"别后四年，充于三月三日临水戏，忽见崔氏抱儿前来，并赠金碗一只、诗一首。充取儿、碗及诗，而崔氏倏忽不见。后售金碗于市，始悉崔氏婚前已亡殁，此碗乃其棺中物。见晋干宝《搜神记·崔少府墓》。《玄经》：指西汉扬雄的《太玄经》。扬雄的儿子童乌，九岁能与父论玄文，不幸早夭。见《扬子法言·问神》。流恸：流泪痛哭。

㊹石华：水产名。附石而生，其肉可食。晋郭璞《江赋》："王珧海月，土肉石华。"犀角：犀牛角，可制器。篸（zān）：簪，用于绾发的首饰。这两句说表面上做官，实际上非常空虚。

㊺风无少女：有微风而无少女。三国魏管辂与清河倪太守相见，时天早，倪问雨期，辂言："今夕当雨。"是日阳燥，至暮，了无云气，众皆嗤辂。辂言："树上已有少女微风，树间又有阴鸟和鸣。又少男风起，众鸟和翔，其应至矣。"后果大雨河倾。见《三国志·魏书·方技传》注引《辂别传》。草不宜男：佩萱草却不宜男。按，宜男为萱草的别称。这两句叹自己缺男少女。

㊻乌：慈乌，一种"孝鸟"，相传能反哺其母。兽：羔羊常跪着吃奶，被称为"孝顺"之兽。这两句说，子女白活了一场，还来不及孝顺

父母，即告夭折。

㊼震、巽（xùn）：八卦名。《易·说卦》："震一索而得男，故谓之长男；巽一索而得女，故谓之长女。"这几句说，长男、长女都不幸先自己而去。

以上为赋的第二层，叙自己滞留北朝，虽官不愿，欲隐不能，儿女丧亡，心怀万恨。

㊽"二王"两句：二王，疑为"二何"。晋何充性好佛道，崇修佛寺，供给沙门以百数；其弟何准，亦精勤，唯读佛经、营治寺庙而已。二郗（chī），晋郗愔、郗昙兄弟皆奉天师道。《世说新语·排调》："二郗奉道，二何奉佛，皆以财贿。"必至有期：到一定期限必然终止。三国魏曹丕《典论·论文》："年寿有时而尽，荣乐止乎其身，二者必至之常期，未若文章之无穷。"

㊾零零：草枯貌。屈原《远游》："微霜降而下沦兮，悼芳草之先零。"飒：衰败貌。南朝梁陆倕《思田赋》："岁聿忽其云暮，庭草飒以萎黄。"

㊿黎民：晋贾充之长子，名黎民，三岁而死。见《晋书·贾充传》。仲仁：疑当作"仲雍"。三国魏曹植之次子，名喈，字仲雍，三月生而五月亡。见《艺文类聚》卷三四。这两句叹自己的长子、次子皆夭而不返。

(51)羊祜（hù）：晋羊祜五岁时，欲乳母为他取一金环。乳母云并无此物。祜至邻居李家东垣桑树中，将金环取出。李家大为惊诧，谓系亡儿之物，羊祜何由得知？时人以为李氏子，即羊祜之"前身"。见《晋书》本传。张衡：传说东汉张衡死后一年而蔡邕生，二人才貌相类，时人以为蔡邕乃张衡"后身"。见《蔡邕别传》。按，正史记载，张衡卒时，蔡邕已八岁。这两句表明庾信受佛教影响，相信人死后会重新投胎，因此希望他的亡儿也是如此，以便父子能再次相认。

㊷风烛：风中之烛易灭。喻接近死亡。《古辞·怨诗行》："百年未几时，奄若风中烛。"见《乐府诗集》卷四一。埃尘：喻消失。

㊸"丘陵"两句：丘陵啊！为何这样忍心？不被你吞没的能有几人？

以上为赋的第三层，言人必有死，虽佛道不能相保，唯冀亡儿"托生"，或可聊以自慰耳。

哀江南赋并序①

粤以戊辰之年，建亥之月，大盗移国，金陵瓦解②。余乃窜身荒谷，公私涂炭③。华阳奔命，有去无归④。中兴道销，穷于甲戌⑤。三日哭于都亭，三年囚于别馆⑥。天道周星，物极不反⑦。

傅燮之但悲身世，无处求生；袁安之每念王室，自然流涕⑧。昔桓君山之志事，杜元凯之生平，并有著书，咸能自序⑨。潘岳之文采，始述家风；陆机之辞赋，多陈世德⑩。信年始二毛，即逢丧乱，藐是流离，至于暮齿⑪。《燕歌》远别，悲不自胜；楚老相逢，泣将何及⑫！畏南山之雨，忽践秦庭；让东海之滨，遂餐周粟⑬。下亭漂泊，高桥羁旅⑭。楚歌非取乐之方，鲁酒无忘忧之用⑮。追为此赋，聊以记言，不无危苦之辞，惟以悲哀为主⑯。

日暮途远，人间何世⑰！将军一去，大树飘零⑱；壮士不还，寒风萧瑟⑲。荆璧睨柱，受连城而见欺⑳；载书横阶，捧珠盘而不定㉑。钟仪君子，入就南冠之囚㉒；季孙行人，留守西河之馆㉓。申包胥之顿地，碎之以首；蔡威公之泪尽，加之以血㉔。钓台移柳，非玉关之可望㉕;华亭唳鹤,岂河桥之可闻㉖。

孙策以天下为三分,众裁一旅㉗;项羽用江东之子弟,人唯八千㉘。遂乃分裂山河,宰割天下㉙。岂有百万义师,一朝卷甲,芟夷斩伐,如草木焉㉚?江淮无涯岸之阻,亭壁无藩篱之固㉛。头会箕敛者,合从谛交;锄耰棘矜者,因利乘便㉜。将非江表王气,应终三百年乎㉝?

是知并吞六合,不免轵道之灾;混一车书,无救平阳之祸㉞。呜呼!山岳崩颓,既履危亡之运;春秋迭代,必有去故之悲㉟。天意人事,可以凄怆伤心者矣㊱!况复舟楫路穷,星汉非乘槎可上;风飙道阻,蓬莱无可到之期㊲。穷者欲达其言,劳者须歌其事㊳。陆士衡闻而抚掌,是所甘心;张平子见而陋之,固其宜矣㊴。

我之掌庚承周,以世功而为族;经邦佐汉,用论道而当官㊵。禀嵩、华之玉石,润河、洛之波澜,居负洛而重世,邑临河而宴安㊶。

逮永嘉之艰虞,始中原之乏主;民枕倚于墙壁,路交横于豺虎㊷。值五马之南奔,逢三星之东聚㊸。彼凌江而建国,始播迁于吾祖㊹。分南阳而赐田,裂东岳而胙土㊺。诛茅宋玉之宅,穿径临江之府㊻。

水木交运,山川崩竭,家有直道,人多全节㊼。训子见于纯深,事君彰于义烈㊽。新野有生祠之庙,河南有胡书之碣㊾。

况乃少微真人,天山逸民,阶庭空谷,门巷蒲轮㊿。移谈讲树,就简书筠,降生世德,载诞贞臣㉛。文词高于甲观,楷模盛于漳滨㉜。嗟有道而无凤,叹非时而有麟㉝。既奸回之寋逆,终不悦于仁人(54)。

王子滨洛之岁，兰成射策之年(55)；始含香于建礼，仍矫翼于崇贤(56)。游洊雷之讲肆，齿明离之胄筵(57)。既倾蠡而酌海，遂测管以窥天(58)。方塘水白，钓渚池圆(59)。侍戎韬于武帐，听雅曲于文弦(60)。

乃解悬而通籍，遂崇文而会武(61)。居笠毂而掌兵，出兰池而典午(62)。论兵于江汉之君，拭玉于西河之主(63)。

于时朝野欢娱，池台钟鼓，里为冠盖，门成邹鲁(64)。连茂苑于海陵，跨横塘于江浦(65)。东门则鞭石成桥，南极则铸铜为柱(66)。橘则园植万株，竹则家封千户(67)。西赆浮玉，南琛没羽(68)。吴歈越吟，荆艳楚舞(69)。草木之遇阳春，鱼龙之得风雨(70)。

五十年中，江表无事(71)。王歙为和亲之侯，班超为定远之使(72)。马武无预于甲兵，冯唐不论于将帅(73)。岂知山岳暗然，江湖潜沸(74)。渔阳有闾左戍卒，离石有将兵都尉(75)。

天子方删诗书，定礼乐；设重云之讲，开士林之学(76)。谈劫烬之灰飞，辨常星之夜落(77)。地平鱼齿，城危兽角(78)。卧刁斗于荥阳，绊龙媒于平乐(79)。宰衡以干戈为儿戏，缙绅以清谈为庙略(80)。乘渍水以胶船，驭奔驹以朽索(81)。小人则将及水火，君子则方成猿鹤(82)。敝箄不能救盐池之咸，阿胶不能止黄河之浊(83)。

既而鲂鱼赪尾，四郊多垒(84)；殿狎江鸥，宫鸣野雉(85)；湛卢去国，艅艎失水(86)；见被发于伊川，知百年而为戎矣(87)！

彼奸逆之炽盛，久游魂而放命(88)。大则有鲸有鲵，小则为枭为獍(89)。负其牛羊之力，凶其水草之性(90)。非玉烛之能调，岂璇玑之可正(91)！

值天下之无为，尚有欲于羁縻⁹²。饮其琉璃之酒，赏其虎豹之皮⁹³。见胡柯于大夏，识鸟卵于条枝⁹⁴。豺牙密厉，虺毒潜吹⁹⁵。轻九鼎而欲问，闻三川而遂窥⁹⁶。

始则王子召戎，奸臣介胄⁹⁷。既官政而离逖，遂师言而泄漏⁹⁸。望廷尉之逋囚，反淮南之穷寇⁹⁹。出狄泉之苍鸟，起横江之困兽¹⁰⁰。地则石鼓鸣山，天则金精动宿¹⁰¹。北阙龙吟，东陵麟斗¹⁰²。

尔乃桀黠横扇，冯陵畿甸¹⁰³。拥狼望于黄图，填卢山于赤县¹⁰⁴。青袍如草，白马如练¹⁰⁵。天子履端废朝，单于长围高宴¹⁰⁶。两观当戟，千门受箭¹⁰⁷。白虹贯日，苍鹰击殿¹⁰⁸。竟遭夏台之祸，终视尧城之变¹⁰⁹。官守无奔问之人，干戚非平戎之战¹¹⁰。陶侃则空装米船，顾荣则虚摇羽扇¹¹¹。

将军死绥，路绝重围¹¹²。烽随星落，书逐鸢飞¹¹³。

遂乃韩分赵裂，鼓卧旗折¹¹⁴；失群班马，迷轮乱辙¹¹⁵；猛士婴城，谋臣卷舌¹¹⁶。昆阳之战象走林，常山之阵蛇奔穴¹¹⁷。五郡则兄弟相悲，三州则父子离别¹¹⁸。护军慷慨，忠能死节；三世为将，终于此灭¹¹⁹。

济阳忠壮，身参末将；兄弟三人，义声俱唱¹²⁰。主辱臣死，名存身丧；狄人归元，三军凄怆¹²¹。尚书多算，守备是长；云梯可拒，地道能防¹²²。有齐将之闭壁，无燕师之卧墙，大事去矣，人之云亡¹²³！

申子奋发，勇气咆勃，实总元戎，身先士卒¹²⁴。胄落鱼门，兵填马窟，屡犯通中，颇遭刮骨¹²⁵。功业夭柱，身名埋没¹²⁶。

或以隼翼鷃披，虎威狐假¹²⁷；沾渍锋镝，脂膏原野¹²⁸。兵弱虏强,城孤气寡㉙。闻鹤唳而心惊,听胡笳而泪下㉚。拒神亭而亡戟,临横江而弃马㉛。崩于钜鹿之沙,碎于长平之瓦㉜。

于是桂林颠覆,长洲麋鹿㉝;溃溃沸腾,茫茫墋黩㉞;天地离阻,神人惨酷㉟;晋、郑靡依,鲁、卫不睦㊱;竞动天关,争回地轴㊲。探雀鷇而未饱,待熊蹯而讵熟㊳?乃有车侧郭门,筋悬庙屋㊴。鬼同曹社之谋,人有秦庭之哭㊵。

尔乃假刻玺于关塞,称使者之酬对㊶;逢鄂坂之讥嫌,值彤门之征税㊷。乘白马而不前,策青骡而转碍㊸。吹落叶之扁舟,飘长风于上游㊹。彼锯牙而钩爪,又循江而习流㊺。排青龙之战舰,斗飞燕之船楼㊻。张辽临于赤壁,王濬下于巴丘㊼。乍风惊而射火,或箭重而回舟㊽。未辨声于黄盖,已先沉于杜侯㊾。落帆黄鹤之浦,藏船鹦鹉之洲㊿。路已分于湘、汉,星犹看于斗、牛(151)。

若乃阴陵失路,钓台斜趣(152)。望赤壁而沾衣,舣乌江而不渡(153)。雷池栅浦,鹊陵焚戍(154)。旅舍无烟,巢禽无树(155)。谓荆、衡之杞梓,庶江、汉之可恃(156)。淮海维扬,三千余里(157)。过漂渚而寄食,托芦中而渡水(158)。届于七泽,滨于十死(159)。嗟天保之未定,见殷忧之方始(160)。本不达于危行,又无情于禄仕(161)。谬掌卫于中军,滥尸丞于御史(162)。

信生世等于龙门,辞亲同于河洛(163);奉立身之遗训,受成书之顾托(164)。昔三世而无惭,今七叶而始落(165)。泣风雨于《梁山》,惟枯鱼之衔索(166)。入欹斜之小径,掩蓬、藋之荒扉,就汀洲之杜若,待芦苇之单衣(167)。

于是西楚霸王,剑及繁阳(168);鏖兵金匮,校战玉堂(169)。苍鹰、赤雀，铁轴、牙樯㉑。沉白马而誓众，负黄龙而渡江㉑。海潮迎舰，江萍送王㉑。戎车屯于石城，戈船掩于淮、泗㉑。诸侯则郑伯前驱，盟主则荀罃暮至㉑。剖巢熏穴，奔魑走魅㉑。埋长狄于驹门，斩蚩尤于中冀㉑。燃腹为灯，饮头为器㉑。直虹贯垒，长星属地㉑。昔之虎踞龙盘，加以黄旗紫气㉑，莫不随狐兔而窟穴，与风尘而殄瘁㉑。

西瞻博望，北临玄圃㉑。月榭风台，池平树古㉑。倚弓于玉女窗扉，系马于凤凰楼柱㉑。仁寿之镜徒悬，茂陵之书空聚㉑。

若夫立德立言，谟明寅亮；声超于系表，道高于河上㉑。更不遇于浮丘，遂无言于师旷㉑。以爱子而托人，知西陵而谁望㉑！非无北阙之兵，犹有云台之仗㉑。

司徒之表里经纶，狐偃之惟王实勤㉑。横雕戈而对霸主，执金鼓而问贼臣㉑。平吴之功，壮于杜元凯；王室是赖，深于温太真㉑。始则地名全节，终则山称枉人㉑。南阳校书，去之已远㉑；上蔡逐猎，知之何晚㉑！

镇北之负誉矜前，风飙凛然㉑。水神遭箭，山灵见鞭㉑。是以蛰熊伤马，浮蛟没船㉑；才子并命，俱非百年㉑。

中宗之夷凶靖乱，大雪冤耻㉑。去代邸而承基，迁唐郊而纂祀㉑。反旧章于司隶，归余风于正始㉑。沉猜则方逞其欲，藏疾则自矜于己㉑。天下之事没焉，诸侯之心摇矣㉑！慨而齐交北绝，秦患西起㉑。况背关而怀楚，异端委而开吴㉑。驱绿林之散卒，拒骊山之叛徒㉑。营军梁溠，蒐乘巴渝㉑。问诸淫昏之鬼，求诸厌劾之符㉑。荆门遭廪延之戮㉑，夏口滥逵泉之诛㉑。蔑因亲以教爱，忍和乐于弯弧㉑。慨无谋于肉食，非所望于《论都》㉑。未深思于五难，先自擅于二端㉓。登阳城而避险，卧砥柱而求安㉔。既言多于忌刻，实志勇而刑残㉕。但坐观于时变，本无情于急难㉖。地惟黑子，城犹弹丸㉗。其怨则黩，其盟则寒㉘。岂冤禽之能塞海？非愚叟之可移山㉙。况以沴气朝浮，妖精夜陨㉚；赤鸟则三朝夹日，苍云则七重围轸㉛。亡吴之岁既穷，入郢之年斯尽㉜。

周含郑怒，楚结秦冤㉝。有南风之不竞，值西邻之责言㉞，俄而梯冲乱舞，冀马云屯㉟。俴秦车于畅毂，沓汉鼓于雷门㊱。下陈仓而连弩，渡临晋而横船㊲。

虽复楚有七泽，人称三户，箭不丽于六麋，雷无惊于九虎㊳。辞洞庭兮落木，去涔阳兮极浦㊴。炽火兮焚旗，贞风兮害蛊㊵。乃使玉轴扬灰，龙文折柱㊶。下江余城，长林故营㊷。徒思扞马之秣，未见烧牛之兵㊸。章曼枝以毂走，宫之奇以族行㊹。河无冰而马渡，关未晓而鸡鸣㊺。忠臣解骨，君子吞声。章华望祭之所，云梦伪游之地㊻。荒谷缢于莫敖，冶父囚于群帅㊼。硎谷折拉，鹰鹯批攒㊽。冤霜夏零，愤泉秋沸㊾。城崩杞妇之哭，竹染湘妃之泪㊿。

水毒秦泾，山高赵陉㉑。十里五里，长亭短亭㉒。饥随蛰燕，暗逐流萤㉓。秦中水黑，关上泥青㉔。

于时瓦解冰泮，风飞电散㉕；浑然千里，淄渑一乱㉖；雪暗如沙，冰横似岸㉗。逢赴洛之陆机，见离家之王粲㉘。莫不闻陇水而掩泣，向关山而长叹㉙。

况复君在交河，妾在青波。石望夫而逾远，山望子而逾多㉚。才人之忆代郡，公主之去清河㉛。栒阳亭有离别之赋，临江王有愁思之歌㉜。

别有飘飖武威,羁旅金微㉕。班超生而望返,温序死而思归㉖。李陵之双凫永去,苏武之一雁空飞㉗。

若江陵之中否,乃金陵之祸始㉘;虽借人之外力,实萧墙之内起㉙。拨乱之主忽焉,中兴之宗不祀㉖⓪。伯兮叔兮,同见戮于犹子㉖①。荆山鹊飞而玉碎,隋岸蛇生而珠死㉖②。鬼火乱于平林,殇魂游于新市㉖③。

梁故丰徙,楚实秦亡㉖④;不有所废,其何以昌㉖⑤?有妫之后,将育于姜㉖⑥;输我神器,居为让王㉖⑦。

天地之大德曰生,圣人之大宝曰位㉖⑧。用无赖之子弟,举江东而全弃㉖⑨;惜天下之一家,遭东南之反气㉗⓪。以鹑首而赐秦,天何为而此醉㉗①?

且夫天道回旋,生民预焉㉗②。余烈祖于西晋,始流播于东川㉗③;洎余身而七叶,又遭时而北迁㉗④。提挈老幼,关河累年㉗⑤;死生契阔㉗⑥,不可问天㉗⑦。况复零落将尽,灵光岿然㉗⑧。

日穷于纪,岁将复始㉗⑨;逼迫危虑,端忧暮齿㉘⓪。践长乐之神皋,望宣平之贵里㉘①。渭水贯于天门,骊山回于地市㉘②。幕府大将军之爱客,丞相平津侯之待士㉘③。见钟鼎于金、张,闻弦歌于许、史㉘④。岂知灞陵夜猎,犹是故时将军㉘⑤;咸阳布衣,非独思归王子㉘⑥!

[注释]

①这是一篇哀悼梁朝灭亡和哀叹个人身世的大赋,对梁朝政治的腐败、统治阶级的腐朽、人民生活的痛苦和自己内心的愧恧(nǜ),都有深

刻的描写，有"赋史"之称。《楚辞·招魂》："目极千里兮伤春心，魂兮归来哀江南！"赋题本此。杜甫《咏怀古迹》云："庾信平生最萧瑟，暮年诗赋动江关。"主要指《拟咏怀》之诗与《哀江南赋》等。

②粤：语首助词。戊辰之年：梁太清二年（公元548年）。建亥之月：农历十月。大盗：指侯景。金陵：梁都城建康，古称金陵。

③窜身：奔逃。荒谷：春秋楚地。此指江陵。公私涂炭：官府与百姓皆如陷入泥涂、坠入炭火，痛苦不堪。

④"华阳"两句：华阳，指华山以南地区。庾信于梁元帝承圣三年（公元554年）奉命自江陵出使西魏，后长期被留在西魏、北周。

⑤"中兴"两句：梁元帝（萧绎）即位江陵，讨平侯景，颇有"中兴"气象。承圣三年（公元554年）冬，西魏陷江陵，梁元帝被杀，"中兴"的希望终于断绝。

⑥"三日"两句：江陵陷后，梁朝官员哭泣于都城之亭多日，后被掳至长安，囚禁于客馆旁舍多年。

⑦"天道"两句：木星十二年绕日一周，合乎天道；梁朝覆亡后，竟毫无复兴之望。

⑧傅燮：东汉北地灵州（今宁夏灵武）人，为护军司马有功，因得罪宦官，不容于朝。出为汉阳太守，被王国、韩遂等所围。时北地胡骑数千，皆求送燮归乡里；其子亦劝其弃郡而归。燮以殷纣虽暴，伯夷仍不食周粟，遂麾左右进兵，至战死为止。见《后汉书》本传。袁安：东汉汝南汝阳（今河南商水）人，严敬有威，政绩斐然，以天子幼弱，外戚擅权，每朝会进见，及与公卿言国家事，未尝不噫呜流涕。见《后汉书》本传。

⑨桓君山：桓谭（？—公元56年），字君山，东汉哲学家。著有

《新论》二十九篇。杜元凯：杜预（公元222—284年），字元凯，西晋学者。撰有《春秋左氏经传集解》。自序：自叙生平及著书要旨。

⑩潘岳（公元247—300年）：字安仁，西晋文学家。其《家风诗》云："义方既训，家道颖颖，岂敢荒宁，一日三省。"陆机（公元261—303年）：字士衡，西晋文学家。其《文赋》云："咏世德之骏烈，诵先人之清芳。"又有《祖德赋》《述先赋》《思亲赋》等。

⑪二毛：头发斑白。丧乱：指侯景之乱。时庾信三十六岁。藐是：一本作"狼狈"，近是。暮齿：晚年。

⑫《燕歌》：指《燕歌行》，乐府辞曲名，多以时序迁换、行役不归为主题，曹丕、陆机、王褒、庾信等并有此作。"楚老"两句：在长安与被俘的楚地乡亲们相遇，哭又有何用！楚老，西汉龚胜，系楚人，曾任谏官；王莽篡汉，胜坚不应征，病中云："今年老矣，旦暮入地，谊岂以一身事二姓，下见故主哉！"见《汉书·两龚传》。

⑬畏南山之雨：梁元帝惧怕西魏来攻。南山，即终南山（今陕西西安南），借指西魏。忽践秦庭：春秋时，吴攻楚；楚申包胥赴秦求救，立庭墙而哭，七日不绝。这里指庾信奉梁元帝之命，匆忙出使西魏。让东海之滨：公元557年，西魏恭帝"让位"于北周孝闵帝宇文觉。《史记·齐太公世家》："（康公）十九年（公元前386年），田常曾孙田和始为诸侯，迁康公海滨。"遂餐周粟：于是开始在北周做官。殷末，伯夷、叔齐为让国而逃；周武王灭商，伯夷、叔齐不食周粟而死。这里说"遂餐周粟"，有自愧弗如之意。

⑭下亭：路上寄宿之处。东汉孔嵩，家贫亲老，赴京师，道宿下亭，其马为盗所窃。见《后汉书·独行传》。高桥：陕西咸阳东有高桥镇。或借此以指长安城郊。又，苏州阊门内有皋桥，相传为东汉大家皋伯通宅第

所在,梁鸿至吴,曾依皋宅庑下。见《后汉书·梁鸿传》。

⑮楚歌:使人惊怖之歌。《史记·项羽本纪》:"夜闻汉军四面皆楚歌,项王乃大惊曰:汉皆已得楚乎?是何楚人之多也!"鲁酒:味薄的酒。《庄子·胠箧》:"鲁酒薄而邯郸围。"

⑯记言:古代史官,左氏记言,右氏记事。这里指以自己身世为线索,记述梁朝兴亡的历史事实。

以上叙历史背景和作赋缘起。

⑰"日暮"两句:喻梁朝力竭计穷,叹人民灾难深重。

⑱"将军"两句:侯景作乱之初,梁武帝以临贺王萧正德为平北将军,都督京师诸军事;正德遣大船数十艘,诈称载荻,实暗中接济侯景。时云旗将军陈昕奉命接替宁远将军王质防守采石(今安徽马鞍山,长江东岸),质已去而昕未至,侯景乃乘隙渡江,陷建业,使梁朝上下震动,不可收拾。

⑲"壮士"两句:指庾信于梁元帝承圣三年(公元554年)自江陵出使西魏,至老未归。《史记·刺客列传》:"风萧萧兮易水寒,壮士一去兮不复还!"

⑳"荆璧"两句:战国时,秦昭王愿以十五城换取赵国的楚和氏璧。赵惠文王派蔺相如奉璧入秦。秦无意偿赵城;蔺相如持璧睨柱,声言欲以头与璧俱碎。这里指庾信出使西魏,亦颇受欺负。

㉑"载书"两句:战国时,秦围赵邯郸,赵之平原君与楚王谈判,至午不能决。平原君门客毛遂按剑历阶而上,说服楚王与赵结盟,继而捧珠盘盛牲血以进,双方歃血而盟于殿。这里指庾信使于西魏,西魏不同意结盟,反出兵攻陷江陵。载书,记载盟约的文书。横阶,历阶而升。珠盘,饰有珠玉的盘。

㉒"钟仪"两句：春秋时，楚人钟仪在楚郑之战中被俘至郑，解献于晋，囚于军府。两年后，晋侯至军府视察，见一囚者着南冠，问之为钟仪。后以告范文子，文子言："楚囚，君子也。"见《左传·成公七年》《左传·成公九年》。这里指庾信留于西魏，颇类南冠之囚。

㉓"季孙"两句：春秋时，诸侯盟于平丘（今河南长垣），订立盟约时，鲁国未参加。晋侯把鲁行人（外交使臣）季孙意如加以拘留。释放时，晋大夫羊舌鲋威吓他说："鲋也闻诸吏，将为子除馆于西河（将在黄河西边为你准备好客舍）！"见《左传·昭公十三年》。这里指庾信长期被留在长安。

㉔"申包胥"两句：楚昭王十年（公元前506年），吴攻楚，陷郢都（今湖北江陵北）。楚申包胥赴秦求救，哭于庭墙达七日七夜，秦哀公为赋《无衣》（表示同意出兵）之诗，申包胥九顿首而坐，秦乃发兵。见《左传·定公四年》。"蔡威公"两句：春秋时，下蔡威公数谏其君而不用，知国之将亡，乃闭门而哭，三日三夜，泣尽而继之以血。见汉刘向《说苑·权谋》。这几句说，自己身在西魏，而江陵陷落，国家垂亡，竟无处可以求救。

㉕钓台移柳：晋陶侃任武昌（今湖北鄂州）太守时，曾练兵于钓台（今属湖北鄂州），又尝课诸营于武昌鄂州西门外种柳。见《晋书》本传。玉关：指玉门关，在今甘肃敦煌西北。这两句意谓江南柳色，非远在西北诸人所能望见。

㉖"华亭"两句：陆机于吴亡后曾退居华亭（今上海松江区西）旧里；晋太康末年（公元289年顷），至洛阳做官；讨长沙王乂时，任后将军，列军自朝歌至河桥（今河南孟州南），兵败被谗，为成都王颖所杀。临刑曰："华亭鹤唳，岂可复闻乎！"见《晋书》本传。意谓南方鸟鸣，

非滞留北方诸人所能听到。

以上叙自己出使西魏、留滞长安之痛。

㉗"孙策"两句：汉末孙策承其父孙坚之业，依靠士族，建孙氏政权于江东，遇刺死。后其弟孙权称吴大帝（与魏、蜀三分天下），追尊他为长沙桓王。上大将军陆逊上疏云："昔桓王创业，兵不一旅（五百人），而开大业。"见《三国志·吴志·孙策传》及《三国志·吴志·陆逊传》。

㉘"项羽"两句：秦末项羽（名籍）随叔父项梁起义于吴（今江苏苏州）。秦亡后，自立为西楚霸王。楚汉战争中为刘邦所败，谓乌江亭长曰："天之亡我，我何渡为！且籍与江东子弟八千人渡江而西，今无一人还，纵江东父老怜而王我，我何面目见之？"见《史记·项羽本纪》。

㉙宰割：割据。汉贾谊《过秦论·上》："因利乘便，宰割天下，分裂山河。"

㉚"岂有"四句：梁朝的百万正义之军，很快都弃甲曳兵而逃，被侯景叛军砍杀，就像除草伐木一般，这样的事历史上可曾有过？

㉛"江淮"两句：梁朝在长江、淮河沿岸，守备薄弱，使侯景无所阻碍；沿途的岗亭、军垒，起不到屏障作用，不足以固守。

㉜"头会"四句：按人头征税、用畚箕来装钱财的官吏，联合成一整体；持有锄、耙等农具和戟、矛等兵器的壮者，乘机举事。意谓陈霸先等人借讨伐侯景之机，扩大实力，以取代梁朝。

㉝"将非"两句：莫非江南一带的天子之气，只有三百年的定数吗？按，自三国吴至东晋、宋、齐、梁诸朝，先后都于建业（今江苏南京），共约三百年。

㉞并吞六合：统一天下。六合，指天地四方。轵（zhǐ）道之灾：秦末，刘邦进军灞上，秦王子婴素车白马，降于轵道（亭名，在今陕西咸阳

东北）之旁。见《史记·高祖纪》。混一车书：统一天下。车，车辙。书，文字。平阳之祸：十六国时，晋怀帝、晋愍帝先后于平阳被汉国国君刘聪所杀。详《晋书·怀帝纪》《晋书·愍帝纪》。平阳，今山西临汾西北。这几句说，梁朝统治经年，终不免于降溃，梁武帝饥病而死，梁元帝被杀身亡。

㉟"山岳"四句：山陵崩塌，象征着梁朝覆亡的命运；梁、陈更替，必然有失去故国的悲哀。

㊱"天意"两句：上天的旨意，人事的播迁，令人悲戚、伤心。

㊲舟楫：船只。星汉：银河。槎：木筏。风飙：暴风。蓬莱：古代传说中的三神山之一。《史记·秦始皇本纪》："海中有三神山，名曰蓬莱、方丈、瀛洲。"这几句说，一切可以挽救危亡之路皆已断绝。

㊳穷者欲达其言：不遇者需要把心声表达出来。《晋书·王隐传》："盖古人遭时，则以功达其道；不遇，则以言达其才。"劳者须歌其事：忧伤者需要把心事抒发出来。《公羊传·宣公十五年》："什一行而颂声作矣。"汉何休解诂："饥者歌其食，劳者歌其事。"

㊴陆士衡闻而抚掌：晋陆机（字士衡）听说左思在作《三都赋》，不禁拍手而笑，料定其写成后但供"覆瓿"而已。及《三都赋》脱稿，又表示非常佩服。见《晋书·左思传》。张平子见而陋之：东汉张衡（字平子）认为班固的《两都赋》失之鄙陋，乃另作《二京赋》。这几句说，自己今作《哀江南赋》，即使被人嗤笑、议论，也心甘情愿。

以上叹梁朝之亡，今不得已而作赋。

《哀江南赋·序》至此终。以下为《哀江南赋》正文。

㊵"我之"四句：我祖先受命于周朝，任掌庾大夫（管理谷仓的官），由此得姓，因世代有功而形成官族；辅佐汉朝治理邦国，以论陈政

事而居官受职。

㊶"禀嵩"四句：（我庾氏）禀受着中岳嵩山（在河南登封北）和西岳华山（在陕西华阴南）的玉石之灵，浸润着黄河与洛水的波澜，世代居住在洛水以南的鄢陵（今河南鄢陵），迁居于淯水之滨的新野（今河南新野），逸乐而安定。

㊷"逮永嘉"四句：及至晋怀帝永嘉年间遭逢着艰难忧虑，中原地区的君主晋怀帝、晋愍帝先后被杀；人民枕藉于墙边壁下，军阀、寇盗交横遘患于道路。

㊸"值五马"两句：西晋末年，赶上五个姓司马的王（琅玡王睿、彭城王绎、西阳王羕、汝南王祐、南顿王宗）向南逃奔，正是荧惑（火星）、岁星（木星）、太白（金星）聚于牵牛星、织女星之间的时候。按，古人将天象、人事相附会，认为这是西晋两都（洛阳、长安）陷落和东晋元帝（司马睿）中兴的预兆。见《晋书·天文志》。

㊹"彼凌江"两句："五马"之一的琅玡王司马睿渡江后即位建康（今江苏南京），建立东晋；我八世祖庾滔随之南渡，徙居于江陵。

㊺南阳：原春秋时期晋国之地，此借指晋朝。《左传·僖公二十五年》："晋于是始启南阳。"东岳：借指东晋。赐田、胙土：封给土地之意。这两句指庾滔被封为遂昌侯。

㊻诛茅：砍茅草。宋玉之宅：庾滔迁江陵，住在战国楚宋玉故居。穿径：修道路。临江之府：楚怀王柱国共敖（被项羽封为临江王）的府第。这两句指庾滔创建第宅于江陵。

以上叙远祖世功及八世祖南迁之盛。

㊼"水木"四句：经过南朝宋（以水德王）、齐（以木德王）两代的兴替，变故极大，我庾氏祖先多直道而行，保全名节。

㊽训子见于纯深：庾信的祖父庾易为南齐高士，入《南齐书·高逸传》；大伯庾黔娄系著名孝子，入《梁书·孝行传》。事君彰于义烈：庾信的高祖庾玫任巴郡太守，曾祖庾道骥任安西参军，二伯庾于陵领荆州大宗正，父庾肩吾为散骑常侍、中书令，皆名显于时。

㊾新野：今河南新野。庾信八世祖庾滔由此徙居江陵。生祠之庙：建于生前的祠庙。河南：河南郡，今河南中部偏北地区。庾信的远祖由此徙居新野。胡书之碣：刻有古文的碑碣。这两句说，庾信八世祖以上，并位望通显。

㊿少微：少微星，一名处士星。借指处士。天山：谓遁世。《易·遁》："天下有山，遁。"空谷：人迹罕至之处。《诗·小雅·白驹》："皎皎白驹，在彼空谷。"蒲轮：征聘贤士的安车（以蒲草包轮，以防颠簸）。庾信的祖父庾易曾被南齐庐陵王萧子卿表荐，请加蒲车，诏征为通直郎。见《南史·刘虬传》。

(51)移谈讲树：移时谈讲于树下。晋嵇康宅中有柳树甚茂，时与亲友清谈于此。见《晋书》本传。就简书筠：就着书简写下正直的文辞。"降生"两句：忠贞不贰之臣，诞生于世有俊德之家。按，信父庾肩吾在侯景之乱后，不愿接受伪职，终辗转以赴江陵。

(52)甲观：汉元帝为太子时，生成帝于甲观。因以"甲观"指太子之宫。庾肩吾曾任东宫通事舍人及太子率更令、中庶子。漳滨：漳水之滨。指江陵一带。按，漳水发源于湖北南漳之蓬莱洞，东南流至当阳与沮水合，又东南流于江陵汇入长江。这两句说庾肩吾的学问、道德、文章，在当时皆有盛名。

(53)有道：有道之君，指梁简文帝。无凤：没有祥瑞。谓梁简文帝当兹乱世，不能有所作为。《论语·子罕》："凤鸟不至，河不出图，吾已矣夫!"非时:指侯景之乱尚未平息。有麟:古人以为圣人出,王者兴,则麒麟现。这里的麟,指庾肩吾,因出非其时,故而叹息。

㊾奸回:邪恶。指侯景、宋子仙等。愍(bì)逆:积愤作乱。侯景曾矫诏遣庾肩吾赴江州喻江阳公大心降归侯景;宋子仙曾俘庾肩吾于会稽(今浙江绍兴),命其作诗,授建昌令,肩吾被迫奔江陵。仁人:指庾肩吾。

以上叙祖先之德及父祖事迹。

㊿王子滨洛之岁:谓十五岁。传说周灵王太子晋聪敏多才,曾游于伊、洛之间;行年十五而使臣莫能与言。见汉刘向《列仙传》、《逸周书·太子晋》。兰成射策之年:庾信(小字兰成)十五岁应试策问,获高等甲科,侍梁东宫讲读。

㊽含香:传说汉侍中刁存,年老口臭,汉桓帝出鸡舌香与含口中,欲其奏事答对,气息芬芳。后因以"含香"称尚书郎。此指庾信曾任梁尚书度支郎中。建礼:汉宫有建礼门,为尚书郎值班之所。矫翼:犹展翅。崇贤:太子所居东宫有崇贤门。此指庾信为东宫抄撰学士,出使东魏归来,仍为东宫学士。

㊾洊(jiàn)雷:重雷,谓震卦,本义为长子。这里指太子。讲肆:讲学之所。齿:以年龄长幼为序次。明离:指帝王。《易·离》:"明两作离,大人以继明照于四方。"胄筵:太子的坐席。

㊿"既倾"两句:用瓵瓢来量海水,从竹筒眼里看天。谦言自己力量小。

㊾"方塘"两句:望远处方塘,水天相接;观池中游鱼,环转相乐。三国魏刘桢《杂诗》:"方塘含白水,中有凫与雁。"南朝宋鲍照《芜城赋》:"璇渊碧树,弋林钓渚之馆。"

⑥⓪戎韬：军事韬略。武帐：指挥军阵的帷帐。雅曲：正乐。梁有俊雅、胤雅、寅雅、介雅、需雅等曲。文弦：指周文王时之七弦琴。《广雅·释乐》："神农氏琴长三尺六寸六分，上有五弦，曰：宫、商、角、徵、羽。文王增二弦，曰：少宫、少商。"

⑥①"乃解悬"两句：谓记名于籍，悬挂宫门，以备出入宫廷时核对；于是既为东宫学士，又领直春宫兵马，并受节度。

⑥②笠毂（gǔ）：有专人依毂持笠、为主将作遮护的兵车。掌兵：掌管军事。兰池：汉宫名，在渭城（今陕西咸阳东北），为接受诏命之处。典午：司马（午属马），掌军旅之事。

⑥③"论兵"两句：庾信曾与湘东王萧绎论中流水战之事，颇有盛名；又曾出使东魏，文章辞令，甚为邺下（今河北临漳）所称。拭玉，《周书》作"拭圭"，近是。《仪礼·聘礼》："贾人北面坐，拭圭。"西河，战国魏地，这里指东魏。

以上叙自己文武兼备，少年得志。

⑥④"于时"两句：当时上下一片升平景象，池苑楼台，钟鼓相闻。里为冠盖：街坊邻里，多仕宦之家。按，汉宣帝时，襄阳郡岘山（今湖北襄阳南）至宜城（今湖北宜城）百余里，有卿士刺史二千石数十家，冠盖（大官的服饰和车辆）掩映，号为"冠盖里"。门成邹鲁：一门所居，皆文学之士。按，孔子，鲁人；孟子，邹人；邹、鲁并文学昌盛之地。

⑥⑤"连茂苑"两句：喻指梁天监四年（公元505年）造建兴苑于秣陵（今江苏南京江宁区）之建兴里，天监九年（公元510年）重筑自江口沿秦淮河一带的堤岸（北岸起石头，迄东冶；南岸自后渚篱门至三桥）。见《梁书·武帝纪中》。

⑥⑥"东门"两句：谓梁朝疆域广阔，东至于海，南至于交州（今广

东、广西及越南一带）。传说秦始皇曾立石于东海上朐（qú）界中，以为秦东门；复于海上建石桥，神人以鞭驱石，其石尽赤。史称东汉马援曾南到象林（今越南红河三角洲地区），立铜柱为界而归。

⑥⑦"橘则"两句：谓梁朝物产富饶，富家比比皆是。《史记·货殖列传》："蜀、汉、江陵千树橘……渭川千亩竹……此其人皆与千户侯等。"

⑥⑧赆：赠礼。浮玉：入水不沉的宝玉。传说西海之西，有浮玉之山。琛：献宝。没羽：入水即沉的羽毛。传说尧时有僬侥氏贡没羽。这两句说，远近各国皆送来稀世之宝。

⑥⑨"吴歈（yú）"两句：吴、越（今江苏、浙江）一带的歌曲，荆楚（今湖北、湖南）地区的乐舞。

⑦⑩"草木"两句：言人民欢悦，如草、木逢春，鱼、龙得雨。

⑦①"五十"两句：谓自梁天监元年至太清二年（公元502—548年），将近五十年间，江南地区未发生重大事变。

⑦②王歙（xī）：汉王昭君之侄，封和亲侯，曾出使匈奴多次。见《汉书·匈奴传下》。班超（公元32—102年）：东汉名将，曾出使西域多年，封定远侯。见《后汉书》本传。这两句说，梁朝自大同二年（公元536年）起，与东魏常有使节往来。

⑦③马武无预于甲兵：东汉光武帝建武二十七年（公元51年），杨虚侯马武等上书，请攻匈奴，光武帝不许，从此诸将多不言兵事。见《后汉书·臧宫传》。冯唐不论于将帅：汉文帝时，以北境不宁，曾向冯唐问将帅之事，所对多切中肯綮。见《汉书·冯唐传》。这两句说，梁武帝不修武备，诸大臣将帅无所用兵。

⑦④"岂知"两句：哪知平静的局势隐伏着严重的危机。暗然，悄悄

庾信选集 | 211

地燃烧。潜沸，隐隐地沸腾。

⑦⑤渔阳有闾左戍卒：秦二世元年（公元前209年）七月，发闾左贫民九百人谪戍渔阳，其中陈胜、吴广于大泽乡率众起义。见《史记·陈涉世家》。离石有将兵都尉：西晋末，北部都尉刘渊在离石（今山西吕梁离石区）起兵反晋，建立汉国，称汉王。见《晋书·刘元海传》。这两句喻指侯景为梁朝隐患。但前一比喻显然很不恰当。

以上写梁朝全盛之日，歌舞升平，武备不修，危机严重。

⑦⑥"天子"四句：梁武帝正在著《毛诗答问》《尚书大义》，自定礼乐，为《五礼》断疑，阐《乐社义》；于重云殿讲佛典，开士林馆于台西。详《梁书·武帝纪》。

⑦⑦"谈劫烬"两句：谈论佛教的道理，辨认恒星的规律。按，恒星，古代指常见之星，汉文帝名刘恒，避讳作"常"。

⑦⑧"地平"两句：犹言鱼齿之地平，兽角之城危，防务松弛，全无警惕。鱼齿，山名，在今河南宝丰东南。兽角，喻指城墙。《吕氏春秋·行论》："怒甚猛兽，欲以为乱，比兽之角，能以为城。"

⑦⑨刁斗：古代行军用具，白天可炊饭食，夜击以为警戒。荥阳：今河南荥阳。自古为兵家要地。龙媒：指骏马。《汉书·礼乐志》："天马徕，龙之媒。"平乐：西汉平乐观，在未央宫北；东汉平乐观，在故洛阳城西。这两句说，刁斗置而不用，骏马系于宫观，武备松懈，漫不经心。

⑧⑩"宰衡"两句：谓宰相及大小官员多曲意逢迎、胸无韬略之辈，饱食终日，误国害民。干戈，指军事。缙绅，插笏于带者，指官僚。庙略，朝廷的谋略。

⑧①溃水：一作"溃水"，近是。胶船：相传周昭王南征渡汉，楚人渡以胶船，至中流，胶船溶解，遂覆于水。见晋皇甫谧《帝王世纪》。朽

索：烂缰绳。《尚书·五子之歌》："予临兆民，懔乎若朽索之驭六马。"这两句说，梁朝的局势岌岌可危。

㉜"小人"两句：百姓正陷于水深火热之中，文官武将在相继离开这个人间。《太平御览》卷七四引晋葛洪《抱朴子·释滞》："周穆王南征，一军尽化，君子为猿为鹤，小人为虫为沙。"

㉝"敝笱（bēi）"两句：破鱼具可以吸收盐分，但吸不尽盐池的咸味；驴皮胶可以澄清杯水，但止不住黄河的混浊。谓国势危亡，个人无力挽救。

㉞鲂（fáng）鱼赪（chēng）尾：鲂鱼赤尾，象征朝廷危急。《诗·周南·汝坟》："鲂鱼赪尾，王室如毁。"四郊多垒：壁垒遍及四郊，说明有敌军入侵。《礼记·曲礼上》："四郊多垒，此卿大夫之辱也。"

㉟"殿狎"两句：水鸟在殿上狎戏，野鸡在宫里飞鸣。古人认为此二事皆不祥之兆。

㊱"湛卢"两句：宝剑离开本国，大船失去了水。谓梁朝处境十分困难。《越绝书·外传·记宝剑》："楚昭王卧而得湛卢之剑于床，问于风胡子。对曰：人君有逆理之谋，其剑即出。今吴王无道，杀君谋楚，故湛卢去国。"

㊲"见被发"两句：谓侯景之乱即将发生。《左传·僖公二十二年》："初，平王之东迁也，辛有适伊川，见被发而祭于野者，曰：不及百年，此其戎乎！其礼先亡矣！"

以上写朝廷之麻木不仁及内外之种种"凶兆"。

㊳奸逆：指侯景。游魂：反覆无常。放命：放纵恣肆。

㊴鲸、鲵：喻凶恶的人。枭、獍（jìng）：传说中的恶鸟、凶兽，生而食其母或父。喻忘恩负义者。按，侯景本北魏尔朱荣部下；后背叛尔朱

荣，投归东魏高欢；欢死，景内附于梁；次年复叛，是为"侯景之乱"。

⑨"负其"两句：凭其食牛羊所长之力，纵其逐水草而居之性。

⑨玉烛：指春夏秋冬，四季调和之气。《尔雅·释天》："四气和，谓之玉烛。"一说人君之德美如玉，明若烛，则玉烛亦指人君。璇玑：古代天文仪器。《尚书·舜典》："在璇玑玉衡，以齐七政（指日、月、五星）。"这两句谓局势险恶，无法扭转。

⑨无为：指梁武帝迷信佛教，清净无为。羁縻：指梁太清元年（公元547年），东魏司徒侯景以豫、颍等十三州内附，梁武帝即以景为大将军，封河南王，以为笼络之计。

⑨琉璃之酒：用角质羹匙搅拌过的血酒，古代盟誓时所饮。《汉书·匈奴传下》："单于以径路刀、金留犁挠酒，……（与汉使）共饮血盟。"虎豹之皮：古代用于和解的礼物。《左传·襄公四年》："无终子嘉父使孟乐如晋，因魏庄子纳虎豹之皮，以请和诸戎。"

⑨胡柯：一本作"胡桐"，近是。胡桐，即海棠果。大夏：汉西域国名。在今阿富汗北部一带。鸟卵：指驼鸟蛋。《汉书·西域传上》："（条支）有大鸟，卵如瓮。"条枝：汉西域国名。在今伊拉克境内。这两句写接受侯景的贡品。

⑨"豺牙"两句：指侯景在蓄谋叛乱。密厉，暗暗地磨着。虺（huǐ）毒，蝮蛇的毒液。

⑨轻九鼎而欲问：相传周武王迁九鼎（传国之宝）于洛邑（今河南洛阳）；楚子伐陆浑之戎，曾轻率地向王孙满问鼎之大小轻重，欲夺取周室政权。见《左传·宣公三年》。闚三川而遂窥：指伊水、洛水、黄河。相传秦武王曾说："寡人欲容车（小车）通三川，窥周室，死不恨矣。"见《史记·秦本纪》。这两句谓侯景欲取梁以代之。

以上写侯景暴戾成性,虽经梁朝纳降,而终归无效。

⑨⑦"始则"两句:指临川王萧宏之子萧正德,曾为梁武帝养子,被封为临贺郡王,后未能立为太子,并"郡王"亦遭废黜,因心怀不满,乃与侯景相勾结;武帝不知其有诈,竟以他为平北将军,屯朱雀航(浮桥名),正好为他引侯景入建康提供了方便。

⑨⑧"既官政"两句:指侯景入建康后,先以萧正德为天子(官政),陷台城后,即将其降为侍中大司马;萧正德意不能平,遂发密书约鄱阳王萧契速以兵入,终以事机泄漏,密书被截而失败。离逖,疏远之意。师言,请兵之意。

⑨⑨"望廷尉"两句:谓侯景本为东魏廷尉(官名,掌刑狱)手下之逃犯;附梁后,被东魏追击于涡阳(今安徽涡阳),乃渡淮而南,至寿春(今安徽寿县),闻梁与东魏连和,遂举兵反梁。参见《梁书·侯景传》。

⑩⑩出狄泉之苍鸟:传说西晋末年,洛阳城东北步广里地震,有两鹅出现,其苍者飞去,白者不能飞。或以为"苍者飞去"乃刘渊反晋之兆。此处指侯景反梁。出,一作"飞"。狄泉,古地名,在河南洛阳东北。横江:在今安徽和县东南(隔岸为当涂采石矶),乃侯景渡江处。困兽:指侯景。

⑩①"地则"两句:地上有石鼓鸣于鼓山,天上有金星进入昴(mǎo)宿。古人以为皆兵灾之象。

⑩②北阙:北宫门。东陵:梁武帝父文帝之陵。龙吟、麟斗:古人以为皆不祥之兆。《春秋元命包》:"麟龙斗,日月薄食。"

⑩③桀黠:凶暴狡诈。横扉:拦住城门。侯景陷台城,令部下持长刀,夹城门,驱城内文武裸身以出,加以杀害,死三千人。冯(píng)陵:糟塌,侵凌。畿甸:邻近京城的地区。

⑭"拥狼望"两句：京城远近，都成了异族驰骋之地；全国各地，大量财富被消耗殆尽。狼望、卢山，并匈奴地名。《后汉书·西域传》："黔首陨于狼望之地，财币縻于卢山之壑。"

⑮"青袍"两句：侯景军皆着青袍，远看如青草；常乘白马，望之如白绢。

⑯"天子"两句：指梁武帝自太清三年（公元549年）正月起，已不能正常朝会；侯景入台城，乃筑围墙以绝内外，于东宫置酒高歌以为乐。

⑰"两观"两句：谓宫前的双阙、宫殿的门户，都成了攻打和射击的目标。

⑱"白虹"两句：谓王室遭遇不祥。《战国策·魏策四》："聂政之刺韩傀也，白虹贯日；要离之刺庆忌也，仓鹰击于殿上。"《南史·梁本纪中》太清元年（公元547年）二月、三年正月，皆有"白虹贯日"的记载。

⑲夏台：夏代监狱名。视：比。尧城：传说尧被囚之处。这两句指台城陷后，梁武帝受到监禁。

⑳"官守"两句：指湘东王萧绎、河东王萧誉、桂阳王萧慥等皆顿兵在外，踟蹰不进；庙堂乐舞所用的盾牌和玉斧，并不坚利，难以持之与侯景作战。

㉑陶侃则空装米船：晋陶侃任江夏太守时，曾以运船为战舰，平定叛军。见《晋书》本传。这里指梁贵戚王琳，太清二年（公元548年）时，奉命献米万石，未至而建康已陷，乃沉米于江，轻舟还荆。见《南史》本传。顾荣则虚摇羽扇：晋广陵相陈敏起兵割据；顾荣被任为右将军，以白羽扇挥之，敏众立时溃散。见《晋书·陈敏传》。这里指侯景之乱时，

梁轻车将军羊鸦仁自淮上率所部入援，战于东府城，反为侯景所败。见《梁书·羊鸦仁传》。

以上言天意、人事，皆不利于梁，致侯景入城而无法抵御。

⑫"将军"两句：将军们死于败军之中，援军的道路为侯景的包围圈所隔断。

⑬烽随星落：太清三年（公元549年）三月朔，宫城内曾举烽鼓噪求援；羊鸦仁等来救，反为侯景所败，故云。书逐鸢飞：侯景围台城急，简文帝（萧纲）放出纸鸢，上系书信，告急于外，被侯景射落，皆化为鸟，飞入云中，不知所往。

⑭韩分：战国时，张仪谓韩王："大王不事秦，……夫塞成皋，绝上地，则王之国分矣！"见《史记·张仪列传》。赵裂：战国时，司空马谓赵王："大王裂赵之半以赂秦，秦不接刃而得赵之半，秦必悦。"见《战国策·秦策五》。这两句说，梁朝各路援军，因号令不一，此时皆四分五裂，偃旗息鼓而去。

⑮"失群"两句：将士惊散，人马分离，车驾失常，轮迷辙乱。

⑯"猛士"两句：勇士闭城而守，谋士禁口不言。

⑰昆阳之战象走林：公元23年，王莽派王寻、王邑率军四十二万围昆阳（今河南叶县北），又驱诸猛兽虎豹犀象之属以助威，故云。常山之阵蛇奔穴：传说会稽（今浙江绍兴）常山有蛇名"率然"，触头则尾至，触尾则头至，触腰则首尾并至。古代战阵多以此为法。这两句写侯景的攻势之猛。

⑱"五郡"两句：谓萧绎、萧纶、萧纪、萧续、萧绩五兄弟此时分散在湘东、邵陵、武陵、庐陵、南康诸郡，未能共同御敌；其中萧续、萧绩早死，有子嗣爵，萧绎、萧纶、萧纪分任荆州、益州、郢州刺史，与其

父梁武帝道路修阻，无法相见。

⑲"护军"两句：梁散骑常侍韦粲自庐陵（今江西吉安）率军讨侯景，千里行军，扎营未稳，败于青塘（今南京市郊），被杀；其子韦尼，其弟韦助、韦警、韦构，从弟韦昂，皆战死。简文帝诏赠他为"护军将军"。"三世"两句：韦粲之祖韦叡，任梁左卫将军；父韦放，为明威将军；至韦粲而家族几灭。

⑳"济阳"四句：济阳郡（今河南兰考、山东东明一带）多忠义壮烈之士，考城人江子一任南津校尉、江子四任尚书左丞、江子五任东宫直殿主帅；三兄弟于侯景围城时开承明门迎战，子一被解肩死，子四稍洞胸死，子五伤项，还至暫一恸而绝。见《南史·江子一传》。

㉑"主辱"两句：子一兄弟阵亡后，梁武帝诏赠子一为给事黄门侍郎，子四为中书侍郎，子五为散骑侍郎；及侯景平，梁元帝复赠子一为侍中、谥"义子"，子四为黄门侍郎、谥"毅子"，子五为中书侍郎、谥"烈子"。"狄人"两句：谓子一的遗体由侯景送回时，全军都十分哀痛。《左传·僖公三十三年》："（先轸）免胄入狄师，死焉。狄人归其元（头），面如生。"

㉒"尚书"四句：谓都官尚书羊侃颇足智多谋，长于守备。侯景作楼车，高十余丈，欲以攻城；羊侃云："车高堑虚，彼来必倒。"后果如其言。侯景于东起二土山以临城；羊侃命掘地道，以潜引其土，使山不能立。见《南史·羊侃传》。

㉓有齐将之闭壁：战国时，燕攻齐，齐将田单据即墨城（今山东平度东南）闭壁固守。这里指羊侃老谋深算，有齐将壁守之才。无燕师之卧墙：十六国时，后燕慕容垂率师攻北魏，至参合（今山西阳高县北）而卧病，乃乘舆马而进，筑燕昌城而还。这里指羊侃病死城内，无燕师筑墙

之幸。"大事"两句：叹羊侃身亡，台城陷落，大势已去！

以上叙梁之外援、内守，俱告失败。

⑭"申子"四句：梁电威将军柳仲礼，小字"申子"，勇力过人，率雍州、司州精卒赴援朝廷，自任主帅，带头冲锋在前。

⑮"胄落"两句：头盔失落在城门，武器抛落于水底。鱼门，春秋邾国城门名，鲁僖公败于邾，邾人以其盔悬于鱼门。马窟，长城边饮马之窟。"屡犯"两句：一再身负重伤，连受刮骨之苦。通中，贯通内脏。《三辅故事》："（刘邦）自被大创十二，通中过者有四。"刮骨，一种外科手术，三国时，关羽为流矢所中，医生为破臂作创，刮骨去毒。见《三国志·蜀书·关羽传》。这四句指柳仲礼与侯景战于青塘，被再斫中肩，陷入泥潭，幸经骑将郭山石救归。

⑯"功业"两句：功业半途而废，身名从此俱灭。实指柳仲礼自负伤后，即一蹶不振；接受侯景贿赂，拥众百万而闭营不战；终于投降侯景，接受派遣，西上郢州（今湖北武汉）、安陆（今属湖北）等地，被西魏俘虏以去。

本段特写猛将柳仲礼先战而后降。

⑰隼翼鷃披：鷃雀披着鹰隼的翅膀。《亢仓子·君道》："今夫以隼翼而被之鷃，视不明者正以为隼；明者视之，乃鷃也。"虎威狐假：即狐假虎威。详《战国策·楚策一》。这两句说，侯景攻城时，惧怕邵陵王萧纶再次率兵来救，乃执萧纶部下西丰公大春、广陵令霍俊等至城下，逼令高喊"已擒邵陵王"，以瓦解城中士气。

⑱"沾渍"两句：鲜血染红了武器，死者陈尸于原野。谓梁朝军队伤亡之重。

⑲"兵弱"两句：梁朝兵弱，侯景势强；台城孤立无援，士气低落。

⑬⓪鹤唳：鹤的叫声。前秦符坚败于淝水，闻风声鹤唳，皆以为晋兵追来而心惊不已。胡笳：乐器名。晋刘琨被胡骑围于晋阳（今山西太原），他乘月登楼，夜奏胡笳，使敌军闻之泪下。这两句指梁守城军士皆惶惧不安。

⑬①拒神亭而亡戟：东汉末，孙策与太史慈战于神亭（今江苏金坛西北），太史慈手戟被夺。临横江而弃马：东汉末，孙策自寿春经横江津（今安徽和县东南）渡江以攻刘繇，为流矢所伤，弃马而走。这两句指梁朝军队作战失利。

⑬②崩于钜鹿之沙：秦末，楚上将军项羽曾大破秦章邯军于巨鹿（今河北平乡县）东北之沙丘台。碎于长平之瓦：战国末，秦伐韩，驻于武安（今河北武安）西，鼓噪勒兵，屋瓦尽震，赵将赵奢曾大破秦军于此；后十余年，秦将白起复大破赵军（时以赵括为将）于长平（今山西高平东北）。这两句说，梁朝军队遭到毁灭性打击。

本段总写守城诸将士与城共存亡。

⑬③"于是"两句：谓台城陷落，梁朝将亡。三国吴有桂林苑，在今江苏南京北。汉有长洲苑，在今江苏苏州。麋鹿，兽名。《汉书·伍被传》："昔子胥谏吴王，吴王不用，乃曰：臣今见麋鹿游姑苏之台也。"

⑬④"溃溃"两句：混乱翻腾，浑浊不清。《诗·小雅·十月之交》："百川沸腾，山冢崒崩。"晋陆机《汉高祖功臣颂》："芒芒宇宙，上墋下黩。"

⑬⑤离阻：分崩，阻隔。神人：《周书》作"人神"。

⑬⑥"晋、郑"两句：晋、郑、鲁、卫，皆周朝同姓之国。喻梁朝宗室湘东王萧绎、河东王萧誉、桂阳王萧慥、邵陵王萧纶、浔阳王萧大心、鄱阳王萧范等拥有兵力，却未能团结一致，竟无一可以依靠。《左传·隐

公六年》:"周桓公言于王曰:我周之东迁,晋、郑焉依?"

⑬⑦"竞动"两句:谓天关星竞为开闭,主有兵事;地轴急剧回转,大地动荡不安。《史记·天官书》:"黑帝行德,天关为之动。"晋木华《海赋》:"状如天轮,胶戾而激转;又似地轴,挺拔而争回。"

⑬⑧探雀鷇(kòu)而未饱:战国赵武灵王被公子成等所围,欲出不得,乃摸雀鷇(小雀子)以充饥,三月余而饿死于沙丘宫(在今山西灵丘)。详《史记·赵世家》。待熊蹯而诓熟:春秋楚成王被太子商臣所围,欲食熊掌而后死(因熊掌难熟,可争取时间待援);商臣不许,成王自缢气绝。见《左传·文公元年》。这两句指梁武帝受侯景逼迫,忧饿交加,病久口苦,索蜜不得,遂告身亡。

⑬⑨车侧郭门:春秋时,齐大夫崔杼杀死齐庄公,侧(埋)庄公于北郭(按规定应"殡于庙"),十三天(按规定应五个月)后,以丧车葬诸士孙之里。见《左传·襄公二十五年》。筋悬庙屋:战国时,齐湣王被楚将淖(nào)齿所杀,被抽筋悬诸庙梁,不日而死。见《战国策·秦策三》。这两句指侯景将梁武帝草草埋葬,复将简文帝废黜,囚于永福省(今江苏南京鸡鸣寺南,古台城中),以毒酒杀害,埋于城北酒库。

⑭⓪鬼同曹社之谋:春秋时,曹国人梦见"众君子"聚于曹之社宫而谋亡曹;后果有宋人攻入,俘国君曹伯阳,曹于是被灭。详《左传·哀公七年》《左传·哀公八年》。人有秦庭之哭:春秋时,吴攻破楚之郢都(今湖北江陵北),楚大夫申包胥赴秦求救,依庭墙而哭,达七日七夜。见《左传·定公四年》。这两句言建康陷落,自己将赴外求援。

本段叙台城失陷,梁武帝、简文帝相继被害之状。

⑭①"尔乃"两句:谓台城陷后,庾信西奔江陵,沿途凭借正式文书,得以顺利放行;每逢盘诘,则以奉使西行为对。

⑭②"逢鄂坂"两句：在武昌遇到严格的稽查和盘问，沿途关卡征税与彭（ér）门相当。彭门，春秋时，宋国御者彭班以作战有功受赐的门，宋武公特准其在此收税。见《左传·文公十一年》。

⑭③"乘白马"两句：谓途中历尽险阻，深恐被人发现。梁沈约《白马篇》："白马紫金鞍，停镳过上兰。寄言狭斜子，讵知陇道难！"青骡，仙家所骑，相传李少君在汉武帝时已五百余岁，后以疾终，殓后百余日忽失所在，人见其在河东蒲坂乘青骡以行。见《汉武帝内传·附录》。

⑭④"吹落叶"两句：除陆路外，间亦乘一叶小舟，顺风沿江而上。

⑭⑤"彼锯牙"两句：谓侯景于大宝二年（公元551年）遣太保宋子仙袭陷郢州（治今湖北武昌），复自率爪牙溯流西进，号二十万，联旗至于千里。

⑭⑥青龙、飞燕：皆战舰名。三国吴孙权于青龙江（今上海青浦区北）始造青龙战舰。船楼：即楼船。

⑭⑦张辽临于赤壁：谓梁大都督王僧辩奉命讨景，军次巴陵（今湖南岳阳）。张辽，三国魏征东将军，王僧辩亦被梁元帝封为征东将军，故以为喻。王濬下于巴丘：谓平北将军胡僧祐奉命率军至巴丘（即巴陵，今岳阳）增援王僧辩。王濬，晋益州刺史，曾奉命率水师伐吴，这里喻指胡僧祐。

⑭⑧"乍风惊"两句：侯景欲以火舰焚梁栅，因不顺风而未成；侯船舰中箭甚多，乃潜军夏首（今湖北汉口），又倍道归于建康（今江苏南京）。

⑭⑨未辨声于黄盖：三国赤壁之战时，吴将黄盖中箭堕水，为吴军所得，他奋力喊叫，吴军辨知其声，始获救。这里指侯景部将丁和被擒后押至江陵，被钉住舌头，未能喊叫，即脔割而死。已先沉于杜侯：三国魏仆

射杜龕奉命造舟，试航时与诸葛诞俱沉于水，军士浮河以救，诞言："先救杜侯。"结果诞漂至岸，龕竟淹死。这里指侯景部将任约为梁居士陆法和所败，堕水后不知去向；次日始被发现，遂束手就擒。

⑩"落帆"两句：谓庾信乘舟而上，曾于郢州（今湖北武昌）稍事停留（与其友郢州刺史萧韶会见）。黄鹤，指黄鹤楼，故址在今武汉长江大桥南端。鹦鹉之洲，即鹦鹉洲，故址在今湖北武汉西南长江中。

⑪"路已"两句：自郢州乘舟而西，湘水在其南，汉水在其北，江陵日近，建康已远，抬头仰望，犹可见斗、牛两宿之星（古人以斗、牛为吴地分野），不禁依依难舍。

本段写庾信自建康赴江陵途中的见闻和感受。

⑫阴陵失路：楚汉战争中，项羽曾迷路于阴陵（在今安徽和县境）。钓台斜趣：湖北武昌西北有钓台故址。三国吴孙权曾在此饮酒观鱼；晋陶侃遣兵逼王羨，曾整顿军阵于此。这两句写庾信想见侯景战败时落荒而逃之相。

⑬赤壁：今湖北武昌西赤矶山，东汉末孙（权）刘（备）联军破曹操于此。沾衣：谓下泪。舣（yǐ）：停船靠岸。乌江：今安徽和县东北，项羽兵败后自刎于此。这两句也写庾信想见侯景败退后的狼狈之状。

⑭雷池：今名杨溪河，在安徽望江县南。晋庾亮《报温峤书》："足下无过雷池一步也。"栅浦：筑栅于水，以为防御之用。鹊陵：今安徽铜陵有鹊头山，沿江称鹊岸，春秋时，吴败楚于此。焚戍：烧毁营房，以迅速撤退。这两句写庾信所见侯景败退后的军事残迹。

⑮"旅舍"两句：写沿途的荒凉景象。

⑯荆、衡：荆指荆州，衡指衡山。泛指楚地，借指梁朝。杞梓：两种优质木材。借指优秀人才。《晋书·陆机陆云传·评》："观夫陆机、陆

云，实荆、衡之杞梓。"江、汉：长江、汉水间，江陵周围之广大地区。可恃：可以依靠。这两句寄希望于湘东王萧绎。

⑮⑦"淮海"两句：谓庾信自建康至江陵，途经三千余里。《尚书·禹贡》："淮海惟扬州。"淮海维扬，指长江下游一带。

⑮⑧过漂渚而寄食：汉韩信早年钓于淮阴城下，饥不得食，一漂絮老妇以饭与信，达数十日。托芦中而渡水：春秋时，伍子胥在流亡途中，无法渡河，一渔父约他至芦苇中相聚，然后相机摆渡。这两句写庾信西上时幸承多人帮助。

⑮⑨届：到达。七泽：古时楚地诸湖泊（在今湖南、湖北间），总称"七泽"。滨：同"濒"，临近。十死：喻极其危险。《六韬·犬韬·战车》："十死之地，奈何？"这两句说庾信将达江陵时，曾遇到很多危难。

⑯⓪天保：国家的命运。《史记·周本纪》："（武王云:）我未定天保，何暇寐！"殷忧：深切的忧虑。

⑯①"本不"两句：本来不懂得怎样处世，加上又无意出来做官。《论语·宪问》："邦有道，危言危行。"

⑯②"谬掌"两句：不料竟乖妄地担任了右卫将军和御史中丞的职务。滥，滥竽充数；尸，尸位素餐。

本段写沿途所见的残破景象及所受的艰辛，到江陵后开始在梁元帝治下做官。

⑯③信：庾信自称。龙门：在今陕西韩城东。汉司马迁生于此。辞亲：这里指给父亲送终。河洛：司马迁之父司马谈卒于周南（在今河南洛阳），地处黄河、洛河之间；庾信之父庾肩吾卒于江陵，地处长江、汉水之间，二者颇相似。

⑯④"奉立身"两句：司马谈临终对司马迁说："余先，周室之太史

也。……余死，汝必为太史；为太史，无忘吾所欲论著矣。且夫孝始于事亲，中于事君，终于立身。扬名于后世，以显父母，此孝之大者。"司马迁表示："小子不敏，请悉论先人所次旧闻，弗敢阙。"见《史记·太史公自序》。庾肩吾临终，当亦对庾信说了有关"立身"和"成书"的话。

⑯"昔三世"两句：庾信的八世祖庾滔，拜散骑常侍，领大著作；高祖庾玫，为巴郡太守；曾祖庾道骥，任安西参军；父庾肩吾，官散骑常侍、中书令。意谓高、曾、父三代皆无愧于八世祖；唯自八世祖以来，历经七代，到庾信而开始衰落。

⑯"泣风雨"两句：表示对双亲的思念。《梁山》，指《梁山操》，相传曾子躬耕于泰山之下，因雨雪寒冻，旬月不得归，思念父母，乃作此曲。见汉蔡邕《琴操·下》。枯鱼，干鱼。《韩诗外传》卷一："枯鱼衔索，几何不蠹？二亲之寿，忽如过客。"

⑯"入欹斜"四句：步入倾斜的小路，蓬、藋等荒草遮满门前；挨近那洲上的香草，等待着苇席裹身而去。按，三国吴诸葛恪被杀后，以苇席裹身，以篾束腰，投葬于建业城南的石子冈上。这里指庾信遭受猜忌，心怀隐忧，杜门不出，深恐得罪的困难处境。

本段写自己有志难酬，仕于梁元帝，又不被信任。

⑯于是：一本作"于时"。西楚霸王：秦末项羽都彭城（今江苏徐州），号"西楚霸王"。这里指梁元帝萧绎，以其身居楚地，在建康以西。剑及繁阳：兵势达于繁阳（在今河南临颍西北）。这里指梁元帝于承圣元年（公元552年）驰檄讨伐侯景，江州刺史王僧辩奉命由寻阳（今江西九江）东征，始兴太守陈霸先自南江（今赣江）北上，与僧辩会师白茅湾（今江西湖口北），军事上颇有起色。

⑯"鏖兵"两句：谓王僧辩、陈霸先歃血盟誓，决心共讨侯景，直

下建康。麾兵，一本作"磨兵"。《史记·高帝纪》："与功臣剖符作誓，丹书铁券，金匮石室，藏之宗庙。"玉堂，汉宫殿名。

⑰苍鹰、赤雀：战舰名。铁轴、牙樯：战舰上装备。这两句写舟师阵容之盛。

⑰"沉白马"两句：沉白马于江，让全体军士誓师东进；由黄龙负舟，像当年夏禹渡江那样。

⑰"海潮"两句：形容舰队浩浩荡荡，出师大利。相传楚昭王渡江，有物大如斗，圆形赤色，直触王舟；舟人取出，问于孔子；孔子谓此名萍实，可剖而食，乃吉祥之兆，唯霸王能获。见《孔子家语》。

⑰戎车：兵车。石城：石头城，指建康（今江苏南京）。戈船：战船。淮、泗：借指秦淮河。王僧辩、陈霸先率军于承圣元年（公元552年）乘潮入秦淮河，于落星山横陇立栅，直攻石头城西北。

⑰诸侯则郑伯前驱：公元前538年，楚灵王始会诸侯。鲁、卫、曹、邾，皆借故不赴；唯郑伯先待于申地，继而蔡侯、陈侯等十二诸侯亦至。见《左传·昭公四年》。盟主则荀䓨暮至：公元前562年，诸侯伐郑。四月己亥，齐太子光、宋向戌先抵郑东门；至暮，晋荀䓨始达郑西郊。见《左传·襄公十一年》。这两句写诸路军马伐侯景情状，具体事实未详。

⑰"剖巢"两句：谓王僧辩等入城后，分割并熏炙侯景诸巢穴；侯景以皮囊盛其二子挂于鞍后，与部下房世贵等百余骑向东逃跑，王伟、陈庆等奔往朱方（今江苏镇江京口区东南）。魑魅，害人的鬼怪，喻侯景等。

⑰埋长狄于驹门：公元前616年，鄋（sōu）瞒国进击齐、鲁。鲁使叔孙得臣迎战，俘其国君长狄侨如，富父终甥以戈杀之，埋其首于鲁国的子驹之门。见《左传·文公十一年》。斩蚩尤于中冀：黄帝与蚩尤战，蚩

尤被戮于中翼之野（今河北涿鹿）。这两句指侯景亲信羊鹍在逃亡途中将侯景杀死，以盐纳景腹中，送至建康；王僧辩传其首于江陵，截其手以送北齐，暴其尸于建康市朝。

⑰燃腹为灯：东汉末，董卓被杀后陈尸于市，守尸吏燃火于董卓脐中，脂流于地。饮头为器：匈奴破月氏（zhī）王，曾以其头为饮器（饮酒之器；一说，便溺之器）。这两句指侯景之尸在建康被百姓宰食以尽，并焚骨扬灰，曾受其害者以酒和灰而饮；侯景之首在江陵示众三日后，被煮烂，去肉留骨，加漆后藏之武库。

⑱"直虹"两句：指平定侯景前的征兆。《晋书·天文志中》："虹头尾至地，流血之象。"《晋书·宣帝纪》："（魏青龙二年，公元234年）会有长星坠（诸葛）亮之垒，帝（司马懿）知其必败。"

⑲虎踞龙盘：指建康（今江苏南京）。《太平御览》卷一五六引晋张勃《吴录》："（诸葛亮）叹曰：钟山龙盘，石头虎踞，此帝王之宅。"黄旗紫气：所谓天子之气。《文选》谢朓《始出尚书省》注引汉司马徽《与刘恭嗣书》："黄旗紫盖，恒见（现）东南，终成天下者，扬州之君子。"

⑳"莫不"两句：谓建康形胜之地，竟成为狐兔窟居之所，在兵乱中倾陷于绝境。《汉书·终军传》："边境时有风尘之警。"《诗·大雅·瞻卬》："人之云亡，邦国殄瘁。"

本段写陈霸先、王僧辩联军，一举全歼侯景叛军。

㉑博望：山名，在今安徽当涂县西南。一名天门山。玄圃：谓仙境。汉张衡《东京赋》："左瞰旸谷，右睨玄圃。"

㉒"月榭"两句：但见水边赏月的高屋，居高迎风的平台，曲池平静，古木森森。

㉓玉女窗扉：高大宫殿的窗门。凤凰楼：晋洛阳宫殿名。这两句写战

争深入于宫廷内部。

⑱仁寿之镜：相传晋仁寿殿前有大方铜镜，"高五尺余，广三尺二寸。暗著庭中，向之便写人形体"。见《初学记》卷二五引晋陆机《与弟云书》。茂陵之书：汉武帝墓名茂陵，内有《老子经》《太上紫文》等书四十七卷。宣帝时为河东功曹李友发现，由河东太守张纯奏进。见《汉武帝内传》。这两句悼梁武帝。

⑱立德立言：谓足以传世不朽。《左传·襄公二十四年》："太上有立德，其次有立功，其次有立言，虽久不废，此之谓不朽。"谟明寅亮：谋略聪明，恭谨坚贞。《尚书·皋陶谟》："允迪厥德，谟明弼谐。"《尚书·周官》："贰公弘化，寅亮天地，弼予一人。"系表：指系辞以外、蕴而不出之言。河上：河上公，西汉道学家，汉文帝所推重者。这几句赞梁简文帝聪敏宽宏，文辞艳发，善谈玄理，藩政有成。

⑱"更不"两句：谓梁简文帝未遇到可以救他的人，遂于大宝二年（公元551年）为侯景所杀。更，《周书》作"既"。浮丘，指古仙人浮丘公，曾在伊、洛间将周灵王太子晋接至嵩山二十余年。师旷，春秋时晋之乐师，使于周，太子晋对他说："吾后三年，将上宾于帝所，汝慎无言。"

⑱"以爱子"两句：台城陷落，简文帝将幼子萧大圜送至湘东王（萧绎）处抚养；简文帝死后，没有人去凭吊他的坟墓。曹操《遗令》云："汝等时时登铜雀台，望吾西陵墓田。"

⑱"非无"两句：谓其时宫中尚有一定的防御力量，足以对抗侯景。可惜未发挥作用。北阙，宫殿北门，借指宫庭之内。云台，宫中高台。兵、仗，指武器、兵力。

以上写建康城中一片残破景象，对梁武帝、简文帝的遭遇表示伤悼。

⑱"司徒"两句：谓司徒王僧辩里里外外处理着军国大事，其讨伐

侯景有功，正是实践了狐偃勤王的主张。按，春秋晋狐偃曾劝晋文公要支持出奔在外的周襄王，以恢复天子的名位。《左传·僖公二十五年》："狐偃言于晋侯曰：'求诸侯莫如勤王。'"

⑩雕戈：刻有花纹的戈。《国语·晋语三》："（秦）穆公衡雕戈出见（晋）使者。"霸主：指梁元帝。金鼓：军乐器。击金则退，击鼓则进。此处偏指鼓。问：问罪，讨伐。

⑪杜元凯：晋镇南大将军杜预，字元凯，以灭吴有功，封当阳侯。温太真：东晋中书令温峤，字太真。王敦专制朝政，他和庾亮等筹划将其攻灭；任江州刺史时，苏峻、祖约作乱，他与庾亮、陶侃等出兵加以平定。这两句说王僧辩有功于王室，已超过杜、温二人。

⑫全节：全鸠里，在今河南灵宝境。汉武帝之子（戾太子）兵败逃亡，自杀于此。枉人：山名，在今河南浚县西北。传说商纣王枉杀王子比干于此。这两句指王僧辩及其子王𫖮（wěi）俱被陈霸先所戮。

⑬"南阳"两句：春秋时，越大夫文种助越王勾践灭吴有功，后勾践听信谗言，竟赐剑命其自杀。文种叹曰："南阳之宰而为越王之擒！"这里指王僧辩功成被诛。

⑭"上蔡"两句：秦朝时，廷尉李斯助秦始皇统一有功；始皇死后，他与赵高合谋，立胡亥为二世皇帝；后为赵高所忌，与其中子同时被杀。临刑，斯谓其子："吾欲与若复牵黄犬出上蔡东门逐狡兔，岂可得乎？"这里指公元555年梁敬帝萧方智初即梁王位，王僧辩预援立功承制，一面又应北齐文宣帝之命，迎纳贞阳侯萧渊明为帝，遂与其子皆被陈霸先所杀。

本段对王僧辩的功劳表示怀念，亦慨叹其不幸。

⑮"镇北"两句：谓镇守江北之扬州刺史、邵陵王萧纶负有名望，

喜自骄矜，威风凛凛，令人敬畏。按，萧纶曾率西丰公萧大春等自京口（今江苏镇江）直逼钟山，大破侯景于爱敬寺下。

⑲⑥"水神"两句：指邵陵王萧纶不为山川之灵所佑，终于遭到失败。按，秦始皇曾梦与海神战，占梦博士谓水神不可见，当以大鱼、蛟龙为候，始皇乃自以连弩候大鱼出射之；始皇欲建石桥以过海观日出，有神人以鞭驱石下海，石皆流血。

⑲⑦"是以"两句：因此传说萧纶率军至台城钟山，有藏伏的熊啮伤其马；萧纶与侯景战，舟至江中时触物将覆，昼夜兼行，复遇风起，人马溺者十一二。

⑲⑧"才子"两句：谓梁武帝诸子（昭明太子萧统、简文帝萧纲、元帝萧绎、邵陵王萧纶等八人）互相敌视，先后死去，皆未能享其天年。按，《左传·文公十八年》："昔高阳氏有才子八人。"故以为比。据《梁书·邵陵王纶传》：台城陷后，萧纶于郢州（今湖北武昌）大修器甲，将伐侯景；元帝遣王僧辩率舟师一万以逼纶，纶部将刘龙武等降于僧辩，纶军遂溃。

本段叙邵陵王萧纶骄躁自矜，为元帝所不容，终被西魏所害。

⑲⑨"中宗"两句：谓梁元帝萧绎平定侯景，报冤雪耻，即位江陵，迹近中兴之主，可与晋元帝（庙号中宗）相比。

⑳⓪"去代邸"两句：指梁元帝初封湘东王，至承圣元年（公元552年）冬，始继其兄简文帝之后，即帝位于江陵。代邸，汉文帝初封代王，诸吕作乱时，被陈平、周勃等迎至长安，居代邸；平定诸吕后，入宫即位。唐郊，帝挚死后，由挚代立，封其弟放勋为唐侯，居唐地；九年而禅位于放勋，放勋即唐尧。

⑳①反旧章于司隶：汉刘玄等起义推翻王莽政权，以其族弟刘秀为司隶

校尉，赴洛阳整修宫府，设置僚属，发布文书，恢复旧章。见《后汉书·光武纪上》。归余风于正始：西晋卫玠，自幼风神秀异，言谈入微，名重海内，因避乱至豫章（今江西南昌），大将军王敦谓长史谢鲲曰："昔王辅嗣吐金声于中朝，此子复玉振于江表，微言之绪，绝而复续。不意永嘉（晋怀帝年号）之末，复闻正始（三国魏齐王曹芳年号）之音，何平叔若在，当复绝倒。"见《晋书·卫玠传》。这两句写梁元帝即位后，曾计划还都建康，率由旧典，无改先帝之遗风。

⑳"沉猜"两句：指梁元帝禀性猜忌，见有胜己者辄加毁害；矫饰自负，将一切美名皆归之于己。

⑳"天下"两句：谓时势沉沦，难于挽救，诸王骨肉，众叛亲离。

⑳"既而"两句：不久，乃与北齐断绝来往，复被西魏步步进逼。按，西魏都于长安，长安古为秦地，故云。

⑳况背关而怀楚：秦末，群雄并起，项羽入关后，因怀念楚地，乃离开关中，东归于彭城（今江苏徐州），自立为西楚霸王，终于以失败告终。异端委而开吴：周先祖太王欲传位于幼子季历，季历之兄太伯与仲雍乃端委以让，出奔于吴，在吴地开创基业。见《左传·哀公七年》。端，玄端之衣。委，委貌之冠。这两句说梁元帝留恋江陵（古称南楚），不回建康，其事与项羽"背关怀楚"相类，而与太伯"端委开吴"不同。

⑳"驱绿林"两句：梁元帝时，西魏大将尉迟迥入侵涪水，趋向成都，元帝乃自狱中将任约（侯景部下）拔出，配以禁兵，命其西赴；时武陵王萧纪僭号于蜀，军次西陵，复筑连城，攻绝铁锁，将顺江东下；元帝复拔谢答仁（亦侯景部下）于狱，配众一旅，随护军将军陆法和以抗萧纪。见《梁书·武陵王纪传》。

⑳"营军"两句：指梁元帝派兵筑垒进军，架桥于溠（zhà）河之

上，聚集兵车于巴郡、渝水之间，以阻止萧纪东下。

㉘问诸淫昏之鬼：问罪于武陵王萧纪的魂魄。语本《左传·僖公十九年》："又用诸淫昏之鬼。"求诸厌劾之符：求助于禳除灾祸的符咒。语本《三国志·魏书·董卓传》注引《献帝起居注》："符劾厌胜之具，无所不为。"这两句指梁元帝命方士画萧纪之像于版，用钉子钉其肢体，以为"抑制"。

㉙荆门遭廪延之戮：谓萧纪在荆门（在今湖北宜都西北）舟中被梁游击将军樊猛所杀。春秋时，郑庄公之弟共叔段，一再扩张，至于廪延（郑邑名，今河南延津），终为郑庄公所败。见《左传·隐公元年》。

㉚夏口滥逵泉之诛：谓邵陵王萧纶将讨侯景，被其弟梁元帝萧绎派舟师逼于夏口（今湖北汉口），最后死于西魏大将军杨忠之手。春秋时，鲁庄公病危之际，叔牙欲立庆父为太子，季友欲奉子般为太子，于是季友以酖酒毒杀其兄叔牙，叔牙饮酒后，归于逵泉（鲁地名）而卒。见《左传·庄公三十二年》。

㉛"蔑因"两句：谓萧绎与萧纶、萧纪没有因为是兄弟而互相爱重，竟忍心以弯弓相向，不顾手足和乐。《孝经·圣治》："圣人因严以教敬，因亲以教爱。"《孟子·告子下》："其兄关弓而射之，则己垂涕泣而道之；无他，戚之也。"

㉜"慨无谋"两句：谓梁元帝安处江陵，不肯接受尚书左仆射王褒、司徒祭酒周弘正、武昌太守朱买臣等还都建康之议，并不愿再有人议论还都之事。肉食，指在位者。《论都》，东汉杜笃有《论都赋》，谓关中表里山河，乃先帝旧业，劝谏光武帝勿以洛邑为都。见《后汉书·文苑传》。又，梁庾季才（与庾信平辈）答元帝问云："顷天象告变，秦将入郢。陛下宜留重臣，坐镇荆、陕，整旆还都，以避其患。假令羯寇侵轶，止失

荆、襄，在于社稷，可得无虑。必久停留，恐非天意也。"见《隋书·艺术·庾季才传》。

㉑㉓ 五难：谓掌握政权之难。《左传·昭公十三年》："取国有五难：有宠而无人，一也；有人而无主，二也；有主而无谋，三也；有谋而无民，四也；有民而无德，五也。"二端：谓梁元帝常以诸葛亮、桓温自比。一作"三端"，指梁元帝能诗、工书、善画。

㉑㉔ 阳城：山名，在今河南登封境。古属险要之地。见《左传·昭公四年》。砥柱：黄河中石岛名，在河南三门峡，古称险地，今已炸毁。这两句说梁元帝耽安江陵，结果适得其反。

㉑㉕ "既言"两句：谓梁元帝禀性猜忌，言多刻薄，崇尚勇武，居心残酷。

㉑㉖ "但坐观"两句：谓梁元帝只旁观形势的变化，并无意救助其兄弟。按，各路援军讨景时，萧绎独按兵不动，而对其兄弟萧纶、萧纪等，不断进行屠戮。

㉑㉗ "地惟"两句：谓梁的宫廷压缩到仅如黑痣么大，城郭逼仄到只有弹丸那么小。

㉑㉘ "其怨"两句：遭受的怨恨与日俱增，订立的盟约从不遵守。按，此时梁与北齐、西魏的交往屡有挫折，承圣三年（公元554年）三月，西魏侍中宇文仁恕与北齐使者同至江陵，梁元帝接待不周，致西魏加速南侵。

㉑㉙ "岂冤禽"两句：大海岂是精卫鸟所能填平？高山非愚公一家所能移走。意谓梁元帝内外结怨，欲谋中兴，未免自不量力。冤禽，精卫之别名，详《述异记》。愚叟，即愚公，详《列子·汤问》。

㉒⓪ "况以"两句：加上早晨有晦气浮游，夜里有妖星坠落。意谓梁元帝时灾异不断发生。沴（lì）气，灾异之气。

㉑"赤乌"两句：彤云如赤乌夹日而飞达三日之久，白云围聚于轸（zhěn）宿达七层之多。意谓凶兆迭现，梁运将终。《左传·哀公六年》："是岁也，（楚）有云如众赤乌，夹日以飞，三日。"《春秋文耀钩》："楚有苍云如霓，围轸七蟠，中有荷斧之人，向轸而蹲。"

㉒亡吴之岁既穷：公元前510年，吴伐越，史墨言："不及四十年，越其有吴乎？"公元前473年，越果灭吴。见《左传·昭公三十二年》《左传·哀公二十二年》。入郢之年斯尽：公元前511年冬，赵简子梦童子裸而歌，史墨言："六年及此月也，吴其入郢乎？"公元前506年冬，吴果入郢。见《左传·昭公三十一年》《左传·定公四年》。这两句指梁朝江陵倾覆之年份已到。

本段叙梁元帝萧绎刚愎自用，偏安江陵，内外交困，陷于末路。

㉓周含郑怒：春秋时，周襄王含怒于郑，欲以狄伐郑。见《左传·僖公二十四年》。这里指梁元帝曾攻灭其侄河东王萧誉，誉弟詧对元帝心含怨怒。楚结秦冤：战国时，楚怀王与秦国结下冤仇，秦败楚汉中。见《战国策·楚策二》。这里指梁朝与西魏关系破裂，西魏柱国于谨率军来攻，萧詧自襄阳出兵策应。

㉔有南风之不竞：春秋时，晋人闻有楚师，师旷言："不害。吾骤歌北风，又歌南风。南风不竞（不强），多死声，楚必无功。"见《左传·襄公十八年》。这里指梁军一触即溃。值西邻之责言：春秋时，晋国受到秦国（西邻）的责问。《左传·僖公十五年》："西邻责言，不可偿也。"其年冬，秦晋交战，晋侯为秦伯所俘。见《左传·僖公十五年》。这里指梁元帝为西魏所擒。

㉕"俄而"两句：不久，即有西魏的云梯、冲车等攻城之具到处乱闯，北方冀州所产的良马集聚如云。意谓西魏兵力之强。

㉖"俴（jiàn）秦车"两句：车箱浅浅、车毂长长的，是秦国的兵车；击于雷门（会稽城门名）、声闻洛阳的，是汉朝的大鼓。意谓西魏军容之盛。

㉗下陈仓而连弩：三国时，诸葛亮攻魏，兵围于陈仓（今陕西宝鸡东）；亮损益连弩，以铁为矢，矢长八寸，一弩十矢俱发。见《三国志·蜀书·诸葛亮传》注引《魏氏春秋》。渡临晋而横船：汉初，韩信伐魏，陈船欲渡临晋（今陕西朝邑东），而伏兵从夏阳以木罂缻（一种轻便的筏）渡军，袭安邑，虏魏王豹。见《史记·淮阴侯列传》。这两句喻西魏作战之巧。

㉘七泽：古时楚地诸湖泊总名。汉司马相如《子虚赋》："臣闻楚有七泽，尝见其一，未睹其余也。臣之所见，盖特其小小者耳，名曰云梦。"三户：几户人家。《史记·项羽本纪》："楚虽三户，亡秦必楚也。"丽：附着，引申为射中。六麋：六只麋鹿。《左传·宣公十二年》："楚潘党逐之（指晋师），及荧泽，见六麋，射一麋以顾献曰……"九虎：喻军威。《后汉书·冯衍传上》："破百万之阵，摧九虎之军，雷震四海，席卷天下。"这四句说，梁朝虽地有七泽之险，民有御侮之心，奈军力不振，最终还是战败。

㉙"辞洞庭"两句：辞别洞庭山，似树叶纷纷坠落；离开涔阳渚（在湖北江陵附近），望不尽遥遥水际。意谓梁军节节溃退，一片凄凉。

㉚"炽火"两句：烈火啊烧毁了军旗，内卦啊害苦了国君。意谓梁军惨败，元帝被俘。《左传·僖公十五年》："车说（脱）其輹，火焚其旗，不利行师，败于宗丘。"又："三败，必获晋君，其卦遇蛊。……蛊之贞，风也；其悔，山也。"按，古代卜筮，以内卦为贞，外卦为悔，巽（☴）为风，艮（☶）为山，巽下艮上为蛊卦。

㉛玉轴扬灰：典籍被烧成灰烬。轴，指卷轴，南北朝时，书籍多为卷轴式。西魏将入，梁元帝曾焚去古今图书十四万卷。龙文折柱：元帝出降前，曾以宝剑斫柱，折之。龙文，宝剑名。折，《周书》作"斫"。

㉜"下江"两句：下江（江陵以下）只剩下空城，长林（属武宁郡，今湖北荆门）依稀旧营垒。意谓防备薄弱，营垒依旧，面目已非。时衡州刺史王琳所部甚盛，因遭忌，被放岭外。及元帝为西魏所迫，乃征琳驰援。琳师次长沙，而江陵已陷。

㉝徒思拑马之秣：光想着钳住马口喂料以节约粮秣。《公羊传·宣公十五年》：被围之军，喂料时让马口衔一木头，使其食不下咽，然后选较肥之马暴露于敌，以示虽被围而粮秣充实，足以御敌。未见烧牛之兵：未见有火烧牛尾之军来克敌制胜。战国时，燕攻齐，连下七十余城，唯莒与即墨不下。齐将田单取牛千头，披彩于身，束矛于角，燃火于尾，以攻燕军，复齐七十余城。见《史记·田单列传》。这两句说梁朝徒饰虚名，而无实力。

㉞章曼枝以毂走：赤章曼枝乘短毂之车疾驰至齐。《韩非子·说林下》："（晋）知伯将伐仇由（古国名，在今山西阳泉），而道难不通，乃铸大钟遗仇由之君。仇由之君大说（悦），除道，将内（纳）之。其臣赤章曼枝曰：'不可。此小之所以事大也，而今也大以来，卒必随之。不可内（纳）也。'仇由之君不听，遂内之。赤章曼枝因断毂而驱至于齐，七月而仇由亡矣。"宫之奇以族行：宫之奇偕其家属避难于西。《左传·僖公五年》："晋侯复假道于虞以伐虢。宫之奇谏曰：'虢，虞之表也。虢亡，虞必从之。晋不可启，寇不可玩，一之谓甚，其可再乎？谚所谓"辅车相依，唇亡齿寒"者，其虞、虢之谓也。'公曰：'晋，吾宗也。岂害我哉？'……弗听，许晋使。宫之奇以其族行。"这两句说梁元帝拒谏饰

非，文武大臣谢答仁、斐政等纷纷离去。

�235 河无冰而马渡：汉更始二年（公元24年），刘秀行军至滹沱河，吏报："河水流澌，无船，不可济。"秀命王霸往视。霸恐惊众，即诡称："冰坚可渡。"比至河，适遇冰合，乃令王霸护渡，未毕数骑而陷。见《后汉书·光武纪上》《资治通鉴·汉纪三十一》。关未晓而鸡鸣：战国时，齐孟尝君自秦逃出，夜半至函谷关；按照关法规定鸡叫时才能放来往旅客出关，孟尝君恐秦兵追至，一食客伴为鸡鸣，众鸡闻，皆鸣，始得出关。见《史记·孟尝君列传》。这两句写梁朝诸臣，去之唯恐不速。

�236 解骨：骨懈体疲，无法报国。《国语·越语下》："圣人不出，忠臣解骨。"吞声：饮恨吞声，无由效命。《后汉书·曹节传》："群公卿士，杜口吞声，莫敢有言。"这两句写梁朝忠臣义士报国无门，如王琳、陆法和等，元帝皆疑而不用。

�237 章华望祭之所：春秋时，楚有章华台，在今湖北监利西北。意谓江陵已陷，只有把章华台作为祭祀山川之所。云梦伪游之地：汉刘邦曾伪游云梦（今湖北南部一带），会诸侯于陈（今河南淮阳），以诱诛韩信。意谓西魏入梁后乘机屠戮。

�238 "荒谷"两句：春秋时，楚伐罗（在今湖北宜城西），楚大败。楚莫敖（屈瑕）自缢于荒谷（楚地名），群帅被囚于冶父（楚地名）。意谓梁朝之文官武将多被西魏所杀。

�239 硎（kēng）谷：在今陕西临潼东南，秦始皇曾设"伏机"坑杀诸生博士数百人于此。折拉：打折，拉脱。战国时，魏国的范雎被须贾诬陷，受魏相鞭答，肋骨被打折，牙齿被拉脱。鹯（zhān）：猛禽名。喻凶猛的人。批㩻（fèi）：打击。这两句写梁朝大小官员备受摧残。

�240 冤霜夏零：战国时，齐邹衍忠于燕昭王；昭王死，惠王捕其下狱，夏月为之降霜。愤泉秋沸：东汉戊己校尉耿恭屯于疏勒，被匈奴切断水源；恭穿井十五丈，不得水，乃端整衣冠，面井再拜，俄而有水泉奔出。见《后汉书·耿弇传》。这两句说梁朝百姓无辜受难，上天应予同情。

㉔城崩杞妇之哭：春秋时，齐袭莒（今山东莒县），齐大夫杞梁殖战死，杞妻抚尸痛哭，莒城为之崩坍。见汉刘向《列女传·贞顺》。竹染湘妃之泪：相传虞舜南巡，死于苍梧山下（今湖南宁远），其妃娥皇、女英痛哭尽哀，泪流沾竹，斑痕累累。这两句写梁朝死者的家属悲恸已极。

以上叙西魏来侵，长驱直入，梁兵力衰弊，江陵失守，惨苦至极。

㉔水毒秦泾：春秋时，晋侯、郑侯、鲁侯等伐秦，秦人在泾水上游放毒，诸侯军多被毒死。见《左传·襄公十四年》。山高赵陉：战国时赵国的井陉口，四面高，中央低，为军事要地。这两句写江陵百姓数万口被掳归长安，沿途跋山涉水，艰苦备尝。

㉔"十里"两句：亭，供行人食宿休息之所。十里一长亭，五里一短亭。谓路途遥远。

㉔饥随蛰燕：晋元帝时，百姓饥馑，掘野鼠、蛰燕而食。见《晋书·郗鉴传》。暗逐流萤：东汉末，少帝辨、陈留王协（献帝）被中常侍张让、段珪等劫持，夜逐荧光行数里，得乘车还宫。见《后汉书·灵帝纪》。这两句写被俘百姓沿途在饥饿和黑暗中挣扎。

㉔秦中水黑：秦中，今陕西一带。《尚书·禹贡》："黑水西河惟雍州。"雍州，古秦地。关上泥青：青泥城，在今陕西蓝田。东晋刘裕入武关，大败后秦于此。这两句写满眼皆异地景色，使人愈加思念家乡。

㉔瓦解冰泮（pàn）：像瓦一样裂开，像冰一样融化。三国魏陈琳《檄吴将校部曲文》："太尉帅师，甫下荥阳，则七国之军，瓦解冰泮。"风飞电散：电，《艺文类聚》作"雹"，近是。像风一样飞逝，像雹一样

逬散。这两句写江陵劫后的零落景象。

㉔⑦浑然：混淆、错杂貌。淄渑一乱：淄水、渑水（都在山东）味道不同，现混在一处，已无法分辨。这两句说被俘者浑然千里，"贵""贱"不分。

㉔⑧"雪暗"两句：谓被俘者沿途只觉天寒地冻，阴风惨淡，大雪纷飞，难于举步。

㉔⑨陆机：本三国吴人。吴亡，居家勤学。晋太康末年（公元289年），与弟陆云同赴洛阳，文才轰动一时。王粲：汉末文学家。董卓之乱时，离家至荆州避难。这两句写被俘者抵长安后，庾信与其中某些文人相见。

㉕⓪"莫不"两句：被俘者到达陇水、关山（泛指秦中山川，今陕西一带）时，没有一个不掩泣、长叹的。《乐府诗集·陇头流水歌辞》云："陇头流水，流离四下；念吾一身，飘然旷野。西上陇阪，羊肠九回；山高谷深，不觉脚酸。"

㉕①"况复"两句：谓夫妇离散，一在长安，一在江陵。交河，西汉车师前国首府，在今新疆吐鲁番西北。青波，楚地，在今河南新蔡。

㉕②"石望夫"两句：在望夫石上远望丈夫，但见其愈去愈远；在望子山上远望儿子，见山冈愈来愈多。谓家人父子不能相见。传说古时有女子在武昌北山送别其夫，因凝望多时，化而为石，名"望夫石"。

㉕③才人之忆代郡：战国时，赵王武臣被俘至燕军，被赵国的厮养卒（奴仆）营救回国。武臣以代郡（赵地）才人（宫中女官名）嫁与厮养卒为妻。南齐谢朓有《咏邯郸故才人嫁为厮养卒妇》诗。公主之去清河：晋惠帝之女，初封为清河公主；洛阳乱后，被人掠卖与吴兴钱温，备受虐待；元帝时，改封为临海公主。清河，在今河北、山东交界地区。临海，今浙江台州地区。这两句写江陵陷后，妇女的不幸遭遇。

庾信选集 | 239

㉞"枥阳亭"两句：谓离愁别恨，抒发而为歌赋。《汉书·艺文志·诗赋略》有《别枥阳赋》五篇、《临江王及愁思节士歌诗》四篇，皆已佚。

以上写江陵官、兵、百姓被掳至西魏，沿途备受艰辛，家人备遭磨难。

㉟"别有"两句：谓梁朝被俘人员遣回南方后，庾信、王褒等仍被留在长安，就像到了更远的武威（今甘肃武威地区）、金微（古山名，即今新疆阿尔泰山）似的。

㊱班超生而望返：东汉名将班超在西域活动达三十一年，年老上疏云："臣不敢望到酒泉郡，但愿生入玉门关。"温序死而思归：东汉护羌校尉温序在襄武（今甘肃陇西西南）被劫持，伏剑而死。光武帝赐地，葬之于洛阳城旁。序托梦于其子温寿，云："久客思乡里。"乃迁葬于祁县（今山西祁县）旧茔。这两句言思乡之切。

㊲李陵之双凫永去：汉武帝时，骑都尉李陵率步兵五千人击匈奴，战败投降，留而不返。《艺文类聚》卷二九引李陵《别诗》："尔行西南游，我独东北翔。辕马顾悲鸣，五步一徬徨。双凫相背飞，相远日已长。"《初学记》卷十八引苏武《别李陵》诗："二凫俱北飞，一凫独南翔。子当留斯馆，我当归故乡。"苏武之一雁空飞：汉武帝时，苏武奉命赴匈奴，被扣十九年而不屈。汉使者知悉武下落，佯告单于曰：天子射上林中，得雁，足有系帛书，言武等在某泽中。单于大惊，不得不遣苏武等回朝。见《汉书·李广苏建传》。这两句进一步抒发欲归不得之情。

本段写自己出使西魏后，适值江陵陷落，遂至无国可归。

㊳"若江陵"两句：梁承圣三年（公元554年），西魏攻陷江陵，梁元帝政权至此中断；元帝死后，梁贞明侯渊明借北齐之力，即位于建康

（古称金陵，今江苏南京）；既而陈霸先废渊明，改立元帝子萧方智为敬帝；敬帝立二年余，复"逊位"与陈霸先，梁朝遂亡。否（pǐ），乖舛。

㉕⑨"虽借人"两句：梁元帝之侄萧詧于公元549年向西魏称藩，复于公元554年西魏侵江陵时，主动派兵自襄阳与之配合，这实际上是梁元帝萧绎与其侄萧詧彼此不和的结果。萧墙，门口的屏风。《论语·季氏》："吾恐季孙之忧，不在颛臾，而在萧墙之内也。"

㉖⓪"拨乱"两句：整顿乱世的君主（梁武帝）遭到灭绝，衰而复盛的宗庙（梁元帝）无人奉祀。

㉖①"伯兮"两句：长子啊，幼子啊，都已被侄儿杀害。谓梁元帝之二子（愍怀太子萧元良、始安王萧方略）皆被其侄岳阳王萧詧所杀。

㉖②荆山鹊飞而玉碎：战国时，楚人卞和得玉璞于荆山（今湖北南漳西）之下。见《韩非子·和氏》。以玉璞掷打乌鹊，鹊飞而玉碎。意谓梁朝子孙亡灭，山河破碎。隋岸蛇生而珠死：春秋时，隋侯见大蛇受伤欲断，以药敷之。大蛇既愈，乃自江衔一明月珠以谢，世称"隋侯之珠"。见《淮南子·览冥训》汉高诱注。以隋珠弹雀，必毁无疑，故曰"珠死"。意谓梁朝忠臣效死，于国无补。

㉖③"鬼火"两句：谓梁朝死于乱兵的百姓和阵亡的将士无人掩埋。鬼火，磷火。平林，今湖北随县东北。游，《周书》作"惊"。新市，今湖北京山东北。

㉖④梁故丰徙：战国时，秦伐魏，魏惠王自安邑（今山西运城）迁至大梁（今河南开封）。刘邦的祖先初随秦军，后为魏所获，随迁大梁，都于丰，因而有"丰，故梁徙也"的说法。此云"梁故丰徙"，实指梁元帝自建康迁至江陵。楚实秦亡：战国时，楚南公云："楚虽三户，亡秦必楚也。"意谓灭亡秦国的，必然是楚国。此云"楚实秦亡"，实指灭亡梁朝

的，乃是西魏。

㉖㊄"不有"两句：不去掉别人，自己怎能兴起？西魏击败梁元帝，南朝陈取代南朝梁，北周取代西魏，无不皆然。语本《左传·僖公十年》："不有废也，君何以兴？"

㉖㊅"有妫（guī）"两句：春秋时，陈公子完因避祸出奔齐国，被桓公任为工正，其后代田和夺取了齐的政权。《左传·庄公二十二年》："是谓凤凰于飞，和鸣锵锵；有妫之后（指陈公子），将育于姜（指齐国）。"这里指陈霸先于公元557年取得了梁的政权，改元永定，改国号为陈。

㉖㊆"输我"两句：夺我帝位，封为让王。指陈霸先使梁敬帝萧方智逊位于陈，奉之为"江阴王"。

以上写江陵陷后，梁末代君臣相继失位，终为陈霸先所代。

㉖㊇"天地"两句：天地的最高品德是让人活下去，圣人的最大宝物是崇高的地位。语见《易·系辞下》。这里指梁王萧詧在江陵陷后，不听部将尹德毅之言：杀掉于谨，安抚百姓，招致旧臣，以图帝业；结果使襄阳沦陷，百姓被掳，既伤好生之德，又失大宝之位。

㉖㊈"用无赖"两句：由此导致陈霸先之流横行一时，长江下游江南一带竟全部被陈占有。

㉗⓪"惜天下"两句：可惜梁朝的天下，萧绎、萧詧，本是一家，不幸遭逢了东南方向的反乱之气。《史记·吴王濞列传》："高祖召濞相之，……告曰：'汉后五十年东南有乱者，岂若邪？然天下同姓为一家也，慎无反！'"

㉗①"以鹑首"两句：把襄阳、南郡、江夏、九江等地都给了西魏，老天为什么这样糊涂？鹑首，星次名，古以为秦的分野。汉张衡《西京赋》："昔者大帝悦秦缪公而觐之，飨以钧天广乐，帝有醉焉，乃为金策，

锡用此土，而翦诸鹑首。"

本段写梁亡之后，上下无能，土地全失。

㉒"且夫"两句：言天道有轮回，人事有变迁。按，佛教以地狱道、饿鬼道、畜生道、修罗道、人道、天道为六道，人死后入其中轮回。

㉓"余烈祖"两句：谓八世祖庾滔颇著功业，于西晋永嘉之乱时，由河南迁至江陵。

㉔"洎（jì）余身"两句：到我共历了七代，又因国难而北迁。

㉕"提挈"两句：谓携带全家羁留于函谷关以西、黄河及渭河以南一带，已历有经年。

㉖死生契阔：生离死别。

㉗不可问天：谓无处可以问讯。战国楚屈原有《天问》，乃"援天命以发问"。

㉘"况复"两句：指自己的至亲好友多已谢世，唯自己岿然独存。语本汉王延寿《鲁灵光殿赋·序》。

㉙"日穷"两句：日子过满一年，新岁又将开始。《礼·月令·季冬之月》："是月也，日穷于次，月穷于纪，……岁且更始。"

㉚"逼迫"两句：言自己处境困难，尤多暮年之虑。

㉛长乐：汉宫名，在长安。神皋：神圣的宫门。宣平：汉长安城门名。贵里：贵族所居的里巷。

㉜渭水：即渭河，横贯陕西中部。天门：天宫之门。秦始皇建离宫于渭水南北，以像天宫。骊山：在陕西临潼东南，北麓有秦始皇陵。地市：秦始皇陵内有银蚕、金雀等珍宝，设为地市。

㉝幕府：汉武帝曾在营幕中拜卫青为大将军，故称大将军为幕府。大将军：北周明帝（宇文毓）、武帝（宇文邕）、滕王（宇文逌）等曾先后

授大将军。爱客：爱重宾客。丞相：晋国公（宇文护）曾任丞相。平津侯：汉公孙弘为丞相，封平津侯，起宾馆，开东阁，以延士人。待士：优待国士。

㉘钟鼎：古代铜器的总称。金、张：泛指贵族。金，指金日䃅（dī）；张，指张安世。他们皆汉宣帝时大臣，备极显赫。弦歌：奏琴瑟等以伴唱。许、史：泛指外戚。许，指汉宣帝许皇后家；史，指汉宣帝的外家。

㉘"岂知"两句：汉李广击匈奴有功，封为骁骑将军领属护军将军。一次战败，被掳，逃归，赎为庶人。居蓝田南山，夜饮射猎，路经霸陵亭（今陕西西安北），云是"故李将军"。霸陵尉言："今将军尚不得夜行，何乃故也！"见《史记·李将军列传》。这里指庾信留居长安，原先也当过梁朝的右卫将军。

㉘"咸阳"两句：战国时，楚顷襄王太子完在秦国做人质，顷襄王病，太子完欲归不得，作《思归歌》云："洞庭兮木秋，涔阳兮草衰，去千乘之家国，作咸阳之布衣（百姓）。"这里指庾信自己在长安也同样思归江陵故国。

以上总述自己流落北国，虽受到种种优待，而思归之情愈切。

文选

为梁上黄侯世子与妇书①

昔仙人导引,尚刻三秋②;神女将梳,犹期九日③。未有龙飞剑匣,鹤别琴台④;莫不衔怨而心悲,闻猿而下泪⑤。人非新市,何处寻家?别异邯郸,那应知路⑥?想镜中看影,当不含啼⑦;栏外将花,居然俱笑⑧。分杯帐里,却扇床前,故是不思,何时能忆⑨!当学海神,逐潮风而来往⑩;勿如织女,待填河而相见⑪。

[注释]

①为梁上黄侯世子与妇书:代人写给其妻的信。梁上黄侯世子,南朝梁上黄侯萧晔之子萧悫,字仁祖。北齐天保中(公元554年顷)入齐,武平中(公元572年顷)为太子洗马。其妻当仍在建康或江陵,一时暂离,竟成永诀。庾信为此代书,自亦寄托了自己的家国之思。书当作于信在北周期间。

②导引:道家养生之术。《史记·留侯世家》:"留侯性多病,即道引不食谷。"刻:限定。三秋:三个季度。也指三年。这两句本于晋干宝《搜神记》卷一。谓有杜兰香者,于建兴四年(公元316年)春,往见张硕,作诗云:"阿母处灵岳,时游云霄际。众女侍羽仪,不出墉宫外。飘轮送我来,岂复耻尘秽?从我与福俱,嫌我与祸会。"至其年八月旦,复来,作诗曰:"逍遥云汉间,呼吸发九嶷。流汝不稽路,弱水何不之?"出薯蓣子三枚,大如鸡蛋,云:"食此,令君不畏风波,辟寒温。"又言:"本为君作妻,情无旷远。以年命未合,其小乖。太岁东方卯,当还求

君。"按，自建兴四年春至其年八月旦，凡三个季度；建兴四年，太岁在子，至卯年"当还求君"，中隔三年。

③梳：疑当作"疏"。这两句本于晋干宝《搜神记》卷一。谓三国魏济北郡从事掾弦超，于嘉平中（公元251年顷）独宿，梦有神女来从。自称天上玉女，姓成公，字知琼，早失父母，天帝哀其孤苦，遣令下嫁从夫。遂为夫妇。经七八年，父母为超娶妇，乃分日而燕，分夕而寝，夜来晨去，倏忽若飞，唯超见之，他人不见。虽居暗室，辄闻人声；常见踪迹，然不睹其形。后人怪问，漏泄其事，玉女遂求去。去后五年，超奉郡使至洛，复于途遇见知琼，披帷相见，悲喜交切，同乘至洛，修复旧好。至晋太康中（公元284年顷）犹在。但不日日往来，每于三月三日、五月五日、七月七日、九月九日……始至，经宿即去。

④未有：未若，比不上。龙飞剑匣：晋丰城令雷焕掘狱屋基，得一石函，中有双剑，一曰龙泉，一曰太阿。乃以一送广武侯张华，一自佩之。后华被诛，失剑所在。焕卒，其子雷爽持剑过延平津，剑忽于腰中跃出，堕水，乃变为龙。见《晋书·张华传》。龙，指龙泉宝剑。鹤别琴台：相传商陵牧子娶妻五年无子，父兄将为改娶。妻于中夜起，倚户悲啸。牧子怆然，援琴而歌曰："将乖比翼隔天端，山川悠远路漫漫，揽衣不寝食忘餐！"即《别鹤操》。见晋崔豹《古今注》。鹤别，指琴曲《别鹤操》。这两句承上言仙人导引、神女将疏，皆不若夫妻别离之苦。

⑤衔：含。闻猿而下泪：形容哭声凄切，哀怨绵深。北魏郦道元《水经注·江水》："每至晴初霜旦，林寒涧肃，常有高猿长啸，属引凄异，空谷传响，哀转久绝。故渔者歌曰：'巴东三峡巫峡长，猿鸣三声泪沾裳！'"

⑥新市：古地名，在今湖北京山东北。新莽末，新市人王匡等领导农

民起义,号"新市兵"。邯郸:汉赵国都邑。故址在今河北邯郸。汉文帝行至霸陵(文帝所置县,在今陕西西安东北),时慎夫人相随,文帝指新丰道(今陕西临潼东北)谓慎夫人曰:"此赵邯郸道也。"使慎夫人鼓瑟,自倚瑟而歌,意甚凄恻悲怀。见《汉书·张释之传》。按,霸陵为文帝生前所筑,其死后即葬于此,故云。

⑦镜中看影:古代西域罽宾王获彩色鸾鸟,欲其鸣而不可得。夫人曰:"尝闻鸟见其类而后鸣,可悬镜以映之。"王从其言。鸾睹形悲鸣,哀响中宵,一奋而绝。见南朝宋刘敬叔《异苑》。当不含啼:谓只求能在镜中一见,当不致哀啼。

⑧将:送。这两句说,若能隔栏致意,亦感到满足。

⑨分杯:古时婚礼,把瓠分成两个瓢,新夫妇各持一瓢而饮。却扇:古时婚礼,新妇以扇遮面,交拜后去扇,称"却扇"。故:仍然,依旧。这几句说昔日新婚之时,种种细节,永远值得回忆。

⑩逐:追随。

⑪织女:传说牛郎、织女被天河所隔,至每年七月初七,乌鹊填河成桥,以渡织女,始能相会。

温汤碑①

咸池浴日,先应绿甲之图②;砥柱浮天,始受玄夷之命③。仁则涤荡埃氛④,义则激扬清浊⑤,勇则负山余力,弱则鸿毛不胜⑥。仲春则榆荚同流⑦,三月则桃花共下⑧。其色变者,流为五云之浆⑨;其味美者,结为三危之露⑩。烟青于铜浦⑪,色白于铅溪⑫。

非神鼎而长沸⑬，异龙池而独涌⑭。洒胃湔肠⑮，兴嬴起瘵⑯。秦皇余石，仍为雁齿之阶⑰；汉武旧陶，即用鱼鳞之瓦⑱。山间涌水，实表忠诚⑲；室内江流，弥彰纯孝⑳。岂若醴泉消疾，闻乎建武之朝；神水蠲痾，在乎咸康之世㉑？嵩岳三仙之馆，不孤擅于天池㉒；华阴百丈之泉，岂独高于莲井㉓？

[注释]

①温汤：即温泉。北周孝闵帝元年（公元557年），庾信任司水下大夫，出为弘农郡（治所在今河南灵宝北）守。其地有温泉。庾信、王褒并作有《温汤碑》，立于其处。庾信此文对温泉的色、味、形态和性能都作了细致准确的描述。

②咸池：神话中指日浴处。《淮南子·天文训》："日出于旸谷，浴于咸池。"应：《初学记》作"膺"，近是。膺，承受。绿甲之图：指河图。以其字绿色，故又名绿图。相传伏羲氏之世，龙马负图出于河，遂则其文以画八卦。《淮南子·俶真训》："洛出丹书，河出绿图。"

③砥柱：黄河急流中的石岛，其状如柱，故名。故址在今河南三门峡。浮天：浮于天际。玄夷之命：指治水之书。传说大禹伤父之功不成，乃巡衡山，血马以祭。忽梦赤绣衣男子自称玄夷苍水使者，云："欲得我山神书者，斋焉。"禹斋三日，遂获金简玉字之书，言治水之要。

④涤荡：洗涤，清除。埃氛：尘埃，凶气。

⑤激扬清浊：掀起清波，阻遏浊浪。《尸子·君治》："水有四德：……扬清激浊，荡去滓秽，义也。"

⑥"勇则"两句：谓有的水能使山石浮起而尚有余力，有的水连鸿毛也承受不住而任其下沉。晋葛洪《抱朴子·论仙》："重类应沉，而南海有浮石

之山；轻物当浮，而牂柯有沉羽之流。"《十洲记》云："凤麟洲在西海之中央，地方一千五百里，洲四面有弱水绕之。鸿毛不浮，不可越也。"

⑦仲春则榆荚同流：谓农历二月间，榆树成荚，其时雨下，称榆荚雨，二者同落于地。

⑧三月则桃花共下：谓暮春之时，桃花盛开，其时冰化雪融，河水上涨，称桃花汛，二者顺河同下。

⑨五云之浆：由五色云变成的浆液。《初学记》二引《洞冥记》云："汉武帝问曰：'何名吉云？'（东方朔）曰：'其国俗，常以云气占吉凶；若吉乐之事，则满室云起五色，照著于草树，皆成五色露。'"

⑩三危：神话中的仙山。《山海经·西山经》："又西二百二十里，曰三危之山，三青鸟居之。"按，三青鸟，即传说中为西王母取食的三足神鸟。见汉司马相如《大人赋》，张揖注："三足乌，三足青鸟也。主为西王母取食。"

⑪铜浦：冶炼铜矿的水滨。

⑫铅溪：含有白铅矿的溪间。

⑬神鼎：谓大禹所铸之鼎。相传禹铸九鼎，鼎中常满，至夏桀之时，鼎水忽沸。见晋王嘉《拾遗记》。

⑭龙池：水名，在今云南昭通。晋左思《蜀都赋》："龙池濧（xuè）瀑濆（pēn）其隈，漏江伏流溃其阿，汩若汤谷之扬涛，沛若濛汜之涌波。"

⑮洒：《初学记》作"洗"，近是。湔（jiān）：洗。

⑯兴羸起瘠：使瘦弱者振作，兴起。

⑰秦皇余石：秦始皇陵兴建后所余之石。相传建陵时有歌谣云："运石甘泉口（今陕西淳化西北），渭水为不流。千人唱，万人钩，金陵（秦

皇陵,在骊山北)余石大如瓯。"雁齿:并列参差如雁阵之形。

⑱汉武旧陶:汉武帝时烧制陶瓦的窑。《三国志·魏书·董卓传》注引华峤《汉书》云:"武帝时居杜陵(今陕西西安东南)南山下,有成瓦窑数千处,引凉州材木东下以作宫室,为功不难。"鱼鳞之瓦:形似鱼鳞的瓦。

⑲山间涌水:相传西汉贰师将军李广利西征途中,拔佩刀刺山,有飞泉涌出。

⑳室内江流:相传东汉姜诗事母至孝,其妻奉姑尤顺。诗母好饮江水,又嗜鱼鲙。姜诗夫妇力作以求,舍侧忽有涌泉,味如江水,每晨辄出双鲤鱼。见《后汉书·列女传》。

㉑岂若:《初学记》作"岂独",近是。醴泉:甘美的泉水。东汉建武中元元年(公元56年)夏,洛阳有醴泉涌出,饮之者固疾皆愈,唯盲者、跛者无效,云云。见《后汉书·光武帝纪》。建武:东汉光武帝年号。神水蠲痾:谓温泉去病。传说骊山汤(温泉)曾治愈秦始皇的疮疡。见《三秦记》。咸康:疑当作"咸阳"(秦之都城)。

㉒嵩岳:指中岳嵩山。在河南登封北。三仙之馆:嵩山东为太室山,中为主峰峻极山,西为少室山,其下各有石室。三仙之馆或指此。据文意,室中当有泉水。天池:传说中的海。

㉓华阴:指西岳华山。在陕西华阴南。莲井:华山中峰为莲花峰,有上宫建于其上,宫前有池,俗称玉女洗头盆。莲井或当指此。

思旧铭并序①

岁在摄提,星居监德②,梁故观宁侯萧永卒③。呜呼哀哉!人之戚也，既非金石所移④；士之悲也，宁有春秋之异⑤？高台已倾，稷下有闻琴之泣⑥；壮士一去，燕南有击筑之悲⑦。项羽之晨起帐中⑧，李陵之徘徊歧路⑨，韩王孙之质赵⑩，楚公子之留秦⑪，无假穷秋，于时悲矣⑫！

况复鱼飞武库，预有弃甲之征⑬；鸟伏翟泉，先见横流之兆⑭。星纪吴亡，庚辰楚灭⑮。纪侯大去，郳子无归⑯。原隰载驰，辕辕长别⑰。甲裳失矣，余皇弃焉⑱。河倾酸枣，杞梓与樗栎俱流⑲；海浅蓬莱，鱼鳖与蛟龙共尽⑳。焚香复道，讵敛游魂㉑？载酒属车，宁消愁气㉒？芝兰萧艾之秋，形殊而共瘁㉓；羽毛鳞介之怨，声异而俱哀㉔。所谓天乎？乃曰苍苍之气㉕；所谓地乎？其实抟抟之土㉖。怨之徒也，何能感焉㉗！凋残杀翮，无所假于风飙㉘；零落春枯，不足烦于霜露㉙。幕府初开，贤俊翘首㉚，为羁终岁，门人谢焉㉛。

至于东首告辞，西陵长往㉜。山阳车马，望别郊门㉝；颍川宾客，遥悲松路㉞。嵇叔夜之山庭，尚多杨柳㉟；王子猷之旧径，惟余竹林㊱。王孙葬地，方为长乐之宫㊲；烈士埋魂，即是将军之墓㊳。昔尝欢宴，风月留连㊴，追忆生平，宛然心目㊵。及乎垂翅秦川，关河羁旅㊶，降乎悲谷之景，实有忧生之情㊷。美酒酌焉，犹思建业之水㊸；鸣琴在操，终思华亭之鹤㊹。重为此别，呜呼哀哉！㊺

麟亡星落，月死珠伤㊻；瓶罄罍耻，芝焚蕙叹㊼。所望钟沉德水，声出风云㊽；剑没丰城，气存牛斗㊾。潸然思旧，乃作铭云㊿：

风云上惨，舟壑潜移㊿¹。骎骎霜露，君子先危㊿²。纪侯大去，怀王不返㊳。玉树长埋，风流遂远㊴。荀伯旧县，庆封余邑㊵。万里归魂，修门讵入㊶？坟横武库，山枕芦龙㊷。思归道远，返葬无从㊸。徒留送雁，空麋长松㊹。平陵之东，无复梧桐㊺。松声萧瑟，长起秋风㊻。畴昔隆贵，提携语默㊼。托情嵇阮，风云相得㊽。有酒如渑，终温且克㊾。朝阳落凤，大野伤麟㊿。佳城郁郁，流寓于秦㉖。山阳相送，惟余故人㉗。孀机嫠纬，独鹤孤鸾㉘。闺深夜静，风高月寒㉙。生平已矣，怀旧何期㉚！匣中弦绝，邻人笛悲㉛。昔为幕府，今成缌帷㉜。

[注释]

①思旧：怀念旧友。晋向秀有《思旧赋》。铭：古代的一种文体。示永志不忘之意。庾信此赋是为悼念梁故观宁侯萧永客死异乡而作的。

②摄提：摄提格，寅年的别称。此指北周明帝二年（公元558年），岁次戊寅。监德：指正月。见《史记·天官书》。

③梁：南朝梁。萧永：南朝梁鄱阳王萧范之弟，封观宁侯。侯景之乱时，流寓江陵；江陵陷后，随例北上。卒：去世。

④咸：《文苑英华》作"灭"。金石：钟鼎碑刻之类。《古诗十九首》："盛衰各有时，立身苦不早。人生非金石，岂能长寿考？"

⑤春秋：谓年龄。

⑥"高台"两句：稷下，战国时齐都城临淄（今山东淄博）稷门附近地段。有善琴者雍门周以琴求见于齐孟尝君田文，孟尝君曰："先生鼓琴，亦能令文悲乎？"雍门周认为，孟尝君非常人可比，不容易援琴致悲，但也有值得寒心者，"天道不常盛，寒暑更进退，千秋万岁之后，宗庙必不血食；高台既已倾，曲池又已平，坟墓生荆棘，狐狸穴其中，游儿牧竖

踯躅其足而歌其上曰：孟尝君之尊贵，亦犹若是乎"！于是孟尝君喟然欲泪。雍门周引琴而鼓，徐动宫徵，叩角羽，终而成曲。孟尝君遂欷歔而就之曰："先生鼓琴，令文立若亡国之人也。"见《三国志·蜀书·郤正传》"雍门援琴而挟说"注引汉桓谭《新论》。

⑦"壮士"两句：燕南，战国时燕长城之南，易水一带。燕太子丹派荆轲往刺秦王，送行至易水，高渐离击筑（一种乐器），荆轲和而歌曰："风萧萧兮易水寒，壮士一去兮不复还！"见《史记·刺客列传》。

⑧项羽之晨起帐中：秦末楚汉战争中，项羽被刘邦击败，困于垓下。项羽夜起，饮帐中，与虞姬歌曰："力拔山兮气盖世，时不利兮骓不逝。骓不逝兮可奈何，虞兮虞兮奈若何！"见《史记·项羽本纪》。

⑨李陵之徘徊歧路：汉武帝时，骑都尉李陵率兵与匈奴战，兵败投降，为右校王。其《与苏武三首》云："携手上河梁，游子暮何之？徘徊蹊路侧，悢（liàng）悢不得辞。"

⑩韩王孙之质赵：王孙，公子。质，以人作抵押。赵，疑当作"秦"。战国韩宣惠王十六年（公元前317年），相国公仲献连秦伐楚之计，宣惠王不听，遂绝于秦。秦大怒，伐韩；十九年，破韩岸门（今山西河津南）。太子仓质于秦以和。见《史记·韩世家》。

⑪楚公子之留秦：战国楚顷襄王十九年（公元前280年），秦伐楚，楚败，连年丧地于秦。二十三年，顷襄王收东地兵以拒秦。二十七年，复与秦和，而入太子为质于秦。三十六年，顷襄王病，太子始亡归。见《史记·楚世家》。

⑫假：凭借。穷秋：犹衰秋。《楚辞》宋玉《九辩》："悲哉秋之为气也。"

本段对南朝梁观宁侯萧永客死于北周，表示深切的悲痛。

⑬"况复"两句：三国魏嘉平四年（公元252年）五月，有二鱼集于武库屋上。有司以为吉祥。光禄勋王肃曰："鱼生于渊而亢于屋，介鳞之物失其所也。边将其殆有弃甲之变乎？"十一月，征南大将军王昶等率兵征吴；十二月，大败于东关，不利而还。见《三国志·魏书·三少帝纪》及《三国志·魏书·王肃传》。武库，储藏武器的仓库，也指主管兵器的官署。弃甲，丢盔弃甲，谓战败。征，征兆。

⑭翟泉：古地名。在今河南洛阳。《左传·僖公二十九年》："夏六月，会王人、晋人、宋人、齐人、陈人、蔡人、秦人盟于翟泉。横流：局势动荡。据《晋书·五行志》云，怀帝永嘉元年（公元307年）三月，洛阳东北步广里地陷，有苍鹅飞翔冲天，白鹅出而复止。陈留董养叹曰："步广，周之翟泉，盟会地也。白者，国讳；苍者，胡象。"及西晋末年，果有刘渊之乱。

⑮星纪：指丑年。亦指斗、牛两宿。《左传·昭公三十二年》："夏，吴伐越。"晋杜预注："此年岁在星纪。"《左传·哀公二十二年》："冬十一月丁卯，越灭吴。"按，吴伐越在公元前510年，岁次辛卯；越灭吴在公元前473年，岁次戊辰，皆非丑年，殆古人计算有误。庚辰：指庚辰这一天。《左传·定公四年》："十一月庚午（十九日），（吴、楚）二师陈（阵）于柏举（楚地名，今湖北麻城境）。……庚辰（二十九日），吴入郢（楚都），以班处宫。"按，吴兵入郢，在公元前506年，其时楚昭王出奔于云梦，申包胥请救于秦，在秦国帮助下，次年六月即将吴军击败。

⑯纪侯大去：《左传·庄公四年》："纪侯不能下（降）齐，以与纪季。夏，纪侯大去（永离）其国，违（避）齐难也。"纪，古国名，在今山东寿光南，公元前690年为齐所灭。鄅（yǔ）子无归：《左传·昭公十八年》："邾人袭鄅，鄅人将闭门。邾人羊罗摄其首（杀闭门者）焉，遂

入之，尽俘以归。郳子曰：余无归矣。从帑（携妻子）于邾。"按，邾即邹国，都于今山东邹城市境。郳，古国名，在今山东临沂北。

⑰原隰：广平低湿之地。载驰：春秋时，卫国被狄人攻破，宋桓公把卫国的遗民安顿在漕邑（今河南滑县境），立卫戴公为君。戴公的妹妹许穆公夫人曾由许（今河南许昌东）长驱至漕吊唁。《诗·鄘风·载驰》："载驰载驱，归唁卫侯。驱马悠悠，言至于漕。"载，乃；驰，驰驱。轘（huán）辕：山名。在河南偃师东南。因山路迂回盘旋，故名。长别：《艺文类聚》作"长往"。

⑱甲裳：战衣。《左传·宣公十二年》："赵旃弃车而走林，屈荡搏之，得其甲裳。"余皇：船名。春秋时吴王所乘。《左传·昭公十七年》："子鱼（楚司马）先死，楚师继之，大败吴师，获其乘舟余皇。"

⑲酸枣：古县名，治所在今河南延津西南。汉文帝十二年（公元前168年），黄河在此决口，溃金堤。见《史记·河渠书》。杞梓：两种优质木材。喻优秀人材。樗（chū）栎（lì）：两种不材之木。喻才能低下者。

⑳蓬莱：传说中三神山之一。《史记·秦始皇本纪》："海中有三神山，名曰蓬莱、方丈、瀛洲。"鱼鳖：喻常人。蛟龙：喻贤者。

㉑焚香：燃烧香料。复道：上下两层皆可通行的道路。游魂：飘荡无归的鬼魂。

㉒"载酒"两句：属车，皇帝侍从之车。传说汉武帝至甘泉（今陕西淳化西北），见道中有虫，赤如肝，头目口齿悉具，人莫能知。以问东方朔。朔言："此谓怪哉。是必秦狱处也。"按之果然。朔又曰："夫积忧者，得酒而解。"乃取虫置酒中，立消。后于属车上盛酒，盖以解忧。

㉓芝兰：香草名。喻贤者。《孔子家语·在厄》："芝兰生于深林，不以无人而不芳。"萧艾：贱草名。喻不肖。《楚辞》屈原《离骚》："兰芷

变而不芳兮，荃蕙化而为茅。何昔日之芳草兮，今直为此萧艾也？"《淮南子·俶真训》："膏夏，紫芝与萧艾俱死。"瘁：毁坏。

㉔羽毛：指鸟类和兽类。鳞介：指鱼类和甲壳类。晋左思《魏都赋》："羽翮颉颃，鳞介浮沉。"

㉕苍苍：深青色。《庄子·逍遥游》："天之苍苍，其正色邪？其远而无所至极邪？"

㉖抟抟：捏聚成团貌。

㉗徒：徒然。感：感动，感应。

㉘杀翮（hé）：鸟羽脱落貌。风飙：暴风。

㉙零落：草木凋谢，花叶脱落。《楚辞》屈原《离骚》："惟草木之零落兮，恐美人之迟暮。"烦：烦劳。

㉚幕府：将军的府署。贤俊：德才出众的人。翘首：抬头仰望之意。

㉛为羁：被羁留。终岁：整年整年地。门人：门客。谢：辞去。

本段对梁朝的灭亡和旧臣的凋零，寄予无限的感慨。

㉜东首：东面，东头。古礼，病重时寝于东首北窗下。告辞：犹辞世。西陵：泛指陵墓。原指曹操之墓。曹操《遗令》云："汝等时时登铜雀台，望吾西陵墓田。"

㉝山阳：古县名，今河南修武西北。望别：《艺文类聚》作"永别"。魏晋之际，向秀与嵇康、吕安友善。二人被司马昭所杀害，向秀经其山阳旧居，感怀旧友，作有《思旧赋》一篇。

㉞颍川：郡名，约当今河南许昌地区。松路：指墓道。西汉武帝时，太仆灌夫，喜任侠，家赀数千万，食客数十百人，横暴颍川。后因侮丞相田蚡，被劾，族诛。见《史记·魏其武安侯列传》。

㉟嵇叔夜：三国魏嵇康（公元224—263年），字叔夜。官中散大夫。

为"竹林七贤"之一。其性绝巧而好锻。宅中有一柳树甚茂,乃激水环之。每夏月,居其下以锻。见《晋书·嵇康传》。

㊱王子猷:晋王徽之,字子猷。王羲之第五子。卓荦不羁,仕至黄门侍郎。《世说新语·任诞》:"王子猷尝暂寄人空宅住,便令种竹。或问:'暂住何烦尔?'王啸咏良久,指竹曰:'何可一日无此君?'"

㊲"王孙"两句:战国秦惠王之弟樗里子屡有战功,号为严君;武王、昭王时,为右丞相。秦昭王七年(公元前300年),樗里子卒,葬于渭南章台之东(今西安西北)。临终云:"后百岁,是当有天子之宫夹我墓。"至汉初,长乐宫在其东,未央宫在其西,武库位于其墓。见《史记·樗里子列传》。王孙,犹公子。长乐之宫,西汉有长乐宫,规模宏大,遗址在今陕西西安西北郊。

㊳烈士:古代指有志功业或重义轻生的人。相传春秋时羊角哀、左伯桃二人为生死之交。二人欲仕于楚,阻于风雪,势难俱生,伯桃乃入树中而死。角哀事楚,平王以卿礼葬伯桃。角哀梦伯桃云:"蒙子之恩而获厚葬,正苦荆将军冢相近,今月十五日,当大战以决胜负。"至期,角哀遽诣冢自杀以助之。

㊴风月:清风明月。指美好的景色。留连:留恋难舍。

㊵生平:《文苑英华》作"平生"。宛然:仿佛。心目:心中,眼前。三国魏曹丕《与吴质书》:"追思昔游,犹在心目。"

㊶垂翅:鸟翅下垂。喻人受挫折。秦川:泛指今陕西、甘肃秦岭以北平原。这里特指长安一带。关河:指陕西关中、黄河一带地区。羁旅:滞居他乡。

㊷悲谷:传说中地名。《淮南子·天文训》:"(日)至于悲谷,是谓餔时。"汉高诱注云:"悲谷,西南方之大壑,言其深峻,临其上令人悲

思，故曰悲谷。"景：日光。忧生：为生者而忧虑。

㊸酌：饮。建业之水：三国吴于黄龙元年（公元229年）自武昌迁都于建业（故址在今南京）。至末帝孙晧时，复迁武昌，江东百姓以为患苦，有童谣云："宁饮建业水，不食武昌鱼；宁还建业死，不止武昌居。"见《三国志·吴书·陆凯传》。

㊹操：琴曲名。《后汉书·曹褒传》注引汉刘向《别录》："君子因雅琴之适，故从容以致思焉。其道闭塞悲愁而作者名其曲曰操，言遇灾害不失其操也。"华亭之鹤：华亭，古地名（在今上海松江区西），三国吴封陆逊为华亭侯于此。晋陆机与弟陆云（并陆逊之孙）于太康末（公元289年顷）自吴入洛，名重一时。晋成都王司马颖以机参大将军军事，表为平原内史。后听信谗言，将陆机收诛。机临命叹曰："华亭鹤唳，岂可复闻乎！"遂遇害于军中。见《晋书·陆机传》。

㊺重：庄重，郑重。哀哉：别本多作"甚哉"。

本段对萧永生前的高尚情操，表示深切的怀念。

㊻麟：麒麟，传说中吉祥之兽。星落：喻贤人之死。月死：犹月晦。《吕氏春秋·精通》："月也者，群阴之本也。月望则蚌蛤实，群阴盈；月晦则蚌蛤虚，群阴缺。"珠：指蚌蛤壳内由分泌物凝成的圆粒。

㊼瓶罄罍耻：瓶、罍皆酒器，瓶小而罍大。犹言瓶酒若尽，乃罍之耻。《诗·小雅·蓼莪》："瓶之罄矣，维罍之耻。鲜民之生，不如死之久矣。"芝焚蕙叹：芝、蕙皆香草名，意谓物伤其类。晋陆机《叹逝赋》："信松茂而柏悦，嗟芝焚而蕙叹。"

㊽德水：指黄河。秦始皇二十六年（公元前221年），将河水改为德水，以为水德之始，云云。见《史记·秦始皇本纪》。声：谓钟声。出：显现，出现。

㊽"剑没"两句：相传三国吴未灭之时，斗、牛之间常有紫气。吴平之后，紫气愈明。晋中书令张华与豫章人雷焕密议，知系宝剑之精，没于丰城，上彻于天，乃补焕为丰城令。焕到县，掘狱屋基，得剑一双，一曰龙泉，一曰太阿云。见《晋书·张华传》。丰城，县名，在江西中部。牛斗，星宿名。

㊾潸然：泪流貌。

本段总述作铭缘起，冀萧永精神永存。

以上为《思旧铭》的序，以下为铭文。

㊿上惨：天昏地暗貌。舟壑潜移：喻侯景之乱使梁朝濒于灭亡。《庄子·大宗师》："夫藏舟于壑，藏山于泽，谓之固矣。然而夜半有力者负之而走，昧者不知也。"

㊾骎（qīn）骎：疾速貌。霜露：喻肃杀之气。《礼记·祭义》："霜露既降，君子履之，必有凄怆之心，非其寒之谓也。"

㊾纪侯大去：纪侯不降，故永离其国。纪，古国名，公元前690年为齐所灭。怀王不返：战国时，楚国先后为秦、齐所败。公元前299年，楚怀王入秦被扣，三年而卒于秦。见《史记·楚世家》。这两句喻观宁侯萧永自梁入关。

㊾玉树长埋：谓贤者之死。《世说新语·伤逝》："庾文康（亮）亡，何扬州（充）临葬云：埋玉树著土中，使人情何能已已！"风流：仪表，风度。

㊾荀伯旧县：指兰陵。战国时，赵人荀卿，游学于齐，三为祭酒；继赴楚国，春申君用为兰陵（今山东苍山兰陵镇）令。按，观宁侯萧永为南朝梁兰陵（原东晋侨置县，今江苏常州西北）人，仅取其字面相同，称"荀伯旧县"，而实非一地。庆封余邑：春秋时，齐大夫庆封，于齐景

公二年（公元前546年）灭崔杼后当国，次年事败，奔吴，居于朱方（今江苏镇江东南）。按，朱方，秦改名丹徒，三国吴改名武进，晋复为丹徒，与南兰陵相近。

㊻修门：郢都城南关三门之一。《楚辞·招魂》："魂兮归来，入修门些！"讵：岂，怎？此二句意谓梁朝既灭，萧永的"归魂"将无处可入。

㊼坟横武库：战国时秦惠王之弟樗里子葬于渭南章台之东（今陕西西安西北）。至汉初，其墓上建为武库（储藏武器之所）。见《史记·樗里子列传》。芦龙：当作"卢龙"。古塞名，在今河北喜峰口一带。这两句泛言萧永葬于北地。

㊽道：路途。返：归。

㊾送雁：雁每年春分后飞往北方，秋分后飞回南方。空靡长松：谓徒然抚摩着孤松而无法南归。靡，通"摩"。晋陶渊明《归去来兮辞》："云无心以出岫，鸟倦飞而知还。景翳翳以将入，抚孤松而盘桓。"

㊿"平陵"两句：汉东郡太守翟义以王莽篡汉，举兵诛讨，不克，被害。其门人作《平陵东》云："平陵东，松柏桐，不知何人劫义公？"平陵，西汉五陵之一，汉昭帝葬此；亦古县名，在今陕西咸阳西北。梧桐，古人多以松、柏、梧桐，植于坟上，以为标志。

㉑萧瑟：风吹树木之声。汉曹操《苦寒行》："树木何萧瑟，北风声正悲。"

㉒畴昔：往昔。隆贵：尊贵。提携：牵扶。《礼记·曲礼上》："长者与之提携，则两手奉长者之手。"语默：或语或默。

㉓托情：寄情。嵇阮：指嵇康、阮籍。嵇康（公元224—263年），三国魏文学家，官中散大夫，为"竹林七贤"之一，与阮籍齐名；善鼓琴，作有《琴赋》。阮籍（公元210—263年），三国魏文学家，任步兵校尉，

为"竹林七贤"之一，与嵇康齐名；好饮酒，有《咏怀》诗八十余首。风云：喻才气豪迈。相得：相投。

㉔渑：渑水，古水名，在今山东淄博东北至博兴东南一带。《左传·昭公十二年》："有酒如渑，有肉如陵。"盖言其多。终温且克：酒醉后有克制，既温和，又恭敬。《诗·小雅·小宛》："人之齐圣，饮酒温克。"

㉕朝阳：山的东面。《诗·大雅·卷阿》："凤凰鸣矣，于彼高冈。梧桐生矣，于彼朝阳。"落凤：使凤停落。相传凤凰非梧桐不栖。大野：古泽名。在今山东巨野、嘉祥一带。伤麟：因获麟而伤感。鲁哀公十四年（公元前481年）春，狩于大野，叔孙氏之车士猎获麒麟一头。孔子伤感不已，曰："河不出图，雒不出书，吾已矣夫！……吾道穷矣！"

㉖佳城：指墓地。相传汉（滕公）夏侯婴死，求葬于东都门外。驷马不行，踣地悲鸣，得一石室，室中有铭曰："佳城郁郁，三千年，见白日，吁嗟滕公居此室！"见晋张华《博物志·异闻》。郁郁：忧伤、沉闷貌。流寓：客居异地。秦：指陕西中部地区。

㉗"山阳"两句：魏晋时，嵇康、吕安居于此，后为司马昭所杀，他们的好友向秀曾到此凭吊。山阳，今河南修武。余，剩下。故人，老友。

㉘孀机嫠纬：意谓寡妇不忧其机、纬，而忧其国之亡。孀，寡妇；机，织机。嫠，寡妇；纬，织物的纬线。《左传·昭公二十四年》："嫠不恤其纬，而忧宗周之陨，为将及焉。"独鹤孤鸾：《独鹤》《孤鸾》，并琴曲名，以喻形单影只。晋陶渊明《拟古九首》之五："知我故来意，取琴为我弹：上弦惊《别鹤》，下弦操《孤鸾》。"

㉙闺：内室。

㉚生平：平生，往常。已矣：过去了。怀旧：怀念旧友。晋潘岳有

《怀旧赋》。

(71)匣：琴匣。弦绝：琴技失传之意。《晋书·嵇康传》："康将刑东市，太学生三千人，请以为师，弗许。康顾视日影，索琴弹之，曰：昔袁孝尼尝从吾学《广陵散》，吾每靳固之。《广陵散》于今绝矣！"邻人笛悲：引起了怀念故友之情。晋向秀《思旧赋·序》："余与嵇康、吕安，居止接近……然嵇志远而疏，吕心旷而放，其后各以事见法……余逝将西迈，经其旧庐。于时日薄虞渊，寒冰凄然。邻人有吹笛者，发声寥亮。追思曩昔游宴之好，感音而叹，故作赋云。"

(72)幕府：指官署的帐幕。繐（suì）帷：指柩前的灵帐。繐，丧事所用的一种稀疏细布。

本铭每句四言，前半（至"长起秋风"止）写梁之灭亡、萧永之死及长埋异地之痛，后半写昔年相交之谊与生离死别、哀悼思旧之情。

汉武帝聚书赞①

献书路广②，藏书柱开③。秦儒出谷④，汉简吹灰⑤。芝泥印上⑥，玉匣封来⑦。坐观风俗⑧，不出兰台⑨。

［注释］

①汉武帝：西汉皇帝，公元前140—前87年在位。元光元年（公元前134年）诏："贤良明于古今王事之体，受策察问，咸以书对，著之于篇，朕亲览焉。"元朔五年（公元前124年）诏："其令礼官劝学，讲议洽闻，举遗（举遗逸之文）兴礼，以为天下先。"见《汉书·武帝纪》。

赞：古代文体之一，内容以赞美为主。庾信此赞流露出一种珍爱典籍，喜好读书的深厚感情。

②献书路广：相传汉武帝开献书之路，一年之间，书积如丘山。见汉刘歆《七略》。

③藏书柱开：柱，《艺文类聚》作"府"，近是。《汉书·艺文志》："汉兴，改秦之败，大收篇籍，广开献书之路。迄孝武世，书缺简脱，礼坏乐崩，圣上喟然而称曰：'朕甚闵焉！'于是建藏书之策，置写书之官，下及诸子传说，皆充秘府。"

④秦儒出谷：相传秦始皇曾密令诸生种瓜于骊山硐谷，至瓜实时，即设计坑杀之。出谷，犹言获救。这是对汉武帝的歌颂之辞。

⑤汉简吹灰：谓汉之简书，乃得之于秦之烬余。灰，焚书剩下的灰烬。据《史记·秦始皇本纪》，始皇曾采纳丞相李斯的建议："史官非秦记皆烧之。非博士官所职，天下敢有藏《诗》《书》百家语者，悉诣守、尉杂烧之。"

⑥芝泥：印泥。意谓在竹木简的绳结处封上泥，钤上印。

⑦玉匣：玉制的书匣，亦指以玉为饰的书匣。

⑧坐观风俗：谓阅书。《汉书·艺文志》："故古有采诗之官，王者所以观风俗，知得失，自考正也。"

⑨兰台：汉代宫廷藏书处。

《赵国公集》 序①

窃闻平阳击石，山谷为之调②；大禹吹筠，风云为之动③。与夫含吐性灵，抑扬词气，曲变《阳春》，光回白日，岂得同年而语哉④！柱国赵国公发言为论，下笔成章⑤，逸态横生，新情振起⑥，风雨争飞，鱼龙各变⑦。方之珪璧，涂山之会万重⑧；譬以云霞，赤城之岩千丈⑨。文参历象，即入《天官》之书⑩；韵涉丝桐，咸归总章之观⑪。论其壮也，则鹏起半天⑫；语其细也，则鹪巢蚊睫⑬。岂直熊熊旦上，增城抱日月之光⑭；焰焰宵飞，南斗触蛟龙之气⑮！

昔者屈原、宋玉，始于哀怨之深⑯；苏武、李陵，生于别离之世⑰。自魏建安之末、晋太康以来⑱，雕虫篆刻，其体三变⑲。人人自谓握灵蛇之珠，抱荆山之玉矣⑳。公斟酌《雅》《颂》，谐和律吕㉑。若使言乖节目，则曲台不顾㉒；声止操缦，则成均无取㉓。遂得栋梁文囿，冠冕词林㉔，《大雅》扶轮，小山承盖㉕。

[注释]

①赵国公：宇文招，字豆卢突。自幼聪颖，博涉群书，文学庾信，词多轻艳。武成初（公元559年顷），进封赵国公。保定中（公元563年顷），为柱国，出为益州总管。建德三年（公元574年），进爵为赵王。有文集十卷。《赵国公集》序是迄今能够见到的庾信为人所作的唯一的一篇序文。

②平阳：古邑名。尧都于此。今山西临汾西南。击石：击磬。相传夔曾击磬于此。调：谐调。

③大禹：鲧之子。因治水有功，舜死后由他继位。筠：竹子的青皮，引申为竹子。这里指竹制乐器。

④性灵：犹性情。词气：词章，气韵。《阳春》：古代楚国歌曲名。战国楚宋玉《对楚王问》："客有歌于郢中者，其始曰《下里巴人》，国中属而和者数千人；其为《阳阿薤露》，国中属而和者数百人；其为《阳春白雪》，国中属而和者不过数十人……"同年而语：犹相提并论。

⑤柱国赵国公：《艺文类聚》无"赵国"二字。按，宇文招于公元563年顷任柱国，公元574年进爵为王，知庾信此序当作于公元563—573年之间。发言为论，下笔成章：谓文思敏捷。《三国志·魏书·陈思王传》："言出为论，下笔成章，顾当面试，奈何倩人？"

⑥逸态：超逸豪放的意态。新情：清新的情趣。

⑦鱼龙各变：比喻文章的变化跌宕。鱼龙，汉代有漫衍鱼龙之戏。相传鱼龙为古代一种爬行动物，戏于庭中，毕乃于殿前激水，化成比目鱼，跳跃荡水，作雾障日，既而化成黄龙八丈，出水敖戏于庭。

⑧方：比拟。珪璧：古代帝王、诸侯于朝聘或祭祀时所用的一种玉制礼器。涂山：传为禹会诸侯处，在今安徽蚌埠西，淮河东岸。《左传·哀公七年》："禹合诸侯于涂山，执玉帛者万国。"这两句比喻文章气势的阔大。

⑨赤城：山名。在浙江天台北，为天台山的"南门"。因土色赤如云霞，望之似雉堞，故名。晋孙绰《游天台山赋》："赤城霞起而建标，瀑布飞流以界道。……跨穹隆之悬磴，临万丈之绝冥。"这两句比喻文章意境的雄奇。

⑩参：参证，检验。历象：天体运行之象。《天官》：《史记》有《天官书》，记天文星象，以星座比附人间的官职，故称。

⑪丝桐：琴多用桐木制成，上安丝弦，故以丝桐指琴。总章：乐官名。《后汉书·献帝纪》："总章始复备八佾舞。"观：宫门。

⑫壮：宏大。鹏起半天：谓大鹏一飞冲天。《庄子·逍遥游》："鹏之徙于南冥也，水击三千里，抟扶摇而上者九万里。"

⑬细：纤细。鹪巢蚊睫：谓鹪鹩筑巢于蚊睫。盖极言其细。《晏子春秋·外篇·极大极细第十四》："东海有虫，巢于蚊睫，再乳再飞，而蚊不为惊。"鹪巢，鹪鹩的窠，以细枝、草叶、苔藓、羽毛等交织而成，顶呈圆状，由侧孔出入，颇为精巧。蚊睫，蚊子的眼睫毛。

⑭熊熊：光焰旺盛貌。《史记·天官书》："大荒骆岁：岁阴在巳，星居戌。……熊熊赤色，有光。"旦：早晨。增城：神话中地名。《楚辞》屈原《天问》："昆仑悬圃，其尻安在？增城九重，其高几里？"

⑮焰焰：火微燃貌。南斗：斗宿，二十八宿之一。

⑯屈原（约公元前340—约公元前278年）：战国时楚国大诗人。曾为楚怀王左徒、三闾大夫，因遭谗去职。顷襄王时被放逐，流浪沅、湘，投汨罗江而逝。宋玉：战国时楚国辞赋家。或云系屈原弟子，曾事顷襄王。所著《九辩》，多悲伤抑郁之情。

⑰苏武：西汉杜陵（今陕西西安东南）人。武帝时，奉命出使匈奴，被扣达十九年始归。李陵：西汉陇西成纪（今甘肃秦安）人。武帝时，为骑都尉。与匈奴作战，兵败投降，终身未归。

⑱魏建安之末：自建安末至魏初，为文学史上的建安时期，代表作家有曹操、曹丕、曹植及建安七子（孔融、陈琳、王粲、徐干、阮瑀、应场、刘桢）等。魏，指三国魏。建安，汉献帝年号。太康：晋武帝年号。太康时期的文学多注重辞藻华美，渐流于轻绮靡丽，代表作家有潘岳、陆机、陆云、张载、张协等人。

⑲雕虫篆刻：雕琢"虫书"（秦书八体之一），篆写"刻符"（刻于符节上的篆书，亦秦书八体之一）。喻词章之事。其体三变：指文学风格

的发展变化。除上述建安、太康两时期外，尚有正始体、元嘉体等。正始，三国魏齐王曹芳年号（公元240—249年），其时文学创作中多消极虚无思想，以嵇康、阮籍、何晏为代表。元嘉，南朝宋文帝年号（公元424—453年），其时诗风，多描绘山水，讲究辞藻、对仗，代表作家有谢灵运、颜延之、鲍照等。南朝梁钟嵘《诗品·总论》："故知陈思（曹植）为建安之杰，公干（刘桢）、仲宣（王粲）为辅；陆机为太康之英，安仁（潘岳）、景阳（张协）为辅；谢客（灵运）为元嘉之雄，颜延年（延之）为辅；斯皆五言之冠冕，文词之命世也。"

⑳灵蛇之珠：相传古隋国时，隋侯见大蛇伤断，疑其有灵，使人以药敷之。后蛇于江中衔大珠以报，因号为隋侯之珠。荆山之玉：战国时下和得玉璞于荆山（今湖北西部），因号为荆山之玉。详《韩非子·和氏》。

㉑公：称赵国公宇文招。《雅》《颂》：《诗经》内容有《风》《雅》《颂》三类。《风》为地方乐歌，《雅》为朝廷乐章，《颂》为宗庙乐曲。《论语·子罕》："吾自卫反（返）鲁，然后乐正，《雅》《颂》各得其所。"律吕：乐律的统称。《汉书·律历志上》："登降运行，列为十二，而律吕和矣。"

㉒乖：违离。节目：事情的条目。曲台：秦、汉宫殿名。汉时作天子射宫。因以曲台指有关礼制之作。《汉书·艺文志》云："《曲台后仓》九篇。"后仓，汉宣帝时人，戴德、戴圣皆其弟子。

㉓操缦：调弦。引申为初学曲调未工。成均：西周的大学。《周礼·春官》："大司乐掌成均之法，以治建国之学政。"

㉔栋梁文囿：犹担重任于文坛。冠冕词林：受拥戴于艺苑。

㉕《大雅》：《诗经》的组成部分，内容多反映"王政"中的重大事件或措施。扶轮：扶翼车轮，在侧拥进之意。小山：指淮南小山（西汉淮

南王刘安一部分门客的共称）。承盖：撑开车篷，在上遮护之意。这两句说宇文招的作品，可置于《大雅》、小山之间。

移齐河阳执事文①

周天和四年四月二十七日，使持节、车骑大将军、仪同三司、大都督、陕西总管府移齐河阳执事②：自疆场卧鼓，边鄙收烽③，义让之行，未能期月④，孔城海盗，即值苞藏⑤。是以板载之师，须时而动，自安封域，非求拒防⑥。虽复风尘暂接，旗鼓无侵，五将即回，双崤已静⑦。始奉朝旨，获彼移书，令受叛城，使回军实⑧。想彼边司，已奉处分⑨。既有此还，辄须领纳⑩。未知何日可遣戍兵⑪？指附行人，迟能速报⑫。盟且不渝，邻境相善，顾瞻原野，幸甚实多⑬。故移。

[注释]

①移：移文，古代公文的一种，行于不相统属的官署间。齐：指北齐（公元550—577年）。河阳：古县名。治所在今河南孟州西。执事：古代指侍从于左右的人。因未便直称对方，故托言于执事，以表尊敬。这篇移文是庾信为北周齐王宇文宪代笔写给北齐方面的，措辞不亢不卑。

②周：指北周（公元557—581年）。天和四年：公元569年。使持节：官名。相当于地区的军政长官。车骑大将军：武官名号。多以勋戚任之。仪同三司：官名。谓仪制同于三公。大都督：地方军政长官。总管府：地方高级军政官署。其时陕西总管为北周齐王宇文宪，太祖宇文泰之

第五子。

③疆埸（yì）：国界。卧鼓：犹收兵。边鄙：边境。收烽：犹平静无战事。

④义让：友好，谦让。期月：周月，满一个月。或谓满一年。

⑤孔城：城名，在北齐与北周接境处。在今河南宜阳东南。诲盗：谓孔城地势险要，引起了北齐的注意。按，天和四年（公元569年），北齐将独孤永业盗杀孔城防主，以其地入于北齐。即值苞藏：正遇上北齐包藏的祸心。

⑥板载：筑室而居。板，筑墙夹土用的板；载，竖木置板以筑墙。《诗·大雅·绵》："其绳则直，缩版以载。"师：军队。须：待。封域：疆界。拒防：即巨防，为北齐腹地要塞（在今山东平阴北）。战国时，为齐长城与济水相接处。《韩非子·初见秦》："齐之清济浊河，足以为限；长城巨防，足以为塞。"

⑦接：会合。旗鼓：指军阵。回：迂回。双崤：崤山，分东西二崤，故称。公元前628年，晋败秦师于此。北朝时，为北周与北齐接境处。在今河南三门峡陕州区南。

⑧朝旨：北周武帝宇文邕之旨。彼：指北齐。叛城：疑指孔城。军实：军用物资。

⑨边司：边境官署。处分：嘱咐。

⑩还：归还。辄：即。

⑪戍兵：驻守边地之兵。

⑫行人：使者。迟：待。

⑬渝：变。顾瞻：回视，瞻望。《诗·桧风·匪风》："顾瞻周道，中心怛兮。"

为阎大将军乞致仕表①

臣某言②,臣闻《礼》云③:"大夫七十致仕于朝,传家于子,膳则贰珍,衣称时制④。"臣自出身奉国,四十余年,遭遇风云,从微至著⑤。太祖文皇帝扶危济难,奄有关河⑥;臣实无堪,中涓从事⑦。自洛食风尘,河梁旗鼓,华阴有白马之兵,河曲有黄沙之阵⑧。臣虽用命,不能奇策⑨。功薄赏厚,因人成事,恩泽年表,常以愧心⑩。仰逢周朝以揖让登庸,讴歌受命,主贵臣迁,频烦荣宠⑪。三槐以铸鼎象物,知其神奸;五等以桓珪饰瑞,守其宫室⑫。臣以何德,兼而有之⑬?况复水土之职,王梁以应谶受征;兵戈之王,韩信以登坛独拜⑭。语其连类,臣又何人⑮!

方今四海未宁,三方鼎峙⑯。陛下劳心之日,群公展效之秋⑰。而臣甲子既多,耄年又及,无参宾客之事,谬达诸侯之班⑱。尸禄素餐,久紊彝典;负乘致寇,徒烦有司⑲。加以寒暑乖违,节宣失序,风水交侵,菁华已竭⑳。虽复廉颇强饭,马援据鞍,求欲报恩,何能为役㉑?荣启期之乐,适足自贻㉒;烛之武之言,无能为也㉓。特乞解所居官,言从初服㉔。事符骸骨之请,非谋几杖之赐㉕。若臣北陵移病,东皋归老㉖;山河茅社,一反司勋,公侯珪璧,还封典瑞㉗;则朝无冒位之人,臣免妨贤之责㉘。虞氏养老,敢希东序之荣;周朝如荼,岂望西郊之礼㉙?但瞻仰天威,方违咫尺,徘徊城阙,私增凄恋㉚。不任知止之情㉛。

[注释]

①阎大将军：即阎庆，字仁庆，河阴（今河南孟津东北）人。北周孝闵帝元年（公元557年）时，任大将军。乞：请求，申请。致仕：交还官职，辞官。阎庆于北周武帝建德二年（公元573年）上表致仕，得到了批准。表：古代奏章的一种。按，阎庆的表由庾信代笔，当即作于此时。

②臣某言：古代向帝王陈事用表。表的第一句，通常有两种格式，一为"臣闻……"，一为"臣某言"。如汉孔融《荐祢衡表》，作"臣闻洪水横流，帝思俾乂（yì）"；三国蜀诸葛亮《出师表》，作"臣亮言"；三国魏曹植《求自试表》，作"臣植言"。由此可知，阎庆所上之表，开头当作"臣庆言"。但在底稿上或文集中，也可以"某"字代名。

③《礼》：指《礼记》，儒家经典之一，为秦、汉以前各种礼仪论著的选集，凡四十九篇。

④"大夫"四句：分见于《礼记·曲礼》及《礼记·王制》。意谓大夫到了七十岁，就要将官职交还朝廷，将家事传给子孙；美味当有所储备，衣服宜应时而制。

⑤出身：出来做官。奉国：拥戴国家。《国语·晋语二》："庶几曰：诸侯义而抚之，百姓欣而奉之，国可以固。"遭遇风云：遭逢明主，得以顺利升迁。从微至著：从小官直做到大将军。

⑥太祖文皇帝：指西魏大臣宇文泰。北魏孝武帝受高欢之逼，西奔长安；他拥立孝武帝与高欢相拒，为大丞相，专制朝政。他死后，其子宇文觉代西魏，国号周，追尊他为太祖文皇帝。奄有：拥有。关河：关中黄河及渭河一带。

⑦无堪：无能。中涓：谒者、舍人一类的侍从官。主居中扫洁之事。

从事：处理事务。《诗·小雅·十月之交》："黾勉从事，不敢告劳。"

⑧洛食风尘：这里指东魏高欢率军入洛，北魏孝武帝被逼西奔一事。洛食，美食于洛阳地区。风尘，战乱。河梁旗鼓：指河桥之役。阎庆时任中坚将军、奉车都尉，在此役中有功。华阴：华山之北。白马之兵：为国立功之兵。三国魏曹植《白马篇》："白马饰金羁，连翩西北驰。……捐躯赴国难，视死忽如归。"按，阎庆曾率军解华山之围。河曲：地区名（今山西、陕西、河南交界处）。黄沙之阵：即沙苑之役。沙苑，地名（在今陕西大荔南）。西魏大统三年（公元537年），宇文泰大破高欢于此。阎庆立有战功。

⑨用命：听命，效劳。不能：不善于。奇策：出奇制胜之策。

⑩因人成事：依赖别人的力量成事。《史记·平原君虞卿列传》："公等录录，所谓因人成事者也。"恩泽：恩惠。《汉书》有《外戚恩泽侯表》。恩泽侯，以君恩受封；功臣侯，以立功受爵。《史记》有《功臣年表》。年表：按年记事之表。一说，恩泽年表，即恩泽时赐之意。

⑪周朝：即北周。揖让：禅让。登庸：（皇帝）即位。讴歌：赞美，歌颂。受命：受天之命。迁：升官。频烦：即频繁。这几句说，宇文泰之子宇文觉，于西魏恭帝三年（公元556年）继承父爵，次年代西魏称天王，建国号为周；阎庆于北周孝闵帝元年（公元557年）就任将军，于北周武帝天和六年（公元571年）进位柱国。

⑫三槐：指三公（辅佐朝廷掌握军政大权的高级官员）。《周礼·秋官·朝士》："面三槐，三公位焉。"意谓面向宫前的三棵槐树，即三公朝见天子之位。铸鼎象物：以鬼神百物之形铸之于鼎，使民知所迎、避。《左传·宣公三年》："昔夏之方有德也，远方图物，贡金九牧，铸鼎象物，百物而为之备，使民知神奸。"五等：指五等爵。《礼记·王制》：

"王者之制禄爵，公、侯、伯、子、男，凡五等。"桓珪饰瑞：周礼以玉作六瑞，表爵秩等级。桓珪为公所执的一种玉制礼器。《周礼·春官·大宗伯》："公执桓圭，侯执信圭，伯执躬圭，子执谷璧，男执蒲璧。"宫室：帝王的宫殿。古以桓为宫室之象，故云。

⑬ "臣以"两句：言自己有何德望，兼受铸鼎、桓珪之宠？

⑭ 水土之职：指大司空。东汉司空，为三公之一，主管水土及营建工程。王梁：东汉大司空。应谶受征：因谶语（某种迷信性预言）应验而受到征召。兵戈之王：指大将。韩信（？—前196年）：汉淮阴（今属江苏西南）人。初属项羽，后归刘邦。经萧何推荐，被刘邦设坛具礼，拜为大将。见《史记·淮阴侯列传》。

⑮ "语其"两句：谓连类而及，自己身居三公及大将军之位，但比之王梁、韩信，相去甚远！

以上写自己功薄德浅而居于高位，语及连类，常用愧心。

⑯ 宁：平静。三方鼎峙：北朝东有北齐，西有北周，南朝有陈，三方鼎足而立。

⑰ 陛下：尊称帝王。这里称北周武帝。展效：施展雄才，报效邦国。秋：时。

⑱ 甲子：指年龄。耄年又及：老年又到。按，阎庆卒于隋开皇二年（公元582年），享年七十七，则上表时当为六十八岁。无参宾客之事：不参与会见宾客之礼。谬达诸侯之班：误列入显贵诸侯之位。

⑲ 尸禄素餐：居位食禄而不理事。久紊彝典：长期使法典混乱。负乘：小人而乘君子之器。致寇：招致寇戎之事。《易·解》："六三，负且乘。致寇至，贞吝。"有司：官吏。

⑳ 寒暑乖违：谓气候不常。节宣失序：谓作息无度。《左传·昭公元

年》："侨闻之：君子有四时，朝以听政，昼以访问，夕以修令，夜以安身。于是乎节宣其气，勿使有所壅闭湫底，以露其体，兹心不爽，而昏乱百度。今无乃一之，则生疾矣。"风水交侵：风寒、水湿，同时侵迫。菁华已竭：生命力已经衰竭。

㉑廉颇强饭：战国时赵国名将廉颇屡立战功，悼襄王时，获罪奔魏。后赵数困于秦兵，赵王遂派人至魏，视廉颇尚可用否。赵使者至，颇为之一饭斗米、肉十斤，披甲上马，以示尚可用。然终遭谗毁，未果。见《史记·廉颇蔺相如列传》。马援据鞍：东汉伏波将军马援，以六十二岁高龄请求率军出征；光武帝愍其老，未许。援谓："臣尚能披甲上马。"因据鞍（上马）顾眄，以示可用。见《后汉书·马援传》。为役：供驱使。

㉒荣启期：春秋时隐士。生活清苦，而自得其乐。谓天生万物，唯人为贵，既得为人，是一乐也；男女有别，以男为贵，既得为男，是二乐也；人有生而夭折者，今行年九十，是三乐也。又谓贫者士之常，死者人之终，处常得终，尚何忧哉？见《列子·天瑞》。自贻：给自己以满足。

㉓烛之武：春秋时郑国大夫。公元前630年，晋侯、秦伯围郑。佚之狐对郑伯说："国危矣，若使烛之武见秦君，师必退。"郑文公找到烛之武。烛之武说："臣之壮也，犹不如人，今老矣，无能为也已。"见《左传·僖公三十年》。

㉔解：解除。言：语助词。从初服：恢复未做官时的装束。《楚辞·离骚》："进不入以离尤兮，退将复修吾初服。"

㉕骸骨之请：乞骸骨。古代官吏年老辞归，请求使骸骨得以葬在故乡。《晏子春秋·重而异者七》："臣愚不能复治东阿，愿乞骸骨。"几杖之赐：由皇帝赐给请求退休者以几案与手杖。《礼记·曲礼上》："大夫七十而致仕，若不得谢，则必赐之几杖。"

㉖北陵移病：称病辞职后卜居于北陵。北陵，指汉代长安以北的长陵、安陵、阳陵、茂陵、平陵。汉司马相如病免后住在茂陵（汉武帝陵墓所在的县）。东皋归老：告老后归于田野之间。晋陶渊明《归去来兮辞》："登东皋以舒啸，临清流而赋诗。"

㉗茅社：受封的土地。古代皇帝社祭的坛，用青、黄、赤、白、黑五色土建成。分封诸侯时，把一种颜色的土用茅草包着授给受封者，凭以立社。一反：全部交回。司勋：官名。掌功赏之事。公侯珪璧：公、侯、伯所执的珪，子、男所执的璧。典瑞：官名。掌管瑞节和礼用玉器。

㉘冒位：滥充于位。妨贤：阻碍贤路。《汉书·王尊传》："其不中用，趣自避退，毋久妨贤。"

㉙虞氏：有虞氏，古代部落名，其领袖为舜。养老：古礼，对具有一定资格的老年人按时供给酒食，称"养老"。东序之荣：在东序终老的荣耀。按，有虞氏养国老于上庠，养庶老于下庠；夏后氏养国老于东序，养庶老于西序。如荼：谓周朝（北周）所养老人甚多，须发一片白色。荼，一种开白花的茅草。西郊之礼：养老于西郊的礼数。按，周人养国老于东郊，养庶老于虞庠，虞庠在国之西郊。这几句说，自己只求辞官归去，不敢希望享受国老或庶老的尊荣。

㉚天威：皇帝的威严。方违咫尺：只离开不到一尺。犹言就在眼前。《左传·僖公九年》："天威不违颜咫尺，小白余敢贪天子之命无下拜！"城阙：宫阙，帝王居处。私增凄恋：凄伤眷恋之情，有增无减。《楚辞》屈原《远游》："意荒忽而流荡兮，心愁凄而增悲。"

㉛不任：不胜，不尽。知止：知道适可而止。《老子》三十二章："知止可以不殆。"

以上写自己年老体弱，无法继续报效，恳求准予退休。

谢赵王赉米启①

某启：奉教垂赉米十石②。丹乌衔穟，既集西周③；黄雀随车，还飞东市④。渍而为种，不无霜雪之情⑤；取以论兵，即有山川之势⑥。某陋巷箪瓢，栉风沐雨⑦；剥榆皮于秋塞，掘蛰燕于寒山⑧；仰费国租，遂开尘甑⑨；非丹灶而流珠，异荆台而炊玉⑩。东方朔之捧米，既息长饥⑪；西门豹之垦田，方惭此赉⑫。

[注释]

①赵王：北周宇文招，武成初，封赵国公；保定中，为柱国；建德三年（公元574年），进爵为赵王。与庾信相善，有若布衣之交。赉：赐，给。按，此信当作于公元574年后，从中可见庾信生活之贫困。

②奉教：捧读教诲之言。垂：俯。表敬之辞。

③丹乌：即赤乌，传说中的瑞鸟。《墨子·非攻下》："赤乌衔珪，降周之岐社。"《史记·周本纪》："九年，武王上祭于毕。东观兵，至于盟津。……既渡，有火自上复于下，至于王屋，流为乌，其色赤，其声魄云。"穟：穗。集：群鸟栖止于树。

④"黄雀"两句：谓米车翻于东市，黄雀群鸣，飞往就食。见晋葛洪《神仙传》。

⑤"渍而"两句：用雪汁浸原蚕屎五六日，搓碎后拌和谷种下种，能抗旱，故以雪为五谷精。见《太平御览》卷十二引《氾胜之书》。情，《文苑英华》作"精"，是。

⑥"取以"两句：相传东汉马援曾在光武帝前聚米为山谷，指画形势，纵论用兵往来之道，昭然可观。

⑦某：《艺文类聚》作"比"。此处"某"乃庾信自称。陋巷箪瓢：陋巷，狭陋的房屋。箪，盛饭的圆形竹器。瓢，舀水的葫芦瓢。《论语·雍也》："贤哉回也！一箪食，一瓢饮，在陋巷，人不堪其忧，回也不改其乐。"栉风沐雨：比喻奔波劳苦，不避风雨。栉风，以风为梳篦；沐雨，以雨沐浴。《庄子·天下》："昔禹之湮洪水，……腓无胈（bá），胫无毛，沐甚雨，栉疾风，置万国。"按，庾信曾任北周司水下大夫，故云。

⑧榆皮：榆树的皮，可熬粥，或磨制成榆面。秋塞：西方的关塞。蛰燕：蛰伏的燕。晋郗鉴为兖州刺史，曾掘野鼠、蛰燕为食。寒山：冷落寂寞的山。

⑨仰费国租：承您耗费了国家的租粮来赒济于我。《世说新语·德行》："梁王、赵王，国之近属，贵重当时。裴令公岁请二国租钱数百万以恤中表之贫者。或讥之曰：'何以乞物行惠？'裴曰：'损有余，补不足，天之道也。'"遂开尘甑（zèng）：于是揭开了积满灰尘的饭甑。甑，蒸饭之器。东汉范史云，桓帝时任莱芜长。后因党锢，乃结草室而居，有时绝粒，而言貌无改。闾里歌之曰："甑中生尘范史云，釜中生鱼范莱芜。"见《后汉书·范冉传》。

⑩丹灶：炼丹的灶。南朝梁江淹《别赋》："守丹灶而不顾，炼金鼎而方坚。"流珠：道家指水银。这里借指饭粒。荆台：传说中云梦之台、高唐之台，其地在楚，故称。战国楚宋玉《高唐赋》："昔者楚襄王与宋玉游于云梦之台。"炊玉：以玉为食。《楚辞·九章·涉江》："登昆仑兮食玉英，与天地兮同寿，与日月兮齐光。"这里以玉指好米。

⑪东方朔（公元前154—前93年）：西汉文学家。汉武帝时待诏公

车，奉禄甚薄，因言："臣朔生亦言，死亦言。朱儒长三尺余，奉一囊粟，钱二百四十。臣朔长九尺余，亦奉一囊粟，钱二百四十。朱儒饱欲死，臣朔饥欲死。臣言可用，幸异其礼；不可用，罢之，无令但索长安米。"见《汉书·东方朔传》。息：止。

⑫西门豹：战国魏文侯时为邺令。邺，战国时魏都，在今河北临漳西南。豹曾率民开水渠十二条，引漳水灌民田。见《史记·滑稽列传》。惭：有愧。

拟连珠①

一

盖闻经天纬地之才，拔山超海之力②，战阵勇于风飙，谋谟出于胸臆③，斩长鲸之鳞，截飞虎之翼④。是以一怒而诸侯惧，安居而天下息⑤。

[注释]

①拟：摹仿。连珠：文体名。内容多借物陈义，以达讽喻之旨；形式多骈偶为句，隔句或四句押韵；辞丽而言约，历历如贯珠。西汉扬雄有《连珠》，晋陆机有《演连珠》。庾信此篇名《拟连珠》。全篇分四十四章，言南朝梁兴废之事，宜与《哀江南赋》合看。

②盖：发语词，无义。经天纬地：规划天地。《国语·周语》："天六地五，数之常也。经之以天，纬之以地。"拔山超海：形容力气大。《史

记·项羽本纪》："力拔山兮气盖世，时不利兮骓不逝。"《孟子·梁惠王上》："挟太山以超北海，语人曰：'我不能。'是诚不能也。"

③战阵勇于风飙：临阵勇于应战，超过了狂飙。谋谟出于胸臆：大小计谋，悉能出自胸臆。

④长鲸：大鲸。雄为鲸，雌为鲵。喜吞食小鱼。多以喻不义之人。《左传·宣公十二年》："古者明王伐不敬，取其鲸鲵而封之，以为大戮。"飞虎：比喻凶恶之人。《逸周书·寤儆》："无（为）虎傅翼，将飞入邑，择人而食。"

⑤是以：因此。诸侯：西周、春秋时分封的各国国君。诸侯在其封疆内，世代掌握着统治大权。息：繁殖，休养生息。这两句本于《孟子·梁惠王下》："文王一怒而安天下之民。"

本章写梁武帝萧衍雄才大略，智勇兼备，乘南齐内乱，起兵入建康，建立了梁朝。

二

盖闻萧、曹赞务，雄略所资①；鲁、卫前驱，威风所假②。是以黄池之会，可以争长诸侯③；鸿沟之盟，可以中分天下④。

[注释]

①萧：萧何，汉丞相。曹：曹参，继萧何为相。赞务：辅佐政务。资：凭借。按，梁武帝萧衍，南齐时官雍州刺史，后起兵入建康，于公元501年废南齐东昏侯萧宝卷，拥南康王萧宝融为帝，自为大司马，总领朝政，故云。

②鲁：周代国名。在今山东曲阜一带。周武王封弟周公旦于此。卫：周代国名。今河南淇县一带。周武王少弟康叔初封于康，后封于卫。前驱：前导。《诗·卫风·伯兮》："伯也执殳，为王前驱。"假：凭借。这两句喻指南朝齐、梁皆姓萧，似兄弟之国。

③黄池之会：黄池，古地名，在今河南封丘西南。公元前482年，吴王夫差与晋定公、鲁哀公等会盟于此。争长：会盟时争歃血先后。《左传·哀公十三年》："秋七月辛丑，盟，吴、晋争先。吴人曰：'于周室，我为长。'晋人曰：'于姬姓，我为伯。'"这两句喻指南朝梁具备与齐争长的条件。

④"鸿沟"两句：楚汉相争时，曾以鸿沟为界，中分天下，沟以西为汉，以东为楚。见《史记·高祖本纪》。这里借指梁武帝建立梁朝，与北魏中分南北而治。鸿沟，古运河名，故道自今河南荥阳北引黄河水，至淮阳东南入颍水。

本章写梁武帝建立梁朝前的资历。

三

盖闻解封豕之结，塞长蛇之源①，必须制裳千里，歃血辕门②。是以开百里之围，用陈平之一策③；盟千乘之国，须季路之一言④。

[注释]

①封豕（shǐ）：大猪。《左传·昭公二十八年》："贪惏无餍，忿纇无期，谓之封豕。"结：盘结。封豕、长蛇：喻元凶首恶。《左传·定公四年》："吴为封豕、长蛇，以荐食上国，虐始于楚。"这里并以喻侯景。

②制裳：任命官吏将帅。《左传·襄公三十一年》："子有美锦，不使人学制焉。大官、大邑，身之所庇也，而使学者制焉。其为美锦，不亦多乎？"歃血：古代盟会时，唇上涂以牲血，以表诚意。辕门：军营的门，用两辆车子的车辕仰交而成，故名。

③开：解，散开。陈平：汉初大臣。始从刘邦，任护军中尉；汉立，封曲逆侯；惠帝、文帝时，任丞相。汉高祖七年（公元前200年），刘邦攻韩王信于代，仓促至平城（今山西大同东），为匈奴所围，七日不得食。刘邦用陈平奇计，使单于阏氏（派人到匈奴皇后处关说），围以得开。见《史记·陈丞相世家》。

④千乘之国：有兵车千辆的小国。季路：姓仲，名由。孔子学生。曾任季孙氏的家臣。以诚信著称。小邾国大夫射以句绎地区来附于鲁，并认为，若能与子路相邀誓，可无须歃血为盟，但子路没有许诺。见《左传·哀公十四年》。

本章写梁武帝用人不善，轻易相信侯景内附，卒致酿成大祸。

四

盖闻得贤斯在，不藉挥锋①；股肱良哉，无论应变②。是以屈倪参乘，诸侯解方城之围③；干木为臣，天下无西河之战④。

[注释]

①斯：皆。藉：同"借"，凭借。锋：兵器。

②股肱：喻辅佐之臣。应变：适应时势变化。《荀子·王制》："举措应变而不穷，夫是之谓有原，是王者之人也。"

③屈倪：屈完，春秋时楚大夫。参乘：陪着乘车。这里指公元前656年，齐侯伐楚，楚子使屈完往陉地以观齐楚双方强弱。方城之围：指公元前656年，齐侯以诸侯之师伐楚一事。结果以屈完与诸侯结盟，诸侯遂解围而去告终。《左传·僖公四年》："齐侯陈诸侯之师，与屈完乘而观之。……齐侯曰：'以此众战，谁能御之？以此克城，何城不克！'对曰：'君若以德绥诸侯，谁敢不服？君若以力，楚国方城以为城，汉水以为池，虽众，无所用之。'屈完及诸侯盟。"方城，春秋时楚国山名，在今河南叶县南。

④干木：段干木，战国魏人。魏文侯以礼事之，过其门，必抚轼致敬。西河：战国时魏地。《史记·魏世家》："秦尝欲伐魏，或曰：'魏君贤人是礼，国人称仁，上下和合，未可图也。'"

本章言梁武帝左右没有屈完那样的股肱之臣，也没有段干木那样的贤者。

五

盖闻邯郸已围，徒思马服①；蓟城去矣，空用荆轲②。是以竹杖扶危，不能正武担之石③；芦灰缩水，不能救宣房之河④。

[注释]

①邯郸：战国时赵敬侯自晋阳徙都于此。故址即今河北邯郸。秦围邯郸，在赵孝成王九年（公元前257年），相持达十七月之久。马服：战国时赵国名将赵奢，以破秦有功，封为马服君。邯郸之围时，马服君已死，由其子赵括为将。括曾于公元前260年被秦将白起围于长平，丧师四十余万。

②蓟城：古地名，在今北京西南角。战国时燕国建都于此。秦将王翦伐燕，拔蓟城，在燕王喜二十九年（公元前226年）。去：失去。荆轲（？—公元前227年）：战国时卫人。被燕太子丹尊为上卿。于燕王喜二十八年献督亢地图于秦，刺秦王不中，被杀死。

③正：当。武担：山名，在四川成都西北。三国蜀刘备即位于武担之南。

④芦灰：芦苇的灰。《淮南子·览冥训》："杀黑龙以济冀州，积芦灰以止淫水。"宣房：宫名，汉武帝时所筑。故址在今河南濮阳西南。元光中（公元前132年顷），黄河曾决口于此，故筑宣房宫以镇。见《史记·河渠书》。

本章写台城既陷，忠烈无复可用；乱局已成，鼎力所不能挽。

六

盖闻穴蚁冲泉，未知远虑①；玄禽巢幕，何能支久②？是以大厦既焚，不可洒之以泪③；长河一决，不可障之以手④。

[注释]

①穴蚁冲泉：蚂蚁在水边营穴。

②玄禽巢幕：燕子在幕上筑巢。

③洒：浇。

④长河：黄河。障：堵塞。

本章写梁武帝、简文帝在台城陷后，皆被侯景所制，处于一筹莫展的境地。

七

盖闻膏唇喋喋，市井营营①；或以如簧自进，或以怚诈相倾②。是以子贡使乎，五都交乱③，张仪见用，六国纵横④。

[注释]

①膏唇：犹言油嘴。喋喋：多言貌。市井：街市。营营：往来不绝貌。

②如簧：如笙鼓簧。喻能言善辩。《诗·小雅·巧言》："巧言如簧，颜之厚矣。"自进：犹自荐。怚诈：狙诈，狡猾奸诈。相倾：互相结交，亦可理解为互相倾夺。

③子贡：春秋卫人。孔子弟子。雅善辞令，所至披靡。《史记·仲尼弟子列传》："故子贡一出，存鲁、乱齐、破吴、强晋而霸越。"五都：指鲁、齐、吴、晋、越五国。

④张仪：战国时魏人。与苏秦同师事鬼谷子。苏秦游说六国合纵以抗秦。张仪相秦惠王，复游说六国连横以事秦。六国：指楚、燕、齐、韩、赵、魏。

本章喻指梁朝诸王间互相猜忌，互相谗毁，互相残害，援兵虽众，而无济于事。

八

盖闻谋猷是习，权变须长①；时增齐灶②，或卧燕墙③。是以井陉之兵，如鸿毛之遇火④；长平之卒，若秋草之中霜⑤。

[注释]

①谋猷：谋划。权变：随机而变。《史记·苏秦列传》："苏秦兄弟三人，皆游说诸侯以显名，其术长于权变。"

②时增齐灶：战国时齐将田忌、孙膑率军攻魏救韩，故意逐日减少宿营地的灶数，以引诱魏军来追，实则设伏以待，终于大败魏军。增齐灶，东汉时，武都太守虞诩被羌人困于陈仓、崤谷，诩即停军不进，而宣言上书请兵，旋日夜进道，兼行百余里，令吏士逐日倍增其灶，使羌人终不敢逼。

③或卧燕墙：十六国时，后燕慕容垂于建兴十一年（公元396年）攻北魏，因病，乘马舆而进，驻平城（今山西大同）西北三十里，既而病重，乃逾山结营，筑燕昌城以自固，病笃而还，死于军中。或，有时。卧燕墙，卧病于燕昌城内。

④井陉之兵：井陉山，在河北西部，为太行山支脉。有要隘名井陉口，汉韩信击赵，曾破陈余兵于此。鸿毛：鸿雁的毛。

⑤长平之卒：公元前260年，赵将赵括被秦将白起大败于此，数十万之卒悉被坑杀。长平，古城名，故址在今山西高平西北。中霜：感受着严霜的侵袭。

本章写侯景之乱终于为王僧辩等所平定。

九

盖闻彼黍离离,大夫有丧乱之感①;麦秀渐渐,君子有去国之悲②。是以建章低昂,不得犹瞻灞岸③;德阳沦没,非复能临偃师④。

[注释]

①彼黍离离:那离离成行的黍子啊。《诗·王风》有《黍离》篇,旧说以为是周人东迁后,有大夫行役到故都,见宗庙宫室,平为田地,遍种黍、稷等作物,他忧伤彷徨,因而作了这首诗。

②麦秀渐渐:那渐渐吐秀的麦芒啊。君子:指箕子,他是殷纣王的叔父,封于箕(今山西晋中太谷区东北),曾因进谏被囚禁,武王灭商后获释。《史记·宋微子世家》:"于是武王乃封箕子于朝鲜而不臣也。其后箕子朝周,过故殷虚,感宫室毁坏,生禾黍,箕子伤之,……乃作《麦秀》之诗以歌咏之。其诗曰:'麦秀渐渐兮,禾黍油油。彼狡童兮,不与我好兮!'所谓狡童者,纣也。"

③建章:汉宫殿名。《三辅黄图·汉宫》:"(建章宫)周二十余里……在未央宫西,长安城外。"犹瞻:遥望。灞岸:霸陵(今陕西西安东北)高处。

④德阳:汉景帝庙,建于中元四年(公元前146年)。见《汉书·景帝纪》。沦没:沉没。这里以景帝死喻梁武帝之死。偃师:县名,汉属河南郡。在今河南洛阳东。东汉建武元年(公元25年)秋冬,光武帝经荥阳、巩县向洛阳进军,故称"临偃师"。这里以光武喻指梁元帝虽都江陵,而未能中兴,故云"非复能临偃师"。

本章言梁朝覆亡,建康残破,终至一蹶不振。

十

盖闻市朝迁贸,山川悠远①。是以狐兔所处,由来建始之宫②;荆棘参天,昔日长洲之苑③。

[注释]

①市朝:街市,朝廷。迁贸:迁移,变易。悠远:遥远。

②狐兔所处:狐兔出没之所。晋潘岳《西征赋》:"鳖(biē)雊雏(gòu)于台陂,狐兔窟于殿傍(旁);何黍苗之离离,而余思之芒芒!"建始之宫:建始殿,建安二十五年(公元220年)曹操所建,在洛阳。

③荆棘:荆条、酸枣等丛莽。长洲之苑:长洲苑,春秋时吴王阖闾游猎之处。在今江苏苏州西南。

本章写梁朝迁都江陵后,建康故宫旧苑,遂日渐荒凉。

十一

盖闻天方荐瘥,丧乱弘多①,空思说剑,徒闻枕戈②。是以刘琨之英略,莫知自免③;祖逖之慷慨,裁能渡河④。

[注释]

①荐瘥(cuó):降疫,降灾。弘:大。《诗·小雅·节南山》:"天方荐瘥,丧乱弘多。民言无嘉,憯莫惩嗟。"

②说剑：谈武。枕戈：睡时以戈为枕，时刻准备战斗。

③刘琨（公元271—318年）：晋大将军。曾长期坚守并州，招抚流亡，与刘聪、石勒相对抗。后与鲜卑贵族段匹磾相结盟，终被段匹磾所害。生前尝言："吾枕戈待旦，志枭逆虏，常恐祖生（祖逖）先吾著鞭。"故云"莫知自免"。

④祖逖（公元266—321年）：东晋名将。建兴元年（公元313年），率军北伐，中流击楫而誓曰："祖逖不能清中原而复济者，有如大江！"进屯雍丘（今河南杞县），收复了黄河以南地区。因东晋内部纠纷迭起，祖逖无人支持，竟忧病以死。裁：通"才"，仅仅。

本章写梁朝迭经丧乱，大都督王僧辩收复建康后被陈霸先所杀，陈霸先代梁自立而无渡河之心。

十二

盖闻谷林长送，苍梧不从^①，惟桐惟葛，无树无封^②。是以隋珠日月，无益骊山之火^③；雀台弦管，空望西陵之松^④。

[注释]

①谷林：地名，在今山东菏泽东北。尧死后葬此。苍梧：指九嶷山，在今湖南宁远南。舜死后葬此。不从：谓舜之二妃不从殉。

②惟桐：只以易朽的桐木为棺。惟葛：只以蔓生的葛茎相扎束。无树无封：墓地不种树，不起坟。

③隋珠日月：传说周代隋国的国君见大蛇伤断，以药敷之。后蛇于江中衔大珠以报，因名隋侯之珠，即明月珠。见《淮南子·览冥训》汉高

诱注。骊山之火：骊山，在陕西临潼东南。北麓有秦始皇陵。传说有牧儿亡羊，羊入其隧道；牧者持火照之求羊，失火，烧其臧椁。见《汉书·刘向传》。

④"雀台"两句：汉建安十五年（公元210年）冬，建铜雀台。故址在今河北临漳西南。曹操遗命诸子把他葬在邺之西岗，要妾伎住于铜雀台上，每月初一、十五日在灵帐前奏乐唱歌，让诸子时时登铜雀台以瞻望西陵墓田。空望：谓死者已无所知。南齐谢朓《同谢咨议铜雀台诗一首》："繐帷飘井干，樽酒若平生。郁郁西陵树，讵闻歌吹声！"

本章写梁元帝江陵被戮，以茅裹尸，草草埋葬之事。

十三

盖闻雷惊兽骇，电激风驱，陵历关塞，枕跨江湖①。是以城形月偃，阵气云铺②，非绿林之散卒，即骊山之叛徒③。

[注释]

①陵历：欺凌，逾越。枕跨：临近，占据。这几句写梁朝末年兵荒马乱的情状。

②月偃：半月形，是利于作战部署的阵形。云铺：形容盛大。

③绿林：指群盗股匪。骊山之叛徒：指从骊山修陵苦役中逃亡出来的人。《汉书·英布传》："布以论输骊山，骊山之徒数十万人，布皆与其徒长豪杰交通，乃率其曹耦，亡之江中为群盗。"骊山，在陕西临潼东南。北麓有秦始皇陵。

本章喻指梁武陵王萧纪于承圣元年（公元552年）八月自蜀中引兵

东下，师次西陵；梁元帝萧绎命陆法和锁江断峡以拒之，复将侯景之党任约、谢答仁自狱中释出，起用他们配合陆法和以攻蜀。

十四

盖闻死别长城，生离函谷①，辽东寡妇之悲，代郡霜妻之哭②。是以流恸所感，还崩杞梁之城③；洒泪所沾，终变湘陵之竹④。

[注释]

①长城：相传秦筑长城，死者相属，骸骨相拄，故云"死别"。函谷：函谷关，故址在今河南灵宝东北。战国秦所置。西魏陷江陵，男女尽俘入关，途经于此，故云"生离"。

②辽东寡妇：疑指汉末蔡文姬。文姬初嫁河东卫仲道，夫亡，归母家；汉末大乱，为董卓部将所虏，归南匈奴左贤王，居匈奴十二年。辽东，东汉有辽东属国。地在今辽宁大凌河中下游一带。代郡霜妻：指代王之妻，赵襄子之姐。代王被杀，其妻闻之，泣而呼天，故以为喻。代郡，按，代郡乃战国赵武灵王所置，在今河北蔚县西南。此处指代国。霜妻，孀妻。

③"是以"两句：相传齐庄公四年（公元前550年），齐袭莒，齐大夫杞梁战死，其妻迎丧于郊，枕尸而哭，十日而莒城崩。见汉刘向《列女传·贞顺》。按，东汉王充《论衡·感虚》："今城，土也。土犹衣也，无心腹之藏，安能为悲哭感恸而崩？……或时城适自崩，杞梁妻适哭，下世好虚，不原其实，故崩城之名，至今不灭。"

④"洒泪"两句：相传尧之二女，即舜之二妃，号湘夫人；舜死，

二妃悲啼，以泪洒竹，其竹尽斑，即今之斑竹，又名湘妃竹。见晋张华《博物志》。

本章写江陵陷后，梁朝官民或惨遭屠戮，或被俘入关，生离死别，哭声盈野之剧恸。

十五

盖闻三世用兵，既非贻厥[1]；阴谋累叶，必以凶终[2]。是以李都尉之风霜，上兰山而箭尽[3]；陆平原之意气，登河桥而路穷[4]。

[注释]

[1]三世用兵，既非贻厥：谓带兵无法遗传。战国末年，秦将王翦曾先后率军攻破赵国、燕国和攻灭楚国。其子王贲同为秦将，先后率军攻灭魏国，攻取燕的辽东和攻灭齐国。秦二世时，使王翦之孙王离击赵，围赵王及张耳于巨鹿城。有人认为："王离，秦之名将也。今将强秦之兵，攻新造之赵，举之必矣。"有人说："不然。夫为将三世者必败。必败者何也？必其所杀伐多矣，其后受其不祥。今王离已三世将矣。"不久，王离为项羽所虏，其军尽降。见《史记·王翦列传》。三世，三代。贻厥，遗传给子孙。

[2]"阴谋"两句：谓多阴谋者，子孙必不得善终。汉陈平，少时家贫，好黄、老之术，以从刘邦有功，封曲逆侯；惠帝、吕后时，任丞相；吕后死，他与周勃定计，诛杀诸吕，迎立文帝，任左丞相、丞相。陈平早年曾说："我多阴谋，是道家之所禁。吾世即废，亦已矣，终不能复起，以吾多阴祸也。"其曾孙陈掌，为卫青子婿，欲续封陈氏，然终不得。见

《史记·陈丞相世家》。累叶，累世。

③"是以"两句：李陵在武帝时任骑都尉，曾率兵出击匈奴，饱经风霜，后遭包围，以兵矢既尽，食乏而救兵不至，遂降匈奴。见《史记·李将军列传》。李都尉，指汉李广之孙李陵。

④"陆平原"两句：陆平原，指晋朝的陆机。陆机曾任平原内史，文才倾倒一时。后事成都王司马颖，受命讨长沙王司马乂（yì），兵败于河桥（故址在今河南孟州西南、孟津东北黄河上），被人所谮，为颖所杀。

本章写江陵之陷，梁朝的文臣武将或战败，或牺牲，或被俘，或被害。

十六

盖闻营魂不反，磷火宵飞①，时遭猎夜之兵，或毙空亭之鬼②。是以射声营之风雨，时有冤魂③；广汉郡之阴寒，偏多夜哭④。

[注释]

①营魂：往来不定的魂魄。反：返。磷火：野地里夜间常见的青色火光，俗称"鬼火"。

②时遭猎夜之兵：公元前六世纪，齐灵公出外打猎。有五条大汉惊走了野兽。灵公把他们杀了，葬在一处，葬地名"五丈夫丘"。或毙空亭之鬼：东汉时，蒙亭有鬼，屡杀过客。王忳任郿（今陕西眉县）令，有女子诉云："妾夫为涪（今四川绵阳东）令，之官，过宿此亭。亭长无状，枉杀妾家十余口，埋在楼下，悉盗取财货。"亭，供行人食宿之处。

③"是以"两句：汉曹褒任射声校尉，其营有停棺不葬者百余许，

皆建武（光武帝年号）以来绝无后者。褒为买地以葬之，设祭以祀之。射声，汉有射声校尉，夜中闻声则射之，故名。营，营舍。

④"广汉"两句：东汉陈宠，在转任广汉太守前，知洛阳城南每阴天辄有哭声，盖以昔岁仓促时骸骨不葬者多，乃下令埋葬，哭声遂绝。见《东观汉记》。广汉郡，东汉时治所在雒县（今四川广汉北）。

本章写梁朝几经战乱，冤死者多。

十七

盖闻江、黄戎马之徵①，鄢、郢风飙之格②，乍有去而不归，或无期而远客③。是以章华之下，必有思子之台④；云梦之傍，应多望夫之石⑤。

[注释]

①江：古国名，嬴姓，在今河南正阳西南，公元前623年灭于楚。黄：古国名，嬴姓，在今河南潢川西，公元前648年灭于楚。戎马：军事。徵：约请。

②鄢：古国名，妘姓，在今河南鄢陵西北，公元前八世纪灭于郑。郢：古都邑名，在今湖北江陵西北，春秋楚文王定都于此，公元前278年为秦将白起所破。风飙：疾风。格：袭击。

③乍：突然。远客：流落他乡者。

④章华：章华台，楚灵王所筑之台。见《左传·昭公七年》。故址在今湖北潜江西南，古华容县城内。思子之台：思念儿子的台基。楚灵王受乾溪（今安徽亳州东南）之辱，继而其太子禄及公子罢（pí）敌皆被杀。

楚灵王素多杀伐，章华台下多死人骸骨。楚灵王闻群公子之死，这才意识到："人之爱其子也，亦如余乎？……余杀人子多矣，能无及此乎？"见《左传·昭公十二年》《左传·昭公十三年》《史记·楚世家》。

⑤云梦：云梦泽，古渊薮名，在今湖北潜江西南。望夫之石：传说中望夫之妇所化之石。《太平御览》卷四百四十引南朝宋刘义庆《幽明录》："武昌阳新县北山上有望夫石，状若人立。相传昔有贞妇，其夫从役，远赴国难，妇携弱子，饯送此山，立望而死，形化为石，因以为名焉。"

本章写江陵陷后，百姓被俘入关，父子夫妇离别之惨。

十八

盖闻无怨生离①，恩情中绝，空思出水之莲②，无复回风之雪③。是以楼中对酒，而绿珠前去④；帐里悲歌，而虞姬永别⑤。

[注释]

①无怨生离：并无怨恨，却被活活地分开。

②出水之莲：初放的荷花。形容女性之年青貌美者。三国魏曹植《洛神赋》："远而望之，皎若太阳升朝霞；迫而察之，灼若芙蕖出渌波。"

③回风之雪：盘旋于风中的雪花。喻美女。三国魏曹植《洛神赋》："仿佛兮若轻云之蔽月，飘飖兮若流风之回雪。"

④绿珠：西晋侍中石崇的爱妾。赵王司马伦的同党孙秀使人求绿珠，石崇不许。孙秀劝司马伦矫诏以诛崇。时崇正宴于楼上，谓绿珠曰："我今为尔得罪。"绿珠泣曰："当效死于官前。"因自投于楼下而死。

⑤虞姬：项羽姬妾，秦末人。常随项羽出征。项羽被汉军围困于垓下

（今安徽灵璧南），夜起，与虞姬饮帐中，悲歌为别曰："力拔山兮气盖世，时不利兮骓不逝。骓不逝兮可奈何，虞兮虞兮奈若何？"虞姬以歌相和云："汉兵已略地，四面楚歌声。大王意气尽，贱妾何聊生！"

本章写江陵既陷，贵族妻妾多被俘以去，或独留绝境，无复聊生。

十九

盖闻树彼司牧①，既悬百姓之命②；及乎厌世③，复倾天下之心④。是以一马之奔，无一毛而不动⑤；一舟之覆，无一物而不沉⑥。

[注释]

①树彼司牧：犹言立彼君主。《左传·襄公十四年》："天生民而立之君，使司牧之，勿使失性。"

②悬：寄托。

③厌世：犹逝世。这里指梁武帝之死。

④倾：使倾覆，崩溃。

⑤一马之奔，无一毛而不动：马奔跑时，全身都会震动。

⑥一舟之覆，无一物而不沉：船倾覆时，全船都会沉没。

本章写梁武帝对梁之衰亡，有直接责任，历年积弱，导致台城之陷，江陵之破，敬帝之败，遂一溃而不可收。

二十

盖闻严霜之零，无所不肃①；长林之毙，无所不摽②。是以楚堑既填③，游鱼无托④；吴宫已火⑤，归燕何巢⑥？

[注释]

①零：降，落。肃：肃杀，严酷萧瑟貌。

②长林：长木，大树。摽（biào）：击。《左传·哀公十二年》："长木之毙，无不摽也；国狗之瘈（chì），无不噬也。"

③楚堑：楚地的深沟。填：填平。

④托：寄托。

⑤吴宫：吴地的宫殿。火：烧毁。

⑥巢：做窠。

本章写梁朝既败，建康、江陵先后不保，自己已失去倚托，无处可归。

二十一

盖闻名高八俊，伤于阉竖之党①；智周三杰，毙于妇女之计②。是以洪泽之蛟，遂挫长饥之虎③；平皋之蚁，能摧失水之龙④。

[注释]

①八俊：东汉时，李膺、荀昱、杜密、王畅、刘祐、魏朗、赵典、朱寓等八人，富于才能，敢于反对阉党，被称为八俊。阉竖之党：这里指东汉末年在朝廷专权的宦官一伙。

②三杰：汉朝称张良、韩信、萧何为三杰。妇女之计：汉吕后使人缚斩韩信，信曰："吾悔不用蒯通之计，乃为尔女子所诈，岂非天哉！"见

《史记·淮阴侯列传》。

③蛟：传说中动物，相传能使洪水暴涨。似蛇而四脚，大者十数围，卵如石瓮，能吞人。见《山海经·中山经》晋郭璞注。

④平皋：水边平地。摧：挫败。

本章写自己困留长安，虽有才智而无施展之所。

二十二

盖闻吴艘蜀艇，不能无水而浮①；以红间绿，不能无弦而射②。是以樊笼之鹤，宁有六翮之期③？肮脏之马，无复千金之价④。

[注释]

①吴艘蜀艇：吴地的大船，蜀中的小舟。《淮南子·俶真训》："越舲蜀艇，不能无水而浮。"

②以红间绿：饰有彩羽的弓箭。弦：弓弦。

③六翮（hé）：健于飞翔的翅膀。《战国策·楚策四》："奋其六翮而凌清风，飘摇乎高翔。"

④肮脏：肥胖。千金之价：指千里马的身价。《战国策·燕策一》："臣闻古之君人，有以千金求千里马者，三年不能得。……三月得千里马，马已死，买其首五百金，反以报君。"

本章写自己身居异地，缺乏必要条件，受到各种牵制，有翅难飞，有志难酬。

二十三

盖闻性灵屈折，郁抑不扬，乍感无情，或伤非类①。是以嗟怨之水，特结愤泉；感哀之云，偏含愁气②。

[注释]

①非类：不同民族。按，庾信属汉族，西魏拓跋氏、北周宇文氏皆鲜卑族。

②愤泉：愤恨之泉。愁气：惨淡之气。《古文苑》西汉班婕妤《捣素赋》："伫风轩而结睇，对愁云之浮沉。"

本章写自己身在西魏、北周，举目无亲，充满愤恨惨淡之情。

二十四

盖闻迁移白羽①，流徙房陵②，离家析里③，凄恨抚膺④。是以吴起之去西河，潸然出涕⑤；荆轲之别燕市，悲不自胜⑥。

[注释]

①白羽：古邑名，一名析。在今河南西峡。《左传·昭公十八年》："楚子使王子胜迁许于析，实白羽。"

②房陵：古县名，秦置。即今湖北房县。秦始皇灭赵，徙赵王迁于此。

③析：分离。

④抚膺：捶胸。

⑤吴起之去西河，潸然出涕：战国时，吴起初任鲁将，继任魏将，屡立战功。魏文侯任起为西河（今陕西东部、黄河西岸地区）守。文侯死，吴起事其子武侯。武侯信谗而疑起，起惧得罪，乃离西河而去，泣数行下。

⑥荆轲之别燕市，悲不自胜：战国末，刺客荆轲被燕太子丹尊为上卿，受命去刺秦王政。临行，太子及宾客皆白衣冠以送之，至易水之上，高渐离击筑，荆轲和而歌，为变徵之声，士皆垂泪涕泣。见《史记·刺客列传》。

本章写作者自己远离江南，客居异地，家国之思弥切，凄怆之意难平。

二十五

盖闻廉将军之客馆①，翟廷尉之高门②，盈虚倏忽，贵贱何论③！是以平生故人，灌夫不去④；门下宾客，任安独存⑤。

[注释]

①廉将军之客馆：战国时赵国名将廉颇被任为上卿，以勇气闻于诸侯。秦、赵长平（今山西高平西北）之战时，赵王中秦反间之计，以赵括代廉颇为将。廉颇既免，故客尽去。燕、赵之役，廉颇复用为将，大破燕军，客又复至。廉颇不悦，客曰："夫天下以市道交，君有势，我则从君，君无势则去，此固其理也，有何怨乎？"见《史记·廉颇蔺相如列传》。

②翟廷尉之高门：汉下邳（今陕西渭南东北）翟公为廷尉，宾客盈门；及废，门可罗雀；后复为廷尉，客欲往，翟公大书其门曰："一死一生，乃知交情；一贫一富，乃知交态；一贵一贱，交情乃见。"见《汉书·郑当时传》。

③倏忽：极快。何论：犹言不定。

④灌夫：西汉颍阴（今河南许昌）人。建元元年（公元前140年），任太仆。饶资财，喜任侠。《史记·魏其武安侯列传》："魏其失窦太后，益疏不用，无势，诸客稍稍自引而怠傲，唯灌将军独不失故。魏其日默默不得志，而独厚遇灌将军。"

⑤任安：汉荥阳人，曾为大将军卫青舍人。《史记·卫将军骠骑列传》："定令，令骠骑将军（霍去病）秩禄与大将军等。自是之后，大将军青日退，而骠骑日益贵。举大将军故人门下多去事骠骑，辄得官爵，唯任安不肯。"

本章写作者自己宦海浮沉的炎凉之感，羁旅北地的落寞之情。

二十六

盖闻执珪事楚①，博士留秦②；晋阳思归之客③，临淄羁旅之臣④。是以亲友会同，不妨怀抚凄怆⑤；山河离异，不妨风月关人⑥。

[注释]

①执珪：战国时楚国的最高爵位，称执珪。越人庄舄，事楚为执珪，因思乡心切，虽位居显要，患病时每吟越声。见《史记·张仪列传》。

②博士：古代学官名。《汉书·百官公卿表上》："博士，秦官，掌通古今。"秦丞相李斯奏云："臣请史官非秦记皆烧之。非博士官所职，天下敢有藏《诗》《书》百家语者，悉诣守尉杂烧之。……所不去者，医药卜筮种树之书。"见《史记·秦始皇本纪》。

③晋阳：春秋晋邑，故址在今山西太原南。楚人钟仪，为郑所获，以献于晋，南冠而絷；晋景公使与之琴，钟仪操南音以报。见《左传·成公九年》。

④临淄：春秋齐邑，故址在今山东淄博东北。公元前672年，陈人杀其太子御寇，陈公子完与颛孙奔齐。齐桓公使敬仲（即公子完）为卿。敬仲辞曰："羁旅之臣，幸若获宥，及于宽政，……敢辱高位，以速官谤？请以死告。"乃使为工正（掌百工之官）。见《左传·庄公二十二年》。

⑤会同：朝会。凄怆：悲戚。

⑥风月：清风明月。

本章写作者羁留北地，欲归不得，及南北通好，流寓之士各许还其旧国，而自己与王褒仍滞留于北，故有无限悲怆。

二十七

盖闻五十之年，壮情久歇，忧能伤人，故其哀矣①。是以譬之交让，实半死而言生②；如彼梧桐，虽残生而犹死③。

[注释]

①"盖闻"四句：叹自己困于北朝，年事将老，无可奈何。汉孔融《与曹公书论盛孝章》："岁月不居，时节如流。五十之年，忽焉已至。公

为始满，融又过二。海内知识（知者、识者），零落殆尽，惟有会稽盛孝章尚存。其人困于孙氏，妻孥湮没，单子独立，孤危愁苦。若使忧能伤人，此子不得复永年矣！"

②交让：交让木，楠木的别名。晋左思《蜀都赋》："交让所植，蹲鸱所伏。"刘渊林注云："两树对生，一树枯则一树生，如是岁更，终不俱生俱枯也。"

③"如彼"两句：语本汉枚乘《七发》："龙门之桐，高百尺而无枝。中郁结之轮菌，根扶疏以分离。……其根半死半生。"

本章叹自己年老体衰，无可作为。

二十八

盖闻秋之为气，惆怅自怜①，耿恭之悲疏勒②，班超之念酒泉③。是以韩非客秦，避谗无路④；信陵在赵，思归有年⑤。

[注释]

①秋之为气：秋天所形成的气氛。战国楚宋玉《九辩》："悲哉秋之为气也！萧瑟兮草木摇落而变衰。"惆怅：伤感，懊恼。《九辩》："廓落兮羁旅而无友生，惆怅兮而私自怜。"

②耿恭：东汉明帝时，任戊己校尉。驻西域疏勒，被匈奴所围，因粮尽，煮弩铠以食其筋革，终不屈。建初元年（公元76年），率二十六人出，与汉军来援者会合，至玉门关，所部仅存十三人。疏勒：西域国名。故治在今新疆喀什。

③班超：东汉名将。在西域活动达三十一年。以久在西域，年老思故

土，七十岁时上疏云："臣不敢望到酒泉郡，但愿生入玉门关！"见《后汉书·班超传》。酒泉：郡名。在今甘肃西部。玉门关在酒泉西八百里。

④韩非：战国时韩人。曾建议韩王变法图强，韩王不用。韩非有《孤愤》《五蠹》之书，受到秦王政重视。后出使秦国，李斯、姚贾毁之曰："韩非，韩之诸公子也。今王欲并诸侯，非终为韩不为秦，此人之情也。今王不用，久留而归之，此自遗患也，不如以过法诛之。"终被逼自杀而死。

⑤信陵：信陵君，战国时魏安釐王之弟。曾窃兵符，夺晋鄙兵权，以救赵胜秦。因功高名盛，为魏王所忌，乃使将将其军归魏，而自与客留于赵，十年不归。

本章写自己无时无刻不在思念故国。

二十九

盖闻悬鹑百结①，知命不忧②；十日一炊③，无时何耻④？是以素王之业，乃东门之贫民⑤；孤竹之君，实西山之饿士⑥。

[注释]

①悬鹑百结：谓衣服破旧。《荀子·大略》："子夏家贫，衣若县鹑（挂着的鹌鹑）。"

②知命：安于天命。《易·系辞上》："乐天知命，故不忧。"

③十日一炊：十天才煮一次饭。东汉第五颉客止灵台中，或十日不炊。

④无时：未逢时运。

⑤素王：指孔子。汉王充《论衡·超奇》："孔子之《春秋》，素王之业也。"东门之贫民：指孔子当年不得志，与贫民无异。《史记·孔子世家》："孔子适郑，与弟子相失，孔子独立郭东门。郑人或谓子贡曰：'东门有人，其颡似尧，其项类皋陶，其肩类子产，然自要（腰）以下不及禹三寸，累累然若丧家之狗。'"

⑥孤竹之君：孤竹国（在今河北卢龙南）的国君。伯夷、叔齐为商朝末年孤竹君的两子。西山之饿士：指不食周粟，饿死于首阳山的伯夷、叔齐。《史记·伯夷列传》："武王已平殷乱，天下宗周，而伯夷、叔齐耻之，义不食周粟，隐于首阳山，采薇而食之。及饿且死，作歌，其辞曰：登彼西山兮，采其薇矣。以暴易暴兮，不知其非矣。……"

本章写自己在衣食不足、素志难酬的条件下对孔子、伯夷、叔齐的思慕。

三十

盖闻胸中无学，犹手中无钱，今之学也，未见能贤①。是以扶风之高凤，无故弃麦②；中牟之宁越，徒劳不眠③。

[注释]

①能贤：才能，德行。

②扶风：东汉右扶风，治所在槐里（今陕西兴平东南）。高凤：东汉名儒。少好读书，昼夜不息。妻赴田间操作，麦晒于庭，使凤守护。时天暴雨，凤持竿诵读不辍。妻还，见潦水流麦，怪问，始悟。

③中牟：古邑名。在今河南鹤壁西。宁越：战国时赵人。原为农民，

发愤读书，自云："人将休，吾不敢休；人将卧，吾不敢卧。"积学十五年，周威公聘以为师。见《吕氏春秋·不广》。

本章叹自己虽历年积学，兼有德才，而无由见用，枉嗟徒劳而已。

三十一

盖闻十室之邑，忠信在焉①；五步之内，芬芳可录②。是以日南枯蚌，犹含明月之珠③；龙门死树，尚抱《咸池》之曲④。

[注释]

①十室之邑，忠信在焉：十户人家的地方，忠诚信实的人就在那儿。《论语·公冶长》："十室之邑，必有忠信如丘者焉，不如丘之好学也。"

②芬芳可录：芬芳，指香草。喻有人才可资录用。汉刘向《说苑·谈丛》："十步之泽，必有香草；十室之邑，必有忠士。"

③日南：汉代郡名。在今越南广治省一带。明月之珠：色泽晶莹的珍珠。

④龙门：龙门山，在今陕西韩城与山西河津之间。龙门的桐树，可制琴瑟。《咸池》之曲：古乐名。相传为黄帝之乐，由尧增修沿用。见《礼记·乐记》。

本章写自己身居北国而心存南朝，忠信、芬芳、明珠、《咸池》，有不可泯者。

三十二

盖闻百尺之高，累于九棋之上①；千钧之重，悬于一木之枝②。

是以截虎尾而非险③,伤龙鳞而未危④。

[注释]

①百尺之高:谓十丈高台。累:积。九棋:九颗棋子。

②千钧之重:三万斤的重量。一木:一株树。

③虎尾:老虎尾巴。《尚书·君牙》:"心之忧危,若蹈虎尾,涉于春冰。"

④龙鳞:龙颈下的逆鳞。《韩非子·说难》:"夫龙之为虫也,可柔狎而骑也。然其喉下有逆鳞径尺,若人有婴之者,则必杀人。"

本章写自己处境之危,较之截虎尾、伤龙鳞为尤甚。

三十三

盖闻居兰处鲍,在其所习①;白羽素丝,随其所染②。是以金性虽质,处剑即凶③;水德虽平,经风即险④。

[注释]

①居兰处鲍:住在芝兰之室或待在咸鱼之市。《孔子家语·六本》:"与善人居,如入芝兰之室,久而不闻其香,即与之化矣。"又:"与不善人居,如入鲍鱼之肆,久而不闻其臭。"所习:所接触之人。

②所染:所用之染料。《墨子·所染》:"见染丝者而叹曰:染于苍则苍,染于黄则黄。"

③金:金属。质:质朴。处剑:铸而为剑。

④水德:水的属性。经风:遇风。

本章说明环境与条件对人的制约作用。

三十四

盖闻豫章七年，毙于丰草①；芳兰九畹，沦于幽谷②。是以欲求其真，晋阳有自埋之蒿③；若赏其声，吴亭有已枯之竹④。

[注释]

①豫章：木名。《山海经·西山经》："厎阳之山，其木多櫻、楠、豫章。"晋郭璞注："豫章，大木，似楸，叶冬夏青，生七年而后可知也。"毙：倒仆。

②芳兰：香兰。屈原《离骚》："余既滋兰之九畹兮，又树蕙之百亩。"畹：古代地积单位名。或谓三十亩为一畹。沦：沦落。相传孔子过谷中，见兰独茂，叹曰："兰当为王者香，今乃独茂，与草为伍！"乃止车，鼓琴，以自伤不逢于时。见汉蔡邕《琴操》。

③晋阳：春秋时晋阳城。故址在今山西太原南。相传为赵简子家臣董安于所筑。自埋之蒿：掩没屋宇的蒿草。《战国策·赵策一》："张孟谈曰：臣闻董子之治晋阳也，公宫之垣，皆以荻蒿楛楚墙之，其高至丈余……"

④吴亭：古地名。当在今江苏苏州吴中区一带。按，秦制，以十里为亭，十亭为乡。已枯之竹：刻有文字的竹简。汉桓宽《盐铁论·利议》："抱枯竹，守空言。"

本章谓自己空有抱负而未能施展。

三十五

盖闻明镜蒸食,未为得所①;干将补履,尤可伤嗟②。是以气足凌云,不应止为武骑③;才堪王佐,不宜直放长沙④。

[注释]

①明镜蒸食:用明亮的铜镜来盛食物。《淮南子·齐俗训》:"夫明镜便于照形,其于以函食,不如箪。"

②干将补履:用锋利的宝剑(代替锥子)来补鞋。汉刘向《说苑》:"干将、莫邪拂钟不铮,试物不知,……此至利也。然以之补履,曾不如两钱之锥。"

③气足凌云,不应止为武骑:汉司马相如以赀为郎,事汉景帝,为武骑常侍,秩六百石,常侍从格猛兽,后以病免。相如善为辞赋,所作《上林赋》《子虚赋》等,为汉武帝所赏识,复召为郎。及奏《大人之颂》,武帝大悦,相如飘飘有凌云之气,似游天地之间意。见《史记·司马相如列传》。

④才堪王佐,不宜直放长沙:王佐,帝王的辅佐。汉贾谊年少,颇通诸子百家之书,文帝召以为博士。一岁中至太中大夫。诸律令所更定,及列侯悉就国,其说皆发自贾谊。文帝议任以公卿之位,周勃、灌婴等以为:"洛阳之人,年少初学,专欲擅权,纷乱诸事。"文帝于是疏之,不用其议,以贾谊为长沙王太傅。见《史记·贾生列传》。

本章写自己在西魏、北周,皆不得其所。

三十六

盖闻势之所归①,威之所假②,必能系风捕影③,暴虎冯河④。是以轻则鸿毛沉水,重则磐石凌波⑤。

[注释]

①势之所归:权势所归属的人。

②威之所假:仗恃威严的人。

③系风捕影:喻难于办到之事。晋葛洪《抱朴子·论仙》:"无为握无形之风,捕难执之影,索不可得之物,行必不到之路,弃荣华而涉苦困,释甚易而攻至难,……"

④暴虎冯(píng)河:徒手打虎,涉水过河。《诗·小雅·小旻》:"不敢暴虎,不敢冯河,人知其一,莫知其他。"

⑤轻则鸿毛沉水,重则磐石凌波:谓不可能之事有时也会出现。晋葛洪《抱朴子·论仙》:"重类应沉,而南海有浮石之山;轻物当浮,而牂柯有沉羽之流。"

本章谓有权势者凡事皆可办到。

三十七

盖闻意气难干①,非资扛鼎②;风神自勇③,无待翘关④。是以曹刿登坛,汶阳之田遽反⑤;相如睨柱,连城之璧更还⑥。

[注释]

①干：触犯。

②资：用来。扛鼎：用两手举鼎。《史记·项羽本纪》："力能扛鼎，才气过人。"

③风神：丰采，神韵。

④无待：无须。翘关：拔开拦门的横木。《吕氏春秋·慎大》："孔子之劲，能举国门之关。"《淮南子·主术训》："孔子之通，智过于苌弘，勇服于孟贲，足蹑郊菟，力招城关，能亦多矣。"

⑤曹刿：春秋鲁人。《史记》作"曹沫"。曹沫以勇力事鲁庄公，与齐战，三败北。鲁庄公献遂邑（在今山东肥城南）之地以和。既而齐桓公许与鲁会于柯（今山东东阿西南）而盟。桓公与庄公既盟于坛上，曹沫执匕首登坛以劫持齐桓公，迫使其归还侵鲁之地。见《史记·刺客列传》。汶阳：汶水之阳，今山东泰安、肥城一带。遽反：于是归还。

⑥"相如"两句：战国赵惠文王时，秦向赵强索楚和氏璧，愿以十五城为代价。赵大臣蔺相如奉命带璧入秦，见秦王无意偿赵城，乃复取璧睨柱（斜看着殿柱），欲以击柱，云："大王必欲急臣，臣头今与璧俱碎于柱矣！"秦王恐其破璧，乃辞谢固请。相如乃使其从者从径道亡，以归璧于赵。见《史记·廉颇蔺相如列传》。连城之璧：价值连城的玉。

本章写自己出使西魏，没能完成使命。

三十八

盖闻卷葹不死，谁必有心①？甘蕉自长，故知无节②。是以螺蚌得路，恐异骊渊③；雀鼠同归，应非丹穴④。

[注释]

①卷葹：草名。《尔雅·释草》："卷施草，拔心不死。"谁必：何必。

②甘蕉：多年生植物，产于热带地区。形类芭蕉而茎较高，达二丈许。节：枝干交接处。

③骊渊：骊龙所居之渊。《庄子·列御寇》："河上有家贫恃纬萧（织蒿）而食者，其子没（淹没）于渊，得千金之珠。其父谓其子曰：'取石来锻（椎破）之！夫千金之珠，必在九重之渊而骊龙颔下，子能得珠者，必遭（逢）其睡也。使骊龙而寤，子尚奚微之有哉！'"

④雀鼠同归：犹鸟鼠同穴。《山海经·西山经》："（邽山）又西二百二十里，曰鸟鼠同穴之山，其上多白虎、白玉。渭水出焉，而东流注于河。"按，今甘肃渭源西南有鸟鼠山。丹穴：传说为凤凰所居之山。《山海经·南山经》："（祷过之山）又东五百里，曰丹穴之山，其上多金玉。丹水出焉，而南流注于渤海。有鸟焉，其状如鸡，五采而文，名曰凤皇，……是鸟也，饮食自然，自歌自舞，见则天下安宁。"

本章写自己在北朝无心、无节，有志难伸。

三十九

盖闻北邙之高①，魏君不能削②；谷、洛之斗，周王不能改③。是以愚公何德，遂荷锸而移山④？精卫何禽，欲衔石而塞海⑤？

[注释]

①北邙：山名。在今河南洛阳东北。东汉、魏、晋各朝的王公贵族，

多葬于此。

②魏君：指三国魏之君。

③"谷、洛"两句：周灵王二十二年（公元前550年），谷水、洛水在王城（今河南洛阳王城公园一带）西南相激，毁王城西南，将及王宫。灵王不听太子晋之谏，遂壅防谷水，使出于王城之北。周景王（太子晋之弟）立，多宠人，乱始生；景王卒，王室大乱。见《国语·周语下》。

④愚公：传说中人物。因太行、王屋二山碍其出入，遂决心率子孙叩石垦壤，将山移于渤海之尾。见《列子·汤问》。锸（chā）：铁锹。

⑤精卫：传说中鸟名。《山海经·北山经》："……发鸠之山，其上多柘木。有鸟焉，其状如乌，文首，白喙，赤足，名曰精卫，其鸣自詨。是炎帝之少女名曰女娃，女娃游于东海，溺而不返，故为精卫，常衔西山之木石，以堙（堵塞）于东海。"

本章谓梁灭陈兴，朝代更替，皆有定数，非人力所能挽回。

四十

盖闻君子无其道，则不能有其财①；忘其贫，则不能耻其食②。是以颜回瓢饮③，贤庆封之玉杯④；子思银佩⑤，美虞公之垂棘⑥。

[注释]

①道：正当的途径。《论语·里仁》："富与贵，是人之所欲也；不以其道得之，不处也。"

②忘其贫：犹言有志于道。耻其食：以其食粗劣为耻。《论语·里仁》："士志于道，而耻恶衣恶食者，未足与议也。"

③颜回：孔子弟子。瓢饮：一瓢水。意谓生活清苦。《论语·雍也》："贤哉，回也！一箪食，一瓢饮，在陋巷，人不堪其忧，回也不改其乐。贤哉，回也！"

④贤：贤于，比……还贤。庆封：春秋齐大夫。齐景公二年（公元前546年），庆封灭崔氏，遂当齐国之政。庆封好田而嗜酒，与其子庆舍当国。为栾、高、陈、鲍诸臣所攻，奔于吴之朱方（今江苏镇江东南），聚族而居，富于其旧。后为楚灵王所杀。见《左传·襄公二十七年》《左传·襄公二十八年》《左传·昭公四年》。

⑤子思：战国初哲学家。孔子之孙，曾子弟子，《中庸》的作者。银佩：古代一种普通的装饰品。

⑥美：美于，比……还美。虞公：春秋时虞国（今山西平陆北）的国君。垂棘：春秋时晋地，盛产美玉。因称该地之美玉为垂棘。公元前658年，晋荀息奉命以屈地的良马、垂棘的美玉，出使于虞，欲假道于虞以伐虢（今河南三门峡市陕州区东南）。虞公许之。公元前655年，晋灭虢后，即回师灭虞，执虞公及其大夫井伯。见《左传·僖公二年》《左传·僖公五年》。按，"子思"句本于汉桓宽《盐铁论·贫富》："故原宪之缊袍，贤于季孙之狐貉；赵宣孟之鱼飧，甘于智伯之刍豢；子思之银珮，美于虞公之垂棘。"

本章写富贵贫贱，处之必以其道。

四十一

盖闻水之激也,实浊其源①;木之蠹也,将拔其根②。是以延年之家,预论扫墓③;羊舌之族,先知灭门④。

[注释]

①激:水势腾涌。实:此。

②木:树。蠹:被虫所蛀蚀。

③延年之家,预论扫墓:汉宣帝时,严延年任涿郡太守,镇压豪强,郡中震恐;继迁河南太守,摧折豪强,诛杀甚多,被号为"屠伯"。其母自东海来至洛阳,颇不以延年为然。延年顿首服罪。其母曰:"天道神明,人不可独杀(意谓杀人者亦将被杀)。我不意当老(年老时)见壮子被刑戮也!行矣!去女(汝)东归,扫除墓地(谓待其丧至)耳。"后岁余,延年果被诛。见《汉书·酷吏传》。

④"羊舌"两句:羊舌,复姓。春秋时晋公族有羊舌氏。羊舌肸(xī)与羊舌虎为同父异母兄弟。羊舌虎之母貌美。羊舌虎未生之时,羊舌肸之母曾预言:"深山大泽,实生龙蛇(怪物),彼美,余惧其生龙蛇以祸女(汝,指羊舌肸)。女,敝族(衰敝之族)也。国多大宠(谓六卿专权),不仁人间之,不亦难乎?"羊舌虎既生,美而有勇力,为栾盈所宠幸。范鞅与栾盈为晋公族大夫而不相能,既而栾盈出奔楚,羊舌氏之族遂及于难。见《左传·襄公二十一年》。

本章写作者携母入关后,因未能继承世德,经常感到内疚。

四十二

盖闻磨砺唇吻①，脂膏齿牙②，临风扇毒③，向影吹沙④。是以敬而远之⑤，豸有五子⑥；吁可畏也⑦，鬼有一车⑧。

[注释]

①磨砺：磨炼。唇吻：嘴唇。

②脂膏：美食。润……以美食。

③扇毒：扇惑，加害。

④向影吹沙：犹含沙射影，暗中进行攻击或陷害。南朝宋鲍照《代苦热行》："含沙射流影，吹蛊病行晖。"

⑤敬而远之：严肃对待，无须接近。《论语·雍也》："樊迟问知（智）。子曰：务民之义，敬鬼神而远之，可谓知矣。"

⑥五子：夏太康弟称"五子"。《楚辞》屈原《离骚》："启九辩与九歌兮，夏康娱以自纵。不顾难而图后兮，五子用失乎家巷。"五子，又称"五观"。汉王符《潜夫论·五德志》："启子太康、仲康更立。兄弟五人，皆有昏德，不堪帝事，降须洛汭，是谓五观。"

⑦吁：叹息，疑怪之辞。汉王延寿《鲁灵光殿赋》："瞻彼灵光之为状也，则嵯峨𡾋嵬，嵓巍𡽀嵝，吁可畏乎，其骇人也。"

⑧鬼：喻用心险恶、暗中害人的人。

本章写北朝诸权贵你争我斗、相倾相轧，自己避之唯恐不远。

四十三

盖闻虚舟不忤①，令德无虞②，忠信为琴瑟，仁义为庖厨。是以从庄生，则万物自细③；归老氏，则众有皆无④。

[注释]

①虚舟：空船。忤：逆水而行。

②令德：美德。无虞：无误。《诗·鲁颂·閟宫》："无贰无虞，上帝临女（汝）。"

③庄生：庄子（约公元前369—公元前286年），战国时哲学家。万物自细：谓一切皆小。《庄子·齐物论》："天下莫大于秋毫之末，而泰山为小；莫寿于殇子，而彭祖为夭。天地与我并生，而万物与我为一。"

④老氏：老子，春秋时思想家。众有皆无：谓一切皆虚。《老子》十一章："故有之以为利，无之以为用。"（"有"所给人的便利，得靠"无"起着决定性作用。）又四十章："天下万物生于有，有生于无。"又四十八章："取天下常以无事；及其有事，不足以取天下。"（掌握天下，总不要勉强；如果勉强从事，就不配掌握天下。）

本章谓万事可听其自然，我但求心的平安而已。

四十四

盖闻三关顿足①，长城垂翅②；既羁既旅③，非才非智④。是以乌江舣楫，知无路可归⑤；白雁抱书，定无家可寄⑥。

[注释]

①三关：指关中长安地区。顿足：栖止之意。

②长城：泛指北方地区。垂翅：犹停息。

③既：已然之辞。羁：羁留。旅：旅居在外。

④非：无。

⑤乌江舣（yǐ）楫，知无路可归：乌江，在今安徽和县东北。舣楫，靠船于岸。楚汉相争时，项羽兵败垓下，溃围南出，乃欲东渡乌江。乌江亭长舣船待。项羽以无颜再见江东父老，乃复与汉军接战，身被十余创，终自刎而死。见《史记·项羽本纪》。乌江亭在乌江西岸，今名乌江镇。

⑥"白雁"两句：汉苏武于天汉元年（公元前100年）出使匈奴，被扣，继迁至北海（今贝加尔湖）边牧羊，坚持十九年不屈。昭帝立数年，匈奴与汉和亲，汉求武等。匈奴诡言武死。后汉使复至匈奴，武属官常惠教使者谓单于，言天子射上林苑中，得雁，足有帛书，云武等在某泽中。使者如其语，单于始承认："武等实在。"因遣武等九人归。武等于始元六年（公元前81年）春归至京师。见《汉书·苏建传》。按，"雁足帛书"本为假设之辞，即令真有其事，时苏武之母已故，妻已改嫁，子女存亡不可知，其书亦无家可寄。

本章写自己流寓多年，现已无家可归。

谢滕王集序启①

信启：伏览制垂赐集序②。紫微悬映，如传阙里之书③；青鸟遥飞，似送层城之璧④。若夫甘泉宫里，玉树一丛⑤，玄武阙前，明珠六寸⑥，不得譬此光芒，方斯烛照⑦。有节有度，即是能平八风⑧；愈唱愈高，殆欲去天三尺⑨。

殿下雄才盖代，逸气横云⑩，济北颜渊，关西孔子⑪。譬其毫翰，则风雨争飞⑫；论其文采，则鱼龙百变⑬。蒲桃绕馆，新开碣石之宫⑭；修竹夹池，始作睢阳之苑⑮。琉璃泛酒，鹦鹉承杯⑯。凤穴歌声，鸾林舞曲⑰。况复行云逐雨，回雪随风⑱。湖阳之尉，既成为喜之因⑲；春陵之侯，便是销忧之地⑳。

某本乏材用，无多作述㉑。加以建业阳九，劣免儒硎㉒；江陵百六，几从士垄㉓。至如残编落简，并入尘埃㉔；赤轴青箱，多从灰烬㉕。比年疴恙弥留，光阴视息㉖，桑榆已迫，蒲柳方衰㉗，不无秋气之悲，实有途穷之恨㉘。是以精采瞀乱，颇同宋玉㉙；言辞蹇吃，更甚扬雄㉚。一吟一咏，其可知矣㉛。好事者不求，知音者不用㉜。非有班超之志，遂已弃笔㉝；未见陆机之文，久同烧砚㉞。至于凋零之后，残缺所余，又已杂用补袍，随时覆酱㉟。圣慈怜愍，遂垂存录㊱。始知揄扬过差，君子失辞；比拟纵横，小人迷惑㊲。荆玉抵鹊，正恐轻用重宝㊳；龙渊削玉，岂不徒劳神虑㊴？匠石回顾，朽材变于雕梁㊵；孙阳一言，奔踶成于骏马㊶。故知假人延誉，重于连城㊷；借人羽毛，荣于尺玉㊸。溟池九万里，无逾此泽之深㊹；华山五千仞，终愧斯恩之重㊺。

即日金门细管，未动春灰㊻；石壁轻雷，尚藏冬蛰㊼。伏愿圣躬，与时纳豫㊽。南阳宝雉，幸足观瞻㊾；郦县菊泉，差能延寿㊿。伏迟至邺可期，从梁有日(51)。同杞子之盟会，必欲瞻仰风尘(52)；共薛侯而来朝，谨当逢迎冠盖㉝。鱼肠尺素，凤足数行，书此谢辞，终知不尽㉞。谨启。

[注释]

①谢启：表示感谢的书札。滕王：宇文逌（yōu），字尔固突，北周文帝宇文泰之子，封滕王。大象元年（公元579年）五月，就国于荆州新野郡（今河南新野一带）。《庾信集序》即在新野所作。次年冬，逌为隋文帝杨坚所害。知庾信此信，当作于大象元年夏至二年冬之间。由此信可见二人交谊之深。

②信：庾信自称。伏览：俯伏阅览（表敬之辞）。制：制作。垂赐：下赐。集序：指《庾信集序》。

③紫微：星座名。在北斗东北，有星十五，东西罗列，成屏藩之状。阙里：春秋时孔子住地。在今山东曲阜城内阙里街。以有两石阙，故名。

④青鸟：相传为西王母的使者。《山海经·大荒西经》："西有王母之山……有三青鸟，赤首黑目。"层城：古代神话谓昆仑山有层城九重，上有不死之树。

⑤甘泉宫：汉宫名。故址在今陕西淳化西北甘泉山。玉树：相传汉武帝起神屋，于前庭植玉树，以珊瑚为枝，碧玉为叶。见汉扬雄《甘泉赋》"翠玉树之青葱兮"注引《汉武故事》。

⑥玄武阙：北阙，宫廷北面的门楼。明珠六寸：大型珍珠。相传汉高后曾下书募三寸珠，朱仲赍三寸珠诣阙，即赐五百金；鲁元公主复以七百金求珠，仲献四寸珠于阙，即去。见《列仙传》。

⑦譬、方：比。斯：此。烛照：火光照耀。

⑧有节有度：有节制，有法度。八风：八方之风。《左传·隐公五

年》："夫舞所以节八音而行八风。"

⑨殆欲：几乎将。去天：离天。

以上说宇文迪所作的《庾信集序》光采照人，虽珠玉不能相比。

⑩殿下：汉以来通称诸侯王为殿下。这里即以称滕王。盖代：压倒当代，无人可以比得上。逸气：超逸豪放之气。横云：横越云霄。

⑪济北：地名，故城在今山东济南长清区南。颜渊（公元前521—前481年）：春秋末鲁国人，名回，字子渊，孔子弟子；贫居陋巷，箪食瓢饮，而不改其乐。汉济北戴宏，为郡督邮，有"济北颜渊"之称。关西：古代泛指函谷关或潼关以西地区。孔子（公元前551—前479年）：春秋末鲁国陬邑（今山东曲阜东南）人，名丘，字仲尼；儒家学派的创始人。另一说，东汉杨震，字伯起，弘农华阴（今陕西华阴）人，少好学，博览群经，被称为"关西孔子"。

⑫毫翰：文笔。

⑬鱼龙百变：形容文气跌宕变化。《汉书·西域传赞》："作《巴俞》都卢、海中《砀极》、漫衍鱼龙、角抵之戏以观视之。"

⑭蒲桃：葡萄。碣石宫：战国时齐人邹衍在齐国、魏国、赵国，都很受重视；到燕国时，燕昭王以衣袂拥帚却行，表示尊敬，筑碣石宫，亲往师事于邹衍。见《史记·孟子列传》。

⑮修竹：长竹。睢阳苑：又名梁苑、东苑、修竹苑，故址在今河南开封东南。汉梁孝王刘武所筑，方三百余里，广睢阳城七十里，大治宫室，招延四方豪杰，当时名士司马相如、枚乘、邹阳皆为座上客。见《史记·梁孝王世家》。

⑯琉璃：指琉璃做的酒杯。鹦鹉：指鹦鹉螺，旋尖处屈曲作红色，似鹦鹉嘴，故名。仰之，可作酒杯。

⑰凤穴：凤的巢穴。比喻文士荟萃之地。鸾林：鸾鸟之林。比喻美人所集之处。

⑱行云逐雨：形容美人的体态。战国楚宋玉《高唐赋》："妾在巫山之阳，高丘之阻，旦为朝云，暮为行雨，朝朝暮暮，阳台之下。"回雪随风：形容美人的肌肤。三国魏曹植《洛神赋》："仿佛兮若轻云之蔽月，飘摇兮若流风之回雪。"

⑲"湖阳"两句：《后汉书·光武帝纪》："进屠唐子乡，又杀湖阳尉。军中分财物不均，众恚恨，欲反攻诸刘，光武敛宗人所得物，悉以与之，众乃悦。"这里指宇文逌于宣政元年（公元578年）率军伐陈之事。湖阳，古县名，故治在今河南唐河西南湖阳镇。尉，这里指县尉（掌一县军事）。

⑳"舂陵"两句：汉景帝之孙刘买，汉武帝时封为舂陵节侯。汉元帝时，节侯之孙舂陵孝侯刘仁以南方卑湿，请徙南阳；于是以蔡阳白水乡（今湖北枣阳境）为舂陵侯封邑。这里指宇文逌于大象元年（公元579年）五月就国于荆州新野郡一事。按，舂陵侯封邑、滕王封国，并南阳郡地。舂陵，古县名，故治在今湖南宁远东北。侯，爵位名。销忧，消忧，解忧。

以上写宇文逌才华过人，英爽好士，生活优裕，立有战功而自得其乐。

㉑某：庾信自称。作述：著作。

㉒建业：南朝梁都城（今南京）。阳九：古代术数家以4617年为一元，初入元106年，内有灾难之年九，谓之"阳九"。见《汉书·律历志上》。这里指梁太清三年（公元549年）侯景之乱。劣免儒硎（kēng）：因拙劣而得免于被坑之祸。按，秦始皇曾坑杀儒生四百余人于硎谷。

㉓江陵：南朝梁元帝都于江陵（今湖北江陵）。百六：古代术数家以4617年为一元，内有灾难之年五十七。其中开头的106年中有九年灾难，为最多，最后的480年仅有三年灾难，为最少。见《汉书·律历志上》。故以"百六"为多难之时。这里指梁承圣三年（公元554年）江陵陷于西魏。几从士垄：几乎已归于死士之坟。《战国策·齐策四》："昔者秦攻齐，令曰：'有敢去柳下季垄五十步而樵采者，死不赦。'令曰：'有能得齐王头者，封万户侯，赐金千镒。'由是观之，生王之头，曾不若死士之垄也。"

㉔残编落简：残缺不全的手稿。落，零。并入尘埃：犹言化为尘土。

㉕赤轴青箱：红色的卷轴，青色的书箱。多从灰烬：多半烧成了灰。

㉖比年：近年。疴恙：疾病。弥留：病久不愈。视息：生存。

㉗桑榆已迫：晚景已经迫近。蒲柳：水杨。《世说新语·言语》："（尚书左丞）顾悦与（晋）简文（帝）同年而发蚤（早）白，简文曰：'卿何以先白？'对曰：'蒲柳之姿，望秋而落；松柏之质，经霜弥茂。'"方衰：正衰。

㉘秋气之悲：秋日气氛的悲凉。战国楚宋玉《九辩》："悲哉秋之为气也，萧瑟兮草木摇落而变衰。"途穷之恨：道路穷尽的遗恨。《三国志·魏书·阮籍传》注引《魏氏春秋》："籍旷达不羁，不拘礼俗。……时率意独驾，不由径路，车迹所穷，辄恸哭而反。"

㉙精采：精神，丰采。瞀（mào）乱：错乱，昏乱。战国楚宋玉《九辩》："慷慨绝兮不得，中瞀乱兮迷惑。"宋玉：战国楚辞赋家，屈原弟子。在其作品《九辩》中流露出政治上不得志、内心抑郁不满的情怀。

㉚謇吃：结巴。扬雄（公元前53—公元18年）：西汉辞赋家。《汉书·扬雄传上》："雄少而好学，……为人简易佚荡，口吃不能剧谈，默

而好深湛之思。"

㉛一吟一咏：吟诗作赋。其可知矣：谓自己所作诗文之不足观，可想而知。

㉜好事者：爱多事的人。知音者：知己朋友。这两句说，自己的诗文无人赞赏。

㉝班超（公元32—102年）：东汉名将。三十一岁时，与母至洛阳，家贫，以抄写为生。尝投笔叹曰："大丈夫无他志略，犹当效傅介子、张骞立功异域，以取封侯，安能久事笔砚间乎！"见《后汉书·班超传》。这两句说，自己之所以搁笔，并非有什么大志。

㉞陆机（公元261—303年）：西晋文学家。与弟陆云居洛阳，文才倾倒一时。陆云写信给他说："君苗见兄文，辄欲烧其笔砚。"这两句说，不必见到好作品，便知道自己不行。

㉟凋零之后：指经过侯景之乱与江陵之陷以后。补袍：补缀衣服。覆酱：覆盖酱瓮。汉扬雄作《太玄》《法言》，刘歆不以为然，谓雄曰："空自苦！今学者有禄利，然尚不能明《易》，又如《玄》何！吾恐后人用覆酱瓿也。"见《汉书·扬雄传下》。这两句说，劫后残稿，因无价值，已作废纸用掉。

㊱圣慈：滕王。怜愍：怜悯。垂：俯予。存录：抄存。

㊲揄扬：宣扬。三国魏曹植《与杨德祖书》："辞赋小道，固未足以揄扬大义，彰示来世也。"过差：过分，过度。君子：指宇文逌。纵横：奔放。小人：庾信自称。

㊳荆玉抵鹊：用荆山的璞玉来掷击乌鹊。轻用重宝：犹大器小用。这两句说宇文逌的序写得极好，自己的诗文很不相称。

㊴龙渊削玉：用龙渊宝剑来切削玉石。神虑：英明的谋虑。

㊵匠石：名石的匠人。《庄子·人间世》："匠石之齐，至于曲辕，见栎社树（不材之木）。其大蔽数千牛，絜之百围，其高临山十仞而后有枝，其可以为舟者旁十数。观者如市，匠石不顾，遂行不辍。"变于：变成。

㊶孙阳：伯乐姓孙，名阳，古之善相马者。一言：一句话。奔踶（chí）：奔驰之马。《汉书·武帝纪》："盖有非常之功，必待非常之人，故马或奔踶而致千里，士或有负俗之累而立功名。"成于：成为。

㊷假：凭借。延誉：播扬名誉，扩大影响。连城：连成一片的许多城池。形容十分珍贵。

㊸羽毛：比喻声望。尺玉：直径一尺的璧玉。

㊹溟池：南海。《庄子·逍遥游》："南冥者，天池也。……鹏之徙于南冥也，水击三千里，抟扶摇而上者九万里，去以六月息者也。"逾：超越。泽：恩泽。

㊺华山：在陕西东部，北临渭河平原，古称"西岳"。主峰海拔2154.9米。《山海经·西山经》："又西六十里，曰太华之山，削成而四方，其高五千仞，其广十里，鸟兽莫居。"愧：比不上。斯：此（指宇文逌为庾信诗文集作序一事）。

以上说自己诗文拙劣，经宇文逌作序始得传世，内心感激不尽。

㊻金门细管：金门山（在今河南宜阳）出的竹子所制的律管。未动春灰：犹言春天尚未来到。古代为了预测节气，将芦苇膜烧成灰，置于各式律管内，至某一节气，相应律管内的灰就会自行飞散。见《后汉书·律历志》。

㊼冬蛰：冬眠的动物。

㊽圣躬：指滕王。纳豫：感到愉悦。这两句紧接上文，向滕王问候。

知此信盖作于冬春之交，亦即公元580年之初。

㊾南阳：郡名。约今河南南阳、湖北襄阳两地区之地。滕王封地新野，属南阳郡。宝雉：雄雉之神。传说汉陈仓县（今陕西宝鸡东）有宝鸡神祠；南阳叶县（今河南叶县）有叶君即雄雉之神，光辉若流星，来入陈仓祠中，或一岁不至，或一岁数来，其声殷殷云。见《史记·封禅书》。观瞻：观望，注视。

㊿郦县：古县名。在今河南南阳西北。菊泉：菊花泉水。《艺文类聚》卷八一引汉应劭《风俗通义》逸文："南阳郦县有甘谷，谷水甘美。云其山上大有菊，水从山上流下，得其滋液。谷中三十余家，不复穿井，悉饮此水，上寿百二三十，中百余，下七八十者，名之大夭，菊花轻身益气故也。"差：比较。

(51)伏迟（zhì）：恭待，谨候。至邺可期：犹言回都之日可以预期。邺，三国魏五都之一，在今河北临漳西南。三国魏曹丕《与朝歌令吴质书》："今遣骑到邺，故使枉道相过，行矣自爱。"从梁有日：谓与滕王相见之日当不在远。《史记·司马相如列传》："会景帝不好辞赋，是时梁孝王来朝，从游说之士齐人邹阳、淮阴枚乘、吴庄忌夫子之徒，相如见而说之，因病免，客游梁。梁孝王令与诸生同舍，相如得与诸生游士居数岁，乃著《子虚》之赋。"庾信在这里自比为司马相如。

(52)杞子：杞国的国君，为杞侯，又称杞伯、杞子。《左传·桓公十二年》："夏六月壬寅，公会杞侯、莒子，盟于曲池。"杞，周代诸侯国名，在今河南杞县。风尘：风采，踪迹。

(53)薛侯：薛国的国君。《左传·隐公十一年》："滕侯、薛侯来朝。"这里盖以滕侯喻指滕王。薛，周代诸侯国名，在今山东滕州南。冠盖：官吏的礼帽和车盖。这里指代宇文逌。

(54)鱼肠尺素：指书信。鱼肠：犹鱼腹之内。尺素，一尺长的绢帛。《乐府诗集》卷三八《饮马长城窟行》："客从远方来，遗我双鲤鱼。呼儿烹鲤鱼，中有尺素书。"凤足：疑为"雁足"。汉武帝时，苏武奉命赴匈奴，被扣。昭帝时，匈奴与汉和亲。汉求武等下落，匈奴诡言武死。后汉使复至匈奴，与苏武同时被扣的常惠夜见汉使，教使者谓单于言："天子射上林中，得雁，足有系帛书，言武等在某泽中。"单于始承认："武等实在。"见《汉书·苏武传》。这里以"雁足"代指书信。终：终究，到底。

以上表示对宇文逌的祝愿、仰慕和盼祷之情。

附录

庾信传①

庾信字子山，南阳新野人也。祖易，齐征士。父肩吾，梁散骑常侍、中书令。

信幼而俊迈，聪敏绝伦。博览群书，尤善《春秋左氏传》。身长八尺，腰带十围，容止颓然，有过人者。起家湘东国常侍，转安南府参军。时肩吾为梁太子中庶子，掌管记。东海徐摛为左卫率②。摛子陵及信，并为抄撰学士。父子在东宫，出入禁闼，恩礼莫与比隆。既有盛才，文并绮艳，故世号为"徐庾体"焉。当时后进，竞相模范。每有一文，京都莫不传诵。累迁尚书度支郎中、通直正员郎。出为郢州别驾。寻兼通直散骑常侍，聘于东魏。文章辞令，盛为邺下所称。还为东宫学士，领建康令。

侯景作乱，梁简文帝命信率宫中文武千余人，营于朱雀航。及景至，信以众先退。台城陷后，信奔于江陵。梁元帝承制，除御史中丞。及即位，转右卫将军，封武康县侯，加散骑常侍，来聘于我③。属大军南讨，遂留长安。江陵平，拜使持节、抚军将军、右金紫光禄大夫、大都督，寻进车骑大将军、仪同三司。

孝闵帝践阼，封临清县子，邑五百户，除司水下大夫。出为弘农郡守，迁骠骑大将军，开府仪同三司、司宪中大夫，进爵义城县侯。俄拜洛州刺史。信多识旧章，为政简静，吏民安之。时陈氏与朝廷通好④，南北流寓之士，各许还其旧国。陈氏乃请王褒及信等十数人。高祖唯放王克、殷不害等⑤,信及褒并留而不遣。寻征为司宗中大夫。

世宗、高祖并雅好文学⑥,信特蒙恩礼。至于赵、滕诸王,周旋款至,有若布衣之交。群公碑志,多相请托。唯王褒颇与信相埒,自余文人,莫有逮者。

信虽位望通显,常有乡关之思,乃作《哀江南赋》以致其意云。其辞曰:

……

大象初,以疾去职。卒⑦,隋文帝深悼之,赠本官,加荆、淮二州刺史。子立嗣。

[注释]

①录自《周书》(唐令狐德棻等撰)。按,《北史》(唐李延寿撰)亦有《庾信传》,盖就《周书·庾信传》稍事删改而成,大旨略同,今不具录。

②左卫率:《北史》作"右卫率"。

③来聘于我:《北史》作"聘于西魏"。

④朝廷:《北史》作"周"。

⑤高祖:《北史》作"武帝"。

⑥世宗、高祖:《北史》作"明帝、武帝"。

⑦卒:《北史》作"隋开皇元年卒"。

《庾信集》著录考略

《隋书·经籍志四》：

后周开府仪同《庾信集》二十一卷

《唐书·经籍志下》：

《庾信集》二十卷

《新唐书·艺文志四》：

《庾信集》二十卷

《哀江南赋》一卷　张庭芳注

又一卷　崔令钦注

《崇文总目》卷五：

《哀江南赋》一卷　王道珪注

又一卷　张廷秀注[①]

南宋郑樵《通志·艺文略八》：

开府仪同《庾信集》二十一卷

又《略集》三卷

庾信《哀江南赋》一卷　唐张廷芳注[②]

又一卷　崔令钦注

又一卷　魏彦渊注

南宋晁公武《郡斋读书志》卷十七：

《庾信集》二十卷

南宋尤袤《遂初堂书目》：

《庾信集》

南宋陈振孙《直斋书录解题》卷十六：

《庾开府集》二十卷

周司宪中大夫南阳庾信子山撰。信，肩吾之子，仕梁及周。其在扬都有集四十卷，及江陵又有三卷，皆兵火不存。今集止自入魏以来所作，而《哀江南赋》实为首冠。

《宋史·艺文志七》：

《庾信集》二十卷

又《哀江南赋》一卷

明焦竑《国史经籍志》卷五：

庾信《哀江南赋》一卷　唐张芳注[③]

　　　　　　又一卷　崔令钦注

　　　　　　又一卷　魏彦渊注

《庾信集》二十一卷

又《略集》三卷

《四库全书总目提要》：

《庾开府集笺注》十卷　吴兆宜注

《庾子山集注》十六卷　倪璠撰

《书目答问补正》卷四：

《庾子山集注》十六卷　倪璠注　通行本

〔补〕附年谱一卷，总释一卷　康熙二十六年原刻本　民国间沔阳卢靖编《湖北先正遗书》影印原刻本　又《四部丛刊》影印明屠隆刻本十六卷，无注

《中国丛书综录》：

《庾开府集》二卷　《汉魏六朝百三名家集》

《庾开府集》十二卷　《汉魏诸名家集》

《庾子山集》十六卷　《四部丛刊》

《庾开府集》四卷　《六朝四家全集》

《庾开府集笺注》十卷　清吴兆宜撰

《庾子山集注》十六卷　清倪璠撰

《庾开府集选》一卷　清吴汝纶评选

《哀江南赋注》一卷　清徐树毂、徐炯注

《中国大书典》：

《庾子山集注》十六卷　清倪璠注，初刊于康熙二十六年（公元1687年）。倪璠，字鲁玉，钱塘（今浙江杭州）人，康熙四十四年（公元1705年）举人。官内阁中书舍人。见闻博洽，好为骈体文，长于史学，有著作一百余卷。所注《庾子山集注》，考证详明，注释详尽，征引弘富，理解透彻，仅偶有疏略。

[注释]

①张廷秀：《新唐书》作"张庭芳"，疑是一人。

②张廷芳：疑即"张庭芳"。

③张芳：疑漏"庭"字。

庾信诗文评辑要

一、北周·宇文逌

信降山岳之隆，蕴烟霞之秀，器量倖瑚琏，志性甚松筠。妙善文词，尤工诗赋，穷缘情之绮靡，尽体物之浏亮。诔夺安仁之美，碑有伯喈之情，箴似扬雄，书同阮籍。

《庾信集序》

二、隋·王通

谢庄、王融，古之纤人也，其文碎；徐陵、庾信，古之夸人也，其文诞。

《文中子·事君》

三、唐·令狐德棻

既而革车电迈，渚宫云撤。尔其荆、衡杞梓，东南竹箭，备器用于庙堂者众矣。唯王褒、庾信，奇才秀出，牢笼于一代。是时，世宗雅词云委，滕、赵二王雕章间发，咸筑宫虚馆，有如布衣之交。由是朝廷之人，间阎之士，莫不忘味于遗韵，眩精于末光。犹丘陵之仰嵩、岱，川流之宗溟、渤也。

然则子山之文，发源于宋末，盛行于梁季。其体以淫放为本，其词以轻险为宗。故能夸目侈于红、紫，荡心逾于郑、卫。昔扬子云有言："诗人之赋丽以则，词人之赋丽以淫。"若以庾氏方之，斯又词赋之罪人也。

《周书·庾信传·论》

四、唐·李延寿

梁自大同之后,雅道沦缺,渐乖典则,争驰新巧。简文、湘东启其淫放,徐陵、庾信分路扬镳。其意浅而繁,其文匿而彩,词尚轻险,情多哀思,格以延陵之听,盖亦亡国之音也。

《北史·文苑传·序》

五、唐·杜甫

白也诗无敌,飘然思不群。清新庾开府,俊逸鲍参军。

《春日忆李白》

庾信文章老更成,凌云健笔意纵横。今人嗤点流传赋,不觉前贤畏后生。

《戏为六绝句》

羯胡事主终无赖,词客哀时且未还。庾信平生最萧瑟,暮年诗赋动江关。

《咏怀古迹五首》

哀伤同庾信,述作异陈琳。

《风疾舟中伏枕书怀》

六、宋·胡仔

潘子真《诗话》云:"山谷言:庾子山涧底百重花,山根一片雨,有以尽登高临远之趣。《喜晴应诏》全篇,可为楷式;其卒章'有庆兆民同,论年天子万',不独清新,其气韵尤更深稳。"

《苕溪渔隐丛话前集》卷二

七、明·杨慎

庾信之诗,为梁之冠绝,启唐之先鞭。史评其诗曰"绮艳",杜子美称之曰"清新",又曰"老成"。"绮艳""清新",人皆知之;而其"老成"，独子美能发其妙。余尝合而衍之曰：绮多伤质，艳多无骨，清易近薄，新易近尖。子山之诗，绮而有质，艳而有骨，清而不薄，新而不尖，所以为老成也。若元人之诗，非不绮艳，非不清新，而乏老成。宋人诗则强作老成态度，而绮艳清新概未之有。若子山者，可谓兼之矣。不然，则子美何以服之如此！

《升庵诗话》卷三

杜工部称庾开府曰"清新"。清者，流丽而不浊滞；新者，创见而不陈腐也。试举其略，如："文昌气似珠，太史明如镜。""凯乐闻朱雁，铙歌见白麟。"……《咏杏花》云："依稀映村坞，烂熳开山城。"《寄王琳》云："玉关道路远，金陵信使疏。独下千行泪，开君万里书。"《望渭水》云："树似新亭岸，沙如龙尾湾。犹言吟暝浦，应有落帆还。"此二绝即一篇《哀江南赋》也。又《重别周尚书》云："阳关万里道，不见一人归。惟有河边雁，秋来南向飞。"《咏桂》云："南中有八柱，繁华无四时。不识风霜苦，安知零落期。"唐人绝句，皆仿效之。

（同上）

八、明 · 张溥

子山在梁，每一文出，京师传诵。初使北方，人颇轻之，读《枯树赋》，始知敬重。盛名易地，橘枳改观，难为浅见寡闻者道也。

史评庾诗"绮艳"，杜工部又称其"清新""老成"。此六字者，诗家难兼，子山备之。玉台琼楼，未易几及。文与孝穆敌体，辞生于情，气余于彩，乃其独优。令狐撰史，诋为"淫放""轻险""词赋罪人"。夫唐人文章，去徐、庾最近，穷形写态，模范是出，而敢于毁侮，殆将讳所自来，先纵寻斧欤？

《庾开府集题词》

九、清·陈祚明

北朝羁迹，实有难堪；襄、汉沦亡，殊深悲恸。子山惊才盖代，身堕殊方，恨恨如亡，忽忽自失。生平歌咏，要皆激楚之音，悲凉之调。情纷纠而繁会，意杂集以无端，兼且学擅多闻，思心委折；使事则古今奔赴，述感则方比抽新。又缘为隐为彰，时不一格，屡出屡变，汇彼多方；河汉汪洋，云霞蒸荡，大气所举，浮动毫端。故间秀句以拙词，厕清声于洪响，浩浩沨沨，成其大家。不独齐、梁以来，无足限其何格；即亦晋、宋以上，不能定为专家者也。至其琢句之佳，又有异者。齐、梁之士多以练句为工，然率以修辞，矜其藻绘；纵能作致，不过轻清。夫辞非致则不睹空灵，致不深则鲜能殊创。《玉台》以后，作者相仍，所使之事易知，所运之巧相似，亮至阴子坚而极矣，稳至张正见而工矣。惟子山耸异搜奇，不独甗（崭）尔标新，抑且无言不警；故纷纷藉藉，名句沓来，抵鹊亦用夜光，摘蝇无非金豆。更且运以杰气，敷为鸿文。如大海回澜之中，明珠木难，珊瑚玛瑙，与朽株败苇，苦雾酸风，汹涌奔腾，杂至并出，陆离光怪，不可名状。吾所以目为大家，远非矜容饰貌者所能拟似也。审其造情之本，究其琢句之长，岂特北朝一人，即亦六季鲜俪。

《采菽堂古诗选》卷三十三

十、清·倪璠

《北史·文苑传》曰："徐陵、庾信，分路扬镳。其意浅而繁，其文匿而彩，词尚轻险，情多哀思。"《文中子》曰："徐陵、庾信，古之夸人也，其文诞。"按，徐、庾并称，盖子山少作宫体之文也。及至江北，而庾进矣。是以"轻险"之目，楚既失之；"夸诞"之评，齐未为得。

《北史·庾信传》注

夫南朝绮艳，或尚虚无之宗；北地根株，不祖浮靡之习。若子山，可谓穷南北之胜。称其文词，则安仁、伯喈；论其铨叙，则令升、承祚。而今人厌薄此体，以难于叙事，是谓笔笔对仗，守一而不变者也。子山之文，虽是骈体，间多散行，譬如钟、王楷法，虽非八体六文，而意态之间，便已横生古趣。

《庾子山集题辞》

江南竞写，曾与徐陵齐名；河北程才，独有王褒并埒。然而青衿初学，同时子服之班；白首无徒，且结桓谭之好。徐既未可齐驱，王亦安能并驾。是以写片石于温子，余则无人；类一语于吴均，终须削札。专标庾氏，百世无匹者也。

（同上）

子山之文，其辞富而赡，其义博而雅，复而不厌，久而愈亮。

《庾子山集注·总释》

十一、清·沈德潜

北朝词人，时流清响。庾子山才华富有，悲感之篇，常见风骨，所长不专在造句也。徐、庾并名，恐孝穆华词，瞠乎其后。

《古诗源·例言》

陈、隋间人，但欲得名句耳。子山于琢句中，复饶清气，故能拔出于流俗中，所谓轩轩鹤立鸡群者耶？

《古诗源》卷十四

子山诗固是一时作手，以造句能新，使事无迹，比何水部似又过之。武陵陈胤倩谓少陵不能青出于蓝，直是亦步亦趋，则又太甚矣。名句如《步虚词》云："汉帝看桃核，齐侯问枣花。"《山池》云："荷风惊浴鸟，桥影聚行鱼。"《和宇文内史》云："树宿含樱鸟，花留酿蜜蜂。"《军行》云："塞迥翻榆叶，关寒落雁毛。"《法筵》云："佛影胡人记，经文汉语翻。"《酬薛文学》云："羊肠连九坂，熊耳对双峰。"《和人》云："早雷惊蛰户，流雪长河源。"《园庭》云："樵隐恒同路，人禽或对巢。"《清晨临泛》云："猿啸风还急，鸡鸣潮欲来。"《冬狩》云："惊雉逐鹰飞，腾猿看箭转。"《和人》云："络纬无机织，流萤带火寒。"《咏画屏》云："石险松横植，岩悬涧竖流，爱静鱼争乐，依人鸟入怀。"《梦入堂内》云："日光钗影（焰）动，窗影镜花摇。"少陵所云"清新"者耶？

（同上）

十二、清·蒋士铨

唐四六毕竟滞而不逸，丽而不遒。徐孝穆逸而不遒；庾子山遒逸兼之，所以独有千古。

《评选四六法海·总论》

十三、清·纪昀

其骈偶之文，则集六朝之大成，而导四杰之先路。自古迄今，屹然为四六宗臣。初在南朝，与徐陵齐名。……至信北迁以后，阅历既久，学问弥深，所作皆华实相扶，情文兼至，抽黄对白之中，灏气舒卷，变化自如，则非陵之所能及矣。

《四库全书总目提要》

十四、清·钱大昕

古人文字不以重复为嫌。庾信《哀江南赋》，杜元凯两见，陆士衡一见，陆机两见，班超两见，白马三见，西河两见，骊山两见，七叶两见，暮齿两见，秦庭、金陵、南阳、钓台、七泽、全节、诸侯、荒谷，皆两见。

"未深思于五难，……本无情于急难。"一段之中，重押"难"字。

《十驾斋养心录》卷十六

十五、清·李调元

庾子山诗对仗精工，乃六朝而后转为五古、五律之始。

《雨村诗话》

十六、清·陈沆

令狐德棻撰《周书》，称子山文"淫放""轻险""辞赋罪人"，第指其少年宫体，齐名孝穆者耳。使其终处清朝，致身通显，不过黼黻雍容，赓和绮艳，遇合虽极恩荣，文章安能命世？而乃荆、吴倾覆，关塞流离，国、家俱亡，身世如梦。冰蘗之阅既深，艳冶之情顿尽。及乎周、陈继好，南人归南，复以惜才，独留不遣。视殷、徐之还故乡，如少卿之望属国，幡然断梗，终老关西。于是湘累之吟，包胥之哭，钟仪"土风"，文姬"悲愤"，苍然万感，并入孤哀，回首前修，殆若隔世。固当六季寡俦，奚惟少穆却步？斯则境地之曲成，未为塞翁之不幸者也。

或谓子山终餐周粟，未效秦庭，虽符"麦秀"之思，究惭"采薇"之操。然六季云扰，士多乌栖，康乐、休文，遗讥心迹；求共廉颇将楚，思用赵人，乐毅奔郸，不忘燕国者，又几人哉？"首丘"之思，亦可尚已。

又考滕王迫作《庾子山集序》，称昔在扬都，有集十四卷，值乱不存；及到江陵，又有三卷，重遭兵火，一字无遗；今之所撰，止入魏以来，暨皇代所著述云云。则是早岁靡靡之元音，已烬于冥冥之劫火，世厄其运，天就其名。少陵诗云"庾信文章老更成""暮年诗赋动江关"，良有以也。

《诗比兴笺》卷二

十七、清·刘熙载

庾子山《燕歌行》开唐初七古，《乌夜啼》开唐七律。其他体为唐五绝、五律、五排所本者，尤不可胜举。

《艺概·诗概》

十八、钱基博

余尝谓韩愈之古文，于浑灏中见矜重；而信之骈文，于整丽中出疏荡。韩愈雄而不快，而信密而能疏，组织出以流美，健笔寓于绮错。盖上摩汉魏辞赋之垒，下启唐宋四六之途，实以信管其枢也。

《中国文学史》

十九、范文澜

在西魏和周，有王褒、庾信两个大文士。王褒、庾信原来都是南朝做宫体诗的名手，梁国破亡，他们到西魏做官，给北方将兴的文学以很大的推动。王褒人品卑劣不堪，所作无非是些宫体。庾信颇有国亡家破的感慨，自称凡有造作，不无危苦之辞，惟以悲哀为主。经历西魏、周二朝，所作诗赋，辞采靡丽，情感充溢，如《咏怀诗》《哀江南赋》等篇，华实相扶，文情并茂，卓然超轶南北两朝众文士，成为当时的文宗。庾信上集六朝精华，下启唐人风气，文学史上地位，堪与屈（原）宋（玉）启汉相比拟。唐张说诗"兰成（庾信）追宋玉，旧宅偶词人。笔涌江山气，文骄云雨神"，杜甫用"清新"二字评庾信诗，又作诗说"庾信文章老更成，凌云健笔意纵横。后来嗤点流传赋，不觉前贤畏后生"，唐人推崇庾信备至，正因为受庾信影响至深。

《中国通史简编·北朝的文化》

二十、郑振铎

庾氏的《哀江南赋》，尤为一代绝作。家国之思，身世之感，胥奔凑于腕下，故遂滔滔不能自已。和仅仅吊古咏怀之作，其胸襟之大小是颇为不相侔的。

《插图图本中国文学史》

二十一、刘大杰

庾信历仕西魏、北周,后陈周通好,南北流寓之士,各许还其旧乡,唯庾信与王褒留而不许。他在那种环境下,位虽通显,亡国之痛,怀乡之情,时时侵袭他的身心。然而这种情感,又不能真切地暴露,只能含蓄曲折地表现出来,因此在他的作品里,有一种深沉的忧郁,哀怨的愁情,再涂上那种北方色彩的影响,于是更显出一种萧瑟情调。

《中国文学发展史》

二十二、余冠英

庾信的作品之所以能比较深刻地反映现实,有较高的艺术成就,主要由于生活改变引起思想感情的变化,如果没有这种变化,他的成就也不会超出徐陵等人的水平。

《汉魏六朝诗选·前言》

他被强留在北方二十八年,在这期间的作品主要表现了悲痛亡国、怨羁留、思故土的情感和对于自己贪生失节的谴责。这些情感的集中表现就是《哀江南赋》和《咏怀》诗,但在其他许多作品里也随时流露。

(同上)

梁、陈的诗一般都是柔弱的,庾信的诗体也就是梁、陈人的诗体,而笔力的雄健远远超过同时的作家。七言如《燕歌行》可以上追鲍照,五言如《咏怀》令人联想杜甫。所谓笔力也是由于感情充沛形成的,并非由于锻炼之功。归根结底还是决定于作者的生活。

(同上)

庾信年谱

南朝梁武帝天监十二年癸巳（公元 513 年）

庾信生。

北周滕王宇文逌《庾开府集序》云："（信）自梁朝筮仕周世，驱驰至今，岁在屠维，龙居渊献，春秋六十有七。"按，《尔雅·释天》"屠维（大）渊献"指己亥年，盖即北周静帝大象元年（公元579年）。

八世祖庾滔。

《北史·庾季才传》："八世祖滔随晋元帝过江，官至散骑常侍，封遂昌侯，因家于南郡江陵县。"庾信《哀江南赋》："彼凌江而建国，始播迁于吾祖，分南阳而赐田，裂东岳而胙土。诛茅宋玉之宅，穿径临江之府。"

高祖庾玫，曾祖庾道骥，祖庾易。

《北史·庾易传》："庾易字幼简，新野人也，徙居江陵。祖玫，巴郡太守。父道骥，安西参军。"《北史·庾信传》："庾信字子山，南阳新野人。祖易，父肩吾，并《南史》有传。"

父庾肩吾。

宇文逌《庾开府集序》："（信）父肩吾，（梁）散骑常侍、中书令。文宗学府，智囊义窟，鸿名重誉，独步江南。"

梁武帝普通四年癸卯（公元523年）

信十一岁　　信父肩吾随晋安王（萧纲）至雍州（今湖北襄阳）抄撰众籍。

《南史·庾肩吾传》："初为晋安王国常侍，王每徙镇，肩吾常随府。在雍州被命与刘孝威、江伯摇、孔敬通……等十人抄撰众籍，丰其果馔，号'高斋学士'。"

梁武帝大通元年丁未（公元527年）

信十五岁　　侍昭明太子（萧统）东宫讲读。

《梁书·昭明太子传》："昭明太子统……天监元年（公元502年）十一月，立为皇太子。……至中大通三年（公元531年），薨。"宇文逌《庾开府集序》："（信）年十五，侍梁东宫讲读。"

梁武帝中大通三年辛亥（公元531年）

信十九岁　　与徐陵同为皇太子（萧纲）抄撰学士。

《梁书·武帝纪下》："（中大通三年）秋七月乙亥（初七日），立晋安王纲为皇太子。"《北史·庾信传》："父肩吾，为梁太子中庶子，掌管记。东海徐摛为右卫率。摛子陵及信并为抄撰学士。父子在东宫，出入禁闼，恩礼莫与比隆。既文并绮艳，故世号为'徐庾体'焉。当时后进，竞相模范，每有一文，都下莫不传诵。"

梁武帝大同八年壬戌（公元542年）

信三十岁　　出任郢州（治所在今湖北武昌）别驾，与湘东王萧绎讲论兵事，颇有名。

宇文逌《庾开府集序》："（信）任为郢州别驾，……于时江路有贼，梁先主（武帝）使信与湘东王论中流水战事，丑徒闻其名德，遂即散奔，深为梁主所赏。"

大同十一年乙丑（公元 545 年）

信三十三岁　　为通直散骑常侍，与徐君房出使东魏。

《魏书·孝静帝纪》："武定三年（公元 545 年）……秋七月庚子（二十三日），萧衍遣使朝贡。"《北史·庾信传》："累迁通直散骑常侍，聘于东魏，文章辞令，盛为邺下所称。"《北齐书·祖珽传》："珽弟孝隐，亦有文学，早知名。……魏末为散骑常侍，迎梁使。时徐君房、庾信来聘，名誉甚高，魏朝闻而重之。"

梁武帝中大同元年丙寅（公元 546 年）

信三十四岁　　任东宫学士，领建康（今江苏南京）令。

《北史·庾信传》："还为东宫学士，领建康令。"宇文迪《庾开府集序》："（自东魏）还本国，为正员郎，职位清显，以望以实。又为东宫领直，春宫兵马，并受节度，龙楼兰锜，宠寄逾隆。"

梁武帝太清二年戊辰（公元 548 年）

信三十六岁　　侯景之乱，建康被兵，信失二男一女。

庾信《伤心赋》："二男一女，并得胜衣，金陵丧乱，相守亡没。"

信奉命守朱雀航（浮桥名），未几败退。

《北史·庾信传》："侯景作乱，梁简文帝（萧纲）命信率宫中文武千余人营于朱雀航。及景至，信以众先退。"《南史·贼臣传》："建康令庾信率兵千余人屯航北，及景至，彻（撤）航。始除一舸（船），见贼军皆著铁面，遂弃军走。南塘游军复闭航度景。"

太清三年己巳（公元 549 年）

信三十七岁　　侯景陷宫城，信西奔江陵（今湖北江陵）。

《梁书·武帝纪下》："（太清三年三月）贼攻陷宫城，纵兵大掠。"宇文迪《庾开府集序》："值侯景篡逆，攻围淮海。建康宫殿，非无流矢之兵；丹阳帝居，遂有生荆之痛。出往上流，来归全楚。"

信父肩吾任度支尚书。

《南史·庾肩吾传》："及简文即位，以肩吾为度支尚书。"

梁简文帝大宝元年庚午（公元 550 年）

信三十八岁　　信父肩吾被俘后任建昌令。

《南史·庾肩吾传》："景矫诏遣肩吾使江州喻当阳公大心，大心乃降贼。肩吾因逃入东。后贼宋子仙破会稽，购得肩吾欲杀之，先谓曰：'吾闻汝能作诗，今可即作，若能，将贷汝命。'肩吾操笔便成，辞采甚美，子仙乃释以为建昌令。"

大宝二年辛未（公元 551 年）

信三十九岁　　信于赴江陵途中，遇侯景袭郢之兵。

《南史·侯景传》："四月，景遣宋子仙袭陷郢州刺史方诸。景乘胜西上，号二十万。"庾信《哀江南赋》："吹落叶之扁舟，飘长风于上游。彼锯牙而钩爪，又循江而习流。"

景军败后，信至郢州（今湖北武昌），新任刺史萧韶待信轻慢，信严予指斥。

《梁书·简文帝纪》："秋七月丁亥（十六日），侯景还至京师。"《南史·梁宗室传上》："韶昔为幼童，庾信爱之，有断袖之欢，衣食所资，皆信所给。……后为郢州，信西上江陵，途经江夏，韶接信甚薄，坐青油幕下，引信入宴，坐信别榻，有自矜色。信稍不堪，因酒酣，乃径上韶床，践蹋肴馔，直视韶面，谓曰：'官今日形容大异近日。'时宾客满座，韶甚惭耻。"

信抵江陵，任御史中丞，居城北宋玉旧宅。

《南史·梁本纪下》："（十月）简文帝崩。"《周书·庾信传》："梁元帝（萧绎）承制，除御史中丞。"庾信《哀江南赋》："诛茅宋玉之宅，穿径临江之府。"

信父肩吾卒于江陵。

《南史·庾肩吾传》："仍间道奔江陵，历江州刺史，领义阳太守，封武康县侯。卒，赠散骑常侍、中书令。"

梁元帝承圣元年壬申（公元552年）

信四十岁　　转右卫将军，袭武康县侯。

《梁书·元帝纪》："承圣元年冬十一月丙子（十二日），世祖即皇帝位于江陵。"《周书·庾信传》："及（元帝）即位，转右卫将军，封武康县侯，加散骑常侍。"

承圣三年甲戌（公元554年）

信四十二岁　　奉命出使西魏，被留不返。

《北史·庾信传》："聘于西魏。属大军南讨，遂留长安（今陕西西安）。江陵平，累迁仪同三司。"

西魏恭帝三年丙子（公元556年）

信四十四岁　　魏恭帝（拓跋廓）"让位"给周孝闵帝（宇文觉）。

《周书·闵帝纪》："十二月丁亥（十七日），魏帝诏以岐阳之地封帝为周公。庚子，禅位于帝。"

信任周司水下大夫和弘农郡守。

《北史·庾信传》："周孝闵帝践祚，封临清县子，除司水下大夫。出为弘农郡守。"

北周孝闵帝元年丁丑（公元557年）

信四十五岁　　南朝梁敬帝（萧方智）"让位"给陈武帝（陈霸先）。

《南史·梁本纪下》："太平二年（公元557年）……冬十月戊辰（初

三日），进陈国公爵为王。辛未（初六日），帝逊位于陈。"庾信《拟连珠》："是以乌江叙楫，知无路可归；白雁抱书，定无家可寄。"

是岁，亦北周明帝（宇文毓）元年。

《北史·周本纪上》："（孝闵帝元年九月）月余日，以弑崩，时年十六。……（明帝）元年秋九月，天王即位。"

北周明帝二年戊寅（公元558年）

信四十六岁　　作《思旧铭》，悼南朝梁萧永。

《思旧铭·序》云："岁在摄提，星居监德，梁故观宁侯萧永卒。"按，《尔雅·释天》："太岁在寅曰摄提格。"

北周明帝武成二年庚辰（公元560年）

信四十八岁　　任司宪中大夫及麟趾学士。

《北史·庾季才传》："武成二年，与王褒、庾信同补麟趾学士，累迁稍伯大夫。"

四月，北周武帝（宇文邕）即位。

《周书·武帝纪上》："武成二年夏四月，世宗（明帝）崩，遗诏传帝位于高祖（武帝）。"《北史·庾信传》："明帝、武帝并雅好文学，信特蒙恩礼。"

北周武帝保定二年壬午（公元562年）

信五十岁　　南朝陈周弘正尚书迎陈顼（即后来的陈宣帝）归陈，信以诗送别，题为《别周尚书弘正》《重别周尚书二首》。

《陈书·周弘正传》："天嘉元年（公元560年）……往长安迎高宗（陈顼）。三年，自周还。"《周书·武帝纪上》："二年春正月……以陈主弟顼为柱国，送还江南。"

北周武帝天和四年己丑（公元569年）

信五十七岁　　代陕西总管府作《移齐河阳执事文》。

《周书·武帝纪》："天和四年夏四月己巳，齐遣使来聘。"

天和六年辛卯（公元571年）

信五十九岁　　同卢恺随齐王宪伐北齐，作《同卢记室从军》诗。

《北史·周本纪下》："（六年）三月己酉（初一日），齐公宪自龙门度河，斛律光退保华谷，宪攻拔其新筑五城。"《北史·卢恺传》："恺字长仁。……周齐王宪引为记室，从宪伐齐。"

北周武帝建德二年癸巳（公元573年）

信六十一岁　　为北周作"郊庙歌辞"多首。

《隋书·音乐志中》："建德二年十月甲辰（十一日），六代乐成，奏于崇信殿。群臣咸观。"所附歌辞，皆信所作。

《为阎大将军乞致仕表》作于是年。

《周书·阎庆传》："建德二年，抗表致仕，优诏许焉。"

建德四年乙未（公元575年）

信六十三岁　　南朝陈要求让王褒、庾信等回南，北周武帝不许。

《北史·庾信传》："俄拜洛州刺史。信为政简静，吏人安之。时陈氏与周通好，南北流寓之士，各许还其旧国。陈氏乃请王褒及信等十数人。武帝惟放王克、殷不害等，信及褒并惜而不遣。"《南史·殷不害传》："太建七年（公元575年），自周还陈，除司农卿，位至给事中。"

建德六年丁酉（公元577年）

信六十五岁　　北周平定北齐，武帝巡行至洛州。信作《奉报寄洛州》诗。

《周书·武帝纪下》："（六年春正月）癸巳（十九日），帝率诸军围之,齐人拒守,诸军奋击,大破之,遂平邺。"又:"(秋七月)丙戌,行幸洛州。己丑,诏山东诸州举有才者,上县六人,中县五人,下县四人,赴行在所,共论治政得失。"庾信《奉报寄洛州》:"上洛逢都尉,商山见逸民。留滞终南下,惟当一史臣。"

北周武帝宣政元年戊戌（公元578年）

信六十六岁　　武帝卒,宣帝即位。诛齐王宪。

《北史·周本纪下》:"宣皇帝讳赟（yūn）,字乾伯,武帝长子也。……宣政元年六月丁酉（初一日）,武帝崩。戊戌（初二日）,太子即皇帝位。……甲子（二十八日）,诛上柱国齐王宪。"庾信《周上柱国齐王宪神道碑》:"宣政元年六月二十八日薨,春秋三十有四。"

北周静帝大象元年己亥（公元579年）

信六十七岁　　宣帝传位给静帝。信上表以贺。

《周书·静帝纪》:"静皇帝讳衍,后改为阐,宣帝长子也。……（大象元年）二月辛巳（十九日）,宣帝于邺宫传位授帝。"庾信《贺传位于皇太子表》:"欲令百工相和,先闻揖让之风;天下无为,早识吾君之子。"

滕王宇文逌编《庾开府集》十二卷。信作启致谢。

《周书·滕闻王逌传》:"滕闻王逌,字尔固突。少好经史,解属文。……大象元年五月,诏以荆州新野郡邑万户为滕。逌出就国。"宇文逌《庾开府集序》:"今之所撰,止入魏以来,爰洎皇代,凡所著述,合十二卷,分成两帙,附之后尔。"庾信《谢滕王集序启》:"溟池九万里,无逾此泽之深;华山五千仞,终愧斯恩之重。"

本年,信辞官。

《北史·庾信传》:"大象初,以疾去职。"

大象二年庚子（公元580年）

信六十八岁　　赵王宇文招、滕王宇文逌等先后被诛。

《北史·周本纪下》："（大象二年七月）壬子（二十八日），赵王招、越王盛以谋执政，被诛。……（十二月）辛未（二十日），代王达、滕王逌以谋执政，被诛。"《周书·庾信传》："至于赵、滕诸王，周旋款至，有若布衣之交。"

北周静帝大定元年辛丑（公元581年）

信六十九岁　　北周静帝"让位"于隋文帝。是岁，亦隋开皇元年。

《周书·静帝纪》："（大定元年二月）甲子（十三日），隋王杨坚称尊号，帝逊于别宫。"《隋书·高祖纪上》："开皇元年二月甲子（十三日），上自相府常服入宫，备礼即皇帝位于临光殿。"

七月，为宿国公辛威作神道碑。不久，卒。

庾信《周上柱国宿国公河州都督普屯威神道碑》："旧姓辛，陇西人。……以今开皇元年七月某日，反葬于河州金城郡之苑川乡。"《北史·庾信传》："隋开皇元年卒。有文集二十卷。文帝悼之，赠本官，加荆、雍二州刺史。子立嗣。"

家藏文库（近期出版书目）

大学　中庸	晚明散文选
商君书	古文辞类纂
孔子家语	随园食单
抱朴子内篇	板桥杂记
三国志	武林旧事
古诗十九首　乐府诗选	东坡志林
庾信选集	唐才子传
阮籍诗选	大唐西域记
李杜诗选	西厢记　桃花扇
孟浩然诗选	牡丹亭　窦娥冤
杜牧诗选	喻世明言
韩愈诗选	警世通言
柳宗元诗选	醒世恒言
苏轼诗文选	水经注
黄庭坚诗选	徐霞客游记
王阳明诗文选	地藏经　药师经
晏殊　晏几道词选	朱子读书法
欧阳修词选	曾国藩家书
苏轼词选	梁启超家书
周邦彦词	千家诗
秦观词	声律启蒙　笠翁对韵
姜夔词	四字鉴略
花间集	增广贤文　名贤集
豪放词	帝鉴图说
婉约词	镜花缘
先秦散文选	太平广记选

> 桃花颜色好如马，榆荚新开巧似钱。蒲桃一杯千日醉，无事九转学神仙。定取金丹作几服，能令华表得千年。
> ——《燕歌行》

> 草无忘忧之意，花无长乐之心，鸟何事而逐酒，鱼何情而听琴？
> ——《小园赋》

> 所谓天乎？乃曰苍苍之气；所谓地乎？其实抟抟之土。怨之徒也，何能感焉！
> ——《思旧铭》

上架建议：古代文学
ISBN 978-7-5348-9774-0

定价：58.00元